KB163402

조해일문학전집 5

장편소설

겨울여자

상

일러두기

- 《조해일문학전집》은 한국문학사에 커다란 문학적 성취를 남긴 조해일의 작품 세계를 독자들에게 소개함과 동시에 문학적 의의를 정리하는 데 목표를 둔다.
- 《조해일문학전집》은 생전에 발표했던 중·단편과 장편소설, 그리고 웹사이트에 게시된 미발표 소설 등과 기타 작품으로 구성되어 있다.
- 《조해일문학전집》은 출간일(발표일) 기준 가장 최신 작품을 저본으로 정하였다.
- 맞춤법, 띄어쓰기, 외래어 표기는 현행 맞춤법과 표기법을 따랐다.
- 한글 표기를 원칙으로 하였고, 한자로만 된 단어는 '한글(한자)' 형식으로 수정하였다.
- 수정하면 어감이 달라지거나 문학적으로 허용되는 일부 표기(표현)는 원문대로 두었다.
- 간접 인용과 강조는 ' ', 대화와 직접 인용은 " ", 단편소설은 「 」, 장편소설과 잡지는 『 』, 미술 작품과 영화·연극 등은 〈 〉, 시·노래 제목은 ' '로 표기하였다.

겨울여자

상

간행사
− 조해일문학전집 발간에 부쳐

2020년 6월 19일 새벽, 조해일 선생이 우리 곁을 떠났다. 코로나19 바이러스의 창궐로 전 세계적으로 자유로운 이동이 멈춰 있는 가운데, 마스크를 쓰고 사회적 거리두기를 유지하던 시기였다. 그로부터 4년이 지났다.

조해일의 소설은 1970년대 한복판을 관통한다. 많은 사람에게 선생은 『겨울여자』(1976)를 쓴 1970년대 베스트셀러 대중 작가로 기억된다. 하지만 선생은 그러한 평가를 넘어, 등단작인 「매일 죽는 사람」과 「맨드롱 따또」, 「뿔」 등의 단편소설, 「무쇠탈」과 「임꺽정」 등의 연작소설, 「아메리카」와 「왕십리」 등의 중편소설, 『갈 수 없는 나라』 등의 장편소설 들을 지속적으로 발표한, 1970년대를 대표하는 작가로 활동하였다. 조해일은 감정을 배제한 객관적인 묘사와 절제된 문체로 산업화 시대를 살아가는 소시민의 일상성을 주목한 작가로 평가받는다. 특히 도시화 · 근대화의 과정에서 야기된 폭력성에 대한 성찰과 함께, 장편소설에서 보여준 우의(寓意)적 연애 담론이 대중적 교감을 형성한다. 선생의 작품은 '삶과 죽음, 도시와 인간, 노동과 소외, 여성과 남성, 폭력과 비폭력, 전쟁과 평화, 이성과 충동, 이상과 현실, 인간과 비인간, 억압과 저항' 등의 대립항을 주목하면서, 인본

주의적 상상력으로 산업화 시대 한국 사회의 풍경을 다채롭게 길어 냈다. 1970년대 한국 사회를 조망하고자 할 때 작가 조해일은 황석 영, 최인호, 조세희 등과 함께 빼놓을 수 없는 '문학적 자산'이다.

문학사적 차원에서 조해일은 중편 「아메리카」로 미군 기지촌 풍경 을 묘사하면서 제3세계적 시각의 획득과 반제국주의적 의식의 형상 화를 성취한 작가라는 평가를 받는다. 장편소설 『겨울여자』 등은 대 표적인 대중소설로서 상업주의적 코드 속에 파편화된 개인주의와 관능적 분위기 등의 대중적 요소를 함의하고 있다고 평가받는다. 또 한 「뿔」의 지게꾼, 「1998년」의 우화적인 미래 공간, 「임꺽정」 연작의 역사 공간, 「통일절 소묘」의 환상적인 꿈 등에서 드러나듯, 새로운 소 설적 기법과 비유적 장치, 주제 의식을 통해 함축적이고 다양한 세계 를 주조한 것으로 평가받는다.

조해일의 소설에는 '역설(逆說)의 감각'과 '알레고리적 상상력'이 자리한다. '역설'은 세계의 복잡성과 다성성(多聲性)을 입체적으로 착 목(着木)하는 방법이고, '알레고리'는 세계의 진실을 우회적으로 드 러내기 위해 활용하는 대표적인 메타포다. 현실 세계의 표면적 양상 이 감추어 둔 이면적 진실을 꿰뚫어 보기 위한 작가적 선택으로 '역 설과 우의'의 방식을 선호한 것이다. 선생은 등단작인 「매일 죽는 사람」이래로 말년작인「통일절 소묘2」에 이르기까지, 50년 가까운 세월 동안 '자유와 민주, 평등과 평화, 인권과 노동'을 소중히 여기며 인간의 실존적 가치에 대해 탐색했다.

　많은 작가의 말년작들이 자신의 과거와 현재를 조망하고, 무의식에 자리한 작가적 원형을 재조명하면서 자신의 문학세계를 마무리하는 방식을 보여준다. 이번 전집에 포함된 미발표 유고작「1인칭 소설」연작은 고백체 형식의 자전소설로 '문인 조해일' 이전에 '개인 조해룡(본명)'의 실존적 생애를 회고하며 '소설의 진정성'에 대해 회의(懷疑)함으로써 문학의 가치를 되짚어 보게 하는 작품이다. 만주에서의 생애 최초의 기억을 떠올리는 것으로 시작하여 해방을 맞아 서울로 이주해 살다가 6·25 전쟁을 맞아 부산까지 피난을 떠났던 이야기로 마무리되면서, 작가의 구술사적 욕망이 모두 드러나지는 못한 채 미완으로 종결된다. 하지만 1970년대 대표 작가로서 1940년대로부터 2000년대에 이르기까지, 문단과 강단 안팎에서 전업 작가로서 마주했던 소설가적 진실 추구에 대한 원형적 자의식을 보여준다는 점에서 유의미한 말년작이다.

　선생의 작품은 도시적 일상으로부터 기지촌 여성 문제 고발, 불합

리한 폭력의 양상 폭로, 환상성의 활용, 역사소설의 전용 등을 거치면서 정치적 알레고리를 배면에 깔고, 비인간적 현실에 대한 무기력한 지식인의 대응을 통해 1970~80년대적 체제 저항의 수사를 형상화한다. 탄탄한 서사성을 내장한 조해일의 문학은 1970년대를 넘어 지금에 이르기까지, 현실과 가상의 경계를 넘나들면서 소외된 개인이 일상과 현실을 벗어나 환상과 무의식의 세계로 탐닉해 들어가는 문학 내외적 현실을 성찰하게 한다. 조해일의 문학은 지금 여기에서 여전히 한국문학을 대표하는 현재진행형 유산(遺産)이다.

이제 우리는 아동문학과 수필, 희곡 등 비소설 장르의 작품을 제외한 선생의 모든 소설을 가능한 한 원형 그대로 보존하여 문학전집을 발간한다. 이 전집이 선생과 선생의 작품을 그리워하는 사람들에게 선생의 향기를 추억할 수 있는 매개체가 되기를 바라며, 문학을 공부하는 사람들에게 풍요로운 문학적 영감(靈感)으로 활용되기를 기대한다.

끝으로 선생의 저서를 전집으로 출판하는 데 물심양면으로 도움을 아끼지 않은 모금 참여자들과 전집 발간에 암묵적으로 동의해 준 유족에 감사를 전한다. 특히 간행의 시작과 끝을 책임져 준 죽심(문학의숲)에 진심으로 감사를 드린다.

독자 여러분들의 많은 관심과 성원을 기대한다.

2024년 6월

조해일문학전집 간행위원회

고인환, 고찬규, 김중현, 박균수, 박도준,

박연수, 서하진, 오태호, 주춘섭, 한희덕

차례

조해일문학전집 5권

익명의 편지

아주 드문 예외를 제외하고는, 누구에게나 생애 가운데 한 번쯤은 자기가 여태껏 지녀 오던 삶에 관한 태도를 커다랗게 수정하거나 자신도 모르게 쓰고 있던 껍질을 한 허물 크게 벗게 되어 자신의 생에 관한 새롭고도 뚜렷한 전망을 세울 수 있는 계기가 생기게 마련이다. 다만 그것을 스스로 알아차릴 수 있는가 없는가의 여부는 별개 문제지만.

그리고 그것은 다른 여러 경우가 있을 수 있겠지만 연애와 더불어 오는 경우가 상당히 많다고 할 수 있는데(여자의 경우는 특히 그렇다) 이화(伊花)의 경우 그것은 여고 3학년 때 찾아왔다.

나이로는 그러니까 열여덟 살 먹던 해 봄이었고 새 학기가 시작된 지 얼마 지나지 않아서였다.

어느 날 오후 학교에서 돌아왔을 때 그녀는 발신자의 주소도 이름도 적히지 않은 한 통의 속달 편지가 자기 앞으로 배달돼 있는 것을 보았다. 편지는 그녀의 침실 겸 공부방의 책상 위에 단정한 모습으로 놓여 있었다.

그녀는 별다른 의심 없이 봉투를 뜯었다. 발신자의 주소 성명이 없는 점이나 속달 편지라는 점이 다소 의아하게는 여겨졌으나 여태껏 내용을 의심할 만한 편지가 그녀에게 배달된 적은 한 번도 없었기 때문이다. 봉투 속에는 아주 청결한 느낌의, 얌전하게 접힌 흰 타자 용지 한 장이 들어 있었다. 그녀는 그것을 꺼내 접힌 부분을 펴고는 거기에 적힌 글씨들을 읽기 시작했다. 그리고 그녀는 곧 놀라기 시작했다.

유이화 양. 오늘은 귀하에게 처음 인사 올리는 날인 만큼 조금이라도 놀라게 해 드릴 의사는 없습니다. 다만 나는 오늘부터 귀하에 관한 보고서를 매일 작성해서 귀하에게 제출하라는 명령을 나 자신으로부터 받고 그에 충실하려 할 따름입니다. 귀하가 이 보고서를 접수하고 만일 놀란다면 그것은 전혀 귀하의 책임이지 내 탓은 아닙니다. 귀하가 이 세상에 존재하지 않았더라면 내가 이런 시간이 많이 드는 짓을 하고 있을 필요는 없었을 테니까요.

그리고 귀하가 내 보고서를 접수하고 하지 않고는 물론 전적으로 귀하의 자유의사에 달렸습니다. 나는 다만 그것을 매일 작성해서 귀하에게 제출함으로써 나 자신에 관한 의무를 저버리지 않으려 할 뿐이니까요. 물론 바라건대는 귀하가 내 보고서들을 거절하지 않았으면 합니다. 다음이 그 첫 번째 보고서입니다.

귀하는 오늘 아침 집을 나설 때 왼발부터 대문 바깥으로 내디뎠습니다(이 보고서를 접수하는 하루 전날을 회상해 주십시오). 먼지를 잘 닦은 구두 속에 받쳐 신은 양말이 아침 햇빛에 아주 눈부시게 하얬었지요. 책가방은(저주스런 책가방이지요) 오른손에 들고 있었습니다. 그리고 골목을 빠져나와 버스 정류장까지 가는 동안 한 번도 바꾸어 들지 않았습니다.

손이나 팔목의 모양으로 봐서는 대단히 무거운 책가방임에 틀림없어 보였는데도 불구하고 말이지요. 버스를 탈 때는 오른발부터 올려 딛더군요. 만원 버스였는데 난 귀하의 그 하얀 양말이 밟혀서 더럽혀질까 봐 몹시 염려스러웠습니다. 그리고 그 염려는 염려의 보람도 없이 적중해 버리고 말았더군요. 오후에 집으로 돌아오는 귀하의 발걸음을 유심히 관찰했는데 먼지를 잘 닦아 신고 아침에 출발한 구두와 흰 양말이 모두 엉망으로 더럽혀지고 말았더군요.

이화는 그 처음 받아 보는 종류의 편지를 거기까지 읽다 말고 자신도 모르게 자기의 발을 내려다보았다. 아침에 새로 세탁한 것으로 신고 나간 흰 양말이 아주 못 쓰게 더러워져 있었다. 그리고 그것은 아마 어저께도 그저께도 마찬가지였던 것 같았다.

마음속에 설명할 수 없는 두려움 비슷한 감정이 싹트기 시작하는 걸 느끼며 그녀는 다시 읽기를 계속했다.

귀하는 그리고 돌아올 때는 책가방을 왼손에 들고 있었는데 보아

하니 귀하도 자기 자신과의 약속을 철두철미 지켜 나가는 그런 유형의 사람인 것 같더군요. 이를테면 상학 때의 책가방은 오른손에, 그리고 하학 때의 그것은 왼손에, 하는 식으로 자기 약속 같은 걸 만들어서 그걸 지키고 계시는 게 아닌지. 하기야 이런 건 며칠만 더 두고 관찰해 보면 곧 확실해져 버릴 일이긴 하지만.

아, 그리고 이건 우연이겠지만 집으로 들어갈 때 귀하는 용하게도 아침과 같이 왼발부터 먼저 들여놓더군요. 참 재미있다고 생각했습니다. 집으로 들어가는 귀하의 뒷모습은 한쪽 다리를 살짝 쳐든 한 마리 두루미와도 같아서 몹시 아름다웠습니다. 우선 오늘은 이 정도로 인사에 대신합니다. 내일은 어떤 보고서가 될는지 본 보고자로서도 기대되는 바 자못 적지 않습니다.

편지는 그렇게 끝맺고 있었다. 그리고 편지의 말미에는 편지를 쓴 사람의 서명은커녕 이니셜 하나 적혀 있지 않았다.

이화는 그 무례하고 처음 받아 보는 종류의 이상한 편지에 대해서 자기가 어떤 태도를 취해야 할지를 알지 못했다. 다만 누군가가 숨어서 자기를 엿보고 있었으며 뿐만 아니라 몹시 철면피한 방법으로 말까지 걸어오기 시작했다는 두려움과 불쾌감 때문에 잔뜩 긴장해서 그녀는 그 편지를 자기가 그대로 손에 들고 있다는 사실조차 잊어 먹고 있을 지경이었다.

그때 방 밖에서 어머니의 목소리가 났다.

"들어가도 되니?"

이화는 편지를 손에 든 채로 대답했다.

"응, 엄마."

방문이 열리면서 어머니의 시선이 먼저 들어왔다. 그 시선은 세심한 염려를 담아서 그러나 아주 대범한 듯한 움직임으로 딸애의 편지를 들고 있는 손과 표정을 얼른 일별하였다. 이화는 그제야 자기가 아직도 그 편지를 손에 들고 있다는 사실과 그 편지를 책상 위에 가져다 둔 사람이 어머니였으리라는 걸 깨달았다.

"엄마, 이 편지 엄마가 받았수?"

"편질 읽고 있었구나. 그래, 점심때 좀 지나서 배달부가 왔더구나. 속달이라면서 도장을 찍어 달라기에 아버지 도장을 찍어 주었다. 무슨 급한 편진가 보지?"

"……"

이화는 편지의 내용을 어머니에게 말해 버릴까 어쩔까 잠시 망설였다. 기분 같아서는 이 기분 나쁜 편지 좀 봐, 하면서 편지째로 어머니에게 맡겨 버리고 싶기도 했으나 한편 누군지는 모르지만 남자의 짓이 분명해 보이는 편지를 받았다는 사실 자체가 수치스럽다는 느낌이 앞서기도 했다. 어머니는 딸애가 눈치 못 채도록 다시 조심스레 그녀의 표정을 살폈다.

"엄마."

이화는 마침내 말했다.

"내가 행실이 단정치 못해 보여?"

"그게 무슨 말이냐, 별안간?"

어머니는 딸애가 혹시 자기를 겨누어 하는 말인가 해서 매우 조심스레 반문했다.

"내 어디가 행실이 단정치 못해 보이는 구석이 있냐구."

"네 행실이 단정치 못해 보이는 구석이 있냐니, 글쎄 그게 별안간 무슨 말이냐?"

"남자들이 날 그렇게 보나 봐."

"남자들이 널 그렇게 보다니, 느이 아버지나 동식인 널 그렇게 보지 않는다."

"이것 좀 봐. 날 그렇게 보지 않았음 이따위 편질 보낼 리가 없잖아."

이화는 들고 있던 편지를 어머니에게 내밀었다. 어머니는 그러나 그 편지를 선뜻 받지는 않았다.

"아니, 무슨 편진지는 모르지만 내가 왜 남의 사신을 보니?"

"아이 엄마두. 내가 왜 남이우? 엄마의 딸이지. 그리구 그건 엄마가 꼭 봐야 해. 딸을 사랑하는 엄마람 더욱 그래."

"그래두 너한테 온 편질 내가 왜…….네가 내용을 말해 주렴."

"아니 이건 직접 봐야 해. 엄만 그럼 만일 딸한테 협박편지가 와두 그걸 안 볼 참이우?"

어머니의 얼굴빛이 흐려졌다.

"애, 그럼 그게…….'"

"뭘 분명히 요구하는 협박편지는 아냐. 하지만 그 비슷한 종류의 편지임엔 틀림없어. 기분 나빠 죽겠어. 자, 엄마가 직접 한번 봐."

그제야 어머니는 편지를 받아 들고 선 채로 읽기 시작했다. 어머니가 무엇에 열중하고 있는 모습을 바라보는 것처럼 이화에게 즐거운 순간은 없었다. 그때처럼 어머니가 아름다워 보이는 순간은 없기 때문이었다.

그러나 지금은 그런 즐거운 감정을 누릴 겨를이 이화에겐 없었다. 어떻든 모르는 남자로부터 편지를 받았다는 사실 하나만으로도 그녀는 잔뜩 수치스럽고 불명예스럽다는 기분에 휩싸여 있었기 때문이다.

그런데 편지를 다 읽고 난 어머니는 뜻밖에도 아주 맑게 갠 얼굴로 이화의 두 눈을 꾸짖듯 잔잔히 마주 들여다보았다.

"이화야, 너 이런 편진 엄마 보여 주는 게 아냐."

"……?"

"엄마를 염치없는 여자루 생각하지 않는다면 말이다. 이런 편진 너 혼자만 보구 소중히 간직해 두는 거야."

"무슨 소리야, 엄마?"

"내 보기엔 이 편지, 조금도 기분 나빠하거나 할 편지가 아니구나 뭐. 협박편지나 그 비슷한 건 더욱 아니구. 글솜씨두 아주 상당하구나."

"엄만 정말!"

이화는 어머니가 자기를 놀려 대고 있다고 판단했다. 그러나 어머니는 정색을 하고 계속해서 말했다.

"예의를 좀 갖추지 않은 것 같긴 하지만 그건 일부러 그런 걸 수도 있을 거야. 아무튼 나쁜 마음을 가진 사람이 쓴 편지 같진 정말 않구나."

이화는 마침내 소리쳤다.

"몰라. 엄만 나빠."

어머니는 그 편지 사연을 식구가 다 모인 저녁 식탁에서 다음과 같이 공표했다.

"오늘 우리 이화가 첫 연애 편지를 받았다우. 그리구 저 앤 그게 어떤 편진 줄도 모르고 내게 보여 주었다우."

"엄만 정말!"

이화가 부르짖었다.

"아니, 그게 정말이오?"

이화가 다니는 여자 고등학교의 교목(校牧)인 아버지가 호기심이 가득 담긴 둥그런 눈으로 딸과 아내의 얼굴을 번갈아 쳐다보며 물었다.

"정말야 누나?"

중학교 3학년생인 동식이도 분주히 수저를 놀리다 말고 자기 누나를 쳐다보았다. 이화는 이를 악물고 동생에게 눈총을 쏘아 보냈다.

"정말이구말구요. 쟤가 글쎄 그게 뭔지도 모르고 절더러 읽어 보래서 제가 직접 편질 읽어 봤다니까요."

어머니가 미소를 띤 채 다짐하듯 다시 말했다.

"그럼 틀림없는 사실인 모양이로군. 헌데, 그렇다면 당신이 염치없는 짓을 했다는 얘기도 되는군, 그래."

"글쎄 그렇기두 해요. 하지만 전 안 보겠다구 했는데두 저 애가 반 강제로 떠맡기다시피 해서 읽고 보니 그런 걸 어떡해요."

"이화가 자랑이 하고 싶어 그런 모양이로군."

"글쎄, 그랬는지두 모르죠."

이화는 그때 더 이상 참지 못하고 자리를 차고 일어섰다.

"난 엄마 아빠가 이렇게 나쁜 사람들인 줄 정말 몰랐어!"

그리고 그녀는 수치와 모멸감으로 몸을 조그맣게 만들어 가지고 자기 방으로 뛰어갔다.

그녀의 부모들은 약간 당황하는 듯했으나 곧 조금도 염려할 일은 아니라는 듯 마주 보고 웃었다. 동식이도 왠지 즐거운 기분이 되어 부모들을 따라 웃었다.

그러나 자기 방으로 뛰어 들어간 이화는 책상에 엎드려 울기 시작했다. 부모들로부터 이토록 심한 배반감을 느껴 본 적은 일찍이 없었다. 그리고 부모들도 별수 없이 타인이라는 사실을 오늘처럼 참담하게 느껴 본 적도 일찍이 없었다.

어쩐지 딸에게 닥쳐온 불행과 수치를 그렇듯 한낱 우스개 삼아 말할 수 있단 말인가. 그것도 마치 무슨 축하할 일이라도 생겼다는 듯한 태도가 아닌가.

남자로 하여금 자기에게 그따위 편지를 써도 좋다고 판단하게끔 비친 자신에 대한 수치심도 견딜 수 없는데 부모들조차 자기를 그따위 편지나 받을 계집아이로 보고 있는 게 아닌가. 이 수치를 무엇으로 갚을 수 있단 말인가.

그녀는 눈이 퉁퉁 붓도록 울었다.

그러나 그녀는 끝내 울고만 있지는 않았다. 서서히, 이 수치를 자기의 힘으로 벗어나지 않으면 안 된다는 결심이 떠오르기 시작했다. 차차 머리가 맑아 오기 시작했다.

그러려면 우선 편지를 보낸 장본인의 정체부터 알아내지 않으면 안 된다. 누굴까. 학교 오가는 길에 거리에서 만난 남학생들 중의 하나일까. 또는 버스칸에서 책가방을 받아 주려 하던 남학생들 가운데 하나일까. 아니면 같은 동네에 사는 질 나쁜 남학생들 중의 하나일까.

이화의, 편지 발송자의 정체를 알아내려는 노력은 그러나 그날 밤과 그다음 날 학교에 가서의 시간을 몽땅 바치는 몰두에도 불구하고 조금의 진전도 보지 못했다. 일이 워낙 바다에서 바늘 찾기나 다름없었기 때문이다.

추리소설 흉내를 내어 편지 봉투에 찍힌 소인도 살펴보았으나 그것은 누구나가 그곳에 가서 편지를 투함할 수 있는 중앙 우체국의 것이었다.

그리고 그다음 날 오후, 두 번째의 편지가 다시 날아들었다. 역시 속달 편지였고 그녀 방 책상 위에 놓여져 있었다. 발신자의 주소 성명은 여전히 씌어 있지 않았다.

이화는 성급히 봉투를 찢었다. 그 속에서 혹 작은 단서 될 글귀라도 발견할 수 있을지 모른다는 성급한 기대를 품고.

역시 얌전하게 접힌 흰 타자 용지 한 장이 나왔다.

두 번째 보고서를 작성하는 기쁨은 첫 번째 보고서를 작성할 때보다 훨씬 큽니다. 왜냐하면 어떤 일이 두 번째에 접어들었다는 건 이미 그 일의 정착과 발전을 의미하는 것이기 때문입니다. 거기에 나는 또 하나의 기쁨을 갖습니다. 귀하가 오늘은 한층 더 아름다워 보였다는 사실입니다.

귀하는 오늘 조금 늦게 출발하신 것 같았습니다. 대문을 나서자마자 버스 정류장을 향해 달리기 시작했는데 두 발이 마치 한 쌍의 흰 나비처럼 내겐 보였습니다. 흰 양말 때문만은 절대로 아니라고 생각했습니다. 가방은 여전히 오른손에 쥐셨더군요. 그리고 한 번도 옮겨 쥐지 않더군요. 귀하가 자기 자신과의 약속을 철두철미 지키는 사람이라는 내 추측이 그다지 어긋나지 않았음에 나는 안심했습니다. 그리고 그것은 물론 앞으로의 관찰에 의해 더욱 확실해질 것입니다.

버스는 여전히 만원이었고 귀하는 마치 화물처럼 다루어지면서 그 안에 태워졌습니다. 나는 그 순간 눈을 감고 말았습니다.

귀하와 같이 아름다운 소녀가 그와 같은 취급을 당하는 건 나로서는 정말 견디기 어려운 노릇이었기 때문입니다. 나는 그 순간 장차 교통부 장관이 되지 않으면 안 되겠다고 결심하였습니다. 고하를 막론하고 관리가 되고 싶다는 생각은 추호도 없었던 나로서는 여간한 결심이 아니었다고 감히 말할 수 있습니다. 이건 결코 농담이 아닌 만큼 귀하로서도 진지하게 들어 주어야 할 보고 사항 중의 하나라고 생각합니다.

하학해서 집으로 돌아올 때의, 귀하의 발걸음은 결코 나비 같지는 않았습니다. 그러나 밟혀서 더러워진 구두와 양말을 신은 귀하의 모습은 여전히 아름답기 그지없었습니다. 책가방을 들고(왼쪽이었습니다) 지친 듯 한쪽으로 조금 기울어진 어깨도 마찬가지였고요. 고단한 사람이 아름다워 보일 수 있는 경우를 나는 처음으로 경험하였습니다. 그리고 이번에도 우연이겠지만 귀하는 역시 왼발부터 대문 안으로 들여놓았습니다. 만일 내일도 같은 우연이 일어난다면 나는 그 우연의 원인을 규명해 보도록 하겠습니다. 그렇게 하는 것이 나의 의무에 충실하는 것이 될 테니까요. 아, 그리고 빼먹을 뻔한 사실이 하나 있습니다. 귀하의 왼쪽 손등에는 예쁘고 조그마한 사마귀 하나가 있다는 것을 오늘 발견하였습니다.

이렇다 할 아무런 단서 될 만한 구절을 발견할 수는 없었으나 이번에는 편지의 말미에다 '섭'이라는 글자 하나를 따로 적어 놓은 점이 첫 번째 편지보다는 다소라도 자기의 정체를 드러냈다면 드러냈다고 할 수 있는 점이었다. 왜냐하면 그 글자는 그 편지를 쓴 장본인의 이름 글자들 가운데 하나임이 틀림없겠기 때문이다.

그러나 그 글자 하나만 가지고는, 편지 발송자의 정체를 알아내는 데는 역시 아무런 도움도 얻을 수가 없었다. 그리고 그것은 설사 이름 석 자를 다 알았다 해도 마찬가지일 것이었다.

이화는 다시금 수치심에 휩싸여 얼굴이 새빨개졌다. 숨이 가빠 오고 머릿속이 어지러웠다. 누굴까? 도대체 이따위 뻔뻔스런 짓을 하기 위해 시간을 낭비하고 있는 장본인의 정체란 무엇일까? 내 이름과 내 주소는 어떻게 알았을까? 무엇을 하는 사람일까? 마음보가 어떻게 생겨 먹은 사람일까?

그중 어느 하나도 짐작이 닿는 구석이라곤 없었다. 그녀는 편지를 움켜쥐어 꽁꽁 뭉쳐서 힘껏 방 한구석에다 집어 던졌다.

그때 방문이 빠끔 열리면서 동식이의 웃는 얼굴이 들이밀어졌다.

"누나, 오늘도 왔던데?"

이화는 달려가 방문째로 동식의 얼굴을 밀어내 버리고 문을 닫았다. 그러자 조금 뒤 방문은 다시 빠끔 열렸다.

"어머니만 보여 드리고 난 좀 안 보여 주기야?"

"너 정말 까불래?"

이화는 주먹을 쳐들고 다시 그쪽으로 달려갔다. 그러자 이번에는 동식이 제 쪽에서 지레 문을 닫아 버리며 방 밖에 선 채,

"비싸게 굴지 마. 아니꼽다 아니꼬워."

하고 소리치고는 쿵쾅거리며 달아나 버렸다.

이화는 방문을 열고 달려가 잡으려다 말고 되돌아 들어와 입술을 깨물며 다시 방문을 안으로 닫았다. 그리고 그녀는 잠시 방 안에 기대서서 숨을 몰아쉬다가 곧 일상복으로 갈아입기 시작했다. 어떤 생각이 떠올랐기 때문이다.

옷을 다 갈아입은 그녀는 말없이 집을 나섰다. 어머니가 별안간 어딜 가냐고 물었으나 그녀는 대꾸도 하지 않았다.

집 밖의 골목은 저물어 가는 햇빛의 갈색 광선으로 엷게 물들어 있었다. 그리고 골목 양쪽의 담장들 위에서는 이제 갓 잎이 피기 시작

한 나무들이 밖을 향해 고개를 기웃거리고 있었다.

　그녀는 천천히 걸었다. 자기를 엿보고 있는 자를 찾아내기 위해선 저쪽에다 충분한 기회를 주고 이쪽에서도 저쪽의 낌새를 가까이 느낄 수 있는 자세를 갖추지 않으면 안 된다고 그녀는 생각했다.

　그녀는 주위 사물의 조그만 변동 하나라도 놓치지 않기 위해 온몸의 지각신경을 불러 깨웠다. 그리고 그녀는 미세한 공기의 움직임 하나라도 놓치지 않으려는 듯 온몸으로 주위의 변화를 관찰하며 아주 천천히 골목을 빠져나갔다. 그러나 그렇게 골목을 빠져나가는 동안 그녀는 이렇다 할 아무런 변화도 발견할 수 없었다. 마주 스쳐 지나간 행인이 두어 사람 있긴 했으나 그들로부터도 그녀는 아무런 혐의점을 발견할 수 없었다.

　버스가 다니는 큰 거리로 나와서도 역시 마찬가지였다. 자기를 향해 음험하게 뜬 염탐의 눈초리는 어디서도 발견할 수 없었다.

　학교 오가는 길에 늘 부딪치곤 하는, 이름이나 신분을 알 수도, 알 필요도, 그리고 알려고 해 본 적도 없는 많은 행인들이 거리를 메우고 있을 뿐이었으며 크고 작은 많은 자동차들이 마치 곡예라도 벌이듯 재치 있게 꼬리를 물고 차도 위를 누빌 따름이었다.

　이화는 그러나 온몸이 눈(眼)이 되어 살피는 일을 잠시라도 게을리하지 않았다. 상점의 쇼윈도에 반사되는 좀 수상해 뵈는 행인의 그림자 하나에도, 조금 남다른 발짝 소리 하나에도 그녀는 일단 혐의를 두고 주의 깊게 관찰하였다. 그러나 거리 전체가 시치미를 떼기로 약속이나 한 듯 결국 그녀는 그 거리로부터 아무런 단서도 제

공받지 못했다.

그녀는 좀 더 유리한 장소를 택해야겠다고 생각했다. 거리는 아무래도 이편에서 관찰을 하기보다는 이편이 관찰을 당하기에 더 알맞은 장소라는 생각이 떠올랐던 것이다. 이편이 유리한 입장에 서려면 시야가 어느 정도 제한된 다소의 좁은 공간이 필요할 것 같았다.

이화는 근처에 보이는 한 제과점의 문을 밀고 들어섰다. 중심가에 있는 이름 있는 제과점의 분점 간판을 붙인 자그마한 집이었다.

구석 쪽 자리에 제복 차림의 남학생 두 명과 여학생 두 명이 마주 앉아 있는 모습을 제외하고는 손님이라곤 방금 들어선 그녀 자신뿐인 것 같았다.

바깥을 잘 내다볼 수 있는 자리로 골라서 앉자 자주색 제복을 입은 제과점 소녀 한 명이 쟁반에 물컵을 받쳐 들고 다가왔다. 그리고는 테이블 위에 물컵을 내려놓은 다음 그녀를 빤히 내려다보았다. 주문을 할 생각이면 어서 말하라는 시늉임에 분명했다.

이화는 무엇을 먹기 위해 들어온 것은 아니었으므로 잠시 망설이다가 말했다.

"콜라 한 병만 주세요."

그리고 그녀는 곧 제과점 전면의 유리창을 통해 바깥의 동정을 살피기 시작했다. 제과점 안에 들어앉은 그녀를 염탐하려면 저 유리창을 통하지 않고는 불가능할 것이었다. 아니면 제과점 안으로 그 염탐꾼도 걸어 들어오는 도리밖에는 없을 터이었다.

콜라와 컵이 날려져 왔을 때도 그녀는 잠시도 한눈을 팔지 않았다.

거의 손의 느낌만으로 병을 집어 콜라를 컵에 조금 따르고는 계속해서 전면의 유리창 쪽만을 주시했다.

그때 흰 운동화를 신고 어깨에 테니스 라켓의 손잡이가 보이는 가방을 멘 젊은 남자 한 사람이 들어섰다.

이화는 바짝 긴장하였다. 저 남자일지도 몰라. 눈치채지 않도록 해야지.

그 남자는 약속한 사람을 찾는 시늉으로 한동안 두리번거리더니 눈길을 이화의 얼굴 위에서 잠깐 멈추었다. 그리고는 약간 못마땅하다는 듯한 표정으로 미간을 찡그리며 말했다.

"아가씨, 나 아쇼?"

이화는 순간 잔뜩 경계를 하면서 그 남자를 빤히 쳐다보았다.

"아가씨, 나 아느냐구."

"댁이 누구신데요?"

"알지도 못하면서 그럼 왜 날 자꾸 유심히 쳐다보는 거지?"

"……"

이화는 순간 수치심으로 얼굴이 홍당무처럼 빨개졌다. 구석 쪽 자리의 남녀 학생들과 제과점 소녀들이 이쪽을 주시하고 있다는 걸 금방 느낄 수 있었다.

그 남자는 몹시 유들유들한 표정으로 다시 말했다.

"내 얼굴이 쓸 만해 보여? 그럼 어디 같이 좀 앉을까. 아가씨두 예쁜데 그래."

"……미안해요."

그 한마디를 간신히 남기고 이화는 황급히 음료숫값을 치른 뒤 도망치듯 그 제과점을 달음박질쳐 나왔다. 뒤에서 그 남자의 몹시 뻐기는 듯한 웃음소리가 커다랗게 들려오는 것 같았다.

엉뚱한 사람을 의심했음에 틀림없었다. 그녀는 수치심을 이기지 못하여 내처 달음박질하다시피 걸었다.

거리의 진열창들엔 이제 전등이 켜지기 시작하고 있었다. 그녀는 자기를 염탐하는 자를 찾아내겠다는 계획은 이제 포기해 버렸다. 방금 전에 당한 참지 못할 모욕만이 더욱 그녀의 발걸음을 달음박질로 만들고 있을 따름이었다.

모든 것이 그 비열한 편지 때문이라고 생각했다. 참지 못할 모욕을 당한 것도, 결국은 아무런 소득도 없이 거리를 헤맨 셈이 된 것도, 제과점에 들어가게 된 사실부터도.

생각해 보면 거리로 나선 것부터가 어설픈 짓이었다. 도대체 자신의 정체를 밝히지 않으려는 비열한 의도의 소유자를 그런 정도의 어설프기 짝 없는 탐정 흉내로 찾아내 보겠다고 생각한 것부터가 오산이었다.

그러자 문득 지금의 자기 행동을 그 염탐꾼이 은밀히 바라보고 있었다면 얼마나 우스꽝스럽게 보였을까 하는 데 생각이 미쳤다. 그녀는 걸음을 멈칫했다. 그리고 새삼 주위를 살펴보기 시작했다. 그러나 근처에 자기를 눈여겨보고 있는 듯한 시선은 여전히 발견되지 않았다.

그녀는 조금 천천히 걷기 시작했다. 어딘가에서 보고 있으리라. 하지만 볼 테면 보라지. 비열한 건 어디까지나 그쪽이지 이쪽은 아니니까. 실컷 보라지.

그녀는 되도록 몸을 곧게 해서 오만하게 걸었다. 주위를 살펴보는 일도 그만두었다. 그러자 이상하게도 차차 마음이 평온해지기 시작했다.

조금 전에 당한 모욕 같은 것도 아주 오래전에 있었던 일처럼 실감이 멀어졌다. 두려워할 건 아무것도 없는 것 같았다.

비열하고 밉살머리스러운 그 편지는 계속해서 올 테지. 올 테면 얼마든지 오라지. 난 상관 않을 테니까. 자기만 손해지 뭐. 시간과 정력을 낭비하는 건 그쪽이니까. 우푯값 종잇값을 낭비하는 것도 그쪽이고.

"어딜 그렇게 암말두 없이 다녀오니? 어서 들어가 저녁이나 먹어라. 아버지랑 그냥 기다리신다."

대문을 열어 주며 어머니가 말했다.

그다음 날 오후 그 발신자의 정체를 알 수 없는 속달 편지는 어김없이 또 배달돼 왔다.

귀하는 오늘 내게 이중의 즐거움을 베풀어 주었습니다. 그 하나는 귀하가 오늘도 어김없이 학교로 떠나는 모습과 또 무사히 돌아오는 모습을 보여 주었다는 사실이며, 그 둘은 귀하가 오늘 제복이 아닌 너무나도 아름답고 여성다운 옷차림으로 특별히 외출하는 모습을 내게 보여 주었다는 사실입니다. 후자를 나는 감히, 매일 보고서를 작성 제출하는 내 노고에 대한 보너스로 생각하고 있습니다. 제복이 아닌 옷으로 갈아입은 귀하의 모습은 마치 도시 가운데 별안간 나타난 숲속의 요정처럼 눈부시게 아름다웠습니다.

제복이란 그러고 보면 얼마나 음험한 권력의 억압 수단에 불과했던가를 오늘처럼 절실하게 깨달아 본 적은 일찍이 없었습니다. 제복이란 모든 것을 남성화하는 나쁜 도구라고 생각했습니다.

아, 그런데 오늘 나는 약간의 슬픈 감정도 더불어 맛보아야 했습니다. 물론 일개 보고자에 지나지 않는 본 보고자의 자격으로서는 분수에 맞지 않는 일일는지도 모르겠습니다.

보고자로서의 의무에 충실하기 위해 귀하의 일거일동(아름다운 일거일동이지요)을 추적하던 중 나는 귀하가 한 제과점의 문을 밀고 들어가는 것을 보았습니다. 누구와 그곳에서 만나기로 약속이 되어 있는 것 같더군요. 귀하는 콜라를 한 병 주문했습니다. 귀하가 만일 주문하지 않았다면 그 제과점의 소녀가 제멋대로 귀하에게 콜라를 날라다 준 격이 되겠지요.

그리고 귀하는 제과점 유리창 밖으로 줄곧 시선을 주며 아직 오지 않는 사람을 기다리고 있었습니다. 그 시선이 한 번은 내 얼굴 위에 와서 닿았기 때문에 나는 그만 들켜 버린 줄 알고 깜짝 놀랐었습니다.

그러나 곧 무심히 다른 쪽으로 옮겨 가고 말더군요. 하기야 그곳엔 다른 행인들도 많았기 때문에 유독 내가 의심받을 만한 까닭은 없었지요. 나도 다른 행인들처럼 짐짓 무심한 표정으로 그 제과점 앞을 천천히 통과하곤 했으니까요.

마침내 기다리던 사람이 나타난 모양이더군요. 테니스 가방을 어깨에 멘 아주 멋진 남자였습니다. 귀하는 앉은 채로, 그리고 그 남자는 선 채로 서로 마주 보며 무어라고 몇 마디 이야기를 나누었습니다. 그 남자는 늦은 걸 변명하는 모양이었고 귀하는 그걸 힐책하고 있는 것 같았습니다. 남자는 계속해서 무어라고 더 변명을 하는 것 같았습니다. 귀하는 곧 쌀쌀하게 한마디를 던지고는 제과점을 뛰어나와 버리더군요. 그리고는 내처 거리를 뛰어가기 시작했습니다.

나는 순간 보고자로서의 자격의 한계도 잊고 약간 슬픈 감정을 맛보았습니다. 귀하가 화를 낼 만한 상대가 귀하에게 있었다는 것을 나는 오늘 처음 알았으니까요. 그러나 그렇다고 해서 보고자로서의 의무까지도 포기할 생각은 물론 추호도 생기지 않았습니다.

오늘은 두 가지 즐거운 보고와 한 가지 슬픈 보고를 드린 셈입니다.

편지의 말미에는 역시 '섭'이라는 글자 하나가 조그맣게 덧붙여 적혀 있었다. 편지를 읽고 난 이화는 혼자만 아는 야릇한 기분을 맛보았다. 그 기분은 이를테면 일종의 즐거움과도 비슷한 것이었다.

그 염치없는 염탐꾼이 제풀에 속아 넘어가서 터무니없는 상상을 하고 있다는 건 이편으로선 고소하다면 고소하달 수 있는 일이 아닌가. 그러고 보면 어제저녁 거리로 나가 봤던 게 전혀 무익하지만은 않았던 셈이다. 작으나마 어쨌든 저편으로 하여금 제풀에 한 대 얻어맞게끔 한 셈이 되니까.

그녀는 어제저녁 자기에게 모욕을 준 남자에게 감사를 하고 싶은 기분이 되었다. 또 만나는 기회라도 생긴다면 그때는 흔연히, 그날 아주 고마웠었다고 자청해서 인사라도 할 수 있을 것 같은 기분이었다.

그러나 한편으론 자기가 앉아 있던 제과점 앞을 뻔뻔스레 기웃거리며 지나다녔음에 분명한 그 비열한 염탐꾼을 두 눈을 똑바로 뜨고서도 전혀 눈치조차 채지 못했었다는 걸 생각하면 약이 오르기도 했다.

하지만 그것은 그리 오래가지 않았다. 웬일인지 오늘은 그 편지에 대한 증오심이 전처럼 그녀 마음속의 널따란 부분을 차지하지 않는다. 상대방으로 하여금 제풀에 한 대 얻어맞게 했다는 통쾌감 때문일까. 아무튼 이상한 일이다.

이 처음 해 보는 종류의 이상한 숨바꼭질 놀음이 약간은 재미있다는 생각마저 드니 말이다. 어쩌면 어머니의 말대로 그 편지는 이화 그녀가 생각하는 것처럼 그렇게 악의를 가진 사람의 소행은 아닌지도 모른다.

그러나 어쨌든 상대방의 정체를 알 수 없다는 건 기분 좋은 일은 아니다. 이편만 일방적으로 저편의 시야 속에 드러나 있고 저편은 짙은 안개나 어둠 속에 숨어 있다는 건 아무래도 이편에겐 즐거운 놀음이 못 된다. 그것은 마치 매번 술래만 하는 숨바꼭질과 다를 게 없다.

하지만 역시 이상한 일이다. 그럼에도 불구하고 그녀의 마음이 전처럼 심한 불쾌감이나 날카로운 증오심으로 황폐해지지 않는 것은.

그날 밤 이화는 그 편지 발송자와 제과점에서 만나는 꿈을 꾸었다. 그가 그 제과점에서 만나자고 제의해 와서 그녀가 그것을 수락하고 제과점으로 나간 형식이었는데 그는 몹시 익살맞은 표정을 그린 가면을 쓰고 있었다. 그는 가면 속에 감추진 입으로 이렇게 말했다.

"이렇게 정식으로 만나 뵙게 될 날이 빨리 오리라곤 미처 생각지 못했습니다."

"기쁘세요?"

"네, 기쁘고말고요."

"그럼 그 가면은 이제 벗으세요."

"아, 그것만은 아직 안 됩니다. 용서해 주십시오."

"가겠어요."

"가지 마세요. 나도 말할 수 있었으면 좋겠습니다. 곧 말할 수 있게 되겠지요. 아, 그땐 물론 이 가면도 벗고요."

"날더러 그럼 그때까지 기다리란 말인가요?"

"네, 제발."

"그렇겐 못 하겠어요."

그러고 나서 그녀는 결연히 일어서 버렸던 것 같다.

꿈은 몹시 꺼림칙했다. 물론 그런 꿈을 꾸었다는 사실 자체가 그녀의 자존심을 적잖이 상하게 하기도 했지만.

그러나 그녀는 그 꿈에 대해선 곧 잊어 먹고 말았다. 꿈이란 여간 생생한 것이 아닌 경우에도 아침나절만 지나면 대개는 잊어 먹고 말게 마련이니까.

그런데 그날 오후 학교에서 돌아와 그날도 어김없이 배달돼 있는 예의 그 속달 편지를 펴 보고 이화는 자기 눈을 의심했다. 그 편지에는 지난밤 그녀가 꾼 꿈의 내용이 눈으로 보듯 자세하게 묘사돼 있었던 것이다. 거기에는 꿈에 만난 남자와 그녀가 나눈 대화까지도 그대로 옮겨져 있었다.

이어 그 편지는 다음과 같이 계속되고 있었다.

······슬픈 꿈이었지요. 귀하는 내 간청을 뿌리치고 매정하게 가 버리셨으니까요. 하지만 난 슬퍼하고만 있지는 않습니다. 꿈의 내용이야 어떠했든 나는 귀하의 꿈속으로 들어갈 수가 있었으니까요.

꿈속으로 들어갈 수 있었다는 건 귀하의 영혼과 내 영혼이 서로 배타 관계에 놓여 있지 않다는 증거가 아니고 무엇이겠습니까.

나는 영혼을 믿고 있습니다. 그리고 영혼과 영혼을 서로 맺어 주는 영매(靈媒)의 존재를 믿고 있습니다. 이번에 내가 귀하에 관한 특종(特種)이라면 특종일 수 있는 보고서를 작성할 수 있게 된 것도 우리를 이어 주는 고마운 영매의 활약 덕분이라고 믿고 있습니다.

지혜로우신 귀하께서는 이 일을 순전한 우연이라고만은 생각하지 않으시겠지요. 그리고 이런 종류의 나의 믿음을 미신(迷信)이라고만은 생각하지 않으시겠지요.

나는 확신을 가지고 말합니다. 귀하가 꾼 꿈과 내가 꾼 꿈이 똑같은 꿈이었다는 것을. 확신을 가지지 않았다면 이런 보고서를 작성할 수도 없었을 것입니다. 그것은 보고서를 작성하는 사람으로서의 윤리에 관계되는 문제니까요. 만일 조금이라도 틀린 보고서를 작성하는 보고자라면 그는 곧 신뢰를 잃고 쓸모없는 사람이 되어 버리고 말

테지요. 결코 나는 귀하에게 신뢰를 잃는 보고자가 되고 싶지는 않습니다.

내가 쓰고 있는 가면은 곧 벗게 될 날이 오리라고 생각하고 있습니다. 따라서 그 이유도 곧 말할 수 있게 되겠지요. 아, 그 이유를 지금 말하지 못하는 심정은 마치 벙어리의 가슴속 같습니다.

이화는 그 편지를 들고 어머니에게로 달려갔다. 도저히 혼자서 감당하기에는 힘겨운 불가사의를 어머니라면 좀 판단해 줄 수 있을는지도 모를 일이었다.

"애, 날더러 또 염치없는 짓을 했다구 아버지한테 꾸중 들을 짓을 하란 말이냐?"

어머니는 웃으며 딸의 얼굴을 짐짓 똑바로 쳐다보았다.

"엄마아, 그게 아냐. 너무너무 무섭구 이상해."

그녀는 지난밤에 자기가 꾼 꿈의 내용과 편지에 적힌, 자기 꿈과 꼭 일치하는 묘사에 대해서 반은 홀린 듯한 표정으로 그리고 반은 겁먹은 표정으로 숨 가쁘게 말했다.

"어디 좀 보자."

어머니의 표정이 심각해졌다.

편지를 읽고 난 어머니는 한동안 딸의 얼굴을 쳐다보며 무엇을 생각하는 표정이더니 곧 자기로서도 그 일을 어떻게 이해해야 할는지 알 수 없다는 듯이 저녁에 아버지가 돌아오시면 상의해 보는 도리밖엔 없겠다고 말했다.

그날 저녁, 식사를 마친 뒤 이화는 서재에서 아버지와 마주 앉았다. 아버지가 먼저 애기를 꺼냈다.

"넌 오늘 아버지마저 염치없는 사람을 만들 작정이라면서?"

"아녜요, 아버지. 아버지가 원하지 않으심 편진 안 보셔두 돼요."

"그래, 그게 떳떳하겠다. 애긴 엄마한테서 대충 들었으니까."

"아버진 영혼을 믿으세요?"

"영혼의 존재를 믿지. 난 네가 알다시피 목사가 아니냐? 넌 영혼의 존재를 믿지 않니?"

"솔직히 말씀드려두 돼요, 아버지?"

"물론이지."

"잘 모르겠어요."

"흠, 실망인걸. 하지만 뭐 괜찮다. 아버지가 목사라구 해서 반드시 그 딸까지 영혼의 존재라든지 하는 걸 억지로 믿게 할 수야 없겠지. 허지만 난 네가 믿고 있는 줄 알았다."

"미안해요, 아버지. 하지만 아직은 잘 모르겠어요."

"뭐 괜찮다. 진작 이런 얘길 서로 나눴어야 했을 걸 그랬구나. 난 집 안에선 그런 게 다 저절로 되는 줄 알았지. 넌 교회에두 열심히 다녔으니까."

"교회에는 으레 다녀야 하는 건 줄 알았죠, 뭐."

"그래, 그랬겠구나."

아버지는 깊이 고개를 끄덕였다. 그러고 나서,

"하지만 넌 사람을 사랑할 줄 알아야 한다는 아버지의 가르침은 잊지 않았을 테지?"

하고 조금쯤 염려스러운 얼굴로 딸의 얼굴을 보았다.

"그건 잊지 않았어요, 아버지."

"그럼 됐다."

아버지는 비로소 안심하는 표정을 지었다.

"그런데 아버지, 아버지는 영매의 존재라든지 그런 것두 믿으세요?"

"기독교에서는 그런 말은 사용하지 않는다. 모르겠다."

"남의 꿈속에 들어갈 수 있다든지 하는 일두요?"

"어쩐지 미신 냄새가 나는 얘기긴 하다만 그야 가능한지도 모르지. 영혼의 세계에선 우리 지혜로는 판단할 수 없는 일도 일어날 수 있다고 봐야지 않겠니? 더욱이 서로 관계있는 두 사람이 같은 꿈을 꾼다든지 하는 일이야 흔하진 않을 테지만 있을 수는 있는 일이겠지."

"하지만 그걸 서로 얘기해 보기 전에 한쪽에서 알고 있다면 그건 아무래두 너무 이상하잖아요."

"짐작일 수도 있겠지. 사람이란 때로는 확실치 않은 일을 가지고도 터무니없는 확신을 갖게 되는 수도 있는 법이니까. 더러는 그런 확신이 사실에 부합되는 우연도 있는 법이구."

"……."

"중요한 건 사람과 사람 사이의 신뢰와 존경이란다. 그게 모든 것의 우선이야. 사랑 말이다."

아버지는 결국, 사랑 이외에는 사람과 사람 사이에 생겨나는 여타 문제들은 별반 중요할 게 없다고 말하려는 것임에 분명하다. 이를테면 두 사람이 똑같은 꿈을 꾸었다거나 그걸 서로 얘기해 보기도 전에 한쪽에서 먼저 알고 있다거나 하는 문제 같은 건 그리 대수로울 게 없다는 태도가 전제되어 있는 것이다.

이화는 아버지와 더 이상 얘기하는 것이 자신에게 별 이익이 없겠다고 판단했다. 아버지는 결국 늘 되풀이하는 사랑에 관한 설교로 들어가려 하고 있다.

"안녕히 주무세요, 아버지."

그녀는 몸을 일으켜 세웠다.

"왜, 벌써……."

"아버지 시간 제가 너무 많이 뺏음 안 되잖아요."

"오냐, 알겠다. 그런 게 아닐 테지. 내가 별 도움이 못 되는 모양이로구나."

"아녜요, 아버지. 말씀 잘 들었어요."

"허허, 그래 알겠다. 잘 자거라. 아무튼 내가 들은 대로라면 그 편진 그렇게 염려할 만한 물건은 아닌 것 같더라. 엄마도 같은 생각이었구."

"안녕히 주무세요, 아버지."

"오냐."

이화는 아버지의 서재를 물러 나왔다. 그리고 자기 방으로 가면서 그녀는, 이런 문제에 있어서는 역시 부모도 타인일 수밖에 없다는 사실을 다시 한번 확인한 기분으로 조금 우울하고 외로워졌다. 결국 이 모든 이상한 도전은 그녀 한 개인에게 향해진 것이며 그녀 혼자서 맞서 나가야 하는 것이다.

일단 그렇게 생각하자 그녀는 이상하게도 마음이 한결 너그러워지는 것을 느낄 수 있었다. 그날 밤 그녀는 아주 푹 잘 수 있었다.

그다음 날은 일요일이었다.

이화는 게으름을 피우면서 늦게까지 자고 나서 식구들이 모두 교회에서 돌아온 뒤, 그동안 미루어 오던 일을 실행에 옮기기 위해 집을 나섰다.

교회에서 돌아온 식구들은, 늦잠 자느라고 교회에도 나오지 않고 자기들이 돌아오기가 무섭게 무언가 보자기에 싼 물건을 들고 집을 나서는 이화에게 몹시 낯설어하는 눈길을 보냈다. 그러나 그녀는 식구들과 함께 교회에 나가지 못한 걸 미안하게 여기거나 변명할 기분은 조금도 생기지 않았다. 어제저녁 아버지에게, 그동안 교회에 다닌 일이 습관에 불과했었다는 걸 말해 둔 덕분인 것 같았다. 그리고 그것은 참 잘한 일같이 여겨졌다.

거리는 화창한 봄 휴일의 햇빛이 골고루 퍼져 있어 몹시 평화롭고 한가로워 보였다. 행인들의 수도 적어지만 그들의 발걸음조차 어쩐지 느릿느릿해 보이는 것 같았다. 그리고 이제 갓 잎이 피기 시작한 가로수들은 마치 기지개라도 켜려는 양 아직 풍성하지 못한 가지들을 치켜들고 햇빛을 충분히 받아들이기 위한 몸짓들을 하고 있는 것 같이 보였다.

보자기에 싸 든 물건의 무게가 꽤 묵직하게 팔목에 느껴졌다. 그녀는 청계천을 경유하는 버스에 올랐다. 버스 역시 여느 날에 비해서는 승객이 반밖에 안 되는 것 같았다.

그녀는 청계천 5가에서 내려 6가 쪽으로 걸어가기 시작했다.

주로 헌 교과서들과 소설 잡지류를 취급하는 작은 서점들이 나타나기 시작했다. '고서(古書) 고가매입(高價買入)', '헌 교과서 비싸게 삽니다' 하는 따위의 작은 팻말들을 붙인 그 서점들은 어깨를 비비듯이 하고 주욱 잇대어 있었다.

이화는 그중의 한 서점으로 들어섰다.

"어서 오세요."

40대쯤으로 보이는 서점의 주인남자가 안경을 쓴 채 무엇을 읽고 있다가 고개를 쳐들며 말했다. 이화는 서점에서 풍기는 마른 곰팡내 같은 것을 맡으며 잠시 머뭇거렸다.

주인남자는 그녀가 들고 있는 보자기를 힐끗 보았다.

"책 파실려구?"

"네."

그녀는 조금 부끄러운 생각이 들었다.

"어디 좀 봅시다."

주인남자는 이제 그것은 자기 물건이나 다름없다는 듯이 그녀로부터 보자기를 받아 풀어 헤쳤다. 그 속엔 그녀가 지난해에 배우던 교과서들이 들어 있었다.

"책을 아주 깨끗하게 쓰셨군. 내 아주 후하게 드리지. 얼마 받으면 되겠소?"

"아저씨가 주시고 싶은 만큼 주세요."

"내가 주고 싶은 만큼 달라……. 그야 난 장사꾼이니까 조금 드리고 싶지."

"괜찮아요."

"허, 그 참 재미난 학, 아니 아가씨로구먼. 그럼 이거 나 혼자서 야박하게 굴 수도 없구. 옛다, 최고로 쳐서 드리지. 자, 천 원 받아요. 어느 집엘 가 봐두 이만큼 주는 덴 없을 거야."

"고맙습니다."

이화는 빈 보자기와 함께 돈을 받아 가지고 밖으로 나왔다. 뒤에서 주인남자가 아무래도 손해를 봤다고 느끼고 생색이라도 확실히 내두어야겠다고 생각했는지

"딴 집에 갔으면 그 반밖에 못 받았을 거요."

하고 소리쳤다. 이화는 서점 쪽으로 고개를 돌려 다시 한번 고맙다는 목례를 보냈다.

이런 일에 경험이 있는 급우한테서 들은 것에 비해서는 확실히 많은 액수임에 틀림없었다. 그 급우의 말로는 지금 그녀가 받은 액수의 절반을 조금 넘는 정도에 불과하다고 했었다. 아마 내일 이 이야기를 해 주면 그 급우는 깜짝 놀랄 것이다. 그리고 재수가 몹시 좋았다고 축하해 줄 것이다.

이화는 횡단보도를 건너 다시 집 쪽으로 향하는 버스에 올랐다. 마치 커다란 모험이라도 치르고 난 것처럼 가슴이 몹시 뛰었다. 그리고 그것은 얼른 가라앉지 않았다. 버스에 탄 다른 승객들이 자기를 자꾸

유심히 바라보고 있는 것같이 느껴졌다.

무엇을 팔아 보기는 그녀로선 생전 처음 경험하는 일이었다. 더구나 책을 판다는 것은 그전의 그녀 같으면 상상도 못 할 일이었다.

그러나 그녀는 실행했다. 그것도 아주 후한 값을 쳐서 받았다.

그녀는 차창 밖으로 스쳐 가는 거리의 풍경을 내다보았다. 거리는 여전히 봄 휴일의 햇빛 아래 몸을 맡긴 채 게으름을 피우고 있는 것같이 보였다.

그녀는 문득 자기가 후회하고 있다는 걸 깨달았다.

그것은 느닷없는 각성과 같은 것이었다. 하려던 일을 해냈다는 들뜬 감정 뒤에 숨어 있던, 미처 의식하지 못했던 마음의 그림자가 별안간 제 정체를 드러냈던 것이다.

그것은 하려던 일을 했을 뿐 자기가 해야 할 일을 한 건 아니라는 생각이었다. 급우가 하는 말을 재미있게 여기고 그대로 따라 해 보려 했으며 또 실제로 그렇게 한 자기가 터무니없다는 생각이 들기 시작했다. 더욱이 자기는 지금 누군가의 염탐의 눈길 가운데 들어 있지 않은가. 게다가 그런 짓을 해 놓고 무슨 대단한 일이라도 한 것처럼 즐거워하기까지 하다니.

하긴 그 급우의 말이 몹시 재미있게 여겨졌던 건 사실이다. 자기는 새 학년만 되면 지난 학년에 쓰던 교과서들을 팔아서 연극 구경이나 음악회엘 가는 것이 큰 즐거움의 하나라는 것이었다.

그런데 또 재미있는 것은 그렇게 해서 생긴 돈은 어쩐지 보다 확실한 자기 몫 같은 느낌이 든다는 점이며 쓸 때도 마찬가지 느낌을 가질 수 있는 점이라고도 했다. 그리고 그것은 자기에겐 이제 별 소용이 없어진 물건을 다른 사람이 활용할 수 있도록 해 주는 의미도 갖는다는 것이었다.

그 얘기를 듣고 그녀는 자기도 금년엔 한번 그렇게 해 보아야겠다고 생각했던 것이며 오늘 마침내 실행에 옮기고 말았던 것이다. 생각해 볼수록 어처구니없는 일이 아닐 수 없다. 그것은 그 급우나 할 일이지 어째서 자기까지 그래야만 한다는 말인가. 특별히 용돈이 부족하다고 느껴 본 적도 없고 또 꼭 돈이 필요한 데가 따로 있는 것도 아닌데 말이다. 또 연극 구경이나 음악회 가기를 특별히 좋아하는 것도 아니다. 마치 귀신에게 홀리기라도 한 것같이 굴지 않았는가.

왜 그런 생각을 했을까. 도무지 알 수가 없다. 자신의 마음속에도 본래부터 그런 칭찬할 수 없는 일에 대한 동경이 숨어 있었던 것일까. 책을 들고 나가서 팔다니.

그녀는 몹시 우울해졌다. 더욱이 남의 꿈속까지 염탐해 볼 수 있는 그 염탐꾼은 오죽이나 잘 이 부끄러운 짓을 염탐하고 있었을까.

그녀의 우려는 적중하였다.

그다음 다음 날 오후 그녀의 책들은 고스란히 소포에 싸여 다시 그녀에게로 배달돼 왔던 것이다. 그리고 편지도 함께 배달돼 왔다.

이 주제넘은 짓을 용서받고 싶습니다. 결코 이것이 보고자의 할 일에서 크게 벗어난 짓이라는 걸 모르는 바 아니나 본 보고자의 충직한 심정이 감히 그러한 형식논리를 뛰어넘게 합니다. 형식논리란, 그리고 충정에는 항상 지는 것이지요.

　귀하의 고운 손때가 묻은, 그리고 귀하의 순결한 체취가 밴 물건들이 누구의 손으로 넘어갈지 모르는 운명에 놓인다는 것은 도저히 그냥 지나쳐 버릴 수만은 없는 일이었습니다.

　상점(서점도 상점이지요)에 진열된 물건은 누구나 그것을 최소한 구경할 권리를 가지며 만져 보거나 나아가서는 선택할 권리와 구매할 권리를 가집니다. 나는 귀하의 물건들이 그 어느 경우에 놓이는 것에도 반대합니다. 귀하의 물건들이 있어야 할 장소는 귀하의 방 또는 귀하에게 속한 다른 장소, 이를테면 귀하 소유의 책상 같은 곳이 더 알맞다고 생각합니다.

　이화는 자신도 모르게, 되돌아온 책들을 감추어 버리고 싶은 수치심을 느꼈으나 그런다고 해서 자기가 저지른 실수마저 감출 도리는 없다는 걸 깨달았다. 자기가 한 짓을 하지 않은 것으로 바꿀 방도는 이미 없는 것이었다.

　그럴수록 자신에 대한 혐오감에 겹쳐 그 주제넘은 짓을 한 상대방에의 증오심은 더욱 맹렬히 불붙기 시작했다. 도대체 누가 자기더러 이따위 선심을 써도 좋다고 했단 말인가. 누가 자기에게 이따위 속들여다뵈는 선행을 해 달라고 부탁했단 말인가. 그러면 누가 칭찬이라도 해 줄 줄 알았는가.

　그러나 그 힐문과 증오심의 대상은 계속 짙은 안개 저편에 숨어 있다.

그녀는 어찌할 바를 알지 못했다. 그렇다고 이번 일은 부모들과 의논을 해 볼 수 있는 성질의 문제도 아닐뿐더러 그러고 싶지도 않다. 또 그렇다고 무슨 뾰족한 대책이 있는 것도 아니다. 오후 내내, 그리고 밤에도 그녀는 한잠 자지 못하고 수치심과 그 수치심을 달랠 방법을 궁리하느라고 거의 뜬눈으로 지냈다. 별별 생각이 다 떠올랐다. 심지어는 데모하는 사람들이 하는 식으로 피켓이라도 써들고 나가 볼까 하는 생각까지 떠올랐다. 이를테면 그 피켓에는 다음과 같이 쓴다.

'파렴치한 행위를 즉각 중지하라.'

또는 더욱 적극적으로

'한번 만나자. 만나서 얘기해 보자. 시간과 장소 그리고 당신의 인상착의를 알려 달라.'

그리고 학교 가는 길에 들고 나선다. 그러면 저편에선 필경 그것을 볼 것이며 어떤 반응이 있을 것이다. 그것이 어떤 반응이 될는지는 모르지만 그건 또 그때 가서 대처한다……

그러나 그것은 생각 속에서만 할 수 있는 일일 뿐 실제 행동으로 옮길 수 없는 일이었다. 혹 피켓을 만드는 일까진 할 수 있을는지 모르지만 그것을 들고 나간다는 건 도저히 불가능한 일이었다. 피켓을 그 비열한 염탐꾼 한 사람에게만 보이도록 들고 나갈 수 있는 방법이란 피켓을 들고 나가지 않는 방법밖엔 없겠기 때문이었다.

결국 그녀는 수치를 모면할 아무런 지혜로운 방법도 찾아내지 못했다. 그리고 그녀는 마침내 체념해 버리고 말았다. 저편에서 스스로 마음을 바로잡거나 제풀에 지쳐 버릴 때까지 기다리는 도리밖엔 이제 없다고 생각되었다.

그러나 그 후에도 발신자의 주소 성명이 없는 속달 편지는 계속해서 매일 그녀 앞으로 배달되었다. 마음을 바로잡거나 지친 기색은 조금도 보이지 않았다.

그리고 이상한 것은 그럼에도 불구하고 그녀는 매일 배달되는 그 편지들을 하나도 빼놓지 않고 다 읽어 주었다는 사실이다. 그 점에 대해서만은 그녀는 전혀 자신을 의심해 보려고도 하지 않았다. 의심하기는커녕 그녀는 그것(편지를 읽는 일)이 어느새 자기의 매일의 일과 가운데 하나가 되어 가고 있다는 사실조차 모르고 있었다.

때때로 그녀는 그 편지 속에서 기쁨을 맛보기조차 했다. 물론 그것은 시간이 한참 흐른 뒤의 일이다. 시간이 한참 흘러서 그녀가 그 편지에 대해 자신도 모르게 우정 비슷한 감정을 느끼기 시작하게 된 뒤의 일이다.

봄 속의 겨울

편지는 거의 1년 가까이 그렇게 계속되었다. 그리고 크리스마스 때에는 자그마한 선물까지 하나 보내져 왔다. 선물은 책이었는데 에리히 케스트너의 『날아가는 교실』이라는 아름다운 동화의 번역본이었다.

편지는 이화가 대학 입시를 치르고 그 합격자 발표를 보러 가기 하루 전날까지 배달되었다.

귀하는 오늘 귀하의 남동생과 함께 스케이트를 타러 갔습니다. 귀하의 남동생 이름이 동식이라는 것은 나중에 알았습니다. 스케이트장에서 귀하가 그렇게 부르더군요. 귀하는 물론, 귀하의 남동생도 교복을 입지 않았기 때문에 더 일찍 알 수는 없었지요. 한눈에 아주 쾌활한 소년이라는 걸 알 수 있었습니다. 스케이트 솜씨도 아주 훌륭하더군요.

그러나 귀하의 스케이트 솜씨는 아무리 좋게 얘기해도 결코 훌륭한 솜씨라고는 할 수 없었습니다. 나는 귀하가 여러 번 중심을 잃고 비틀거리거나 쓰러지는 것을 보았으니까요. 또 몇 번은 동생에게 의지해서 간신히 쓰러지는 것만을 모면하기도 하더군요. 그러나 귀하의 쓰러지는 모습이나 비틀거리는 모습이 아주 훌륭한 솜씨로 스케이트를 타는 다른 아가씨들보다 백배나 아름다웠습니다.

나는 위와 같은 불확실한 수사(修辭)상의 수 개념을 평소엔 인정하지 않았지만 오늘만은 인정하지 않을 도리가 없습니다. 따라서 백배라는 말은 수사가 아닙니다.

귀하는 몸의 중심을 놓치고 비틀거리게 되거나 쓰러지게 될 경우 볼을 빨갛게 물들이곤 하였습니다. 그리고 동생에게 자꾸 그만두겠다고 말하는 것 같았습니다. 그러면 동생은 쾌활한 웃음으로 귀하를 격려하며 일으켜 세워 주거나 잠시 쉬게 해 주는 숙련자다운 아량을 베풀곤 하더군요.

귀하와 귀하의 남동생이 함께 스케이트장의 가장자리로 나온 것은 두 번이었는데 한 번은 귀하의 남동생이 귀하의 스케이트화(靴)를 고쳐 신게 해 주기 위해서였고 한 번은 거기에 임시로 차려진 간이음식점에서 더운 국수를 사 먹기 위해서였습니다. 그 스케이트장은 노천이었으므로 몹시 추웠으니까요. 더욱이 강바람까지 불어오는 곳이었으니까요.

나는 귀하가 감기에 걸리지 않을 것을 바랐습니다. 감기 같은 것에 걸리지 않은 건강한 몸으로 귀하는 모레로 박두한 합격자 발표에서 자신의 합격을 확인해야 할 터이니까요. 물론 그렇지 않더라도 감기는 걸리지 않는 것이 더 좋겠지요.

어쩐지 이것이 마지막 보고가 될 것 같은 느낌이 드는군요. 진작에 느꼈다면 좀 더 충실한 것이 되게 할 수도 있었을 텐데. 안녕. 섭.

다음 날은 눈이 내렸다.

이화는 아침밥을 먹은 후 자기가 시험을 치른 여자 대학으로 자신의 합격 여부를 알기 위해 떠났다.

그리고 발표장에 도착했을 때는 눈송이가 차차 작아지기 시작하고 있었다.

그녀는 사람들이 모여 서 있는 곳으로 다가갔다. 사람들은 저마다 고개를 쳐들고 자기 또는 자기 가족 중의 한 사람과 관계되는 숫자를 찾는 데 여념이 없는 것 같았다.

그녀는 자기의 번호를 발견했다.

"축하합니다."

그때 누군가의 목소리가 옆에서 났다.

이화는 소리 난 쪽으로 고개를 돌이켰다. 머리에 눈송이 몇 점을 얹은, 처음 보는 청년 한 사람이 몸을 웅숭그리듯 하고 서 있었다. 그녀보다 한두 살 위일까 싶어 보이는, 얼굴이 몹시 희고 몸집이 야윈 청년이었다.

이화는 순간 이 사람이다, 하는 마음의 소리가 전율처럼 온몸을 꿰

뚫고 지나가는 것을 느꼈다.

"표정을 보고 합격하셨다는 걸 알았습니다."

그가 말했다.

"……."

"제 이름은 민요섭이라고 합니다."

눈길을 피하듯 하며 그는 띄엄띄엄 다시 그렇게 말했다.

이화는 그 자리에 몸이 얼어붙은 듯 꼼짝을 할 수가 없었다. 그가 댄 이름의 마지막 음절만이 커다랗게 확대되어 고막을 울려 댈 따름이었다.

그의 흰 얼굴이 순간 더욱 창백해지는 것 같았다.

"용서해 주십시오. 여기에 오게 될 줄은 정말 몰랐습니다. 전 어제 어디로 가려던 참이었으니까요. 하지만 갈 수가 없었습니다."

이화는 순간 그가 그대로 쓰러져 버리는 게 아닌가 의심했다. 그의 핏기 없는 얼굴이, 말하는 동안 점점 더 창백해져서 마치 죽은 사람의 얼굴처럼 되어 갔던 것이다.

"저……."

이화는 엉겁결에 그를 잡아 주려고 했다. 그러나 그는 쓰러지지는 않았다.

"괜찮습니다. 염려하지 말아 주세요. 전 지금 다만 용서를 받고 싶을 따름입니다."

그는 이화의 엉겁결에 내민 손길을 만류하는 시늉으로 말했다. 그러나 이화에게는 그는 곧 쓰러져 버릴 사람처럼만 보였다. 그녀는 처음으로 간신히 용기를 내서 말했다.

"저…… 어디 몹시 아프신 것 같아요. 하지만 난 어떻게 해야 할지 모르겠어요."

"아뇨, 아프진 않습니다. 어떻게 하지 않으셔도 괜찮습니다."

그러나 그녀에게는 그 말이 믿기지 않았다. 그녀는 다시 용기를 내서 말했다.

"제과점이나 다방 같은 데 가도 좋아요. 따라가겠어요."

그러자 그의 얼굴은 순간적인 환희로 빛났다.

"정말입니까?"

"네, 아무 데라도 따라가겠어요."

"절 염려해선가요?"

"아무렇게 생각하셔도 좋아요."

그러자 그는 별안간 사방을 두리번거리기 시작했다. 밖으로 나가는 쪽을 찾는 모양이었다. 그녀에게는 그러한 그의 모든 행동이 위태위태해 보이기만 했다. 그가 그러다가 언제 쓰러져 버릴는지 모른다고 생각되었기 때문이다.

그는 마침내 방향을 찾고 걷기 시작했다. 이화도 그와 나란히 걸었다.

눈은 이제 완전히 그쳐 있었다.

그의 머리 위에 몇 점 얹혀 있던 눈송이는 이제 몇 개의 물방울이 되어 매달려 있을 뿐이었다. 그리고 그것은 이화 자기의 머리 위도 마찬가지일 것이었다.

이화는 그를 따라 생전 처음으로 다방이라는 곳엘 들어갔다.

다방이라는 곳은 음악을 커다랗게 틀어 주는 점이 제과점과 다른 것 같았다.

안으로 들어서자 우선 고막을 무찔러 버릴 듯이 요란한 음악소리가 귀를 먹먹하게 했다. 이런 데서 사람들은 어떻게 얘기를 할 수 있을까, 하고 이화는 순간 의심했다. 그러나 여기저기 테이블을 차지하고 앉은 사람들은 그 음악소리는 들리지도 않는다는 듯 저마다 얘기에 열중하고 있는 모습을 볼 수 있었다.

민요섭도 조금 당황하는 듯했다. 머뭇거리면서 이화의 눈치를 살폈다.

그러나 그때 손에 물컵이 얹힌 쟁반을 든 여자 한 사람이 다가와서 그들에게 빈 테이블을 한 손으로 가리켰다.

"저리 앉으세요."

두 사람은 조금 머뭇거리다가 결국 그 여자가 시키는 대로 했다. 그 여자는 두 사람을 테이블까지 따라와서 주문을 받아 가지고 돌아갔다. 두 사람 다 커피를 주문했다.

그리고 주문한 것이 다시 그 여자에 의해서 날라져 올 때까지 두 사람 사이엔 아무 말도 없었다. 그는 말하는 것을 매우 조심스러워하는 눈치였으며 이화는 그가 이젠 쓰러질 염려는 없다는 것으로 안심하고 있었다.

커피가 날라져 오고 그것을 조금씩 마시는 시늉을 하게 되었을 때에야 민요섭은 주저주저 입을 떼었다. 음악소리 때문에 귀를 바짝 기울여야 했다.

"다방엔…… 처음 오시는 겁니까?"

"네."

"……그러실 것 같았습니다."

"……."

"용서…… 해 주시겠습니까?"

"……무엇을요?"

이화는 그를 똑바로 마주 건너다보았다. 그에 대한 경계심은 이제 퍽 누그러져 있었다.

"아, 저…… 편지 일이랑……."

그러며 그의 얼굴은 다시 조금씩 창백해져 갔다.

"……오늘 무례를 무릅쓴 제 행동이랑……."

이화는 순간 알 수 없게도 자기 마음이 한없이 너그러워지는 것을 느낄 수 있었다.

"용서…… 받고 싶으세요?"

"아, 아닙니다. 역시 그건 무리일 테죠……. 꼭 용서를 받아야겠다는 것보다는 그저…… 한 번만이라도 만나서, 용서를 빌어 두어야 할 것 같아서……."

"그럼 됐네요, 뭐."

"아, 네, 그렇죠. 하지만……."

"?"

"오늘 또 이렇게 놀라게 해 드려서……."

"괜찮아요."

그렇게 말하고 이화는 갑자기 부끄러움을 느꼈다. 무얼 용서해 준다는 기분을 갖는 게 이런 경우 부끄러움이 될 수도 있다는 생각이 얼핏 스쳤기 때문이다. 그녀는 얼른 찻잔을 집는 시늉을 했다. 그의 타는 듯한 시선이 이마 언저리에 와 닿는 것을 느낄 수 있었다.

"정말입니까?"

거의 부르짖듯 나직이 질러지는 그의 열에 뜬 목소리가 뒤미처 그녀의 머리 위에서 들려왔다.

이화는 이런 경우 자기가 부끄러운 기분을 가진다는 건 정말 부끄러운 일이라는 생각이 들었다. 그녀는 찻잔을 집으려던 동작을 그만두고 고개를 쳐들었다.

"모두 용서해 드리겠어요."

그러고 나서 그녀는 다시 잠깐 눈길을 내리깔았다가 쳐들며 말했다.

"하지만 그런 식으로 편지 보내신 거 떳떳한 행동이었다고 생각하진 않아요."

그러자 그의 얼굴은 다시 죽은 사람의 얼굴처럼 헬쑥해졌다.

"무, 물론이죠. 그래서 결국 또 이렇게 용서 빌어야 할 짓을……."

"아녜요. 오늘 여기 나타나신 건 잘하셨어요."

"네?"

그의 얼굴엔 당혹의 빛이 스쳐 갔다.

"그러지 않으셨음 평생 용서하지 않았을지도 몰라요."

그녀는 뜻밖에도 자기가 갑자기 어른이라도 된 것처럼 대담해지기 시작하는 걸 느꼈다.

"민요섭 씨라고 하셨죠? 민요섭 씨가 오늘이라도 이렇게 나타나셔서 자기 이름을 밝힌 건 그런 식으로 편지 보내신 것보단 훨씬 떳떳하신 것 같아요. 하지만 더 빨리 떳떳해지셨어야 할 거라고 생각해요."

"……미안합니다."

"편지 보내시던 태도나 편지 속에 쓰신 태도하고는 아주 다르네요. 편진 너무 용감하다고 할까, 아주 무례하던데요."

"……."

"아무튼 만나게 돼서 퍽 다행이라고 생각해요. 그러지 않았음 전 늘 불쾌감 하나를 지닌 채 평생 잊어 먹지 못했을 테니까요."

"이젠…… 잊으시겠습니까?"

"잊어 보도록 하겠어요."

"저, 모두 말입니까?"

"?"

"제가 그동안 편지를 보낸 일이나 오늘 여기 나타난 일이나……."

"민요섭 씨를 잊어 먹기는 이제 어렵겠네요. 오늘 하도 놀라서요."

그러면서 그녀는 가만히 미소를 지어 보였다.

민요섭은 수줍어하는 소년처럼 눈길을 내리깔았다. 그녀는 이어서 말했다.

"전 꼭 쓰러지시는 줄만 알았어요."

그러자 그는 눈길을 번쩍 치켜들었다. 그의 눈에는 번쩍번쩍하는 물체가 매달려 있었다. 이화는 순간 마음속에서 커다란 반향(反響)으로 부딪치는 어떤 소리를 들을 수 있었다. 물론 내용을 알아들을 수 있는 소리는 아니었다.

그가 번쩍번쩍하는 눈으로 이화를 똑바로 건너다보며 말하고 있었다.

"결국 절 가엾다고 생각하신 거군요. 가엾다고 생각하시고서 절 용서해 주시기로 하신 거군요. 제가 걱정한 대로군요."

이화는 당황하여 그 말을 부인했다.

"그런 게 아녜요. 무얼 잘못 생각하시나 봐요. 전 그런 뜻으로 말한 게 아닌데."

"발뺌 안 하셔도 됩니다. 절 너무 그렇게 허약한 사람으로 보지 마십시오."

"발뺌이 아녜요. 전 정말 그런 뜻으로 말한 게 아녜요. 아까 놀란 심정을 그대로 솔직히 말 한 것뿐예요."

"그래서 절 잊지 않겠단 말인가요? 제가 놀라게 해 드릴 만큼 허약해 보여서?"

그는 거의 울먹이듯 했다. 이화는 어떡해야 좋을지를 알 수가 없었다. 어떡해야 지금 자기의 너그러운 마음을 그가 오해 없이 알아듣도록 설명할 수 있을지를 알 수가 없었다.

민요섭은 계속해서 울먹이는 목소리로 말했다.

"전 물론 허약하기 짝 없는 놈입니다. 마음과 몸이 다 그렇죠. 하지만 그렇다고 아무 데서나 쓰러질 정도는 아직 아닙니다. 그리고 그런 이유, 제가 허약해 보여서 그걸 동정한다든가 하는 이유로 용서해 주는 걸 바랄 만큼 마음이 허약하진 않습니다."

"……."

"전 다만 그동안 제가 한 짓이 떳떳한 짓이 못 된다고 생각했기 때문에 그걸 사과하고 싶었고 그 사과의 방법을 여러 가지로 궁리하다가 결국 또 이런 식이 되고 말았을 뿐입니다. 제가 어떤 사과의 방법을 택했어도 결과는 비슷했겠지요. 제가 일방적으로 선택한다는 기본적인 무례한 입장에는 변함이 없었을 테니까요. 전 다만 이렇게라도 하는 게 저로서의 최소한의 예의는 된다고 생각했을 뿐입니다. 적어도 끝까지 숨어 있진 않은 셈이 되니까요. 그리고 허락하신다면 제가 결코 떳떳하다고 할 수 없는 행동을 시작하게 된 동기라든지 그동안 저 자신을 끝내 숨겨 온 사정 같은 것들도 얘기하고, 같이 사과하고 싶었을 뿐입니다."

그리고 그는 고개를 떨구었다. 이화는 순간 언젠가의 편지에서 그가 가면을 쓰고 있는 이유에 대해서 말할 수 있는 때가 곧 올 거라고 썼던 기억이 났다. 그녀는 말했다.

"그 얘기 듣고 싶어요."

그러자 그는 고개를 쳐들어 그녀를 탐색하듯 잠시 바라보았다. 이화는 피하지 않고 그의 시선을 똑바로 마주 받았다. 그러자 그는 눈이 부신 듯 시선을 얼른 비켰다. 그는 테이블께를 내려다보면서 말했다.

"이화 씨를 처음 봤을 때 전 이화 씨가 다른 사람들하고는 아주 다르다고 느꼈어요. 그냥 첫인상에서 받은 막연한 느낌이었지만 전 곧 단정해 버리고 말았죠. 그렇게 단정할 무슨 증거라도 있는 것처럼 말이죠. 하긴 세상에는 증거 없이 확신할 수 있는 일도 얼마든지 있긴 하니까요. 아무튼 전 이화 씨가 다른 세상 사람들하고는 아주 다르다고 생각했어요. 확신했죠. 이를테면 전 사람들은 모두 얼마간은 악덕에 물들어 있고 더럽다고 여기고 있었지만 이화 씨만은 아무리 그렇게 보려고 해도 그렇게 볼 수가 없었어요. 이상한 일이었죠. 사람한테서는 처음 경험하는 일이었으니까요. 전 그 확신을 더욱 보충하고 싶었습니다. 매일 이화 씨를 관찰하기로 했죠. 하지만 제 최소한의 도덕적 자존심이 그걸 이화 씨에게 어떤 형식으로든 알리지 않고 진행한다는 건 용납할 수 없었습니다. 보고서라는 명칭으로 편지를 쓰게 된 이유죠. 하지만 전 제 정체를 밝힐 수는 없었어요. 떳떳이 밝힐 수 있는 정체가 되지 못해서이기도 하지만 또 다른 이유가 있었죠. 전 이화 씨가 그 일을 당장 중지해 달라고 요구해 올 일이 두려웠습니다. 이화 씨에겐 그렇게 요구할 권리가 있었으니까요. ……저는 제 확신을 날로 보충해 가는 보고서를 매일 작성하는 일이 커다란 즐거움이었습니다. 이화 씨를 맨 처음 봤을 때 제가 받은 느낌이 조금도 그르지 않다는 사실을 매일의 그 보고서들을 작성하면서 늘 새롭게 확인할 수 있었으니까요.”

그때 이화가 물었다.

“그럼 떳떳이 밝힐 수 없었던 민요섭 씨의 정체는 무엇이었나요?”

“다 얘기하죠. 어차피 이렇게 된 바에 무얼 숨기겠어요.”

그리고 그는 아직 커피가 남은 잔을 들어 조금 마시는 시늉을 했다. 그러는 그의 동작에서 그녀는 그가 이 순간을 몹시 피하고 싶어 한다는 것을 느낄 수 있었다.

그의 표정은 몹시 고통스러워 보였다.

이윽고 그가 입을 떼었다.

"이화 씨는 어떤 정치가가 좋은 정치가이고, 어떤 정치가가 나쁜 정치가인지 혹시 아시는지 모르겠어요. 제가 그걸 안 건 부끄럽지만 고등학교 2학년 때였습니다. 그걸 알기 전까지 저는 그저 저의 아버지를 단순한 한 아버지로만 여기고 있었죠. 물론 아버지의 직업이 정치가라는 건 알고 있었지만 말입니다. 성인이면 직업이야 누구나 갖는 것이고 따라서 아버지의 직업이 정치가라고 해서 별다를 건 없다고 생각했죠. 그때까지 전 아버지가 세상 사람들의 분노의 대상이 되는 사람들 가운데 한 사람이라는 걸 전혀 몰랐으니까요. 고등학교 2학년 때, 제가 다니던 학교에서 학생들 전체가 참가한 데모가 있었어요. 학교 내의 문제를 가지고 일으킨 데모가 아니었습니다. 학교 밖의 정치 문제 때문에 일어난 데모였죠. 그런데 전 왜 우리가 그런 문제를 가지고 데모를 해야 하는질 알 수가 없었습니다. 그런 건 어른들이 결정할 문제라고 생각했죠. 전 그 데모에 참가하지 않았습니다. 그런데 그 뒤부터 비교적 저와 가깝게 지내던 친구들까지도 차차 저를 멀리하기 시작하더군요. 그리고는 마침내 저한테 얘기를 걸어주는 친구 한 명 없게 되었어요. 학교에서 전 완전히 외톨이가 되고 말았죠. 그 까닭을 전 알 수가 없었습니다. 견디다 못해 그중 가깝던 친구 한 명에게 사정하다시피 물어보았습니다. 몹시 피하고 싶어 하는 눈치더니 결국 말해 주더군요. 저의 아버지가 공정하지 못한 정치가라는 거였어요. 그리고 왜 공정하지 못한 정치가인가 하는 이유도 설명해 주었어요. 전 심한 충격을 받았습니다. 그리고 그 뒤부터 아버지가 하는 일들에 관심을 갖기 시작했죠. 그리고 그전에 아버지가 해 온 일들에 대해서도 알아보려고 노력했죠. 결과는 그 친구가 제게 해 준 말이 조금도 틀리지 않았다는 것이었어요. 그동안 아무것도 모르고 지내 온 사실이 부끄럽기 짝이 없었죠. 그리고 그러한 아버지의 아들이라는 사실 자체가 얼마나 부끄러운 것인가 하는 것도 알았죠. 전 그전처럼 떳떳이 학교엘 다닐 수가 없었어요. 거의 매일 제 방에 틀어박혀서 지내다시피 했지요. 고등학교를 졸업할 때까지 그랬고 그 후 지금까지 그래 오고 있어요. 학교엘 거의 나가지 않았는데도 어떻게 졸업은 된 모양이지만 대학에 갈 생각 같은 건 처음부터 갖지도 않았지요. 제가 아버지에게 유일하게 저항할 수 있는 길은 그 정도밖에 없으니까요. 도대체 공정하지 못한 일을 하는 아버지가 어떻게 그렇게 오랫동안 정치가 노릇을 할 수 있는지 모르겠어요. 그런 일이 허용되는 세상 자체가 차차 싫어지기 시작하더군요. 전 점점 더 제 방에 틀어박혀서 꼼짝하지 않게 됐습니다. 이따금 읽고 싶은 책을 사러 나가는 게 유일한 외출이었지요. 그리고 그 드문 외출 때 제가 발견한 사람이 바로 이화 씨였습니다."

이화는 정치에 대해서는 잘 모르고 있었다. 평소에 관심을 가져 본 적이 별로 없었기 때문이다. 그러나 자기 아버지가 공정하지 못한 일을 하고 있다는 걸 알게 됐다면 그녀 자신도 몹시 부끄러워했을 거라는 생각이 들었다. 그것도 세상 사람들이 다 아는 그런 일이라면 더욱 부끄러웠을 것이라고 생각되었다.

그러나 그가 말한 대로 만일 그의 아버지가 정말 공정하지 못한 일을 하고 있는 사람이라고 하더라도 그 자신마저 그러한 사람이 되는 건 아니라고 생각했다.

민요섭과 헤어져 집으로 돌아오면서 그녀는 줄곧 그에 관한 생각에 골몰해 있었다. 그래서 집에 돌아왔을 때 그녀의 어머니는 그녀가 불합격한 걸로 오해했을 지경이었다. 어머니는 그녀의 표정을 살피며,

"애, 어떻게 된 거냐? 떨어졌니?"

하고 근심스레 물었다. 이화는 그제야 표정을 펴며,

"아냐, 나 합격했어, 엄마."

하고 밝게 대답했다.

민요섭은 헤어질 때, 다시 만나 줄 수 있겠느냐고 물었었다. 그녀는 고개만 가만히 끄덕여 주었다. 역시 자기를 동정해서냐고 물었을 땐 말없이 고개를 가로저었다.

그는 곧 편지하겠다고 말하고 기쁜 듯이 자기 집 쪽을 향해 걸어갔다. 그의 집은 이화네 집으로 들어오는 골목의 입구께에 있었다. 담장의 높이와 둘레가 어마어마하게 높고 넓은 커다란 저택이었다. 그러나 늘 그 앞을 지나다니면서도 특별히 눈여겨본 적이 없는 집이었다. 그리고 그가 그 속에 살고 있었다. 커다란 대문에는 문패도 없었으며 높다란 담장 위에는 뾰족한 쇠창살들이 박혀 있는 집이었다. 그

리고 그는 그 속에서 그녀의 학교 오가는 모습을 관찰했을 것이었다. 아마도 창문이 골목 쪽으로 면한 2층의 한 방이 그의 방이리라.

그날 저녁, 이화는 아버지에게 공정하지 못한 정치가는 어떤 정치가냐고 물었다. 아버지는 갑작스럽다는 표정을 지었다.

"별안간 정치가 얘기는 왜 묻는 거냐?"

"그냥 알고 싶어서요, 아버지."

"글쎄, 뭐라고 딱 잘라 말하긴 어렵구나. 여러 유형이 있겠지?"

"어떤 어떤 유형이 있어요, 아버지?"

"글쎄다, 법을 잘 지키지 않는 정치가도 있겠구, 자기 개인의 이익을 위해서 자기의 직위나 신분을 이용하는 정치가도 있겠구, 반대 의견을 가진 사람을 헐뜯는 정치가도 있겠구, 정적(政敵)을 공정하지 못한 방법으로 괴롭히는 정치가도 있겠구, 또 뭐니 뭐니 해도 국민의 생활을 전혀 돌보지 않는 정치가도 있겠지. 그 밖에도 여러 유형이 있을 수 있겠지. 허지만 그런 걸 알고 싶으면 아버지한테 묻기보다는 신문을 좀 보려무나. 그런 걸 아는 덴 신문이 제일 좋은 교과서지."

"신문이 그렇게 중요한 건가요?"

"정치가 중요한 만큼은 중요한 거라고 할 수 있겠지. 허지만 보다 중요한 건 사람의 마음이란다. 사람의 마음이 공정하지 못하면 모든 게 다 공정해질 수가 없지 않겠니."

"그리고 또 중요한 건 사랑이겠죠. 아버지?"

"물론이지."

민요섭이 만나고 싶다는 편지를 보내온 것은 바로 그다음 날 오후였다. 역시 속달 편지였는데 이번에는 발신자의 주소 성명이 분명하게 적혀 있었다.

그리고 만날 장소와 시간이 적혀 있었다. 장소는 이화가 언젠가 한 번 들렀던 동네 앞 거리의 그 제과점이었고 시간은 편지를 받은 시간으로부터 두 시간쯤 뒤였다.

이화는 시간이 되자 집을 나섰다.

2월인데도 해 질 무렵의 바람이 몹시 찼다. 하긴 어젠 눈도 왔으니까.

그는 먼저 와서 기다리고 있었다.

그녀가 들어서자 창백한 얼굴에 반가운 빛을 감추지 못하며 손을 조금 들었다 놓았다. 그 동작이 몹시 어설퍼 보였다.

이화는 다가가 그의 맞은편 의자에 앉았다.

"안녕하셨어요?"

"네, 이렇게 또 나와 달라고 해서 미안합니다."

그는 흰 터틀 스웨터에 북슬북슬한 느낌의 홈스펀 윗도리를 걸치고 있었다. 그 모습이 어제에 비해선 한결 건강해 보였다.

"아뇨, 괜찮아요. 그보다도 어제보다 한결 건강해 보이시네요."

"그렇게 보입니까?"

"네."

"고맙습니다. 그건 그렇고 뭘 좀 시키셔야죠."

그러며 그는 고개를 돌려 주문받을 사람을 찾았다.

"전 먹고 싶은 건 없어요."

"그러시더라도 제과점이니까 뭐든 시키셔야죠."

제과점 유니폼을 입은 소녀 한 명이 다가왔다. 그가 이화 쪽을 건너다보며 물었다.

"뭐 드시겠습니까? 아이스크림 괜찮으세요?"

"네, 그럼 그렇게 해요."

"저, 여기 아이스크림 두 개."

제과점 소녀가 카운터 쪽으로 사라지자 그는 이화 쪽을 다시 건너다보며,

"저 혹시 배 타 본 적 있으세요?"

"아직 못 타 봤어요."

"한번 타 보시겠어요?"

"……무슨 밴데요?"

그러자 그는 잠시 망설이는 표정이 되었다. 그녀는 되도록이면 그를 실망시키고 싶지 않았 다.

"무슨 밴데요? 멀리 가는 것만 아니람 한번 타 보고 싶어요. 오늘 타는 거예요?"

"아뇨. 오늘은 너무 늦었습니다. 저, 실은 제가 마음대로 쓸 수 있는 요트가 하나 있어요. 아버지가 사 준 건데 그동안 쓰질 않았죠. 하지만 쓰려고만 한다면 언제든지 쓸 수 있는 준비는 돼 있을 거예요. 그리고 저희 소유로 돼 있는 자그마한 섬이 하나 있죠. 아주 조그만 무인도지만 저희 별장이 거기 있어요. 실은 어제 이화 씨를 만나러 나가기 전엔 그 섬으로 가서 아주 틀어박혀 버릴려고 했었죠. 인천에서 하루면 충분히 왕복할 수 있는 거립니다."

"정말 하루에 다녀올 수 있나요?"

"물론이죠."

"좋아요. 그럼 언제 태워 주시겠어요?"

"싫지 않으시다면 내일이라도 좋습니다."

"네, 그럼 내일 태워 주세요."

다음 날 아침 일찍 이화와 민요섭은 인천행 고속버스 정류장에서 만났다. 그는 커다란 륙색을 짊어진 차림으로 먼저 와서 기다리고 있었는데 그녀를 발견하자 상기한 표정으로 얼른 한 손을 들어 보였다.

이화는 눈으로만 그 손짓에 답하며 그에게로 다가갔다. 그의 차림새에 비해 자기는 너무나 아무런 준비도 없이 나왔다는 생각이 들었다. 그녀는 그냥 평상복 차림으로 나왔던 것이다. 그녀는 따로 무슨 준비가 필요하리라고는 생각지도 못했었다.

"나와 주셨군요."

그가 상기된 표정인 채로 말했다.

"네, 그런데 저 그냥 이대로 가도 돼요?"

"물론이죠. 아무 상관 없습니다. 이화 씬 손님인걸요."

"정말이에요? 전 정말 이대로 나오면 되는 건 줄 알았어요."

"당연하신 거죠. 이화 씨가 요트를 조종하실 것도 아닌데요. 저기 버스가 기다리고 있군요. 타시죠."

버스에 올라 나란히 앉았을 때 민요섭이 다시 말했다.

"운전을 배워 두었더라면 차를 가지고 나오는 건데 그랬습니다. 조금 더 편히 모실 수 있었을 텐데요. 하지만 요트 조종은 배워 두었으니까 안심하십시오.”

이화는 조금 불안한 생각이 들기 시작했다.

“요트라는 건 조종하기가 무척 어려운 건가요?”

“뭐 그렇게 어렵진 않습니다. 물론 약간의 기술이 필요하긴 하지만 필요한 조종법은 배워 뒀으니까요. 제가 직접 조종해서 섬까지 왕복한 적도 물론 있고요. 걱정하지 마십시오.”

“익숙하세요?”

“그럼요. 자신 없으면 제가 이런 제의를 할 수가 있나요.”

그녀는 다른 염려는 전혀 하지 않고 있었다. 이를테면 아무도 살지 않는 외딴섬에 남자와 단둘이 간다는 사실 자체로부터 예상할 수 있는 위험 같은 건 그녀는 전혀 고려하지 않고 있었다. 즉 그러한 위험에의 예감 같은 건 아직 그녀의 사고 영역 또는 지각 영역 밖의 일이었다. 다시 말해서 남자라는 동물이 가해 올지도 모를 물리적인 폭력이나 위협에 대해서는 그녀는 완전히 무식하다고 할 수 있는 상태에 있었다. 또 섬(島)이라는 사물부터가 그녀에겐 아직 실체라기보단 환상에 불과했다. 그것도 지극히 막연한. 말하자면 그녀는 섬이라는 사물이 갖는 육지와의 절연감(絶緣感) 따위도 미처 예감하지 못하는 상태에 있었다고 할 수 있었다. 요컨대 그녀는 섬이라는 곳엘 가 본 적이 한 번도 없으며 그에 관한 사전 지식도 거의 전무한 상태에 있었던 것이다. 그저 막연히 섬이란, 동화 같은 데 나오는 어떤 아름다운 공간이거니 하는 정도의 어렴풋한 환상만을 지니고 있을 따름이었다.

따라서 다소라도 염려되는 점은 그가 그녀로서는 생전 처음 타 보게 될 그 요트라는 이름을 가진 배(船)를 익숙하게 잘 조정할 수 있을 것인가 하는 점뿐이었다. 그런데 그는 그것을 장담하고 있다. 그리고 그렇게 보아서 그런지 그의 얼굴은 모처럼 자신에 넘쳐 있었다.

버스는 서서히 속력을 내어 도시의 중심부를 벗어나고 있었다.

시가지를 벗어나자 차츰 차창으로 내다보이는 시야가 넓어지면서 멀리 눈 덮인 야산과 들판 위에 드문드문 서 있는 전주들이 보이기 시작했다. 전주들은 마치 눈 쌓인 들판 위에 꽂아 놓은 거리 측정용 팻말들 같아 보였다. 그렇게 전주들 사이의 간격은 일정했다. 그리고 들판에 쌓인 눈은 투명한 아침 햇빛을 받아 수정처럼 반짝이고 있었다.

"여행 많이 해 보셨습니까?"

민요섭이 물었다.

이화는 시선을 옮겨 얼른 그를 일별하며 부끄럽다는 듯 대답했다.

"학교에서 가는 수학여행 빼놓고는 한 번도 못 해 봤어요."

"그럼 이런 정도의 여행도 개인으로는 처음이시겠네요."

"네."

"자동차 운전을 배우지 않길 잘했다는 생각이 드는데요. 여행은 아무래도 기차 편이나 이런 버스 편을 이용하는 게 제격이니까요."

"민요섭 씨는 많이 해 보셨어요?"

"저 역시 많이 해 보진 못했습니다. 학교 안 나가기 시작하고 나서 어쩌다 한 번씩 기분 전환 겸 다녀온 정도죠. 아무튼 이화 씨와 함께 이런 정도의 여행이라도 할 수 있게 되리라곤 상상도 못 했었습니다."

버스는 점점 더 속력을 내어 달리기 시작하고 있었다. 차창으로 내다보이는 풍경들이 순식간에 바뀌어 지나가곤 하였다. 이화는 곁에 앉은 민요섭의 체온이 따뜻하게 느껴졌다.

인천에 도착하자 그는 버스 정류장 부근에서 이화에게 잠시 기다려 달라고 하고는 공중전화를 걸었다. 이화는 그가 륙색을 짊어진 채 전화 거는 모습을 바라보며 잠시 기다렸다.

전화를 끝내고 전화기 앞에서 물러 나오는 그의 얼굴이 한순간 헬쑥해진 것같이 보였다.

"조금 기다려야 할 것 같은데 괜찮겠습니까? 어제저녁에 전화를 해서 준빌 해 두라고 했는데 아직 준비가 조금 덜 끝난 부분이 있는 모양입니다. 어디 다방에라도 가서 차나 한잔하실까요. 미안합니다."

이화는 괜찮다고 하였다.

그러나 그는 다방에 가서 커피를 주문하고 나서도 계속 이화의 표정을 살폈다. 그녀가 화를 낼 것을 두려워하는 모양이었다.

이화는 그를 안심시키기 위해 말했다.

"오늘 안으로만 돌아갈 수 있음 되니까 너무 걱정 마세요."

"네, 그건 문제없습니다. 하지만 잠시라도 이런 데서 지체하게 돼서 정말 면목 없습니다. 전화로 단단히 말을 해 뒀는데……."

"곧 되겠죠, 뭐."

"네, 그동안 쓰질 않아서 손볼 데가 좀 있었던 모양입니다. 한 시간 안으론 준빌 다 해 놓겠다고 했습니다. 조금만 더 참아 주세요."

"네, 제 걱정은 하지 마시래두요."

한 시간쯤 뒤 그는 다방에서 다시 전화를 걸었다. 그리고 전화를 끊고 돌아오면서 그는 다소 밝아진 표정으로 말했다.

"다 됐답니다. 나가시죠."

다방에서 나온 두 사람은 택시를 탔다. 두 사람을 태운 택시는 시 가지를 벗어나자 곧 차창으로 바다가 내다보이는 길을 달리기 시작했다.

두 사람이 배(船)에 오른 것은 10시가 훨씬 지나서였다.

택시에서 내려 소나무 숲 사이로 뚫린 길을 조금 걷자 곧 해안이 나타났다. 좌우가 숲으로 둘러싸인 작은 만(灣)처럼 생긴 해안이었다. 그리고 거기 미풍을 가득 안은 삼각의 흰 돛을 단 그림처럼 예쁘고 자그마한 배 한 척이 보였다.

세 사람의 남자가 배 근처에서 서성거리고 있다가 두 사람이 나타나자 민요섭을 향해 일제히 고개 숙여 인사했다. 그리고 그중 한 남자가 다가와서 민요섭의 등에 진 륙색을 벗겨 배 위에 실었다. 그의 집에 고용되어 있는 사람들인 것 같았다.

민요섭은 그들에게 수고했다고 말하고 이화에게 곧 배 위에 오르기를 권했다. 이화는 순간 조금 주저했으나 곧 그의 부축을 받고 배위에 올라탔다. 바닥이 분명 단단한 나무로 되어 있음에도 불구하고 그녀는 순간 자기가 어떤 미끈거리는 물체 위에 올라선 듯한 착각을 받았다. 엉겹결에 그는 자기를 구원해 달라는 몸짓을 했다.

그러자 곧 민요섭이 배 위로 뛰어올랐다. 그는 상기한 얼굴에 미소를 띤 채 말했다.

"아, 괜찮습니다. 그리 앉으세요."

그리고 그는 그녀를 부축하여 조종석 옆의 의자에 앉게 해 주었다.

배가 해안을 떠났을 때 그녀는 뒤에 남겨진 해안 쪽을 돌아보았다. 세 사람의 남자가 손을 흔들고 있는 모습이 보였고 그들 뒤쪽으로 아까는 볼 수 없었던 집 한 채가 숲속에 반쯤 가려져 있는 모습이 보였다. 경사가 급한 빨간 지붕의, 서양 동화책에 나오는 그림 같은 집이었다.

민요섭이 배를 조종하면서 말하고 있었다.

"이걸 아버지가 사 주었을 땐 얼마나 기분이 좋았는지 모르죠. 돛과 엔진을 다 사용할 수 있는 비싼 물건이었으니까요. 몹시 갖고 싶어 했던 거죠. 하지만 아버지가 공정하지 못한 일을 하는 사람이라는 걸 알고 난 뒤부터는 이것 역시 공정한 물건이 아닐 거라는 생각이 들어서 타질 않았죠. 하긴 아버지는 개인 사업체도 몇 개 가지고 있으니까 이런 것 정도 사는데 따로 무슨 떳떳지 못한 일을 했을 리는 없을지 모르지만 그래도 어쩐지 자꾸 떳떳지 못한 물건이라는 생각이 들어 견딜 수가 없더군요. 이번 한 번만 쓰고 버릴 생각입니다. 엔진을 걸어서 바다 한가운데로 띄워 버릴 작정이죠."

"그럼 아깝지 않으세요?"

"아깝긴요. 본래부터 제 물건이 아닐 텐데요."

"……."

"전 할 수만 있다면 아버지가 준 건 모두 버리고 싶어요. 지금 입고 있는 이 옷까지도 할 수만 있다면 모두 벗어 버리고 싶을 정도예요.

그러지 못하는 저 자신이 한없이 밉습니다."

"……."

"……우울한 얘기 해서 미안합니다. 불쾌하시죠?"

"아뇨, 괜찮아요. 하지만 자신을 미워해선 안 될 것 같아요."

그는 잠시 입을 다물고 말없이 배의 조종간만을 잡고 있었다. 멀리 다른 배들이 지나가는 모습이 보였다. 배들은 하나같이 꼬리 부분에 기다란 흰 물거품을 끌고 있었다. 몸빛이 흰 새 한 마리가 그들 가까이 스쳐 갔다.

"저게 무슨 새죠?"

그녀가 눈으로 새를 좇으며 물었다.

"네? 아, 처음 보십니까? 갈매기로군요."

"아, 저게 갈매기로군요. 전 처음 봐요."

"배만 처음 타 보시는 게 아니라 그럼 바다에도 처음 와 보시는 모양이군요."

"네, 전 온통 처음 해 보는 것투성이에요. 그런데 저 새는 그럼 바다에서만 사나요?"

"그렇죠. 바다에서 사는 새죠."

"잠은 그럼 어디서 잘까요?"

"글쎄요. 그건 잘 모르겠는데요. 아무래도 잠이야 육지에서 자겠죠. 섬이나."

"먹긴 무얼 먹고 살까요?"

"그야 물고기를 잡아먹고 살죠. 전 갈매기가 물고길 잡는 걸 본 적이 있습니다. 저렇게 한가롭게 날고 있다가도 일단 먹이를 발견하면 무서운 속도로 해면을 향해 내리꽂히죠. 조금 더 나가면 아마 물고기가 해면 위로 뛰어오르는 모습도 보실 수 있을 겁니다."

"물고기가 바다 위로 뛰어오르기도 하나요?"

"그럼요. 몹시 아름답죠."

그러며 그는 고개를 돌려 이화 쪽을 슬쩍 바라보았다.

"이화 씨처럼요."

"……."

이화는 순간 얼굴이 홍당무처럼 빨개졌다. 그의 얼굴도 약간 상기돼 있었다.

"그런 말…… 하시지 않기에요."

그녀가 간신히 표정을 바로잡으며 말했다.

"솔직히 말할 권리가 저한텐 없나요?"

그는 조금 더 상기된 표정으로 그렇게 말했다.

이화는 얼른 대답할 말을 찾지 못했다. 그리고 간신히 바로잡은 얼굴이 또다시 새빨개졌다.

"자꾸 그러심…… 저 민요섭 씨하고 함께 온 거 후회하겠어요."

그러자 그의 얼굴은 다시 핼쑥해졌다.

"……아, 아닙니다. 용서해 주세요. ……기분을 상하게 해 드려 미안합니다."

"괜찮아요. 하지만 다시는 그런 말 하시지 않기예요."

"네, 약속하겠습니다."

"언짢게 생각하진 마세요. 하지만 저 그런 말은 싫어요."

"……절 경멸하시죠?"

"아녜요. 절대로 그렇지 않아요. 전 민요섭 씨가 좋은 분이라고 생각해요."

"제 실책을 감싸 주려고 그러시는 거군요."

그의 얼굴은 더욱 핼쑥해져 갔다.

"역시 절 허약하게 보시구서."

"그렇지 않아요. 정말 전 민요섭 씨를 좋은 분이라고 생각하고 있어요. 전 절대로 민요섭 씨가 허약하다고는 생각하지 않아요."

이화는 할 수만 있다면 어떻게 해서든 그의 기분을 돌이켜 주고 싶었다. 그리고 그를 저 몹쓸 감정—열등감으로부터 구해 주고 싶었다. 그러나 어떻게 해야 그렇게 할 수 있을는지를 그녀는 알 수가 없었다.

그가 말하고 있었다.

"역시 전 저 자신을 미워할 수밖에 없군요. 이화 씨의 기분마저 결국 부담스럽게 해 드리고."

이화는 가만히 손을 뻗어 배의 조종간을 쥔 그의 한 손을 잡았다.

그의 손이 놀라고 있음이 그녀의 손에 전달돼 왔다. 그러나 그녀는 그대로 가만히 쥐고 있었다.

그의 손은 몹시 찼다. 그녀가 말했다.

"우리 서로 친구가 돼요."

그러자 그의 손은 한순간 움찔 떠는 듯했다. 그것은 아주 섬세한 움직임이었다.

"서로 미워하지 않기로 해요. 그리고 각자 자기 자신도 미워하지 말기로 해요."

그가 가만히 시선을 들어 그녀를 바라보았다. 그녀가 쥔 그의 손이 가늘게 떨기 시작했다. 그녀는 손이라는 물건이 그렇게 민감한 것인 줄 처음 알았다. 그의 손을 더욱 꼭 쥐었다. 그리고 가만히 그의 시선을 마주 받았다.

"그렇게 해요, 네?"

라고 그녀는 눈으로 말하고 있었다.

그의 눈이 그것을 수락했다. 그리고 그는 갑자기 배의 속력을 내기 시작했다. 배는 거의 자동차와 같은 속도로 달리기 시작했다. 아니 바퀴를 가진 물건으로서는 도저히 흉내 낼 수 없는 속력인 것 같았다. 미끄러지는 물의 속도를 바닥을 딛고 있는 발로 느낄 수 있었다. 물보라가 일어 물방울들이 배 위로 튀어 올랐다.

한순간 그녀는 바다 전체가 커다랗게 기우뚱하는 듯한 착각을 받았다.

"어지러워요."

하고 그녀가 외쳤다.

그러자 그는 속도를 좀 늦추었다. 그리고 그는 빠른 곡조의 노래를 휘파람으로 불기 시작했다. 그 순간의 그는 마치 자전거라도 타고 있는 소년처럼 즐거워 보였다.

이화가 가만히 불평했다.

"그렇게 별안간 사람을 놀라게 하는 법이 어딨어요? 어지러워서 죽을 뻔했어요."

그가 흰 이를 드러내 보이면서 쾌활하게 웃으며 말했다.

"하하, 멀미를 한번 해 보셔야 요트 탄 실감이 나죠."

"실감 나게 해 주시려고 일부러 그러셨어요?"

"물론이죠. 이왕 태워 드리는 바에야 실감 나게 태워 드려야죠."

"실감 안 나게 태워 주셔도 좋으니까 다신 그러지 마세요. 전 어지럼증 정말 못 참아요."

"네에 네, 알겠습니다. 바다의 요정이시여."

"또 그런 말."

"아차, 실수. 용서하십시오."

"또다시 그런 말 하심 용서 안 하겠어요."

"네에, 명심하겠습니다."

멀리 섬들이 보이기 시작했다. 섬이란 물속에 잠겨 있는 바위 언덕이나 산봉우리를 두고 부르는 이름인 것 같았다. 그리고 바다는 그러한 섬들의 거대한 숨바꼭질 놀이터인가 보았다. 아까는 꼭꼭 숨어서 보이지 않던 섬들이 저렇게 들켜서 붙잡혀 나온 것처럼 우뚝우뚝 제 모습을 드러내고 서 있으니.

섬에도 눈이 온 모양인지 머리 부분이 모두 희끗희끗해 보였다.

이화가 물었다.

"섬에도 눈이 오나요?"

"그럼요. 바다에도 눈은 오니까요."

두 사람을 태운 요트는 차츰 윤곽이 뚜렷해지기 시작한 한 섬으로 다가가기 시작했다.

그 섬의 가장자리는 온통 바위투성이로 되어 있었다. 그리고 그중 한군데만이 작은 모래밭으로 되어 있었다.

민요섭은 요트를 그 모래밭에다 대었다. 그리고 자기가 먼저 뛰어 내려 이화를 부축해서 모래밭에 내려놓아 준 다음 요트에서 륙색을 운반해 내렸다.

이화는 비로소 발밑이 흔들리지 않는 땅의 견고한 힘을 느낄 수가 있었다. 그러고 보면 배에 타고 있는 동안은 계속해서 발밑이 흔들리고 있는 듯한 느낌 속에 빠져 있었던 것 같다.

민요섭이 요트를 부근에 있는 바위에다 잘 붙들어 매 놓은 다음 륙색을 짊어지며 말했다.

"자, 가십시다. 조금만 올라가면 저희 별장이 있습니다. 거기 가서 조금 쉬었다 가죠. 제 요리 솜씨도 좀 보시구요."

"요리도 할 줄 아세요?"

"그럼요. 모두 준비해 왔죠."

모래사장이 끝난 부분부터는 마른 나뭇가지들이 뒤엉킨 숲으로 되어 있었다. 그리고 그 숲에는 아직 아무도 밟지 않은 깨끗한 흰 눈이 쌓여 있었다. 두 사람의 발자국이 그 눈 위에 찍히기 시작했다. 발에 밟히는 눈의 감촉은 몹시 부드러웠다.

"둘레가 약 2킬로미터밖에 안 되는 작은 섬이죠. 저 위에 올라가면 섬 전체를 한눈에 내려다볼 수가 있습니다."

"별장엔 누가 살고 있나요?"

"아무도 없어요. 가족 중의 누가 오기 전엔 늘 비어 있죠. 아마 썰렁할 겁니다."

그는 자기가 헤치고 가는 나뭇가지가 그녀에게 눈을 뿌려 댈까 봐 나뭇가지들을 조심조심 들어 올리며 걸었다. 나뭇가지들 위에도 눈이 쌓여 있었던 것이다.

조금 더 올라가자 그가 말하던 별장이 나타났다. 얼핏 보기엔 통나무로 지은 작은 오두막집 같은 것이었는데 가까이 다가가서 보자 그것은 생각보단 훨씬 큰 집이었다. 전면으로 난 커다란 유리창이 햇빛을 받아 번쩍번쩍 빛나고 있었다. 지붕에는 눈이 쌓여 있었다.

그가 말했다.

"잠깐만 기다려 주십시오. 제가 먼저 들어가서 대강 좀 치우고 불을 피워 놓겠습니다."

그리고 그는 륙색을 짊어진 채 밖으로 빗장만 걸어 둔 문을 열고 안으로 들어갔다.

이화는 그 자리에 서서 섬의 기슭을 내려다보았다. 섬의 기슭과 바다가 만나고 있는 선이 또렷하게 내려다보였다. 배를 매 둔 모래밭도 더욱 조그마해 보였다. 배는 그리고 삼각의 흰 돛을 단 채 조용히 기슭에 떠 있었다.

바다는 햇빛을 받아 순간순간 빛깔이 바뀌는 것 같았다. 짙은 초록색인가 하면 연한 하늘색이 되기도 하고 또 번쩍번쩍 빛나는 알루미늄 빛깔이 되기도 했다.

그녀는 커다랗게 심호흡을 했다. 자기가 그곳에 서 있다는 사실이 신비롭게 느껴졌다.

그때 민요섭이 걸어 나오며 말했다.

"자, 누추하지만 들어오십시오. 추우시죠? 불을 피워 놓았습니다."

불을 피우느라고 그랬는지 그의 눈엔 눈물이 번져 있었다. 순간 이화는 야릇한 부끄러움을 맛보았다. 부끄러움이란 그를 돕지 못했다는 자책감에서 비롯된 것이었다. 불을 피우는 일이라면 자기가 도울 수도 있었을 텐데 그에게만 맡겨 놓은 것은 자기가 아무래도 아직 그에 대한 오만한 마음을 버리지 못한 증거인 것 같았다.

"제가 도와드릴 걸 그랬나 봐요."

하고 그녀는 얼굴을 붉힌 채 그에게로 마주 다가갔다.

그는 당치도 않다는 듯 말했다.

"어디요, 이화 씬 제 손님인걸요. 자, 어서 들어가시죠."

"……미안해요."

하고 그녀는 고개를 숙이듯 하며 그를 따라 집 안으로 들어섰다.

비워 두었던 집치고는 집 안은 비교적 말끔히 정돈되어 있었다. 양탄자가 깔린 바닥도 약간의 먼지가 앉은 걸 제외하고는 깨끗한 편이었으며 의자나 소파 같은 것들도 흐트러져 있지 않았다.

그리고 벽돌로 쌓은 페치카 속에서는 마른 나뭇가지들이 탁탁 소리를 울리며 타고 있는 모습이 보였다.

"그냥 신발 신고 올라오세요."

그가 신발을 신은 채로 먼저 양탄자가 깔린 바닥 위로 올라서며 말했다. 그녀는 조금 망설이듯 하며 말없이 그의 지시를 따랐다.

그가 의자 하나를 벽난로 앞으로 옮겨 놓았다.

"여기 앉아서 우선 몸 좀 녹이십시오. 전 곧 식사 준비를 하겠습니다."

그리고 그는 거기 페치카 옆에 쌓여 있는 마른 나뭇가지들을 무릎에 대고 뚝뚝 꺾어서 타오르고 있는 불길 속에 좀 더 던져 넣은 다음 륙색을 풀기 시작했다.

"식사 준비는 저도 거들게요."

그녀가 벽난로 앞으로 다가가려다 말고 말했다.

"아닙니다. 이화 씬 그저 손님답게 구경만 하시면 됩니다. 자, 어서 그리 앉으셔서 몸이나 좀 녹이세요."

"저 별로 춥지 않아요. 그리고 저 이제 손님 대접 그만 받을래요. 아까 우린 친구가 되기로 했잖아요."

"그래도 오늘은 역시 제 손님이십니다. 가만히 그리 앉으셔서 우선 몸이나 좀 녹이세요."

"그럴 수 없어요. 마음이 편치가 않은걸요."

그러자 그는 륙색을 풀던 손길을 멈추고 말없이 그녀를 쳐다보았다. 그의 두 눈이 그녀의 얼굴을 탐색하듯 천천히 더듬었다.

"정말이십니까?"

"네."

그녀는 되도록 단호하게 들리도록 대답했다. 잠시 망설이는 눈치더니 이윽고 그가 하는 수 없다는 듯 말했다.

"그럼 좋도록 하십시오. 하지만 물건들을 꺼내는 동안만이라도 우선 몸을 좀 녹이세요. 전 불을 피우는 동안 몸이 다 녹았으니까요."

그녀는 더 이상 고집을 부릴 수는 없었다. 그러다가는 자칫 또 그의 마음을 다치게 하는 결과가 될지도 모를 일이었다.

"그럼 잠깐만 불 쬐겠어요."

하고 그녀는 그가 옮겨 놓은 의자에 앉았다.

그는 곧 륙색으로부터 솥·냄비·버너 같은 취사도구들을 꺼내기 시작했다. 그러는 그의 동작은 몹시 익숙해 보였다.

그가 집 밖으로 나가 근처에 있다는 샘으로부터 물을 길어 나르고 그녀가 그를 도와서 식사 준비를 다 마친 것은 그로부터 한 시간쯤 뒤였다.

그는 거의 완전하리만큼 모든 준비를 다 해 왔기 때문에 실상 그녀가 도울 수 있었던 일이라곤 극히 부수적인 일 몇 가지에 불과했다. 이를테면 그는 쌀이나 찌갯감까지도 모두 깨끗이 씻어 안쳐 가지고 와서 남은 일이라곤 겨우 물을 부어 열을 가하는 일 정도였다.

마른 나뭇가지들이 탁탁 소리를 내며 타고 있는 벽난로 앞에 그와 나란히 앉아 식사를 시작했을 때 그녀는 처음으로 자기가 집으로부터 아주 멀리 떨어져 와 있다는 생각을 했다. 그녀로서는 이런 식으로 식사를 가족 이외의 사람과 함께 하는 것은 처음 있는 일이었던 것이다. 그녀는 조금 두려운 생각이 들었다.

"오늘 안으로 꼭 돌아갈 수 있을까요?"

"물론이죠."

민요섭은 아무렇지도 않다는 듯 대답했다.

"꼭 그렇게 해 주셔야 해요."

"글쎄, 그 점은 아무 염려 마십시오. 그보다도 밥이 아주 맛있게 잘 됐는데요. 역시 이화 씨가 물을 보아 준 덕분인가 보죠?"

"네, 찌개도 아주 잘 끓여졌어요. 요섭 씨가 양념을 잘해 가지고 안쳐 오셨기 때문이에요."

"간이 맞습니까?"

"네, 아주 잘 맞아요."

"다행이로군요. 전, 역시 남자 솜씨라서 할 수 없다고 타박을 맞을까 봐 은근히 걱정하고 있었는데요."

"정말 요섭 씨 손수 준비하신 거예요?"

"그럼요. 제가 왜 그걸 남에게 부탁하겠습니까."

그는 마치 자기에겐 자랑할 게 그것밖에 없다는 듯이 매우 의기양양한 표정을 지었다. 그런 그가 그녀에게는 몹시 친근하게 느껴졌다.

"요섭 씬 이런 일들이 몹시 재미나시나 봐요."

"네. 전 이런 일들이 아주 재미나요. 남자가 가질 취미 같지는 않지만 그렇다고 뭐 조금도 부끄럽다거나 하는 생각은 들지 않거든요. 전 오히려 승부가 걸린 스포츠 같은 걸 싫어하죠. 이기는 쪽과 지는 쪽이 반드시 생기고야 마는 그 결과가 전 싫더군요."

"요섭 씬 그리고 책도 많이 읽으시나 보죠? 참, 지난 크리스마스 때 보내 주신 『날아가는 교실』은 아주 재미나게 읽었어요. 「정의선생」 이야기는 그중에서도 잊혀지지 않아요."

"아, 그건 제가 가장 좋아하는 책 중의 하나죠. 누구든 한번 읽어 보면 한동안 그 책의 매력을 잊어 먹을 수가 없을 겁니다. 이화 씨도 별수 없었군요."

"네, 아주 꼼짝 못 했어요. 전 정말 그런 책이 있는 줄도 몰랐어요."

"그 점에 대해선 그럼 저한테 감사하셔야 되겠군요."

"네 정말 감사해요."

"영혼의 세계에 대해선 혹시 흥미를 느껴 본 적이 없으세요?"

"참, 언젠가 저하고 똑같은 꿈을 꾸셨다는 편질 쓰신 적이 있죠? 전 그게 제일 두렵기도 하고 궁금했어요. 그 얘길 좀 해 주세요. 어떻게 된 거죠?"

"아, 비로소 확인을 한 셈이군요. 두려우셨다는 걸 보니 저하고 똑같은 꿈을 꾸신 게 틀림없는 사실이로군요. 하긴 전 이화 씨에게 직접 물어볼 기회가 없었으니까 여태껏 그걸 확인할 도리는 없었지만 그걸 사실이라고 믿어 왔습니다. 그랬으니까 그런 편지도 쓸 수 있었죠. 그리고 지금 그걸 확인한 셈이죠. 제가 아마 그 편지에서 영매(靈媒)라는 말을 사용했을 겁니다."

"네, 그랬어요."

"영매란 말하자면 영혼과 영혼 사이를 맺어 주는 중매쟁이 비슷한 거죠. 또는 안테나 같은 거라고나 할까요. 보통 무당 같은 사람들을 영매라고도 하지만 그들은 대개 귀신이나 신 같은 초월적인 영혼에 자기의 육체를 빌려주는 정도의 역할밖에 못 합니다. 살아 있는 인간의 영혼과 영혼 사이의 송수신 장치 같은 역할이나 안내자 역할은 전혀 못 하죠. 그런데 제가 알고 있는 영매는 바로 그러한 역할을 해낼 수 있는 좀 특별하다면 특별한 존재죠. 물론 눈으로 볼 수도 없고 만질 수도 없고 더 이상 어떻게 말로 설명할 수도 없는 존재지만 느낄 수는 있습니다. 좀 더 막연하게 들릴는지 모르지만 전 이따금 그걸 분명하게 느낄 수가 있습니다. 우리가 보통 어떤 예감을 느낀다, 육감이 지핀다 할 때의 느낌 훨씬 이상이죠. 전 그 영매의 존재를 확신합니다. 그때도 잠자고 있는 이화 씨의 영혼과 제 영혼을 그 영매가 만나게 해 주었던 겁니다. 그건 방금 분명히 확인할 수 있었듯이 이화 씨와 제가 똑같은 꿈을 동시에 꾸었다는 사실로 증명됩니다."

그는 아주 확신에 차 있는 태도로 말하고 있었다. 그의 얼굴은 순간 아주 투명해지고 있었으며 그의 눈빛은 뚜렷한 확신에 차서 흔들리지 않고 있었다. 그러나 이화에게는 아무리 믿으려고 해도 믿어지지 않는 사실이었다.

"하지만 전 아무래도 잘 모르겠네요."

"그러실 겁니다. 영혼의 세계에 친숙해 보지 않고서는 쉽사리 납득이 잘 안 갈 겁니다. 무엇이든 자기와 친숙하지 않은 사물이나 세계에 대해서는 사람들이란 우선 본능적인 거부 반응부터 일으키게 마련이니까요. 거부하는 마음을 가지고 어떤 사물이나 세계에 대해서 이해해 보려고 한다면 그건 이해로 가는 길을 스스로 차단해 버리고 나서 그러려고 하는 것과 마찬가지죠. 전 제 방에 틀어박혀 지내다시피 하게 되면서 영혼의 세계에 대한 흥미를 느끼기 시작했고 차츰 그 세계에 친숙해져 갔습니다. 그리고 그 세계에는 물질의 세계와 같은 아집이나 권력욕 같은 것은 존재하지 않는다는 걸 알았습니다. 물론 악령의 세계가 있다는 것도 알았지만 그 악령의 세계에 있어서까지도 일정한 기본적인 윤리는 지켜지고 있더군요. 그건 그 악령들이 결코 착한 영혼들을 침범하지 못한다는 것이었습니다. 다른 사람들은 혹 다르게 말할는지 모르지만 제가 이해한 영혼의 세계는 그렇습니다. 전 그 세계에 아주 친밀감을 가지고 있습니다. 그리고 영매의 존재란 아주 고마운 것이죠. 이화 씨도 한번 흥미를 가져 보도록 하세요."

"글쎄요, 그렇지만 전 아무래도 역시 잘 모르겠어요."

"물론 강요하는 건 아닙니다. 다른 얘기나 하죠."

"네, 그래요."

벽난로 속의 나뭇가지들은 계속해서 탁탁 소리를 울리며 타오르고 있었다.

"제가 이 섬에 와서 아주 틀어박혀 버리려고 했었다는 얘길 언젠가 했던가요?"

"네 참, 그런 얘길 하신 적이 있어요. 왜 그런 생각을 하셨어요?"

그때 그의 얼굴엔 어떤 집중의 표정이 떠올랐다. 그의 두 눈은 한동안 물끄러미 벽난로 속에서 타고 있는 불길로만 향해져 있었다. 불길의 그림자가 그의 얼굴 위에서 희미한 붉은빛으로 얼룩지고 있었다. 이윽고 그가 입술을 움직여 말했다.

"이화 씨에게 마지막 편지를 쓰던 날 저는 결심을 했었죠. 그때 감정으로는 도저히 이화 씨를 만나러 간다는 건 상상도 할 수가 없었고 더 이상 그 파렴치한 행위를 계속한다는 것도 저 자신이 용납할 수가 없었습니다. 따라서 제가 할 수 있는 단 한 가지 남아 있는 행동은 이화 씨를 계속 바라볼 수 있는 위치에서 눈을 가리고 이화 씨를 바라보지 않는 일뿐이었습니다. 그건 정말 견디기 어려운 일일 거라는 생각이 들었습니다. 그 이상의 고문은 저한테 없을 거라는 생각이 들었죠. 게다가 그 무렵 아버지는 또 다른 어떤 공정하지 못한 일에 가담하고 있다는 걸 전 눈치채고 있었습니다. 구체적으로 그것이 어떤 일인지는 확실치 않았지만 아무튼 어떤 옳지 못한 일이라는 건 분명했어요. 전 그걸 아버지의 거동을 보고 눈치챌 수 있었죠. 아무튼 전 그 모든 것으로부터 도망치고 싶었습니다. 그래 결심을 했죠. 또 저 같은 인간에게는 세상과 격리된 이런 섬 같은 곳이 지내기에 알맞은 장소라는 생각도 들었습니다. 전 사람들이 싫었으니까요. 그건 그리고 지금도 변함이 없습니다. 단 이화 씨 한 사람만이 예외죠. 결국 또 이화 씨 한 사람 때문에 결심을 실행에 옮기지 못하기도 했습니다. 그 이유는 아마 말했을 겁니다."

"절 만나서 사과해야겠다는 생각 말인가요?"

"네, 그러지 않곤 견딜 수가 없었습니다. 제가 싫어할 수 없는 유일한 사람에게 끝내 떳떳하지 못한 인간으로 남아 있기는 죽기보다 싫었으니까요. 하지만 일단 만나서 사죄를 한 다음에는 결심대로 할 작정이었습니다. 그런데 결국 그렇게도 하지 못한 셈이 되고 말았죠. 이화 씨가 너무나도 강한 힘으로 절 그 결심으로부터 떼어 놓았습니다."

"……"

그녀는 그가 한 마지막 말이 갖는 정확한 뜻을 이해하지 못했다. 그러나 그녀는 그 말이 갖는 중요성을 충분히 감지할 수 있었다. 그녀는 무엇으로부터 자기를 도사려야겠다는 막연한 절박감을 느끼기 시작했다.

벽난로 속의 불길에 던져져 있던 그의 시선이 그녀의 얼굴로 옮겨 왔다. 그의 눈빛은 불길을 닮아 열기를 띠고 있었다.

그녀는 자기의 몸이 돌처럼 딱딱해져 있는 것을 느낄 수가 있었다.

"아까 요트에서 친구가 되자고 해 주셨을 땐, 그리고 제 손을 잡아 주셨을 땐 전 그만 온몸이 어떤 신성한 것으로 바뀌는 것 같은 착각을 느꼈습니다. 지금 다시 한번 이화 씨의 손을 잡아 봐도 되겠습니까?"

이화는 꼼짝을 할 수가 없었다.

그가 떨리는 손으로 그녀의 손을 잡았다. 그의 손은 불덩이처럼 뜨거웠다. 그는 그녀의 손을 쥔 채 부들부들 떨고 있었다.

그녀는 왜 자기가 이렇게 조금도 움직일 수 없는지를 의심하고 있었다. 그리고 막연히 어떻게든 움직여야 한다고 속으로 부르짖고 있었다.

그때 그가 갑자기 몸 전체를 그녀에게 던져 왔다. 그리고 그녀를 부둥켜안았다. 그의 몸은 사시나무 떨듯 떨리고 있었다.

순간 그녀는 자기가 어떻게 그의 몸을 뿌리칠 수 있었는지를 알지 못했다. 어떻든 그녀는 그의 몸을 자기로부터 떼어 놓았다. 그리고 날카로운 소리로 부르짖었다.

"이게 뭐예요! 이게 뭐예요!"

민요섭은 그녀로부터 떠밀쳐진 채 잠시 정신을 빼앗긴 사람처럼 멍하니 서 있었다. 그녀는 계속해서 부르짖었다.

"난 몰라요! 난 몰라!"

그리고 그녀는 정신없이 밖으로 달려 나갔다. 곧 민요섭이 뒤따라 달려 나왔다. 그녀는 섬 기슭을 향해 아래로 달려 내려가기 시작했다. 마치 자기 혼자서라도 그 섬을 빠져나가겠다는 듯이. 그가 뒤쫓아 달려 내려오며 소리쳤다.

"제가 미쳤습니다! 제가 미쳤습니다! 절 때려 주십시오! 절 때려 주십시오!"

그녀는 정신없이 울면서 달려 내려갔다. 나뭇가지들이 얼굴을 때리기도 하고 옷을 잡아당기기도 하였다. 그도 정신없이 외치며 뒤쫓아 달려 내려왔다.

"위험합니다! 위험합니다! 다치세요, 다쳐! 제가 미쳤습니다! 절 마음껏 경멸해 주세요."

한순간 그녀는 자기의 몸이 제어할 수 없는 속도로 앞으로 쏠리는 것을 느꼈다. 그리고 그녀는 몹시 둔한 충격이 자기를 때리는 것을 느끼고 머릿속이 한순간 까마득히 아둔해지는 듯한 느낌을 받았다.

몇 순간이 흐른 뒤 그녀는 자기를 내려다보고 있는 민요섭의 온통 눈물로 범벅이 된 얼굴을 보았다. 그의 얼굴은 아주 가까이 있었다. 그녀는 고개를 돌렸다. 그리고 몸을 일으키려 하자 그가 얼른 손을 내밀어 부축해 주었다. 그러나 그녀는 똑바로 일어설 수가 없었다.

오른쪽 발목에 힘을 줄 수가 없었다.

"아!"

그녀는 자신도 모르게 고통에 찬 신음소리를 지르며 다시 제자리에 주저앉고 말았다.

"발목을 삐셨군요."

하고 그가 울먹이는 목소리로 말하며 그녀의 발께로 다가앉았다.

"좀 아프시더라도 참으세요."

하고 그는 두 손으로 그녀의 오른쪽 발목을 잡았다.

"아!"

그녀는 또다시 참을 수 없는 고통을 발목에 느꼈다.

"이제 조금 나으실 겁니다."

그가 발목을 놓으며 말했다.

"하지만 금방 걸으시는 건 무립니다. 제가 저 밑에까지 업어다 드리겠습니다. 곧 떠나야 할 테니까요. 그리고 절 이제 다신 안 만나 주셔도 좋습니다."

그는 눈물을 뚝뚝 떨어뜨리며 말하고 있었다.

그녀는 그러나 그의 등에 업히는 것은 완강히 거부했다. 그리고 끝내 절뚝이면서 이를 악물고 자기 혼자 힘으로 섬 기슭 모래밭까지 내려갔다.

민요섭이 손을 내밀어 부축해 주려고 했으나, 그리고 발목의 고통은 단 몇 걸음을 더 옮기지 못해 당장 다시 쓰러져 버릴 것만 같았으나 그녀는 그의 부축마저 용납할 수가 없었다.

그는 안쓰러운 눈길을 그녀로부터 잠시도 떼지 못하며 여차직하면 달려들어 부축할 태세를 취한 채 한 발짝 한 발짝 조심스레 모래밭까지 따라 내려왔다.

모래밭에 다 내려오자 그녀는 그대로 모래 위에 주저앉고 말았다. 도저히 더 이상 걸을 수가 없었다. 모래 위라기보다 눈 위였으므로 금방 냉기가 스며 올랐으나 그녀는 그저 그곳에서 집까지의 거리가 아득하다는 생각만을 할 수 있을 따름이었다. 자신도 모르게 그녀의 뺨 위로는 눈물이 흘러내렸다.

그가 그녀 앞에 무릎을 꿇고 앉았다.

"절 아무렇게 하셔도 좋습니다. 욕을 하셔도 좋고 때리셔도 좋습니다. 다신 안 만나 주셔도 좋습니다. 얼마든지 경멸하셔도 좋습니다. 절대로 용서해 주시길 바라지 않습니다. 하지만 조금만 돕게 해 주십시오. 절 사람이라고 생각하지 마시고 잠깐만 제 등에 업히세요. 저 요트까지만입니다."

그의 얼굴은 다시 온통 눈물로 뒤범벅이 되어 있었다. 그러나 그녀는 그의 말이 조금도 귀에 들어오지 않았다. 다만 집까지의 거리가 아득하다는 생각만이 머릿속에 가득 차 있을 따름이었다. 자기가 이렇게 멀고 외딴섬에 와 있다는 사실이 두렵고 또 두려울 따름이었다.

그녀로부터 끝내 아무런 반응이 없자 그는 한동안 더 그렇게 무릎을 꿇고 앉아 있더니 무슨 결심이라도 한 듯 다리를 펴고 일어섰다. 그리고 그는 별장 쪽으로 뛰어 올라가기 시작했다.

얼마 후 그는 륙색을 짊어지고 다시 모래밭으로 내려왔다. 그는 숨을 헐떡이며 말했다.

"자, 그럼 혼자 일어나실 수 있겠습니까?"

이화는 아무 대꾸 없이 입술을 악문 채 몸을 일으켰다. 순간 그가 다시 손을 내밀어 그녀의 팔을 잡으려고 했다. 그녀는 말없이 팔을 비켰다. 그리고 절뚝이면서 다시 걷기 시작했다.

그러나 요트에 오르는 일만은 그의 도움 없인 불가능했다. 그녀는 그가 내미는 팔에 꼭 필요한 만큼만 의지해서 간신히 배 위에 올랐다.

그도 륙색을 배 위에 싣고 바위에 매 둔 줄을 풀고는 배 위로 뛰어 올랐다. 그리고 그는 곧 배를 출발시켰다. 두 발로 딛고 있는 바닥 밑으로 해면이 빠르게 미끄러져 가는 느낌이 전해져 왔다. 햇빛은 벌써 퍽 많이 오후의 그것으로 바뀌어 있었다.

이화는 제 발치에 시선을 고정시킨 채 꼼짝도 않고 앉아 있었다. 눈물이 끊임없이 솟아올라서 커다란 방울이 되어 무릎 위로 떨어지곤 했다.

그는 배의 조종간을 잡은 채 종잇장처럼 창백한 얼굴로 전면만을 바라보고 있었다. 그리고 배는 무서운 속도로 미끄러지고 있었다. 해면이 배의 속도만큼 빠르게, 커다랗게 부풀어 올랐다간 가라앉곤 했다. 그는 한 번도 그녀 쪽을 돌아보지 않았다.

그 일이 있은 후로 이화는 그를 꼭 한 번 더 만났다. 그것은 그가 숨을 거두기 직전이었고 그의 망가진 몸이 운반되어 침대 위에 뉘어진 병원에서였다.

3월이었으며 그녀의 다친 발목이 거의 다 나았을 무렵이었다. 식구들과 마악 아침식사를 마치고 난 참이었는데 대문 밖에 누가 찾아온 모양으로 초인종 소리가 났다. 그녀가 일어서려고 하자,

"내가 나가 보마."

하고 어머니가 먼저 일어나서 밖으로 나갔다.

곧 되돌아 들어온 어머니는

"네 친군 모양인데 들어오라고 해도 자꾸 널 좀 불러 달라기만 하는구나. 어서 나가 보렴."

하고 말했다. 그녀는 의아한 표정으로 일어서서 밖으로 나갔다.

대문 밖에는 그녀 또래의 청바지 차림을 한 소녀 한 명이 서 있었다. 그리고 그녀가 타고 온 듯한, 차체가 긴 승용차 한 대가 골목에 대기하고 있었다. 아무 데서도 만나 본 기억이 없는 소녀였다.

이화를 발견하자 그녀가 먼저 눈인사를 보내며 물어 왔다.

"이화 씨세요?"

"……네."

"저랑 어디 좀 잠깐 가 주지 않으시겠어요? 전 민요섭이라는 사람의 동생인데요."

순간 이화는 입을 다물어 버렸다. 그를 다시 만날 필요는 이제 없다고 그녀는 생각하고 있었다.

"잠깐이면 되는데요."

그녀가 다시 무엇엔가 초조해하고 있는 표정으로 말했다. 이화는 그녀를 똑바로 쳐다보았다. 그리고 되도록 감정이 내비치지 않도록 주의하면서 말했다.

"왜 그러시는진 모르지만 그리고 민요섭 씨를 알긴 하지만 가 드릴 수가 없어요. 전 민요섭 씨를 만나고 싶지가 않아요."

그러자 그녀는 고개를 떨어뜨리고 잠시 무언가 망설이는 기색이더니 다시 고개를 쳐들며 조용히 말했다.

"오빠는 곧 죽을 거예요. 어쩜 벌써 죽었는지도 모르겠어요. 의사가 가망이 전혀 없다고 말했으니까요. 목 근처의 동맥을 온통 결딴을 내 놨어요. 조금 전에 잠깐 의식이 돌아왔었는데 죽기 전에 이화 씨를 꼭 한 번만 만나게 해 달라고……."

말끝을 채 잇지 못하고 그녀는 두 손으로 얼굴을 가렸다. 이화는 순간 심한 어지럼증을 느꼈다. 딛고 있는 땅바닥이 커다랗게 한쪽으로 기울고 있는 느낌이었다.

"가세요."

라고 이화는 간신히 소리 내어 말했다.

이화가 병원에 도착했을 때, 민요섭은 마악 마지막 숨을 몰아쉬고 있었다. 그의 목은 온통 피가 내비친 붕대로 감겨 있었으며 그의 말에는 붉은 혈액병에 연결된 주삿바늘이 꽂혀 있었다.

그의 아버지인 듯한 키가 큰 남자와 어머니인 듯한 한복 차림의 부인, 그리고 의사와 간호사가 침대가를 에워싸고 있다가 조금씩 물러섰다.

이화가 침대가로 다가가자 초점이 없던 그의 두 눈에 한순간 초점이 되돌아오는 것 같았다. 아주 잠깐 그는 이화를 바라보는 듯했다. 그리고 곧 그의 시선은 더 이상 움직이지 않았다.

민요섭의 장례식이 있던 날은 3월인데도 몹시 추웠다.

이화는 그의 여동생의 부탁으로 장지까지 동행했었는데 슬픔에 추위까지 겹쳐 고인의 가족들은 모두 새파랗게 질려 있었다.

그러나 고인의 아버지만은 모든 절차가 다 끝날 때까지 시종 근엄한 태도를 잃지 않았다. 물론 눈물 한 방울도 비치지 않았다.

돌아오는 차 안에서 민요섭의 여동생이 말했다.

"우리 아버지 지독하죠? 혹시 불쌍한 사람이라는 생각 안 드셨어요?"

차는 여러 대가 동원되었는데 그 차에는 운전사 외에 그녀와 이화 두 사람만이 타고 있었다. 이화는 그러나 아무 대답도 하지 못했다. 무언가 커다란 쇳덩이 같은 것이 계속 가슴을 내리누르고 있는 것 같은 기분이었다.

그녀가 다시 한숨을 내쉬듯 나직이 말했다.

"난 정말은 오빠보다 아버지가 더 불쌍하다고 생각해요. 아버지가 만일 죽는다면 진정으로 슬퍼해 줄 사람은 아마 우리 엄마 한 사람뿐일 거예요. 엄마는 맹목이니까요."

그리고 나서 그녀는 잠시 뜸을 들였다가 이화의 표정을 한번 슬쩍 살피고 나서

"아무도 모르지만 난 오빠가 자살한 정말 이유를 알아요."

하고 나직이 말했다.

"다들 오빠가 아버지에 대한 반항으로 그랬다고들 생각하고 있지만 그게 전부가 아니라는 걸 몰라요. 이화 씬 그저 사귀던 아가씨인

줄만 알고 있죠. 설마 오빠가 자살하게 된 중요한 원인이 되는 분이라고는 상상들도 못 하는 것 같아요. 하긴 그동안 오빠가 아버지에 대해서 취해 온 태도는 자살 못지않게 강경한 거부 일변도였으니까요. 당연히 이번 일도 그 연장선에다 놓고 생각하기가 쉽죠. 또 죽기 며칠 전에 오빠는 어떤 문제를 가지고 아버지하고 전에 없이 크게 다투기도 했으니까요. 하지만 전 오빠가 죽은 바로 전날 저한테 한 얘기가 잊혀지지 않아요. 오빠가 뭐라고 그랬는지 아세요?"

"……."

"큰 죄를 졌다, 씻을 수 없는 큰 죄를 졌다, 도저히 믿어지지 않는 죄를 졌다, 아무래도 난 아버지의 나쁜 피를 물려받았나 보다, 아무리 내가 부인해 봐도 그걸 속일 수는 없나 보다…… 들을 때는 그냥 흘려듣고 말았지만 오빠가 그 끔찍한 일을 저지르고 나서, 죽기 전에 이화 씨를 한 번만 만나게 해 달라고 부탁하던 순간에 전 얼핏 그 말들의 뜻을 짐작할 수 있을 것 같았어요. 그리고 이화 씨한테 갔을 때 이화 씨가 보여 준 냉담한 태도에서 전 제 짐작이 옳았다는 걸 알았죠. 오빠는 이화 씨한테 어떤 돌이킬 수 없는 죄를 짓고 그걸 괴로워하다가 결국 견디지 못하고 자살하고 만 거죠."

순간 이화는 자신도 모르게 커다란 소리로 부인했다.

"그렇지 않아요! 요섭 씨는 저한테 아무 죄도 짓지 않았어요!"

그리고 이화는 계속해서 부르짖었다.

"제가, 제가 나빴어요! 요섭 씨는 정말 저한테 아무 죄도 짓지 않았어요! 제가 죄를 뒤집어씌운 셈예요! 제가 그런 셈예요!"

장례식을 치른 다음 날 이화는 민요섭의 여동생과 함께 인천으로 갔다.

그녀가 아침에 자동차를 가지고 와서 함께 타 주기를 청했고 차 속에서 그녀는 이화에게 조그만 종이쪽지 하나를 꺼내 보였다.

"어제 집에 돌아가서 오빠 방엘 올라가 봤더니 책꽂이 사이에 그게 꽂혀 있었어요. 얼핏 봐 서는 눈에 잘 띄지 않게 꽂혀 있더군요. 찬찬히 살펴보지 않았음 발견하지 못할 뻔했어요."

그 종이쪽지에는 다음과 같은 글이 적혀 있었다.

내 요트를 그냥 육지에 매어 두지 말았으면 좋겠다. 그건 육지에 매어 둘 물건이 아냐. 그리고 내 물건이라고도 할 수가 없어. 우리 집 재산이 아닌 건 물론이고. 그걸 바다 가운데로 띄워 보내 주었으면 고맙겠다. 내가 했어야 할 일이지만 결심이 흐트러질까 봐 우선 급한 일부터 하고 본다. 이화 씨가 그 일을 지켜보아 준다면 그 이상 다행은 없겠다.

아마도 그 여동생이 발견해 주기를 기대하고 쓴 쪽지인 것 같았다. 그녀가 쪽지에서 시선을 쳐드는 이화를 보고 말했다.

"도와주시겠어요?"

이화는 가만히 고개를 끄덕여 보였다.

민요섭과 함께 그랬던 것처럼 그의 여동생과 함께 그 해안에 도착했을 때 요트는 이미 해안으로 끌어내어져 있었다. 그리고 민요섭과

함께 왔을 때 거기 있었던 세 사람의 남자가 이번에도 또 요트 근처
에서 서성거리고 있었다. 그녀가 아마 연락을 해 둔 모양이었다.

그녀를 발견하자 그들 세 사람의 남자는 일제히 이쪽을 향해 고개
숙여 인사했다. 그녀가 그들을 향해 다가가며 말했다.

"저 배 여기서 그냥 띄워 보내도 다른 배하고 부딪칠 염려 같은 건
없겠죠?"

"예?"

"글쎄, 있어요, 없어요?"

"예, 그럴 염려는 거의 없지요만……."

"그럼 됐어요. 저 배 풀어서 바다 가운데로 띄워 보내 주세요."

"예?"

"오빠 유언이에요."

"……."

"자, 어서요."

"……예, 예."

그들은 그녀의 눈치를 힐끔힐끔 살피며 마지못한 듯 천천히 요트
주위로 다가갔다. 그중 한 남자가 배 위로 올라가며

"엔진을 걸어서 말씀인가요?"

하고 물었다.

"잘 모르지만 그래야 바다 가운데로 빨리 나가지 않겠어요?"

"기름이 떨어지면 얼마 안 가 꺼져 버릴 텐데요."

"괜찮아요. 그땐 돛이 있으니까 또 그런 대로 갈 수 있겠죠."

"예, 예."

그들은 곧 엔진을 걸고 배를 육지에 붙들어 맸던 줄을 풀어 배 위에 던졌다.

아무도 태우지 않은 요트는 곧 바다 위를 미끄러져 나가기 시작했다. 바람을 안은 삼각의 돛이 활짝 펴져 있었다.

한순간 이화는 거기에 민요섭이 타고 있는 듯한 착각을 받았다. 그러나 그것은 한낱 착각에 지나지 않았다. 그리고 배는 점점 바다 한가운데로 멀어져 가고 있었다. 그들은 배가 조금도 보이지 않게 될 때까지 거기에 서 있었다.

우석기

석기(禹石基)는 양희가 다니는 여자 대학 부근의 다방에서 그들의 서클 문제로 양희와 만나고 나오는 길에 마음이 섬뜩하도록 끌리는 여자애 하나를 보았다.

옷차림이나 머리 모양 또는 책 몇 권에 노트 몇 권을 포개어 가슴에 안은 모습 따위는 그 여자 대학 근처에서는 흔히 볼 수 있는, 이렇다 할 특별한 점을 발견할 수 없는 여자애였으나 눈길을 약간 아래로 향한 듯한, 어딘지 살짝 그늘이 져 보이는 그 여자애의 얼굴은 그의 시선이 무심코 가닿은 순간 그의 마음에 일찍이 경험해 본 적 없는 이상한 충격을 안겨 주었다. 석기로서는 그런 경험, 이를테면 가슴 한편이 선뜻 베어져 나가 한순간 거기에 서늘한 공동(空洞)이 생기는 것 같은 이상한 감정은 생전 처음 경험해 보는 것이었다.

그것은 어떤 육체적인 고통 같기도 했고 심한 결핍감 같은 것이기도 했다.

그 여자애는 석기의 시선은 전혀 느끼지 못한 모양으로 곧 그와는 엇갈려 지나가고 말았으므로 그 여자애의 얼굴을 본 것은 지극히 짧은 순간에 불과했으나 그는 그 순간 곁에 양희가 있다는 사실조차 의식하지 못할 지경이었다.

"뭘 그렇게 멍하니 생각하고 있지? 뭐 잊어 먹은 얘기 있어?"

하고 양희(朴良姬)가 말했을 때에야 석기는 비로소 자기가 양희와 함께 다방에서 나왔다는 사실을 깨달았다.

"아, 아무것도 아냐."

그리고 그는 잠깐 멈췄던 걸음을 다시 떼어 놓기 시작했다.

"이상한데, 오늘? 석기답지 않게 허둥대고."

양희가 곁에서 걸으며 말했다.

거리에는 초여름 오후의 햇빛이 아주 나태하게 퍼져 있었다. 석기는 뒤쪽을 한번 힐끗 돌아보았다. 그 여자애의 모습은 이제 보이지 않았다. 다른 여자애들의 모습에 가려 버렸거나 아니면 벌써 길모퉁이를 돌아 버렸을는지도 모를 일이었다.

"왜 그러지? 정말 오늘. 멍하니 딴생각을 하지 않나, 힐끔힐끔 뒤를 돌아보지 않나."

양희가 정말 알 수 없는 일이라는 듯이 그를 쳐다보았다.

"응? 미안해. 실은 말야, 내가 지금 좀 이상해."

"뭐?"

"어떤 앨 하나 봤는데 말야. 그 애 참 이상한데."

"무슨 소릴 하는 거야?"

"양횐 못 봤어? 우리가 다방에서 나올 때 우리 앞으로 지나간 애 말야."

"우리가 다방에서 나올 때?"

"그래."

"지금 무슨 횡설수설하는 거지? 우리가 다방에서 나올 때 우리 앞을 지나간 애가 어디 한둘이야?"

"그럼 얘기가 안 되는군. 난 양희도 본 줄 알았지. 그 참 이상한데."

"그야말로 이상하군. 도대체 어떤 앨 봤길래 그러지?"

"나도 몰라. 아무튼 이상한 애야. 어딘지 좀 바보 같기도 하고 골속이 탱탱 빈 애 같기도 한데 말야. 아무튼 처음 보는 순간에 사람을 깜짝 놀라게 하는 이상한 얼굴을 가진 애였어."

"예뻐?"

"글쎄, 모르겠어."

"예쁜가 보군?"

"아냐, 예뻐서만이 아냐. 아무튼 잘 모르겠어."

"웃기지 말아. 예쁘장하게 생긴 애 하나 본 모양이군그래, 뭘."

"글쎄 그런 게 아니라니까."

"알았어. 그만함 됐어. 석기가 첫눈에 얼마나 단단히 그 애한테 반했는지 알 만하니까. 그건 그렇고 아까 다방에서 한 얘긴 틀림없겠지?"

"응, 그건 틀림없어."

"그럼 내일 만나. 나 학교 좀 다시 들어갔다 가야 하니까. 그 애 어떻게 다시 만나면 잘 좀 꼬셔 볼 꿈이나 꾸고."

"웃기고 있네. 그래, 좌우간 그럼 내일 만나."

양희와 헤어진 석기는 버스 정류장 쪽으로 되돌아 걷기 시작했다.

양희와는 초등학교 때의 동창이었다는 인연으로, 서클에 들어와서 다시 만나게 된 후로는 아주 허물없는 친구 사이처럼 지내는 터였다. 서클이란 몇몇 남녀 대학의 학보사 기자들 간의 친목을 위한 모임으로서 주로 신문 제작에 관한 기술 향상을 도모하는 일과 정보를 교환하는 일, 그리고 상호 유대를 지속하는 것이 목적이었으나 때로는 신문 편집상 개입될 수 있는 외부로부터의 압력, 이를테면 학교 당국으로부터의 도저히 받아들일 수 없는 간섭 같은 것이 행해지는 경우 그것에 공동 대처해 오기도 하였다.

그런데 양희가 다니고 있는 여자 대학 당국이 어떤 문제를 가지고 최근 신문 편집에 간섭을 해 오고 있는 모양이었다. 그것은 학교 재단의 부정과 관련된 문제로서, 양희들로서는 도저히 그대로 덮어 둘 수 없는 사안을 학교 당국 쪽에서는 한사코 은폐하고자 하는 데에서 야기된 사태인 것 같았다. 그 문제를 토의하기 위해 내일 모임을 갖기로 한 것이었다.

그리고 석기는 그 소집책을 맡아 회원들에게 모임의 시간과 장소를 모두 연락하고 나서 그걸 양희에게 알려 주러 왔다 가는 길이었다. 양희가

"아까 다방에서 한 얘긴 틀림없겠지?"

하던 소리는 바로 그 얘기였다.

버스 정류장에 도착한 석기는 혹시나 싶어 정류장 주위를 두리번거렸다. 아까 다방에서 나오던 길에 본 그 여자애의 얼굴이 아무래도 잊히지 않았다. 눈길을 약간 아래로 향한 듯한, 어딘지 조금 그늘이 져 보이는 것 같던 얼굴.

신입생이나 기껏해야 2학년이 되었을까 말까 해 보이는 몹시 앳되어 보이던 얼굴. 그러나 그 앳되어 보이는 얼굴에 어울리지 않게 무엇인지 반쯤 혼을 빼앗기고 있는 것 같던 표정. 그걸 그는 양희에게 '어딘지 좀 바보 같기도 하고 골속이 탱탱 빈 애 같기도 한데 말야'라고 표현했었다.

그러나 그건 아무래도 정확한 표현이 아니었다. 더 정확한 표현을 하려면 그 애의 그때의 표정을 직접 보여 주는 수밖에 없다고 석기는 생각했다. 그로서는 그건 어떤 여자애의 얼굴에서도 보지 못했던 표정이었다. 더욱이 그만한 또래의 여자애에게서는.

정류장은 수업을 마치고 돌아가는 여자애들로 온통 시장 바닥처럼 붐비고 있었다. 이 시간의 이 장소에서는 늘 겪는 일이었다. 그때 그의 시선이 한곳에서 멈칫했다.

저만큼 방금 도착한 버스 승강구로 마악 한 발을 올려 딛고 있는 여자애의 뒷모습이 아까의 그 여자애 같았다. 석기는 고개를 빼어 더 좀 확인해 보려고 했다.

그러나 그때 그 여자애의 모습은 뒤따라 오르는 다른 여자애들의 모습에 가려지면서 완전히 버스 속으로 삼켜지고 말았다.

순간 석기는 정체를 알 수 없는 초조감에 사로잡혀 자신도 모르게 그 버스를 향해 달려갔다. 그리고 마지막 여자에 하나를 태우고 마악 출발하려는 버스에 간신히 매달려 올랐다.

버스는 배차 시간에 쫓기고 있는 모양인지 석기를 마지막으로 태우고는 급히 출발했다. 그 바람에 그는 하마터면 여자애 하나를 들이받으면서 그대로 고꾸라질 뻔했다.

"어머머!"

외마디 소리들을 지르면서 여자애들이 한쪽으로 비켰고 석기는 간신히 손잡이에 매달리면서 몸의 중심을 잡았다. 버스에서는 흔히 벌어질 수 있는 그 작은 소동은 그러나 곧 가라앉았다. 그리고 아무 일도 없었다는 듯 버스 속은 곧 여자들의 지껄이는 소리로 새장 속처럼 시끄러워 갔다.

석기는 손잡이에 매달린 채 얼른 두 눈을 굴려 두 사람씩 나란히 앉게 되어 있는 안쪽의 좌석들과 통로에 선 여자애들을 살펴보기 시작했다.

석기의 눈은 틀리지 않았다. 틀림없는 아까의 그 여자애였다. 그녀는 석기로부터 불과 몇 사람 건너의 안쪽 통로에 선 채 책을 안은 나머지 손으로 좌석 모서리의 손잡이를 붙들고 있었다.

시선은 차창 쪽으로 향해져 있었으나 역시 똑바로 쳐든 것은 아니고 약간 아래쪽을 향한 듯했다. 요컨대 무엇을 바라보기 위해 조정된 시선이 아니었다. 그리고 역시 무엇엔가 혼을 빼앗긴 듯한 방심한 표정. 아까 석기가 다방에서 나오던 길에 본 모습과 달라진 것이라곤 아무것도 없다.

석기는 그녀에게 접근해 말을 붙여 볼 것인가 어쩔 것인가 잠시 망설였다. 그리고 말을 걸 경우 그녀가 어떤 반응을 나타낼 것인가를 가지고 잠시 생각했다. 그러나 얼른 판단이 서지 않았다. 게다가 장소도 적당치 않다는 생각이 들었다. 더욱이 그녀 주위에는 지금 다른 여자애들이 거의 그녀를 둘러싸다시피 하고 있다. 섣불리 말을 붙였다가 그녀가 혹 예기치 못한 반응, 이를테면 크게 화를 낸다거나, 몹시 당황하거나 놀라는 것 같은 심한 거부 반응을 나타낼 경우 그녀들의 눈총과 어쩌면 집단 항의에 포위되어 사람 꼴이 매우 우습게 되어 버릴는지도 모를 일이다. 그리고 그건 원하는 바가 아니다.

석기는 우선 그녀가 이 버스를 얼마나 더 타고 갈는지를 알 수 없는 대로 좀 기다려 보기로 했다. 그리고 다시 한번 그녀 쪽을 힐끔 곁눈질해 보고는 하릴없이 차창 밖을 내다보기 시작했다. 그녀는 방금 전의 자세 그대로였고 차창 밖으로는 초여름 오후의 거리 풍경이 버스의 속도만큼 빠르게 스쳐 가고 있었다.

버스 속의 공간이 다소 넓어진 듯한 느낌이 든 것은 몇 개인가의 정류장을 거치는 동안 여자애들이 거의 모두 내려 버리고 난 뒤였다. 드문드문 빈 좌석까지 생겼고 그때까지 서서 견디던 그녀가 방금 빈 좌석의 창가 쪽으로 들어가 앉았다.

석기는 자연스럽게 걸어가 그녀의 옆자리에 앉았다. 되도록 그녀의 몸에 이쪽의 몸이 닿도록 넉넉하게 앉았다. 그녀의 대퇴부 근처가 이쪽의 허벅지에 닿았고 옆구리 부분과 어깨 부분도 닿았다. 그리고 닿은 부분들은 모두 부드럽고 따뜻한 감촉을 전해 왔다.

석기는 이런 면이 버스라는 대중교통 수단이 갖는 둘도 없는 미덕이라고 생각하며 그녀 쪽을 힐끗 곁눈질로 살폈다. 그러나 그녀는 그때까지도 이쪽에 대해선 전혀 의식하지 못하고 있는 눈치였다. 그대로 어딘가 방심한 듯한 표정과 태도의 변함없는 지속이다. 도대체 자기 외부에서 일어나는 어떠한 일에도 관심을 갖거나 마음을 쓸 겨를이 없을 만큼 그녀의 내부에 어떤 질긴 끈이 있어 그녀를 잠시도 놓아주지 않는 모양이다.

그리고 그것이 그녀로 하여금 저렇듯 방심해 보이는 표정을 갖게 하는 것인지도 모른다. 아무튼 이 또래의 여자애한테서는 한 번도 본 적이 없는 표정이다.

그러나 석기는 어떻든 말을 한번 붙여 보기로 했다. 좀 정중을 기해서.

"저, 얘기 좀 해도 괜찮겠습니까?"

그제야 그녀는 무엇에서 깨어나듯 눈에 초점이 모아지며 석기 쪽을 돌아다보았다. 그 눈은 아주 또렷하고 맑았다.

"실롄 줄은 알지만 얘기를 좀 해 보고 싶은데요."

"……무슨?"

뜻밖에도 별 경계심 없이 반문해 온다. 뿐만 아니라 그녀는 입가에 상냥한 미소마저 지어 보이고 있다. 석기는 우선 안심하면서,

"실은 학교 앞에서부터 따라오는 길인데요. 불쾌하지 않으시다면 좀 물어보고 싶은 말이 있습니다."

하고 다시 한번 그녀의 반응을 살폈다.

"학교 앞에서부터요?"

하고 그녀는 약간 놀라는 표정을 짓고는 곧

"무슨 말인데요?"

하고 여전히 무슨 말이건 듣겠다는 태도다. 석기는 자신을 얻었다.

"어디까지 가시는지 모르지만 다음 정류장에서 잠깐 내려 주시겠습니까? 여기선 좀 하기가 곤란한 얘긴데요."

"중요한 얘긴가요?"

"네, 아주 중요한 얘깁니다."

"그럼 듣겠어요."

"고맙습니다."

너무 수월한 바람에 석기 쪽이 오히려 맹숭맹숭해지는 기분이었다. 그러나 미상불 유쾌한 일임에는 틀림이 없다. 어쨌든 바라는 방향으로 일이 척척 풀려 나가고 있으니 말이다. 무슨 일이건 역시 부딪쳐 보고 볼 노릇인 모양이다.

버스가 정류장에 닿자 석기는 지체 없이 일어섰다. 그녀도 다소곳이 따라 일어섰다. 그녀가 통로 쪽으로 빠져나오기를 기다려 석기는 두 사람분의 요금을 치르고 버스에서 내려섰다. 그녀도 곧 뒤따라 버스에서 내려왔다.

"다방 괜찮으십니까?"

"네, 괜찮아요."

"그럼 저기 아무 데나 들어갑시다."

그리고 석기는 우선 얼른 눈에 띄는 다방 간판 하나를 지목하고 앞
장서서 걷기 시작했다. 그녀는 말없이 석기를 따라왔다.

다방에 들어가서 테이블을 사이에 두고 그녀와 마주 앉았을 때 석
기는 우선 자기소개부터 하였다.

"내 이름은 우석기라고 합니다. ㅅ대학 정치학과 3학년생이고
ㅅ대학신문의 취재부장입니다."

그녀의 얼굴에 '아 그러세요' 하는 듯한 상냥한 미소가 떠올랐다.
그것은 자기로서는 그 밖의 적당한 다른 태도를 찾지 못하겠다는 그
러한 뜻의 미소에 가까웠다.

석기는 계속해서 말했다.

"용서하십시오. 비록 학생기자에 불과하지만 이렇게 무례한 행동
을 서슴지 않게 된 건 역시 기자 근성 탓인가 봅니다. 기자란 본래 취
재원에 대한 냄새를 잘 맡을 뿐만 아니라 일단 냄새를 맡은 취재원
에 대해서는 물불을 가리지 않고 접근하려는 본능을 갖게 마련이거
든요. 물론 나는 ㅅ대학신문의 학생기자라는 한정된 신분을 갖고 있
기 때문에 저희 대학 내의 취재원에 대해서만 관심을 갖는 것으로 충
분하지만 성질이 워낙 못돼 놔서 이따금 분수에 넘는 짓도 곧잘 하곤
하죠. 말하자면 난 기사로 쓸 수 있는 것만 쫓아다니는 게 아니라 때
로는 기사로 쓸 수 없는 것도 쫓아다니며 캐어 보고 싶어 하는 좀 철
딱서니 없는 기자라고 할 수 있죠. 바꾸어 말해서 흥미를 끄는 모든
것에 대해서 추근추근 쫓아다니는 편이라고나 할까요. 성질이 워낙
개차반이 돼 놔서요. 이런 정도면 내가 왜 아가씰 쫓아왔는지 대강

짐작은 가시겠죠? 물론 아가씨가 내 못된 근성을 건드렸기 때문이죠. 요컨대 아가씬 내가 아가씰 처음 본 그 순간부터 내 중요한 흥미의 대상이 된 겁니다. 우선 여기까지를 용인해 주시겠습니까?"

그녀는 다소곳이 듣고만 있다가 석기가 거기서 일단 말을 멈추고 그녀의 대답을 듣겠다는 표정을 짓자 얼른 대답할 말을 찾지 못해 당황하는 표정이 되었다. 그리고 애써 다시 미소를 지어 보이려고 하였다. 석기는 순간 이 애가 정말 혹시 바보 계집애가 아닌가 의심했다. 그렇지 않다면 저 불가사의한 태도는 무엇이란 말인가. 아까 버스에서부터 내 무례한 언동에 대한 이 알 수 없는 여자애의 반응은 줄곧 저 선의에 찬 미소뿐이 아니었던가. 그러나 아무리, 그리고 어느 모로 보아도 도저히 바보 계집애 같지는 않다. 우선 바보 계집애의 눈이 저렇게 또렷하고 맑을 수는 없다.

석기는 다시 입을 열었다.

"좋습니다. 내 말주변이 좀 서툴렀는지는 모르지만 아무튼 이해하셨으리라 믿고, 또 용서해 주시는 것으로 믿고 몇 마디 묻겠습니다. 우선 이름부터 좀 가르쳐 주십시오."

이번에는 그녀는 아주 쉽게 대답했다.

"네, 이화라고 해요. 유이화."

"아, 이화 씨. 몇 학년이시죠?"

"1학년이에요."

"무슨 과?"

"사학과예요."

"사학과에 들어가게 된 특별한 동기라도 있습니까?"

"별로 없어요. 그저 사람들이 살아온 얘길 배울 수 있을 것 같아서요."

"네, 아주 겸손하게 말하시지만 훌륭한 동기군요. 그럼 대학에 들어와서 남학생들하고 미팅 가져 본 적 있으십니까?"

"없어요."

"남학생들하고 같이 대폿집 같은 데 가 본 경험이라든지."

"없어요."

"학교에서 무슨 서클 같은 데 가입해 본 적도 없고요?"

"네."

"연애 경험은?"

"……."

"있습니까?"

"……없어요."

"누굴 사랑해 본 경험은? 이 경우 일방적인 것이라도 무방합니다."

"엄마 아버지를 사랑해요."

"아, 가족은 제외하고 말입니다."

"가족 이외엔 없어요."

"좋습니다. 이제 됐습니다. 그런데 앞으론 이렇게 하십시오. 다름 아니라 앞으론 여기 있는 이 나를 한번 사랑해 보도록 하십시오."

"네?"

그녀의 얼굴이 순간 가엾도록 핼쑥해졌다. 석기는 내심 당황했으나 천연스럽게 덧붙였다.

"이 우석기야말로 한번 사랑해 볼 만한 남자라는 걸 곧 알게 될 겁니다."

그녀의 두 눈에는 순간 놀랍게도 어떤 투명한 막이 씌워지기 시작했다. 그리고 그것은 차츰 흔들리더니 곧 터질 듯이 팽창해 갔다.

석기는 당황하여 급히 말했다.

"왜 그러십니까? 내가 너무했다면 사과하겠습니다."

그녀는 입술을 깨물며 고개를 떨어뜨렸다. 그리고 한순간 그녀는 미동도 하지 않았다.

"아, 이거 내가 아무래도 너무했던 것 같습니다. 용서하십시오. 악의로 그런 건 절대로 아닙니다."

"……"

"난 다만 이화 씨하고 친해지려고……. 아무튼 용서하십시오. 자, 이렇게 사과합니다."

잠시 후 그녀는 가만히 고개를 쳐들었다.

"아녜요, 괜찮아요. 제가 오히려……."

그러며 그녀는 두 눈을 깜박여서 눈물을 수습하고는 다시 애써 미소를 지어 보이려 한다. 순간 석기는 형언할 길 없는 감정을 맛보았다. 아까부터 그녀가 보여 주곤 하던 미소의 불가사의가 일시에 가슴에 와닿아 풀려 버리는 것 같은 느낌이었다. 그는 무슨 말을 더 해야 좋을지를 알 수가 없었다.

그녀가 다시 가만히 말했다.

"제가 너무 옹졸한 계집앤가 봐요."

"아니 아니, 그런 게 아닙니다. 내가 역시 너무한 게 사실입니다. 다시 정식으로 사과합니다. 그렇게, 그런 식으로 욕하진 마십시오."

"아녜요. 제가 정말 너무 옹졸했었나 봐요. 이제 다른 얘기 해 주세요."

그러며 그녀는 책들과 함께 포개 놓았던 손지갑에서 손수건을 꺼내 눈언저리를 가만가만 눌렀다.

석기가 말했다.

"아무튼 그럼 그 일은 내 잘못으로 하고 일단 덮어 두죠. 악의가 없었다는 점만 분명히 해 두고. 자, 다른 얘기 합시다. 우리나라 정치에 대해서 얘기해 볼까요?"

"아무 얘기나 괜찮아요."

"아, 그보다도 우리 기분 전환이나 할 겸 생맥주나 한 잔씩 할까요? 맥주 마셔 본 적 있으세요?"

"전 술 마실 줄 몰라요."

"누군 뭐 태어날 때부터 마실 줄 알아서 마시나요. 배우면 되죠."

"그래도 전 술만은……."

"맥주는 술도 아닙니다. 음료수에 가까운 거죠. 자, 가십시다. 정 마시기 싫으면 동행만 해 주셔도 됩니다. 구경이나 하세요, 자."

"그럼 같이만 가 드리겠어요."

"네, 좋습니다."

석기가 그녀를 데리고 간 생맥줏집은 학생들이 주로 많이 드나드는 '마당'이란 간판을 내건 집이었다. 생맥주를 파는 집치고는 이름이 좀 별스러웠지만 술값이 싸고 홀이 넓어 들어가 앉으면 비교적 자유로운 기분을 느낄 수 있는 곳이었다.

손님이 많은 저녁시간에는 이름은 알려지지 않았으나 훌륭한 솜씨를 지닌 무명가수들이 나와 기타를 퉁기며 노래를 부르기도 하는데 아직 시간이 일러서인지 무대도 비어 있을 뿐만 아니라 대부분의 테이블들이 그냥 비어 있었다. 석기는 이런 시간에 와 보는 것은 처음이었으므로 좀 생소한 기분이 들었으나 그녀를 데리고 곧장 홀 안쪽 무대 근처까지 들어가서 자리를 잡고 앉았다. 그녀로 하여금 되도록 밝고 안정된 기분을 갖게 하기 위해서였다.

카운터 근처에서 서성거리던 여자 종업원 한 명이 다가와서 주문을 하겠느냐고 물었다. 석기는 생맥주 1000시시짜리 하나와 500시시짜리 하나, 그리고 땅콩 한 접시를 주문했다.

여자 종업원이 주문을 받아 가지고 돌아가자 석기가 말했다.

"아직 시간이 일러서 이렇지 이따 보십시오. 굉장합니다. 이 넓은 홀이 젊은 친구들로 꽉 들어차니까요. 이런 정도의 장소라도 젊은 친구들이 모일 수 있는 곳이 있다는 건 그래도 다행스런 일이죠. 아무튼 이런 곳에 한번 와 보시는 것도 그렇게 해롭진 않을 겁니다."

"네, 고마워요."

하고 그녀는 예의 또 그 미소를 짓는다. 그리고는 눈을 들어 홀 안을 한번 둘러본다.

그때 주문한 것들이 날라져 왔다. 석기는 500시시짜리를 그녀 앞에 놓게 하며 말했다.

"음료수나 다름없으니까 조금씩 마셔 보세요."

그리고 그는 제 앞에 놓인 1000시시짜리 잔을 잡았다.

"자, 두려워할 것 없이."

그러나 그녀는 좀처럼 잔을 잡으려 하지 않는다. 뿐만 아니라 이것만은 용서해 달라는 듯이 거의 울 듯한 표정으로 석기 쪽을 쳐다봐온다.

"글쎄 두려워할 건 없다니까요. 조금만 마셔 보세요."

하고 석기는 달래듯 한 번 더 권했다. 그러자 그녀는 한 번 더 간청하는 시선으로 석기를 바라보고는 마치 위험물이라도 만지듯이 조심스레 잔을 잡았다.

"자, 그럼 건배."

하고 석기는 제 잔을 들어다 그녀의 잔에 슬쩍 부딪쳤다. 그리고는 몇 모금 벌컥벌컥 들이마셨다. 그녀도 마지못해 술잔을 들어 입으로 가져갔다.

그리고는 마치 독약이라도 마시듯 한 모금 입에 물더니 큰 형벌이라도 감수하듯 그것을 목구멍으로 넘긴다.

"아, 아주 훌륭합니다. 그렇게 하면 되는 겁니다. 무슨 일이든 처음엔 다 힘드는 법이죠."

그렇게 칭찬하고 나서 석기는

"자, 그렇게 조금씩 마셔 보세요. 뜻밖에 재미있는 음료라는 걸 알게 될 겁니다."

하고 그녀를 향해 짐짓 짓궂은 미소를 지어 보였다. 그러나 그녀는 정말 독약이라도 마신 듯한 표정으로 얼굴을 몹시 찡그렸다.

홀 안이 서서히 붐비기 시작한 것은 그로부터 한 시간쯤 지난 뒤였다.

그동안 석기는 1000시시짜리 두 잔을 비웠고 그녀는 500시시짜리 10분의 1쯤을 마셨다. 그나마 석기의 강권에 의한 것이었지만 그녀의 얼굴은 마치 열병에 걸린 아이의 얼굴처럼 빨갛게 물들었다.

붐비기 시작한 홀 안은 대부분 학생 차림의 젊은 친구들이 떠들어 대는 소리로 공기가 온통 주름살투성이가 되는 것 같았다. 거기다 무대 위에서는 낯익은 더벅머리 젊은 친구가 나와서 기타를 퉁기기 시작했다. 노래를 곁들여서. 노래는 처음 듣는 것이었다.

눈물로 쓴 편지는

읽을 수 없어요.

눈물은 잉크가 아니기 때문에.

눈물로 쓴 편지는

사연이 없어요.

눈물은 말이 아니기 때문에.

눈물로 쓴 편지는

부칠 수가 없어요.

그것은 종이에 쓴 것이 아니기 때문에.

눈물로 쓴 편지는

간직할 수 없어요.

눈물로 쓴 편지는

간직할 수 없어요.

눈물은 곧 말라 버리기 때문에.

눈물은 곧 말라 버리기 때문에.

석기가 말했다.

"저 친구 시인이죠. 여기 명물인데 아주 제법이랍니다. 자기 노래는 자기가 작사 작곡 다 하죠."

"그럼 저 노래도?"

"물론이죠. 아마 신곡인가 보네요. 어때요? 들을 만하죠?"

"네, 아주 슬픈 노래네요."

"네, 좀 청승맞긴 하군요. 하지만 노래란 좀 청승맞은 구석이 있어야 사람들의 사랑을 받잖아요? 저 친구 그걸 아주 잘 아는 친구죠. 돈이 없어서 출세는 못 하고 있지만."

"돈이 없으면 노래를 잘 불러도 출세를 못 하나요?"

"아직 모르시는군. 이름난 가수가 한번 되려면 돈이 얼마나 많이 드는지. 요즘 누구누구다 하고 일단 알려진 가수쯤 되면 그게 다 돈덩어리라는 것쯤 초등학생도 다 아는 얘긴데."

"전 처음 듣는 얘기예요."

"우리 사회의 모든 분야가 그렇게 돌아가고 있다고 보면 거의 틀림없죠. 무서운 사실입니다."

그때 누군가가 그들 테이블 쪽으로 다가오며 석기를 향해 커다란 소리로 알은체를 했다.

"야, 이 친구 언제부터 여기 와 있었지?"

수환이었다. 그는 석기의 고등학교 동창생이자 지금 다니는 대학의 동급생이다. 학과는 다르지만(수환은 독문과다) 같은 학과의 어떤 동급생보다도 가까운 친구다.

"응, 넌 또 언제 왔니?"

"지금 오시는 길이다. 혼자 심심해서 한 조끼 빨러 들어오신 참이야. 잘됐다. 합석해도 괜찮으냐?"

그러며 그는 슬쩍 시선을 던져 석기 맞은편의 그녀를 일별한다.

"미안하지만 괜찮지 않다."

석기가 말했다.

"난 지금 취재 중이야."

"아니꼽다. 아니꼬워. 알량한 학생기자 주제에. 그래 잘해 봐라."

하고 수환은 다시 한번 그녀 쪽을 힐끗 일별하고는 선선히 물러나 준다.

그때 그녀가 말했다.

"아녜요. 함께 앉으세요."

석기가 얼른 반대했다.

"아닙니다. 저 친군 매일 만나다시피 하는걸요. 가도록 내버려두십시오."

그러나 수환이 얼른 되돌아서며 그녀를 향해 말했다.

"정말이십니까? 이거 감사합니다. 소위 친구라는 게 저따위로군요. 그럼 실례 좀 하겠습니다."

그리고 그는 득의만면하여 석기의 옆자리에 앉는다.

"염치없는 친구 같으니라고. 가, 인마."

"어렵쇼? 못 가겠다. 숙녀께서 허락을 하신 이상."

"나쁜 자식. 할 수 없다. 그럼 인사나 해라. 이쪽은 ㅇ여대 사학과 1학년에 재학 중인 유이화 양, 그리고 이쪽은 저희 학교 독문과 3학년에 재학 중이며 저의 악우(惡友) 중의 악우인 오수환 군입니다."

그러자 그녀가 수환을 향해 석기에게 처음 그랬던 것처럼 예의 상냥한 미소를 지어 보이며 고개를 조금 숙였다 든다.

"안녕하세요?"

거의 동시에 수환도 마주 꾸뻑해 보였다.

"이거 영광입니다. 안녕하십니까."

그리고 그는 계속해서

"이 나쁜 친구 때문에 하마터면 이런 영광스런 기회를 놓칠 뻔했습니다."

하고 넉살스레 덧붙였다. 순간 그녀는 맥주 때문에 붉어진 얼굴을 조금 더 붉히는 듯했다.

석기는 그때처럼 수환이 미워 본 적은 일찍이 없었다. 생각 같아서는 멱살이라도 붙잡아 끌어내고 싶었지만 그럴 수도 없다.

"야, 인마. 앉는 걸 허락해 줬으면 좀 점잖게나 있어. 까불지 말고."

"알았다. 알았어. 점잖게나 있으마. 어서 취재나 계속해라."

"취재고 뭐고 너 때문에 인마 초쳐 버렸어. 두구두구 원수 갚을 테니 알아서 해."

"그래, 그래. 한 조끼만 딱 하고 일어설 테니 염려 마라."

그리고 수환은 손바닥을 쳐서 여종업원을 불렀다. 석기가 주의를 환기시켜 주었다.

"500으로 해."

"알았어, 인마."

수환은 500시시짜리 하나를 주문했다. 평소의 그라면 숫제 안 마셨으면 안 마셨지 고분고분 500시시짜리를 청하고 있지는 않았을 터이다. 무언가 이쪽이 농담만이 아니라는 걸 알아차린 모양이다. 석기는 비로소 안도감을 느끼며 그가 그래도 기특하다는 생각이 들었다.

"나중에 인마, 내가 한잔 살게."

"왜 좀 켕기니? 인마."

"인마, 켕기긴."

"알았어, 인마."

둘의 수작을 그녀는 시종 참을성 있게 얌전한 자세로 듣고 있었다. 곧 수환이 주문한 것이 도착했다. 수환은 그것을 단숨에 비워 버렸다. 그리고 일어섰다.

"간다. ……자, 전 이만 가 봐야겠습니다. 이 친구 등쌀에 도무지 견딜 수가 없군요. 이 친구 아주 나쁜 친구니까 단단히 경계하십시오. 신문기자란 학생이건 기성이건 간에 원래 좋은 친구가 별로 없으니까요."

"잘 가, 인마."

수환이 가 버리고 난 뒤 석기는 그녀에게 세 번째 제안을 했다.

즉 다방에 가자고 했던 첫 번째 제안과 생맥줏집에 오자고 했던 두 번째 제안에 이은 세 번째 제안이었다.

"혹시 배고프지 않으십니까? 순두부 좋아하세요?"

그러나 그녀는 그 말엔 대꾸를 않고 수환의 걱정을 한다.

"지금 그 친구분 서운하셨겠어요. 왜 그렇게 푸대접을 하세요?"

"괜찮습니다. 매일 만나다시피 하는 친군걸요. 그 친구 또 그런 정도를 가지고 서운해하거나 할 친구도 아닙니다. 신경 쓰지 마세요."

"그래도 전 왠지 제가 잘못한 것 같아요."

"별말씀을 다 하십니다. 이화 씨가 그 친구한테 잘못한 게 뭐가 있겠습니까? 이화 씬 오히려 내가 화가 날 정도로 그 친구한테 친절하신걸요. 자, 그건 그렇고 요 근처에 가서 우리 순두부나 한 그릇씩 합시다. 취재원을 굶겨 가면서 취재를 한대서야 어디 말이 됩니까? 좋은 음식을 사 드려야겠지만 그럴 만한 돈은 없고 자, 갑시다. 요 근처 순두부 아주 잘하는 집이 있습니다."

그러며 석기가 일어서자 그녀도 다소곳이 따라 일어섰다. 그녀의 태도는 마치 석기에게는 무엇이든 자기에게 요구할 권리가 있으며 자기는 그 요구에 따를 의무가 있다는 듯한 태도였다. 석기에게는 그녀의 그러한 태도가 아무래도 마음에 걸렸다. 아주 터무니없는 행운을 잡은 것 같은 기분. 이를테면 어딘지 꿈속에서 거금(巨金)을 만져 보고 있는 것 같은 기분이 들었기 때문이다.

그러나 지금 꿈을 꾸고 있는 게 아니라는 점만은 아주 확실한 사실이었다. 다만 그녀가 언제 그러한 태도를 철회할 것인가 하는 점만이 미지수로 남아 있을 따름이었다.

바깥은 이제 완전히 어두워져 있어 상점의 진열창들마다 형형색색의 전등불이 켜져 있었다. 따라서 초여름 밤이라곤 하지만 길바닥은 조금도 어둡지 않았다. 그녀가 팔목을 들어 시간을 보았다.

"몇 십니까?"

"네, 8시 40분예요."

"아직 초저녁이로군요."

순간 그녀의 얼굴에는 그 말에 반대하고 싶어 하는 표정이 얼른 떠올랐으나 곧 다소곳이 석기를 따라 걸었다. 꼭 한순간 그녀의 얼굴에는 다시 저 방심한 듯한 표정이 떠올랐다 사라졌다.

순두붓집에 들어가서 석기는 그녀에겐 굴을 넣은 것으로 권하고 자기는 돼지고기 넣은 것을 주문했다. 그녀는 사양하지 않았는데 역시 사양할 권리가 자기에게 없다는 듯한 태도였다. 그녀는 식사를 3분의 1쯤밖에 하지 않았다.

그리고 밖으로 나왔을 때 그녀는 다시 시간을 보았다. 석기가 말했다.

"아직 초저녁인데 시간은 왜 그렇게 자꾸 보십니까?"

그제야 그녀는 자기 의사를 조심스럽게 표시했다.

"하지만 취재 아직 안 끝나셨나요? 전 그만 집에 가 봤으면 좋겠어요."

"아, 아직 안 끝났습니다."

"무얼 취재하려고 그러시는데요?"

"아, 지금 내가 하고 있는 게 모두 취잽니다. 다방에 가고 생맥줏집에 가고 밥 먹고 한 것도 모두 다 취재였고요. 그리고 아직 남은 것이 있습니다."

"시간 너무 오래 걸리지 않았음 좋겠어요."

"아, 그런 염려 마세요. 10시 반까진 책임지고 보내 드리겠습니다."

그녀는 놀라는 기색이 완연했다. 그러나 곧 그것마저 체념하는 기색이었다.

석기는 실상 더 욕심을 부리고 싶었다. 너무나 모든 것이 순조로웠기 때문이겠지만 욕심 같아서는 앞으로 한 시간 남짓밖에 남지 않은 10시 반까지가 아니라 내일 아침 10시 반까지라고 아주 말해 버리고 싶었다. 그러나 그것은 아무래도 무리인 것 같았다. 그리고 성급하게 구는 것만이 장땡은 아니라는 생각이 또 그로 하여금 자제심을 발휘하게 하였다.

"10시 반까진 틀림없이 오늘 취재를 다 끝내겠습니다. 그 대신 내일 취재에도 꼭 응해 준다는 약속이 선행돼야 합니다. 아시겠습니까?"

그녀는 말없이 고개만 가만히 끄덕였다. 석기로서는 우선 그것만으로도 대만족이 아닐 수 없었다.

석기는 그녀를 데리고 고등학교 선배가 경영하는 고전음악 감상실 '에로이카'로 갔다. 이따금 속이 뒤틀리는 일이 생기면 러시아 민요를 들으러 가는 집이다. 그리고 가끔 돈도 빌리러 가는 집이다.

그곳에 가야만 들을 수 있는 그 음반은 미국으로 망명한 러시아 이민들이 합창대를 조직해서 취입한 것으로, 어떤 속 뒤틀리는 일이 있어도 가서 듣고 앉았으면 일단 그것을 듣는 동안만은 마음의 평정을 되찾게 해 주곤 하였다.

그러나 지금은 속이 뒤틀려서 가는 것이 아니다. 속이 뒤틀리기는커녕 속이 너무 들떠서 그것을 조금이라도 가라앉혀 보려고 가는 길이다. 그리고 그녀에게도 그녀가 좋아할 법한 일을 한 가지쯤은 해 주고 싶은 것이다. 고전음악을 꼭 좋아할는지는 장담할 수 없었으나 생맥줏집이나 순두붓집보다는 어쨌든 좋아할 것이며 무엇보다도 그 음반을 듣고 좋아하지 않을 여자애는 이 세상에 없을 것이었다.

계단을 올라가서 3층에 있는 '에로이카'의 문을 밀고 들어섰을 때 마침 주인인 선배가 이쪽으로 마주 나오고 있는 중이었다. 그는 서른다섯 살이나 먹은 노총각이면서도 아직 장가갈 생각은 않고 이 '에로이카' 하나를 경영해 오는 것으로 늘 만족한 표정을 짓고 있는 사람이다. 그리고 항상 자기 일은 해결하지 못하면서도 후배들의 연애 상담역 같은 것이 돼 주곤 하는 사람이다. 물론 필요할 때는 돈도 빌려 준다. 이름은 '장수길'이라는 본명을 갖고 있지만 '에로이카' 안에서는 보통 '장코'라는 별명으로 통한다. 코가 유달리 크기 때문이다. 그러나 결코 보기 흉할 정도는 아니다.

그가 석기를 발견하고

"오, 너 오래간만이구나."

하고 반가워하였다.

"또 무슨 속 뒤집히는 일이라도 있니?"

"아뇨, 형님. 오늘은 그냥 취재차 왔어요. 그것 좀 부탁합니다."

"취재? 응, 알았다."

그리고 그는 관대한 시선으로 석기 옆에 서 있는 그녀를 슬쩍 일별하였다.

"저쪽으로 앉아라."

석기가 부탁한 음악이 흘러나오기 시작한 것은 그들이 자리를 잡고 앉은 지 5분도 안 돼서였다.

예상대로 그녀는 몹시 감명을 받는 눈치였다.

"이게 무슨 곡이에요?"

"러시아 민요들입니다."

하고 석기는 그 음반에 대해서 자기가 알고 있는 얘기들을 해 주었다. 그녀는 무슨 신비로운 얘기라도 듣듯 석기의 얘기에 귀를 기울였다. 그리고 음악소리에 귀를 기댔다. 그녀의 그러한 모습은 한층 아름다워 보였다. 석기는 자기가 대단한 행운을 잡았음을 거듭 확인했다. 그리고 그 행운을 결코 놓치지 않으리라 굳게 결심했다.

음악이 다 끝났을 때 석기는 말했다.

"오늘 취재는 일단 이것으로 마치겠습니다. 아주 만족스런 취재였어요. 협조해 주신 데 대해 깊이 감사합니다. 하지만 내일도 도와주셔야 한다는 점 잊지 마세요. 내일은 여기 '에로이카'에서부터 시작하기로 하죠. 저녁 6시까지 나와 주세요. 그래 주시겠죠?"

"네, 나오겠어요."

그녀는 다소곳이 대답했다.

"좋습니다. 그럼 오늘은 이만 가시죠."

"네."

석기는 그녀를 버스 정류장까지 배웅해 주었다. 그리고 그녀가 버스를 타기 직전에 다시 한번 내일의 약속을 환기시켜 주었다. 그녀는 알았다는 뜻으로 예의 그 상냥한 미소를 지어 보이고는 곧 버스에 올랐다.

석기는 그녀가 탄 버스가 다른 차들에 가려 보이지 않게 될 때까지 그 자리에 서 있었다. 막상 보내 놓고 나니 더 붙잡고 있을걸 하는 아쉬운 생각이 들었다. 그러나 그는 곧 느긋한 마음을 먹고 수환의 집 쪽으로 가는 버스에 올라탔다. 곧장 집으로 가기에는 어쩐지 들뜬 기분이 참아 주지를 않았다.

수환은 자고 있었던지 부스스한 얼굴로 나와서 문을 열어 주었다.

"야, 인마. 그럴 줄 알았다. 그럴 줄 알았어."

"뭐가 인마, 그럴 줄 알어?"

"자수해 올 줄 알았어. 이렇게 자수해 올 줄 알았다구."

"인마, 자수는. 아무튼 아깐 미안했다."

"글쎄, 자수해 올 줄 알았다니까. 좌우간 들어와."

수환의 방은 항상 그렇지만 잔뜩 어질러져 있었다. 읽다 버려둔 책 나부랭이, 방바닥에 아무렇게나 벗어 던진 외출복 윗도리, 게다가 반쯤 마시다 둔 2홉들이 소주병까지.

"불쌍하다, 불쌍해. 혼자서 훌쩍거렸구나."

"그럼 인마 별수 있어? 너 같은 재주 좋은 놈이나 계집애하고 '마당' 같은 데 가서 기분 내고 그러는 거지. 그래 그 다슬긴 어디서 꼬셨냐?"

"다슬기?"

"조개 새끼 말야, 인마."

"일차 경고해 둔다. 앞으로 또 그따위 불손한 언사를 장래 형수한테 사용했다간 벙어리 신세를 면치 못할 줄 알아 둬라."

"웃기고 자빠졌네. 형수라고?"

"그럼 인마. 어디까지나 형수지. 어떻디? 네 형수감."

"작작 웃겨라. 그래, 계집앤 아무튼 야들야들한 게 괜찮게 생겼더라. 어디서 꼬셨냐?"

"그래도 눈은 있어 가지고. 주웠다, 인마."

그날 밤 석기는 수환의 집에서 잤다. 자면서, 그녀를 줍게 된 경위를 자세하게, 되도록 과장해서 설명해 주었다.

수환은 시종 질투심까지 섞인 부러운 눈길로 행운을 거저 줍다시피 한 친구를 거의 넋을 잃고 쳐다보았다. 그리고 그는 자기가 바로 그 행운을 잡지 못한 데 대해서 이렇게 투덜거렸다.

"제기랄, 고 야들야들하게 생긴 애가 저 불학무식한 놈한테 걸리다니. 이 나 같은 고결한 인물한테 걸리지 못하고. 어쨌든 불운한 일이로군."

다음 날 오후 석기는 서클에 참석하였다가 곧장 '에로이카'로 갔다.

서클에서는 예정했던 의제가 토의 대상이 되었는데 우선 양희네 학교 당국에 대하여 각 대학 학생기자들의 연합체인 서클의 명의로 부당한 간섭을 즉각 철회해 줄 것을 골자로 하는 항의문을 내기로 하고 불응할 경우에는 다음 단계의 대응책으로 맞서기로 하였다. 다음 단계의 대응책이란 곧 양희들로 하여금 신문 제작을 거부하게 하고 각 대학신문들은 일제히 그 사실을 기사화하여 여론을 일으키자는 것이었다. 모든 회원들이 그 결의를 만장일치로 채택하였고 양희도 만족해하는 눈치였다. 곧 항의문을 작성하고 나서 모임은 끝났다.

모임이 끝나자마자 일어서는 석기를 보고 양희가 말했다.

"어마, 뭐가 그리 급하지? 이상한데?"

"응, 약속이 좀 있어서."

"중요한 약속이 아니면 우리 다 같이 저녁이나 먹고 가. 내가 낼게."

"오늘은 가 봐야 해. 중요한 약속이야. 저녁들 먹고 와."

"별꼴이다 정말, 오늘은. 아무튼 그럼 가 봐."

석기는 어제 말하던 그 애를 만나러 가는 길이라고 말해 줄까 하다가 그냥 나와 버렸다. 얘기를 하면 말이 길어질 것이 뻔했기 때문이다.

'에로이카'에 그녀는 아직 나와 있지 않았다. 시계를 보니 아직 5분 전이었다. 석기는 입구 쪽이 잘 바라다보이는 곳에 자리를 잡고 앉았다. '장코' 선배가 다가오며 물었다.

"웬일이냐? 연 이틀씩이나. 무슨 바람이라도 불었니?"

"네, 형님. 여기서 계속 취재할 일이 좀 생겨서요."

"어제부터 취재 취재 하는데 도대체 무슨 취재냐? 오늘은 아가씨도 안 데려오고."

"이제 곧 나타날 거예요. 바로 그 아가씰 취재하는 거죠."

"연애하는 게 아니고?"

"형님도 고지식하시긴. 취재나 연애나 다 그게 그거죠. 뭐, 누가 취재 따로 하고 연애 따로 하고 그러나요?"

"어쩐지 내 그런 것 같더라니. 그런데 어젠 왜 그건 청했니? 속이 뒤틀릴 일도 없었을 텐데."

"형님도 참, 속이 뒤틀릴 때 들을 수 있는 거면 기분이 아주 좋을 때도 들을 수 있는 게 아니겠어요."

"그 참, 그도 그렇겠구나."

"그런데 형님, 나 취재비 좀 꿔 주셔야겠어요. 어제 수환이네 집에서 잤거든요. 지금 한 푼도 없어요."

"얼마나 있으면 되는데?"

"한 3000원만 꿔 주세요."

그때 그녀가 입구로 들어서는 모습이 보였다.

석기는 얼른 '장코' 선배가 꺼내 주는 3000원을 받아 주머니에 쑤셔 넣고는 그녀를 향해 한 손을 쳐들어 보였다.

그녀가 곧 석기를 발견하고 목례해 보이며 이쪽으로 다가왔다.

"약속을 지키시는군요."

하고 석기는 우선 그녀를 칭찬하고 나서 두 사람을 서로 인사시켰다.

"어제 인사를 시켜 드렸어야 하는 건데. 이쪽은 이 집 주인이시고 우리 선배이신 장수길 형님. 이쪽은 ㅇ여대 사학과 1학년에 재학 중인 유이화 양."

"이거 반갑습니다."

"안녕하세요."

"앞으로 종종 좀 놀러 나오세요. 친구 될 만한 사람들이 많이 나오니까요. 그럼 얘기들 하세요."

하고 '장코' 선배는 곧 자리를 비켜 주었다.

석기가 그녀에게 말했다.

"코가 좀 길다고 해서 보통은 '장코' 선배라고 부르죠. 아주 좋은 선배죠. 그건 그렇고 우리 점 한번 쳐 보러 갈까요? 우리의 취재가 앞으로 순조롭게 잘돼 나갈 것인지 어떨 것인지 알아보기 위해서."

그녀는 무슨 말인지 얼른 못 알아듣는 눈치였다.

"자, 일어납시다. 가 보면 자연 알게 될 테니까요."

그녀는 잠자코 따라 일어서 주었다.

석기는 그녀를 데리고 부근에 있는 슬롯머신 집으로 갔다. 코인을 사서 그녀에게도 나누어 주고 대강 게임하는 방식도 가르쳐 주었다. 그녀는, 자기는 구경만 하겠다고 사양했으나 석기의 강권에 따라 마지못해 코인을 한 개씩 기계에 집어넣고는 서투른 솜씨로 손잡이를 잡아당겼다. 석기가 말했다.

"우리 중 한 사람만이라도 잭폿을 터뜨리면 그건 틀림없는 만사형통입니다. 별 세 개나 수박 세 개, 또는 바(BAR)라고 쓴 글자 세 개만 나란히 나오면 됩니다."

석기는 오늘 왠지 잭폿을 터뜨릴 자신이 있었다. 그리고 그것은 거의 확신과도 같은 것이었다. 마치 그녀가 자기 옆에 서 있다는 사실이 그것을 보증해 주기라도 하는 것 같았다. 그러나 기계는 그의 그러한 확신을 배반하고 자꾸 코인만 삼켜 댔다. 심지어 종 세 개 따위도 잘 나와 주지 않는다. 이따금 나온다는 게 고작 앵두 아니면 기껏해야 귤 세 개다. 꼭 한 번 모처럼 수박 두 개가 나란히 중앙선에 나타나긴 했지만 나머지 한 개가 어디에 숨었는지 보이지도 않았다.

마침내 코인은 바닥이 나 버렸다. 그리고 그것은 그녀 쪽도 마찬가지였다. 석기는 나머지 돈을 다 털어서 코인을 모두 샀다. 반을 나누어 그녀에게 주려 하자 그녀가 다시 사양했다.

"전 정말 잘 못하겠어요. 혼자서 한번 해 보세요. 응원해 드릴게요."

석기는 못 이기는 체 혼자서 하기 시작했다. 독이 올랐다. 그러나 기계는 여전히 뱉는 것보다는 삼키는 것이 더 많았다. 잭폿은커녕 이번에는 앵두조차 자주 나와 주지 않았다. 마지막 딱 한 개 남은 코인이 종 세 개를 나오게 해서 조금 더 연명하는 듯싶었으나 그것으로 그만이었다. 석기의 얼굴은 벌겋게 달아올랐다.

그때 그녀가 조심스레 말했다.

"좀 더 해 보실래요? 이번엔 제가 사 드릴게요."

그리고 그녀는 손지갑에서 단정하게 접힌 5000원권 한 장을 꺼냈다.

"써도 되는 돈입니까?"

하고 석기는 벌겋게 달아오른 얼굴로 물었다.

"네, 이걸로 한번 더 해 보세요."

그러며 그녀는 역시 조심스런 표정으로 지폐를 석기에게 건네어 준다. 석기는 염치불구하고 그것을 받았다. 그리고 그것으로 코인 2000원어치를 더 사고 나머지를 그녀에게 돌려주면서 말했다.

"나중에 꼭 갚아 드리죠."

"아녜요, 그냥 다 가지고 하세요. 전 별로 쓸 데가 없는 돈이에요."

그러며 그녀는 나머지 돈마저 받으려 하지 않았다. 석기는 그 문제로 더 실랑이를 하고 있을 경황이 없었다.

"그럼 나중에 다 갚아 드리기로 하죠. 물론 오늘 이기면 당장 배로 갚아 드리고."

그리고 그는 그녀에게 돌려주려던 나머지 돈을 호주머니에 아무렇게나 집어넣은 다음 본격적으로 기계에 매달리기 시작했다. 독이 올랐으므로 이번에는 매번 다섯 개씩을 한꺼번에 집어넣으면서 했다.

첫 번째에 노란 빛깔의 종 세 개가 나란히 떠올라 주었다. 묵직한 음향을 울리며 코인이 쏟아져 나오기 시작했다. 예감이 좋았다. 석기는 계속해서 기계와 싸웠다. 두 번째는 앵두 두 개. 그리고 세 번째는 다시 오렌지가 세 개. 코인이 수북이 쌓이기 시작했다. 비로소 손잡이를 잡은 팔이 기계의 내부와 깊숙이 일치된 느낌이 왔다. 그리고 명치 끝이 소화가 안 되었을 때와 마찬가지로 후끈거려 오는 것을 느낄 수가 있었다. 이래서 져 본 적은 없다. 석기는 그녀 쪽을 한번 힐끗 돌아보았다. 그녀는 다행스럽다는 표정으로 그를 향해 가만히 미소지어 보였다. 석기는 그녀를 향해 이제 안심하라는 표정으로 고개를 한번 끄덕해 보이고는 계속해서 기계를 조작했다.

기계는 아주 고분고분 계속해서 코인을 쏟아 놓아 주었다. 석기는 코인을 한 줌 쥐어 그녀에게 주면서 말했다.

"이제 문제없습니다. 한번 해 보세요. 거기도 잘될 거예요."

그러자 그녀도 이번에는 사양하지 않고 코인을 받았다. 그리고 기쁜 듯한 표정으로, 호기심을 가지고 코인 한 개씩을 기계에 넣고는 손잡이를 잡아당겼다. 그녀 쪽에서도 이따금 코인이 쏟아져 나오는 소리가 들려왔다.

그리고 마침내 운명의 순간은 왔다. 한동안 고분고분 코인을 잘 쏟아 놓던 석기의 기계가 웬일인지 벙어리 시늉을 내기 시작하더니 수북이 쌓였던 코인이 점점 줄어들어 다시 거의 바닥이 보이기 시작할 무렵이었다. 별 두 개가 거의 동시에 나란히 중앙선에 떠오르는가 싶더니(순간 석기의 폐는 산소 공급을 차단당하는 듯했다) 나머지 한 개가 바르르 떨면서(석기의 눈에는 그렇게 보였다) 자기 동료들 곁에 얌전히 멈췄다.

석기는 친구의 어깨라도 치듯 기계를 힘껏 때렸다. 그리고 외쳤다.

"어이, 여기 잭폿!"

종업원이 달려와서 확인하고는 모두에게 들리는 소리로 커다랗게 외쳤다.

"22번에 잭폿!"

그때 그녀가 기쁜 표정으로 석기를 쳐다보고 나서 석기의 기계를 바라보더니

"어마! 나도 같아요."

라고 말했다. 석기는 얼핏 그녀의 기계를 바라보았다. 그녀의 기계에도 별 세 개가 나란히 떠올라 있었다.

석기는 다시 한번 흥분한 목소리로 외쳤다.

"어이, 여기도 잭폿!"

다시 종업원이 다가와서 그녀의 기계를 확인하고는 같은 내용의 복창을 했다.

"23번에 잭폿! 스리 스타!"

근처의 다른 손님들이 모두 게임하던 손을 멈추고 그들의 기계 쪽을 기웃거려 건너다 보았다.

석기는 의기양양하게, 종업원이 내미는 두 장의 영수증에 서명하였다. 그리고 두 사람 몫의 상금을 받아 가지고 밖으로 나왔다.

그녀도 약간은 상기한 표정이었다.

석기가 말했다.

"이화 씨 덕분에 부자가 됐습니다. 이화 씨의 투자액을 제하고도 만 원 이상이 남으니까요. 우리의 취재 활동이 앞으로 전도양양하다는 점괘입니다. 어떡하시겠어요? 이익 배당을 받으시겠어요? 아니면 새로운 사업에 재투자하시겠어요?"

"전 그냥 드린 거예요. 마음대로 쓰세요."

"애초의 투자액까지 말입니까?"

"네."

"그건 안 될 말이죠. 투자액은 도로 회수하시고 그럼 배당금만 양보하세요. 그걸 가지고 우리 공동으로 새로운 멋진 사업을 시작해 봅시다. 좋습니까?"

"제가 드린 돈도 그럼 다 함께 쓰세요."

"아닙니다. 배당금만 재투자하시는 걸로도 충분합니다. 자, 무엇을 하는고 하니 말입니다. 시장하시죠? 우선 어디 가서 식사부터 좀 합시다. 어저께처럼 순두부 같은 것 말고."

그러자 그녀가 조금 웃는 것 같았다. 석기는 짐짓 천연덕스런 목소리로 말했다.

"왜 웃으세요? 새로운 사업이라는 게 고작 밥 먹는 거냐 그겁니까? 물론 밥 먹는 것도 중요한 사업의 하나죠. 하지만 그게 전부는 아니니까 안심하세요. 자, 이쪽으로 가시죠."

그리고 그는 언젠가 양희를 따라서 한 번 가 본 적이 있는 '스핑크스'라는 경양식집으로 그녀를 데리고 갔다. 그녀는 역시 다소곳이 따라와 주었다. '스핑크스'에서 석기는 두 사람분의 비프스테이크(그것이 그가 아는 가장 값비싼 식사였다)를 주문하였다. 그리고 거기에 덧붙여 자기가 마실 맥주 한 병과 그녀를 위하여 오렌지주스 한 잔을 더 주문하였다. 그러나 그녀는 오렌지주스만을 달게 마셨을 뿐 고기는 반 이상을 그대로 남겼다. 석기는 그녀가 남긴 몫까지를 먹어 치우고 나서 말했다.

"이화 씨하고 같이 사업을 하면 항상 이득을 보는 건 내 쪽이겠는데요. 사업의 과실은 나 혼자 차지하다시피 하니까 말이죠. 도대체 왜 그렇게 모든 걸 양보하려고만 하시죠?"

"양보하려고 그런 게 아녜요. 전 먹고 싶은 만큼 먹었어요."

"식사는 그렇다 쳐도 다른 모든 경우에 있어서 말입니다. 왜 그러시죠?"

그러자 그녀는 잠시 지금까지와는 딴 얼굴이 되며 입을 다물었다. 그것은 그녀에게서 간혹 볼 수 있었던 어떤 방심한 듯한 표정과도 또 다른 표정이었다. 무엇인가 숨기려는 기색이 역력한, 그러나 그것을 내색하지 않으려고 애쓰고 있음에 틀림없는 좀 복잡한 표정이었다고나 할까.

석기는 순간 그 문제를 가지고 더 이상 추궁하는 것은 이롭지 못하다고 판단하였다. 순간적인 결단을 내려야 할 일을 제외하고는 서두르는 것은 항상 금물이다. 더욱이 그 문제라면 천천히 알아도 늦는 것은 아니다. 그리고 어떤 문제를 가지고도 그녀를 다소나마 난처한 입장에 놓이게 하는 것은 지금으로선 결코 이롭다고 할 수가 없다.

석기는 얼른 목소리를 바꾸어 말했다.

"아, 뭐 꼭 대답을 하셔야만 한다는 건 아닙니다. 괜히 분에 넘쳐서 한번 해 본 소리일 뿐이죠. 하도 양보만 받다 보니 도둑이 제 발이 저린다고. 자, 그건 그렇고 다음 스케줄로 넘어갑시다. 이번엔 과실을 나 혼자서 따먹는 사업이 돼선 정말 안 될 텐데."

그리고 그는 아직도 다소 굳어진 표정을 채 풀지 못하고 있는 그녀를 권유해서 밖으로 데리고 나왔다.

시간은 벌써 9시가 가까워 오고 있었다.

석기는 택시를 한 대 잡았다. 그리고 그녀를 먼저 택시에 오르게 한 다음 뒤따라 올라타면서 운전사에게 말했다.

"창경원으로 갑시다."

택시는 곧 출발했다. 그녀가 의아한 표정을 지었다. 석기가 말했다.

"밤에 창경원 가 보신 적 있으세요?"

"네?"

"지금 그리로 가는 겁니다."

"밤에도 창경원을 여나요?"

"네, 겨울철엔 주간 공개만 하지만 요즘은 아마 밤에도 열고 있을 겁니다. 갈 곳이 별로 없는 서울에서는 궁색한 대로나마 가 볼 만한 곳이라고 할 수 있죠. 더욱이 밤 창경원에 가 보신 적이 없다면."

그녀는 다소 굳어진 것이 풀린 얼굴로 가만히 자기 무릎께를 내려다보았다. 석기가 덧붙였다.

"그리고 거기 우리가 하려는 사업이 기다리고 있습니다."

그때 운전사가 힐끗 백미러를 통해 석기들을 눈여겨보았다. 그러는 운전사의 동작에는 '쯧, 이마에 아직 피도 안 마른 것들이' 하는 나이 지긋한 사람의 몸짓이 다분히 포함되어 있었다.

석기는 빙그레 웃으며 말했다.

"아저씨, 한눈파시다가 교통사고 내시겠습니다."

운전사의 뒤통수는 곧 딱딱하게 굳어졌다.

창경원 앞에서 택시를 내린 석기는 그녀가 내리기를 기다려 곧장 매표소로 걸어갔다. 그리고 두 사람 몫의 입장권을 사 가지고 그녀와 함께 창경원 안으로 들어섰다. 늘 느끼는 일이지만 별안간 안과 밖이 뒤바뀐 듯한 착각이 왔다.

즉 넓은 바깥으로부터 좁은 내부로 들어섰다는 느낌과는 반대인, 좁은 곳으로부터 넓은 곳으로 나섰다는 느낌이 훨씬 앞서는 점이 그것이었다. 어째서인지 석기는 이곳에 올 때마다 그러한 느낌을 받는다. 이를테면 갑갑한 곳으로부터 자유로운 곳으로 나선 것 같은 느낌이라고나 할까. 어쨌든 그래서 이따금 찾아오는 곳이기도 하다.

석기는 동물사(動物舍) 쪽으로 가는 길을 택했다. 그녀도 이따금 호기심 어린 눈으로 주위를 바라보며 말없이 그의 곁에서 걸었다. 길을 밝히기 위한 수은등들이 어둠을 나무 그늘 뒤로 밀어제치고 있었고 젊은 남녀 한 쌍씩의 다른 입장객들의 모습도 보였다. 그들 중에는 수은등의 푸른빛을 받으며 나란히 걷고 있는 쌍도 있었으며 나무 그늘 뒤의 벤치에 조용히 앉아 있는 쌍도 있었다.

왼편의 조류사(鳥類舍) 쪽에서는 창경원 전체에 미만해 있는 싱그런 녹음 냄새에 섞인, 새들의 비릿한 분뇨 냄새가 풍겨 왔다.

그리고 그것은 좀 더 가서의 동물사 쪽에서도 마찬가지였다.

석기가 물었다.

"이 냄새 괜찮으세요?"

"네, 싫지 않아요. 어렸을 때 시골에 있는 저희 외갓집 닭장에서 맡던 냄새 같아요."

그러며 그녀는 몹시 기쁜 듯한 표정이 된다.

"다행인데요. 나하고 동감이라서요. 역시 취재원을 잘 잡았다는 생각이 듭니다. 요즘 우리는 사실 이런 냄새에마저 굶주려 있는 형편이거든요. 무어랄까, 역겨운 콜타르 냄새 같은 것에 둘러싸여 살고 있는 셈이죠."

"네, 정말 오랜만에 맡아 보는 냄새예요."

"여기에 오면 항상 맡을 수 있습니다. 휴일 아닌 비 오는 날이면 더욱 좋죠. 사람들이 얼마 오지 않으니까요. 거의 자기 집 뜰을 거닐 듯할 수 있죠."

"여기 가끔 오시나 봐요."

"네, 요즘은 별로 못 왔지만 그전엔 한 달에 두어 번꼴은 왔었죠. 속이 좀 언짢을 때마다."

"어떤 때 속이 언짢으세요?"

"그야 일일이 열거하자면 한이 없죠. 사람들 특히 어른들 하는 짓이 그렇게 만들 때도 있고 나 스스로가 그렇게 만들 때도 있고."

"……."

"자, 우리도 저쪽 놀이터 있는 쪽으로 한번 가 볼까요? 가서 순식간에 로마에도 가고 파리에도 가는 유람 비행기나 한번 타 보기로 하죠."

그녀는 뜻밖에도 선뜻 좋다고 한다.

석기는 그녀와 함께 유람 비행기가 빙글빙글 돌고 있는 곳으로 갔다. 커다란 회전축에 매달려 빙글빙글 돌고 있는 그 모형 비행기들에는 젊은 쌍쌍들이 타고 앉아 마치 우주비행이나 하고 있는 듯한 신기한 표정들을 짓고 있다.

석기들은 표를 사 가지고 앞의 유람객들이 유람을 마칠 때까지 기다리고 섰다가 지면에 내려온 그 모형 비행기 중의 하나에 올랐다.

회전축이 움직이기 시작하면서 그들이 탄 비행기가 커다란 원을 그리며 공중으로 떠올랐다. 그리고 점점 높아지면서 회전축을 중심으로 빙글빙글 돌기 시작했다. 그들이 탄 비행기는 '파리행'이라고 쓴 것이었다.

석기가 말했다.

"개선문이 보입니까?"

그녀가 웃으며 대답했다.

"네, 저기 보이네요."

"에펠탑은?"

"네, 그것도요."

"하하, 난 남대문도 안 보이는데요. 그 대신 별이 좀 더 가까이 보이는 것 같군요."

그러자 그녀가 하늘을 올려다보았다. 그때 석기는 그녀의 어깨에 팔을 얹었다. 그리고 나직이 경고했다.

"움직이면 위험합니다."

그녀의 몸이 한순간 오한을 느끼듯 미세하게 떨렸다.

석기는 그녀의 어깨에 얹은 팔로 그녀를 안았다. 마치 그 오한으로부터 그녀를 보호하기라도 하려는 듯이. 그리고 재빨리 그녀의 입술 위에 입술을 포갰다.

그녀의 입술은 젖은 나무 잎새같이 촉촉했다. 그러나 그것은 지극히 순간적인 느낌에 불과했다. 그녀가 급히 고개를 틀어 석기의 입술을 피해 버렸기 때문이다. 그리고 그녀는 그렇게 고개를 튼 채 몸을 돌처럼 조그맣게 응축시켜 가지고 한동안 미동도 하지 않았다.

석기는 이때야말로 결단이 필요한 순간이라고 판단했다. 그는 재차 그녀의 조그맣게 응축된 몸을 힘주어 안았다. 그리고 그녀의 얼굴을 손으로 받쳐서 자기 쪽을 향하게 했다. 그녀는 눈을 감은 채 울기 직전의 아이처럼 입술을 꼭 다물고 있었다. 그러나 뜻밖에도 피하려는 기색은 없다. 오히려 무엇에 전력으로 견디려는 노력이 역력했다. 석기는 다시 재빨리 그녀의 입술에 입술을 포개었다. 그리고 힘주어 눌렀다. 그녀의 얼굴 전체가 이쪽의 얼굴에 닿았다. 순간 석기는 어떤 따뜻하고 미끈거리는 액체가 자기의 뺨에 닿는 것을 느꼈다. 그것이 눈물이라는 것을 알았지만 석기는 그러나 후퇴하지 않았다. 그녀의 입술을 열고 혀를 밀어 넣었다. 단단한 물질이 혀에 닿았다. 그리고 그것은 혀 같은 힘없는 것으로는 열기 힘든 것이었다. 그러나 그는 집요하게 시도했다. 마침내 그 단단한 문도 열리었다. 그리고 감춰진 그녀의 혀에 닿았다. 그녀의 혀는 그가 이제껏 자기의 혀로 감지할 수 있었던 것 중에서 가장 신비스럽고 아름다운 것이었다.

석기의 그 일방적인 강제 행위가 끝났을 때 유람 비행기는 서서히 다시 지면을 향해 내려가기 시작하고 있었다.

예기치 못한 일은 아니지만 아래서 차례를 기다리고 있던 사람들이 놀란 표정으로 석기들을 올려다보고 있는 모습이 보였다. 그녀는 어둠 속의 허공에 눈을 준 채 꼼짝도 않고 앉아 있었다.

유람 비행기가 지면에 닿자 석기는 그녀의 어깨를 감싸안고 사람들의 시선을 빠져나왔다. 그리고 빠른 걸음으로 그 놀이터에서 벗어났다.

석기는 사람들의 눈에 잘 띄지 않을 나무벤치 하나를 찾아냈다. 그녀를 앉히고 자기도 옆에 앉았다. 무슨 말로 그녀를 달래야 할까, 잠시 궁리했다. 그러나 얼른 좋은 생각이 떠올라 주지 않았다. 그녀는 석기가 앉혀 준 자세 그대로 꼼짝도 하지 않는다. 석기는 겨우 이렇게 말했다.

"성났으면 용서해. 하지만 난 내가 나쁜 짓을 했다고는 생각하지 않아."

그는 자기도 모르는 사이에 반말을 쓰고 있었다. 그러나 그녀는 아무런 반응도 보이지 않은 채 여전히 처음에 앉혀진 자세 그대로 꼼짝도 않는다.

"정말야, 난 내가 나쁜 짓을 했다고는 결코 생각하지 않아. 좀 일방적이긴 했지만 자연의 섭리에 따랐을 뿐야. 예쁘고 마음에 드는 여자한테 입 맞춰 주고 싶은 건 자연의 섭리라고. 자, 나 좀 쳐다봐. 내가 나쁘다고 판단한 일을 할 사람인가."

"……."

"맹세해도 좋지만 난 여지껏 내가 나쁘다고 판단한 일을 해 본 적은 한 번도 없어. 자, 나 좀 쳐다보라구."

그러자 그녀는 가만히 시선을 들어 석기를 바라보았다.

"자, 똑바로 보라구."

그러며 석기는 자기의 두 눈을 그녀의 시선에 맞추었다. 순간 그녀의 두 눈에는 다시 눈물이 맺혔다.

"알고 보니 순 울보군그래. 자, 그만."

하고 석기는 호주머니에서 얼른 손수건을 꺼냈다. 그러자 그녀는 얼른 다시 시선을 떨구었다. 그리고 가만히 말했다.

"집에 가고 싶어요."

석기는 우선 그녀가 말을 했다는 사실이 반가웠다.

"그래, 가자구. 바래다줄게."

"아녜요, 혼자 갈 수 있어요."

"안 돼, 오늘은 내가 바래다줄 의무가 있어."

"……."

"자, 가지."

그녀는 말없이 벤치에서 일어났다.

따라 일어서며 석기는 그녀의 어깨를 안았다. 그녀는 피하려 하지 않았다.

"그 대신 내일 또 '에로이카'로 나와 줘야 돼."

그녀는 보일 듯 말 듯 가만히 고개를 끄덕였다.

창경원에서 나온 그들은 택시를 탔다. 그리고 택시 속에서 석기가 말했다.

"역시 내가 취재원을 잘 잡았다는 생각에는 변함이 없어. 이화는 수수께끼투성이거든."

그녀는 아무 대답도 하지 않았다. 다만 석기를 조금 낯선 사람 쳐다보듯 하였을 뿐이었다. 그리고 그것은 그녀가 지금 어떤 딴생각에 사로잡혀 있다는 걸 말해 주고 있었다. 석기는 그러나 그걸 추궁하려

들지는 않았다.

그녀가 택시를 멈추라고 한 곳은 주택가의 어느 골목 어귀였다. 택시에서 내리자 그녀가 말했다.

"여기서 조금만 들어가면 돼요. 안녕히 가세요."

그리고 그녀는 애써 상냥한 미소를 지어 보였다. 석기는 집 앞까지 바래다주마고 하려다가 그만두고

"그럼 내일 '에로이카'에서 다시 만나."

하고는 선선히 돌아섰다. 그리고 그녀의 발짝 소리가 골목 안으로 사라지는 소리를 들으면서 천천히 큰길 쪽으로 걸어 나왔다. 그녀의 발짝 소리가 가슴속을 조그맣게 울리며 지나가는 것 같았다. 비로소 그녀에게 몹쓸 짓을 했다는 자책감이 우러났다.

그러나 그것은 곧 커다란 기쁨에 가려 힘을 잃었다. 어쨌든 그는 오늘 그녀의 입술을 차지할 수 있었던 것이다.

집에 도착했을 때 형수가 문을 열어 주며 말했다.

"어머님이랑 형님이 안방에서 기다리고 계셔요."

"무슨 일이 있나요?"

"글쎄 들어가 보세요."

그러며 형수는 가만히 웃어 보인다. 석기는 곧장 안방으로 들어갔다. 자리도 하지 않은 채 어머니와 형 준기가 앉아 있다가 들어서는 석기를 쳐다보며 동시에 성난 표정을 짓는다.

"왜 아직 주무시지들도 않고."

"뭐라구? 너 인마 정신이 있어? 없어?"

형 준기가 볼멘소리를 내어 지른다.

무슨 일인지 알 수가 없다.

"뭘 갖고 그래요? 형. 나 어젯밤에 안 들어온 거 갖고 그래요?"

"네깐 놈 들어오고 안 들어오고가 무슨 상관이야? 인마. 하지만 아버지 제삿날까지 잊어 먹고 다니는 놈이 어딨어? 인마."

석기는 아차 싶었다.

어제는 분명 돌아가신 아버지의 제삿날이었다. 아침에 어머니가, 일찍 좀 들어오라고 신신당부까지 했었다. 그걸 잊어 먹다니 어지간히 들떠 있었구나.

석기는 자기 잘못을 인정하고 솔직하게 사죄하였다.

"미안해요, 형. 깜빡 잊었어요. 무슨 일이 좀 있어 가지고."

"듣기 싫어, 인마. 아버지 제삿날까지 잊어 먹을 만큼 그래 중대한 일이더냐? 나쁜 놈."

"미안하다고 그러잖아요."

"미안하다면 다야? 너 인마, 생활 태도부터 좀 고쳐야 해. 걸핏하면 자고 들어오기 일쑤고. 아직 학생 놈이 술이나 처먹고 다니고. 하라는 공부는 하는지 마는지 걸핏하면 데모에나 끼어들어 가지고 집안 식구 속 썩이기 일쑤고. 그러고 다니라고 너 인마 학비 대 주는 줄 알아? 공부하라고 대 주는 거야. 공부 인마. 공부해 가지고 저 살길을 찾으라는 거야."

석기는 순간 대꾸해 주고 싶은 말이 목구멍까지 올라왔으나 꿀꺽 삼켰다. 오늘은 아무래도 형 쪽이 명분이 서는 날이다. 어쨌든 아버지의 제사에 참석하지 못한 건 큰 실수였으니까.

"미안해요, 형. 다음엔 실수 없도록 할게요."

그러자 형은 자기의 훈계가 어느 정도 효과를 보았다고 생각했음인지, 그리고 다소 만족감도 느꼈는지 조금 누그러지는 기색을 보인다.

"그 말을 그럼 앞으론 데모 따위에도 끼어들지 않겠다는 뜻으로 들어도 좋아, 인마?"

"아무튼 되도록 실수는 하지 않을게요."

"말은 덥석덥석. 알았어, 인마. 가서 자."

그제야 어머니도 좀 누그러지는 표정이 되며

"저녁이나 먹었니?"

하고 묻는다.

"네, 먹었어요."

"그럼 가 자거라. 형 하는 말 흘려듣지 말구."

"네, 그럼 안녕히들 주무세요."

"그래, 어서 가서 자."

두 사람으로부터 풀려난 석기는 곧장 자기 방으로 돌아와 씻지도 않은 채 방바닥에 누웠다. 그리고 담배를 한 대 꺼내서 피워 물었다.

집까지 오는 동안의 가슴 뿌듯하던 기분은 다소 손상을 입은 셈이긴 했으나 아직까지 입술 표면에 남아 있는 그녀의 촉촉하던 입술의 감촉이 또렷이 다시 되살아남으로써 방금 안방에서 있었던 일은 말짱히 의식 바깥으로 밀려나 버리고 말았다.

석기는 손끝으로 가만히 입술의 표면을 만져 보았다. 그러나 만져지는 것은 제 입술의 약간 마른 듯한 감촉일 뿐 그녀가 거기에 남긴 감촉은 아니었다.

손으로 만져 보려던 것 자체가 잘못이었는지 모른다. 왜냐하면 사람의 몸이란 비록 한 몸에 달린 기관이라 할지라도 각기 저마다의 기억을 갖고 있게 마련이니까.

석기는 담배를 연달아 몇 모금 맛있게 빤 다음 재떨이에 비벼 끄고 일어나서 자리를 깔았다. 그리고 전등을 끄고 다시 누웠다. 내일이 빨리 오게 하는 방법은 뭐니 뭐니 해도 빨리 잠자는 방법밖엔 없다. 그는 곧 단잠에 빠져들었다.

그러나 다음 날 오후 약속한 시간에 그녀는 '에로이카'에 나타나지 않았다.

그녀와 약속한 5시로부터 한 시간이 넘도록 나타나지 않았다. 그리고 거기서 다시 한 시간이 더 지나도 나타나지 않았다. 석기는 그러나 초조해하고 있지 않았다. 그녀는 반드시 나타나 줄 것이라는 확신을 가지고 있었기 때문이다. 시선만은 그러나 입구께를 향해 거의 고정해 두다시피 하고 있었다.

8시가 지나도 그녀는 나타나지 않았다. 그리고 입구께를 향한 그의 시선 속으로는 그녀와는 닮지도 않은 여자애들이 들어오고 나가는 모습 그리고 '에로이카'의 단골들이 화장실을 사용하기 위해 뻔질나게 드나드는 모습만이 계속해서 비쳐 올 따름이었다.

비로소 약간 초조한 생각이 들기 시작했다. 자기의 확신이 아무런 근거 없는 일방적인 과신에 불과할 따름인지도 모른다는 생각이 뒤

따랐다. 그렇지 않다면 약속시간으로부터 세 시간이 넘도록 그녀가 나타나지 않는다는 사실을 어떻게 해석해야 옳단 말인가. 오는 도중에 무슨 사고라도 났단 말인가. 아니면 약속한 사실을 숫제 잊어 먹었단 말인가. 아니, 그럴 리 없다. 약속 같은 걸 잊어 먹을 여자애는 아니다. 필경 어제 있었던 일의 충격이 그녀에겐 좀 지나친 부담이 되었는지도 모른다. 십중팔구 그것이 정답일 것이다.

거기까지 생각이 미치자 석기는 어젯밤 그녀가 헤어질 때 보여 준 애써 짓던 미소가 생각났다. 명치 끝이 별안간 급히 체했을 때처럼 찌르르 쓰려 오기 시작했다. 그리고 그것은 곧 묵직한 동통이 되어 가슴을 압박했다. 어젯밤 그렇게 서둘렀던 건 아무래도 잘못이었다는 생각이 들었다.

그때 수환이 들어서는 모습이 보였다. 그는 석기를 발견하자 곧장 이쪽으로 다가왔다. 술기운이 있어 보였다.

"자식, 여기 있었구나. 그런데 어째서 혼자 맨송맨송하게 앉아 있냐? 다슬기는 어쩌고."

석기는 대꾸하지 않았다. 그러자 수환은 석기의 옆자리에 엉덩이를 털썩 내려놓으며

"자식, 벌써 바람맞았구나. 거 참 보던 중 즐거운 일이다."

하고 유쾌한 듯한 표정을 짓는다.

"까불지 마, 인마. 어디서 혼자 술을 처먹고 와서."

"왜, 안 됐냐? 안 됐으면 한잔 살 용의도 있어. 난 너 같은 놈처럼 그렇게 계집애하고만 살금살금 다니면서 홀짝홀짝 마시진 않으니까.

생각 있으면 말해."

"나 사 줄 돈 있으면 너나 인마 가서 실컷 마셔."

"자식이 바람을 맞아도 단단히 맞은 모양이로군. 나 따돌려 놓고 계집애하고만 살살 다니더니. 고소하다, 고소해. 하지만 인마, 그럴수록 한잔 빠는 거야."

"야, 인마. 제발 귓속에 잡음 좀 넣지 마. 잠자코 못 있겠으면 딴 자리로 가든지."

"못난 녀석, 쬐끄만 계집애한테 바람 좀 맞은 걸 갖고 뭘 그래, 인마. 내일 학교에서 행사 있는 거 알아?"

마지막 부분을 수환은 좀 나직하게 말했다. 석기는 얼굴색을 바꾸며 역시 나직하게 되물었다.

"있니?"

거듭나기 위한 병

이화는 석기와 헤어져 돌아온 날 밤부터 누워서 앓기 시작했다.

집에 들어설 무렵부터 왠지 오슬오슬 춥기 시작하더니 대강 씻기를 마친 다음 제 방에 들어가 자리 속에 든 뒤부터는 전신이 숫제 커다란 얼음덩이 속에 갇히기라도 한 듯 마구 떨려 오기 시작했다. 그리고 몸은 반대로 불덩이처럼 뜨거워져 갔다. 입속이 종이처럼 바싹 말라 갔고 입술은 자기 입술 같지 않았다. 마치 타 버린 셀로판종이라도 한 겹 입술 위에 덧붙여진 것 같았다. 물이 몹시 마시고 싶었으나 물을 가지러 갈 기운도 누구를 부를 기운도 없었다.

밤새 그녀는 추위와 열에 시달렸다. 그리고 아침이 되었을 때는 그녀의 이부자리는 온통 땀으로 흠뻑 젖어 있었다.

어머니가 들어와 보고 깜짝 놀랐다.

"애, 이화야. 너 어디 아픈 모양이로구나."

그러나 그녀는 대꾸할 기운마저 없었다. 어머니가 곧 그녀의 이마를 짚어 보고 더욱 놀랐다.

"아니, 이 애 좀 봐. 머리가 숫제 펄펄 끓는구나. 이 지경이 되도록 왜 어밀 부르지 않았니?"

그리고 어머니는 곧 나가서 의사를 데려왔다.

의사는 진찰을 마치고 나서 말했다.

"열이 좀 지나칠 정도로 높습니다. 하지만 열만 좀 내리면 괜찮을 겁니다. 열 이외의 별다른 증세는 없는 것 같으니까요. 무척 과로한 것 같은데 며칠 좀 푹 쉬게 하십시오."

그리고 의사는 간호사를 시켜 주사를 놓게 한 다음 누구를 딸려서 보내 주면 약을 보내 주겠노라고 말하고는 곧 돌아갔다.

어머니는 동식을 불러 의사를 따라가 약을 받아 가지고 오라고 이른 다음 이화에게 말했다.

"연 이틀씩이나 밤늦게 돌아오곤 하더니 몸살이 난 모양이로구나. 오늘은 학교도 가지 말고 집에서 푹 쉬어라."

아버지도 들어와서 근심스런 표정을 지어 보이고는 푹 쉬라고만 말했다.

이화는 곧 의식을 잃듯 가벼운 잠 속으로 빠져들어 갔다. 그러나 오후가 되어도 열은 좀처럼 내리지 않았다.

그 이튿날도, 그리고 그다음 날도, 나흘째에 접어들어서야 비로소 열은 좀 내리는 듯했다. 그러나 종일 누워서 지내다시피 하였다. 어머니가 가져다주는 흰죽과 과일즙을 마시면서 그리고 아프기 시작한 지 엿새째 되는 날에야 그녀는 간신히 일어났다.

그 사이 그녀는 식구들과 거의 아무런 말도 주고받지 않았다. 물을 좀 달라든가 창문의 커튼을 좀 열어 달라든가 하는 정도의 부탁 아니면 좀 어떠냐, 먹고 싶은 것은 없느냐, 하는 따위의 물음에 괜찮아요, 먹고 싶은 건 없어요, 하는 정도의 대꾸를 한 걸 제외하고는. 그리고 그녀는 이따금씩 의식 속에 떠오르는 민요섭의 숨을 거두던 모습, 그의 목에 감겨 있던 피가 내밴 붕대, 그리고 그가 섬에서 보인 행동과 자기가 취한 태도 따위에 대해서 잠깐씩 생각했다.

또 아버지가 기회 있을 적마다 일러 주던 사랑에 관해서도 생각했다. 최근에 만난 우석기라는 사람과 그가 자기에게 보여 온 태도에 관해서도 생각했다. 자신의 병 앞에서 꼼짝하지 못하는 육체에 관해서도 생각했다.

민요섭에 관해서는 역시 자기의 지나친 매정함이 그의 죽음을 불러왔다는 자책이 되살아났고 아버지가 말하는 사랑에 대해서는 비로소 그 올바른 뜻을 이해한 것 같은 기분이 되었다. 그리고 우석기라는 사람도 역시 나쁜 사람은 아니라는 마음으로부터의 대답을 들었으며 자신의 육체에 관해서는 그것이 처음부터 그렇게 아끼고 도사릴 만한 특별히 소중한 것은 아니라는 생각에 도달했다. 애초에 자기라는 개체 자체가 그렇게 인색하게 아끼고 도사릴 만한 존재는 아닌지도 모른다는 생각마저 들었다. 그러자 그녀는 마음속이 별안간 햇빛이 가득 비치는 양지바른 곳처럼 환하고 따뜻해지는 느낌을 맛보았다.

엿새 만에 일어나 그녀가 학교엘 가려고 나서자 어머니가 근심스런 표정으로 말했다.

"하루쯤 집에서 더 쉬지 그러니. 그러다 더 하면 어쩌려고. 괜찮겠니?"

이화는 밝게 대답했다.

"괜찮아, 엄마. 나 이제 아주 튼튼해졌어요."

엿새 만에 나와 보는 거리는 마치 오래 감았던 눈을 뜬 때처럼 모든 것이 눈부시게 바라보였다. 아침 햇빛을 가득 받고 있는 건물들, 그 유리창들, 가로수, 자동차들, 사람들 그리고 그 밖의 모든 것들이. 마치 그 모든 것들은 소나기가 퍼부은 뒤에 구름 사이로 반짝 빛나는 햇빛 아래 드러난 사물들처럼 신선하게 눈부셨다.

이화는 그 모든 것들을 생전 처음 대하는 사물처럼 경이로운 시선으로 바라보며 길을 걸었고 버스에 탔고 그리고 학교로 갔다.

학교에서 급우들은 하나같이 그녀에게, 그녀의 그동안의 결석에 대해서 묻고 안부를 염려해 주었다. 그녀는 그녀들에게 일일이 자기가 아팠으며 이제는 다 나아서 아주 건강하다고 대답해 주었다.

그리고 강의가 끝나자 이화는 곧장 '에로이카'로 갔다. 석기와의 약속을 지키지 못했던 걸 생각하고서였다. 또 그것은 그녀가 아침에 집을 나설 때부터 작정한 행동이기도 했다.

'에로이카'에 석기는 없었다. 꼭 있으리라고 기대한 건 아니지만 어떡하나 하는 망설임이 생겼다. 그러나 그를 만날 수 있는 다른 방법이 얼른 생각나지 않았으므로 그녀는 곧 안으로 들어가 빈자리를 찾아 앉았다. 기다려 보리라고 마음먹고서.

그때 주인인 장수길이 그녀를 알아보고 다가오며 물었다.

"오랜만에 나오셨군요. 석기 군과 만나기로 하셨나요?"

이화는 얼른 아, 안녕하세요, 하는 뜻의 목례를 보내며

"약속하진 않았어요. 하지만 석기 씨 오늘 여기 오실까요?"

하고 되물었다.

"네, 요즘 며칠 거의 매일 나오다시피 했으니까 오늘도 곧 아마 나타날 겁니다. 뭐 듣고 싶은 곡 없으세요?"

"네, 전번에 석기 씨가 부탁했던 곡 한번 다시 듣고 싶어요."

"아, 그 러시아 민요 말인가요?"

"네, 딴 데선 못 듣던 곡이에요."

"아마 그러셨을 겁니다."

그때 입구께로 석기가 들어서고 있는 모습이 보였다. 그의 얼굴은 그녀를 발견하는 순간 햇빛처럼 환하게 빛났다. 그러나 그의 머리에는 붕대가 감겨져 있었다.

이화는 순간 민요섭의 목에 감겨 있던 붕대가 생각나서 가슴이 섬뜩했다. 그러나 그는 빠른 걸음으로 다가오며 쾌활한 목소리로 말했다.

"아, 나와 주었군, 나와 주었어. 약속시간에서 150시간가량 늦긴 했지만."

이화는 그의 150시간가량이라는 말에 미소를 띠며 사과 먼저 하였다.

"미안해요. 그동안 몸이 좀 아팠어요."

"아, 그랬었군. 그랬었어. 그러면 그렇지, 그렇지 않고서야 약속시간을 150시간이나 어길 수가 있나. 그래, 이젠 괜찮아?"

그러며 그는 이화의 맞은편 의자에 앉아 그녀의 얼굴을 자세히 바라보았다.

"네, 다 나았어요. 그런데 석기 씨 머리에 그 붕대는?"

"아, 이거? 조금 다쳤어."

그러자 그때까지 옆에 지켜 서서 두 사람의 수작을 미소 어린 표정으로 바라보던 장수길이

"그 친구 데모하다 다친 거랍니다."

하고 주석을 달아 주었다.

"형님도 참 쓸데없는 소릴."

하고 석기가 그를 나무랐다.

"이런, 내가 또 실수를 한 모양이로군. 더 실수하기 전에 비켜나야지."

그리고 허허 웃으며 장수길은 재생실 쪽으로 걸어갔다.

이화가 물었다.

"많이 다치셨어요."

"아냐, 조금밖에 안 다쳤어. 그건 그렇고 이화는 정말 다 나은 거야? 얼굴색이 아직 안 좋은 것 같은데."

"아녜요, 정말 다 나았어요. 증거를 보여 드릴까요?"

"무슨 증거?"

"다 나았다는 증거요."

"어디 한번 보여 봐."

"저 오늘 아무 데나 데려가 보세요. 어디든지 씩씩하게 따라가 드릴 테니까요. 됐어요?"

그러자 그는 잠시 믿기지 않는다는 표정으로 눈을 둥그렇게 뜨고 이화를 건너다보았다.

"……정말?"

"네, 정말 어디든지 데려가 보세요."

"후회 안 하지?"

"절대로 후회 안 할게요."

"정말 아무 데고 좋아?"

"네 아무 데고요. 석기 씨가 가고 싶은 곳이라면."

"오늘 안으로 돌아오지 못할 곳이라도 좋아?"

"……네, 좋아요. 그걸로 150시간이나 늦은 벌을 받을 수 있다면요."

"아, 벌은 필요 없어. 벌받기 위해서 그러는 거라면 사양하겠어. 난 이화를 벌주고 싶은 생각은 없으니까."

"그럼 벌이 아니라도 좋아요. 석기 씨가 원하시기만 한다면."

"좋아. 그럼 잠깐만 기다려."

그러며 그는 상기한 얼굴로 의자에서 몸을 일으켜 재생실 쪽으로 걸어갔다. 실내에는 아까 그녀가 부탁했던 음악이 재생되어 공기에 주름살을 만들며 흘러 퍼지고 있었다. 이번까지 두 번째 듣는 곡이지만 처음 들었을 때와 변함없는 감명이 그녀의 가슴속을 가득 채웠다. 아니 오히려 더욱 깊이 가슴속으로 스며들었다.

석기는 곧 되돌아왔다. 그리고 이화에게 말했다.

"자, 그럼 가 보자구."

이화는 기쁜 표정으로 그를 따라 일어섰다.

바깥은 아직도 오후의 엷은 갈색 광선이 길바닥에 깔려 있었다. 그리고 건물의 유리창들에선 불그레한 빛을 반사하고 있었다.

그는 택시를 잡더니 그녀에게 오르라고 말하였다.

그리고 그들이 탄 택시는 고속버스 터미널 앞에서 멈췄다.

석기가 매표소 쪽으로 들어가더니 표 두 장을 사 가지고 나왔다.

"어디로 가는 거예요?"

"대전."

"어마, 그렇게 먼 데를요?"

"그렇게 먼 데도 아냐, 고속버스로 두 시간 남짓이면 닿으니까. 하지만 아무래도 안 되겠으면 지금이라도 말하라구. 버스에 탄 다음에 말하면 늦으니까."

"아녜요, 그냥 가 봐요."

"괜히 억지로 따라올 필요는 없어. 표는 무르든지 딴 사람한테 팔면 되니까."

"억지로 아녜요."

"정말이지?"

"네, 정말이에요."

"좋아. 그럼 저 버스에 타자구."

그들은 사람들이 줄을 지어 오르고 있는 한 버스 앞으로 다가가 차례를 기다렸다가 제복을 입은 안내양에게 표를 내밀며 버스에 올라탔다.

그들의 좌석은 맨 뒤에 있었다.

그리고 그들이 좌석에 앉자마자 버스는 곧 출발했다. 이화가 물었다.

"대전이라는 곳이 무슨 특별한 의미라도 있는 곳인가요?"

"특별한 의미랄 것까진 없지만 내가 태어난 고장이지. 어린 시절도 그곳에서 보냈고."

"그럼 석기 씨 고향이군요."

"그렇지. 왠지 오늘 한번 가 보고 싶군."

"석기 씬 좋겠어요. 이렇게 고속버스 타고 가 볼 수 있는 고향도 있고."

"이화는 왜 고향이 없어?"

"난 서울에서 태어나서 고스란히 서울에서만 자란걸요. 어렸을 때 꼭 한 번 외가댁에 가 본 걸 빼고는."

"외가댁이 어딘데?"

"청송이라는 경상도 시골이에요."

"그럼 순 서울내기도 아니군 그래. 어머니가 경상도 분이시니까."

"그렇긴 해요."

그들이 대전에 도착한 것은 완전히 어두워진 뒤였다.

이화에게는 생전 처음 디뎌 보는 도시의 길바닥이 몹시 신비롭게 느껴졌다. 사람들이란 아주 많은 곳에 퍼져서 그들의 살 곳을 마련하고 치장하고 사랑하면서 살고 있구나, 하는 새삼스러운 사실에 눈이 떠지는 듯한 느낌이었다.

"어디 가서 저녁부터 좀 먹고 봐야겠군. 배고프지?"

"네, 배고파요. 맛있는 거 사 주세요."

"맛있는 거라, 대전에서 맛있는 거라면 설렁탕밖에 없는데. 설렁탕 괜찮아?"

"네, 좋아요."

이화를 그는 대전에서 가장 설렁탕 잘하기로 이름난 집이라는 곳으로 데려갔다. 이화는 그곳에서 설렁탕 한 그릇을 맛있게 다 비웠다. 그리고 식사를 마치고 나왔을 때 석기가 물었다.

"정말 오늘 돌아가지 않아도 괜찮겠어?"

이화는 밝게 미소 지어 보이며 대답했다.

"네, 석기 씨가 원한다면."

"돌아가지 않는다는 건 오늘 밤을 여기서 자야 한다는 걸 의미하는데도?"

"밤에는 꼭 자야만 하는 건가요? 그냥 새워도 되잖아요?"

"그야 물론 그렇지. 하지만 어쨌든 오늘 밤을 여기서 나하고 같이 지내야 된다는 얘기야. 정말 그래도 괜찮아?"

"네, 괜찮아요."

"그럼 우린 여관이라는 델 가야 돼. 길거리에서 밤을 지낼 순 없으니까. 우리나라가 야간 통행금지가 없는 나라라면 또 몰라도."

"여관이라는 덴 돈 받고 여행자를 재워 주는 곳이죠?"

"그건 그렇지. 하지만 이화는 여관에 대한 나쁜 소문을 못 들었어?"

"무슨 소문인데요?"

그러자 석기는 잠시 허공을 쳐다보는 시늉을 했다. 이화는 그것이 자기를 꾸짖는 동작처럼 여겨졌다.

"여관이라는 데, 나쁜 덴가요?"

"반드시 그렇진 않지. 하지만 이화 참 어지간히 무식하군. 안 되겠어. 우리 돌아가자구. 서두르면 돌아갈 수 있을 거야."

석기는 화가 난 듯해 보였다.

"왜요? 내가 뭐 잘못했나요?"

"아니, 이화가 아니라 내가 잘못할 뻔했어. 자, 돌아가자구."

그러며 그는 여전히 화가 난 듯한 침울한 표정으로 걸음을 곧 반대 방향으로 옮겨 놓기 시작했다. 그리고 그는 아까 고속버스를 내린 터미널 쪽을 향해 급히 걷기 시작했다. 이화는 황급히 그를 따르며 말했다.

"왜 그러세요? 내가 뭘 잘못했기에 그러세요? 가르쳐 주셔야 하잖아요?"

"글쎄, 이화가 잘못을 해서가 아니라니까. 내가 잘못할 뻔한 거야."

"끝까지 안 가르쳐 주심 나 여기서 안 갈래요. 석기 씨 혼자서 돌아가세요."

그리고 그녀는 그를 따르던 걸음을 멈춰 버렸다. 그러자 그도 하는 수 없다는 듯 따라 멈추며 그녀를 똑바로 돌아다보았다. 그의 눈길에는 무엇에 깊게 견디는 듯한 고통이 드러나 있었다.

"이봐, 이화는 정말 아주 바보 같은 애가 아니면 그야말로 천사 같은 아가씨군 그래. 제발 날 정말 나쁜 놈 만들지 말아 줘."

"난 그게 무슨 말인지 모르겠어요. 난 내가 잘못한 것이 무엇인지 알고 싶어요."

"정말 알고 싶어?"

"네, 알고 싶어요."

"좋아, 그럼 서울에 돌아가서 가르쳐 주지."

"여기서 알고 싶어요. 그걸 알기 전엔 난 여기서 꼼짝하지 않을 거예요."

"그럼 버스에 타고 나서 가르쳐 주지."

"여기서 꼼짝하지 않겠다고 그랬어요."

"정말이야?"

"네."

"알고 나서 후회하지 않지?"

"후회하지 않아요."

"좋아, 그럼 따라와. 여관이라는 데가 어떤 곳인지부터 우선 가르쳐 주지."

그러며 그는 다시 몹시 화난 사람처럼 앞장서서 터미널이 있는 쪽과는 다시 반대 방향으로 걷기 시작했다. 이화는 자기가 지나친 고집을 부린 게 아닌가 하고 잠시 망설이다가 곧 말없이 그를 따라 걸었다.

석기는 걸으면서 고개를 이리저리 움직여 거리의 좌우를 살폈다. 무엇을 찾는 동작이었다. 그리고 그 동작 역시 몹시 화난 듯한 그것이었다.

이화는 그것이 자기의 고집 때문이라는 생각이 들어 조금 불안한 심경이 되었으나 계속 말없이 따라 걸었다.

그가 곧 무엇을 발견한 듯 시선을 한 곳에 잠시 멈췄다. 거리에서 골목으로 꺾이는 어귀에 매달려 있는 '문화여관'이라고 쓰여진 네모형 아크릴 간판 하나가 그녀의 눈에도 띄었다.

그는 역시 화난 사람처럼 골목 안으로 걸어 들어갔다. 골목 안 저만큼에 같은 내용의 좀 더 큰 간판이 매달린, 이층집이 보였다. 바깥으로 향한 벽면에 누르스름한 타일을 붙인 집이었다. 현관 위에 둥근 공 모양의 외등이 주위의 어둠으로부터 건물을 얼마간 분리시켜 놓고 있는 듯한 인상이었고 그 외등의 표면에 역시 붉은 페인트 글씨로 '여관'이라는 글자가 쓰여 있었다.

건물 앞으로 다가간 석기는 옆도 돌아보지 않은 채 현관의 유리문을 밀고 들어섰다. 이화 역시 잠자코 그를 따라 들어섰다.

현관 안은 마루로 된 복도로 이어져 있었고 마주 보이는 곳에 2층으로 올라가는 나무계단이 보였다. 복도나 계단이 모두 침침하게 어두워 보였다.

머리는 어른처럼 길렀으나 얼굴이 어려 보이는 소년 하나가, 그들이 들어선 바로 왼편의, 윗부분 거의 전부가 창으로 되어 있다시피

한 방으로부터 상반신을 내밀며

"어서 옵쇼."

라고 이상한 억양으로 말했다.

석기가 소년을 향해 마치 싸우려 덤비는 사람처럼 말했다.

"방 있니?"

"예, 예. 잠시 쉬실 건가요, 주무실 건가요?"

소년은 그러나 아무렇지 않은 표정으로 고분고분 대꾸하며 두 사람을 슬쩍 번갈아 바라보았다.

"잘 거야."

석기가 다시 성난 목소리로 말했다.

"예, 예. 알겠습니다. 따라오십시오."

하고 소년은 복도로 나와 두 사람이 신발을 벗고 복도 위로 올라서기를 기다렸다가 두 사람의 신발을 집어 복도 오른쪽에 놓인 신발장에 집어넣고는 앞장서서 나무계단을 오르기 시작했다. 이화는 순간 자기의 신발이 처음 보는 소년의 손에 집혀서 낯선 장소의 결코 청결해 보이지 않는 신발장에 넣어지는 것을 보고도 아무런 느낌이 생기지 않는 자신이 몹시 신기하게 여겨졌다. 전 같으면 도저히 그렇게 아무런 느낌 없이, 자기의 신발이 남의 손에 만져지고 더욱이 불결한 장소에 넣어지는 것을 바라보고 있진 못했을 것이었다. 마음의 키가 별안간 한 치쯤 자란 듯한 대견한 느낌마저 들었다.

석기는 여전히 그녀에겐 눈길 한번 주지 않고 소년을 따라 층계를 올라갔다. 이화도 곧 잠자코 층계의 나무계단을 밟기 시작했다. 발바닥에 닿는 계단의 어딘지 모르게 눅눅한 느낌도 전혀 불결하게 느껴지지 않았다. 그리고 그것은 층계가 끝난 곳에서 다시 이어진 복도를 걸을 때도 마찬가지였다.

소년이 곧 한 방 앞에서 말했다.

"이 방이 아주 조용하고 좋습니다."

소년은 도어식으로 된 방문을 열어 주고 그들이 들어서는 것을 보자 곧 가 버렸다.

아무런 장식도 없는 방 안에는 첫눈에도 그다지 깨끗해 보이지 않는 이부자리 한 채만이 덩그러니 한구석에 놓여 있었다. 그리고 바깥쪽으로 향한 창문에는 값싼 천으로 만든 주황색 커튼이 반쯤 열려진 채 쳐져 있었다.

기다란 막대 모양의 형광등 불빛이 방 안을 환하게 비쳐 주고 있었다.

석기가 앉지도 않은 채 처음으로 이화를 쳐다보며 여전히 화난 음성으로 말했다.

"봐, 이런 게 여관방이라는 거야."

이화는 짐짓 명랑한 표정을 지어 보이며 말했다.

"그럼 뭐 가정집 같을라고요."

"여기서 그럼 저 이부자릴 덮고 자겠어?"

"꼭 자야만 하나요. 그리고 또 못 잘 게 뭐 있어요?"

그러며 그녀는 방바닥에 앉았다. 그리고 방바닥을 손으로 만져 보며

"바닥도 따뜻한데요."

하고 사뭇 다행이라는 표정으로 서 있는 석기를 올려다보았다. 그러자 그는 우울한 표정으로 한동안 말없이 이화를 내려다보았다. 역시 화난 듯한 표정임엔 다름없었으나 그의 눈길은 조금 전보다는 훨씬 관대해져 있었다. 이윽고 그가 말했다.

"그럼 여기서 정말 오늘 밤을 나하고 같이 지내겠어?"

"석기 씨 화만 내시지 않으면요."

"내가 화를 냈나?"

"화낸 게 아니고 그럼 뭐예요? 말도 잘 안 하고, 그렇게 앉지도 않고 서서."

그러자 그는 슬며시 방바닥에 앉았다.

"화가 나서 그런 게 아냐. 이화가 하도 바보같이 굴어서 그런 거지."

"내가 바보같이 군 게 뭔데요?"

"지금 그런 질문이 다 바보 같은 애나 하는 질문이야."

"무슨 말인지 난 모르겠어요."

"모르니까 바보지. 자, 아무튼 그럼 오늘 밤은 여기서 지내 보기로 하지."

"아까 내가 잘못한 게 무언지 말해 주셔야 해요. 그리고 지금 바보라고 한 것도."

"차차 설명해 줄게, 밤은 아주 길어."

"지금 설명해 주세요. 갑갑해요."

"이런 숙맥은 정말 보다가 처음 보는군. 좋아, 그럼 옷 벗어."

"네?"

"옷을 벗으라니까!"

"……."

이화는 순간 대꾸할 말을 잃고 겁에 질린 표정으로 석기를 바라보았다. 석기의 두 눈은 정말 화가 난 사람처럼 무섭게 그녀를 향해 뜨여 있었다.

"자, 가르쳐 줄 테니까 옷 벗어!"

"……정말 …… 벗어야 해요?"

이화는 더듬더듬 말했다.

"그래, 벗으란 말야!"

"……벗을게요."

이화는 입술을 깨물었다.

"……그 대신 불은 꺼 주세요."

"……."

석기가 어금니를 악물고 그녀를 뚫어져라 바라보더니 벌떡 일어났다. 형광등이 꺼졌다.

이화는 어둠 속에서 숨도 쉬지 않고 앉아 있었다. 그리고 마침내 결심했다. 옷을 벗기 시작했다. 석기의 성난 숨소리가 어둠 속에서 커다랗게 들려왔다.

마침내 다 벗고 났을 때 이화는 말했다.

"……벗었어요."

순간 석기 쪽에서는 아무런 소리도 들려오지 않았다. 어둠이 더욱

진하게 뭉쳐지는 것 같았다. 그 순간이 이화에게는 무척이나 길게 느껴졌다. 그녀는 그가 입을 열기만 기다렸다. 그러나 그는 좀처럼 입을 열려는 것 같지 않았다.

한순간 그가 움직이는 듯한 소리가 났다. 이화는 문득 위험을 느끼고 나직이 부르짖었다.

"불 켜지 마세요."

불은 켜지지 않았다. 그러나 그의 움직이는 소리는 계속해서 났다. 무엇을 하고 있는지는 확실치 않았으나 서두르고 있는 동작이 분명했고 옷 스치는 소리 같은 것이 났다.

"무얼 하세요?"

라고 그녀가 물은 것과 생전 처음으로 다른 사람의 벗은 몸이 자신의 벗은 몸에 와 닿는 것을 그녀가 느낀 것은 거의 동시였다. 그리고 미처 피할 겨를도 없이 그녀는 석기의 억센 팔 안에 갇혀 버렸다. 그의 몸도 완전한 벌거숭이였다.

"이게 뭐예요! 뭐예요!"

그녀는 그의 팔 안에서 벗어나려고 몸부림치면서 부르짖었다. 그러나 그의 팔은 점점 억세게 그녀를 죄어 왔다.

"알고 싶다고 했지? 그럼 잠자코 있어. 곧 알게 될 테니까."

그리고 곧 그의 더운 입술이 그녀의 입술을 막아 버렸다. 그녀는 숨이 막히는 것 같았다. 고개를 흔들어 그의 입술을 피하려고 했다. 그러자 그의 억센 팔이 목을 휘감아 머리를 움직이지 못하게 했다.

그리고 곧 그녀는 방바닥에 뉘어졌다. 그의 무거운 몸이 그녀의 몸을 눌러 왔다. 그녀는 꼼짝을 할 수가 없었다. 지구 전체가 뒤집혀서 그녀를 눌러 오고 있는 것 같았다.

한순간 그녀는 아무도 닿아 보지 않은 신체의 한 부분에 무엇이 와 닿는 것을 느꼈다. 뜨겁고 강한 물체였다. 그리고 다음 순간 그 뜨겁고 강한 물체가 신체의 한 부분을 비집고 들어오는 것을 느꼈다. 그것은 무리한 힘으로 밀고 들어오고 있었다. 그녀는 골반이 깨어지는 듯한 고통을 느꼈다.

"음!"

그녀는 자신도 모르게 그의 입술로 덮인 입안에서 신음소리를 냈다. 그러나 그것은 고통의 시초에 불과했다. 뒤미처 그녀를 엄습한 고통은 일찍이 이 세상에 그러한 고통이 존재하리라곤 상상조차 해본 적 없는 무섭고 엄청난 고통이었다. 그리고 그 고통은 더욱 깊숙이 그녀의 몸 안을 파고들었다. 아니, 꿰뚫었다.

그녀는 혼신의 힘으로 그 고통에 대항하다가 마침내 기진하여 늘어졌다. 고통이 차차 둔해 가는 느낌이었다. 몸을 누르고 있는 그의 무게도 별로 무게로 느껴지지 않았다. 모든 사물이 아득히 둔해지는 느낌이었다.

한순간 그녀의 몸 안에서 어떤 둔한 고통의 부피가 빠져나가는 것 같았다. 동시에 그녀를 누르고 있던 그의 몸도 옆으로 비켜났다.

뺨 위에 더듬는 듯한 그의 손길이 느껴졌다.

"아팠지?"

근심 어린 그의 목소리였다.

이화는 아무 말도 하지 않았다. 어둠 속에 그대로 반듯이 누운 채 지금 자기가 겪은 일이 사실이 아니기만 바랐다. 그러나 몸의 한 부분에 남아 있는 강한 고통의 여운과 어떤 부피의 손실감은 그것이 실제로 일어났던 일임을 또렷이 알려 주고 있었다.

그녀는 몸을 움직여 보려고도 하지 않았다. 아니, 자기는 이제 움직일 수 없게 되었다고 막연히 생각하고 있었다.

석기가 계속해서 말하고 있었다. 그녀의 뺨을 어루만지듯 하면서.

"이제 자기가 바보라는 걸 알았지? 하지만 이화는 진짜 바보는 아냐. 진짜 바보는 오히려 이런 걸 다 아는 체하는 애들이지. 이화는 내가 본 여자애들 중에서 유일하게 정말 좋은 애야. 지금 일은 벼락이라도 맞은 것 같겠지만 차차 괜찮아질 거야. 세상 여자들이 모두 한 번씩은 겪도록 되어 있는 고통이니까. 아주 자연스러운 일이야. 생명의 원리라고도 말할 수 있지. 다만 이화의 의사하고는 상관없이 내가 일방적으로 저지른 일이기 때문에 가책이 되는군. 하지만 그럴 수밖에 없었어. 날 미워하지 말아 줘. 난 평생 이화를 좋아할 거야."

"⋯⋯."

"하긴 어떻게 해서든지 이화의 고집을 꺾고 서울로 돌아갔어야 했는지도 몰라. 그리고 이런 일은 훨씬 뒤로 미뤄야 했는지도 몰라. 이화가 저절로 어느 정도 이런 일에 대한 예비 지식을 갖게 될 때까지 말야. 하지만 어떻게 보면 오히려 아주 잘된 일인지도 몰라. 남자들이 여자에 대해서 어떤 욕망을 품는지를 이런 식으로 알게 된 것도 나쁘다고만 할 수는 없을는지도 모르니까 말야. 이렇게 갑작스럽게 알게 되는 게 더 나을는지도 모르고. 아무튼 지금 일로 해서 우리가 서로 사이가 나빠진다든지 하는 일은 일어나지 않았으면 좋겠어. 그리고 난 이화가 그렇게 옹졸하진 않을 거라고 믿어."

"……."

"자, 일어나서 옷 입어."

그리고 그는 이화로부터 떨어져 옷을 입기 시작하는 모양이었다. 이화는 그러나 자기가 옷을 입으러 일어날 수 있다고는 생각하지 않았다. 그가 한 말들만이 귓가에 남아서 그가 아직도 옆에서 계속 말하고 있는 것같이 여겨질 따름이었다.

그가 옷을 다 입었는지 어둠 속에서 다시 말했다.

"불을 켜 줄까? 난 돌아앉아 있으면 되니까."

순간 그녀는 자신도 모르게 몸을 일으킬 수 있었다. 그리고 급히 옷을 더듬어 찾았다. 몸을 움직일 수 있다는 사실이 신기하게 여겨졌다. 그녀는 모기소리만 하게 말했다.

"불 켜심 절대로 안 돼요."

"불을 그렇게 무서워하는 줄은 몰랐군. 염려 말고 어서 입어. 안 켤 테니까."

그럭저럭 옷을 입고 나서도 그녀는 다시 조그맣게 말했다.

"불 켜지 말고 그냥 있어요. 캄캄한 대로 있고 싶어요."

"내가 보기 싫어서 그래?"

"……."

"그런 거야?"

"······아녜요. 그냥요."

"난 이화가 보고 싶은걸."

그러나 그는 불을 켜는 대신 다시 그녀를 더듬어 안았다.

"정말 착한 이화."

그가 그녀의 뺨에 입 맞추며 말했다.

"이제 안심이로군. 적어도 날 보기 싫다곤 하지 않으니."

이화는 입술을 깨물었다.

"······석기 씨 나빠요."

"그래, 나빠. 하지만 이화가 그렇게 만든 거야."

"내가 언제 그러라고 했어요?"

"그러라고 한 거나 다름없었어. 바보는 자기가 바보라는 걸 알게 해 줘야 하니까."

"그렇게 나쁜 방법으로 알게 해 줘야만 하나요?"

"가장 좋은 방법이었다고 생각해. 고통과 함께 깨달은 건 잊어 먹지 않을 테니까."

"남자들은 모두 여자한테 그런 고통을 주고 싶어 하나요?"

"처음만 고통스럽지 그다음부턴 그렇게 고통스럽지도 않아. 그 반대일 수도 있다고들 해. 하지만 어쨌든 남자들이 그런 욕망을 갖고 있다는 건 부인할 수 없지."

"남자들이란 모두 딱한 사람들이로군요."

"그렇다고 할 수 있을지도 모르지. 그렇지만 그걸 나쁘게만 생각해선 안 될 거야. 어쨌든 인류를 계속 살아남게 한 건 남자들의 그 욕망 때문이라고도 할 수 있을 테니까. 그리고 여자란 그러한 고통 속에서 인류를 키워 낸 어머니라고 할 수 있겠지."

"석기 씬 그럼 자기가 한 일이 아주 떳떳하다고 생각하세요?"

"그렇다고 말할 수 있는 배짱이 있었으면 좋겠어. 하지만 떳떳하다고까진 말하지 못하겠어. 이화의 의사를 전혀 무시한 행동이었으니까. 이화가 잘 참아 줘서 고맙다고 생각해."

그러며 그는 그녀의 이마에 다시 입 맞추려 하였다. 그녀는 가만히 피했다.

"좀 떨어져서 앉았으면 좋겠어요."

"그러잖아도 사람이란 서로 떨어져 있는 존재야. 아무리 가까이 가려 해도 결국은 떨어져 있는 상태를 면할 순 없어. 그래서 사람들은 자기 이익을 중심으로 행동하게 되는 거지. 우린 좀 가까이 있자구. 캄캄한 게 무섭지도 않아?"

그러며 그는 다시 그녀의 몸을 힘껏 껴안았다. 그녀는 저항하지 않았다. 알 수 없는 슬픔이 전신으로 퍼져 갔다.

"남자의 욕망이 한번 지나가고 나서 다시 되살아나는 데 시간이 얼마나 걸리는지 알아?"

"……."

"30분밖에 안 걸려. 30분."

"……."

"뭐야? 울고 있는 거 아냐?"

그가 그녀의 얼굴로 손을 가져왔다. 그녀는 입술을 악물었다.

"아니, 별안간 왜 그래?"

"……."

참으려 하면 참으려 할수록 슬픔은 더욱 억제할 길 없이 복받쳐 올랐다. 무엇에 연유한 슬픔인지도 분명히 알 수 없었다. 조금 전의 고통이 되살아나서는 물론 아니었다. 그에게 배신을 당했다는 느낌이 드는 것도 아니었다. 전에는 한 번도 경험해 본 적 없는, 마음이 이상하게 방심해지는 듯한 슬픔이었다. 그가 그녀의 머리를 당겨 자기의 가슴에 안았다.

"알았어. 이화가 마침내 세상의 슬픔을 알기 시작했군. 거창한 슬픔을 알기 시작했어."

거창한 슬픔. 그 말이 이화에게는 마음속 속속들이 이상한 반향으로 울려 퍼졌다. 물론 그것이 꼭 자기의 슬픔에 대한 올바른 이름이라거나 하는 분명한 느낌이 든 것은 아니었다. 다만 그 말이 갖는 어떤 커다랗고 넓은 느낌과 자기가 지금 전신으로 경험하고 있는 슬픔의 어떤 일정한 대상 없이 커다랗게 열린 듯한 느낌이 서로 이상스럽게 맺어지는 것 같았다.

그녀는 자기를 안고 있는 그의 체온마저도 자기의 슬픔 속으로 스며 들고 있는 듯한 느낌을 맛보았다.

석기가 계속해서 말했다.

"사람 사는 일이 온통 거창한 슬픔 꾸러미라고 할 수 있지. 사람들이 영위하는 온갖 짓거리가 말야. 태어나서 자라고, 자기 이익을 위해서 투쟁하고, 먹고살기 위해서 싸우고, 종족을 번식시키기 위해서 본능이 지시하는 바에 따르고, 또 그러한 모든 과정에서 생기는 정치 경제 사회 문화의 온갖 행태가 말야. 난 이따금 데모하는 애들 속에 끼어 있을 때도 그런 느낌을 맛보곤 해. 하지만 사실은 사람 사는 일처럼 또 자랑스럽고 소중한 것도 없어. 사람들에겐 그 거창한 슬픔을 이겨 내려는 의지가 있으니까 말야. 슬픔을 슬픔으로만 받아들여서 나약한 상태에 머무르지 않고 그걸 극복하고 마침내는 그것마저 포용해 버리는 거창한 의지가 사람들한텐 또 있으니까 말야. 사람이란 사소한 일에 집착하기도 하고 어리석은 짓을 곧잘 저지르기도 하지만 결국 위대한 동물이지. 난 아직 내가 어른이라는 느낌은 잘 들지 않지만 사람들이 그 거창한 슬픔을 극복해 온 의지와 지혜에 대해선 어느 정도 노숙한 이해를 갖고 있는 편이지. 말하자면 그 점에 있어선 난 애늙은이라고 할 수 있어, 이건 자랑이야."

이화는 잠자코 그의 품 안에 안겨 있었다. 흐르는 눈물을 그대로 내버려둔 채. 그런데 이상 한 일은 자기가 분명 그에게 안겨 있음에도 불구하고 자기가 그에게 안겨 있는 것이 아니라 그를 안고 있는 것 같은 착각이 드는 것이었다. 그리고 그것은 그가 곧

"자, 이제 그만. 너무 울면 얼굴이 보기 흉해진다구."

라고 자기를 달래는 말을 했을 때도 마찬가지였다. 그가 자기를 달래고 있는 것이 아니라 자기가 그를 달래고 있는 것 같은 착각이 드는 것이었다. 참으로 이해하기 어려운 마음의 경험이었다. 그녀는 곧 자신도 모르는 사이에 그의 입술을 더듬어 찾았다. 그리고 거기에 가만히 입 맞추어 주었다.

그는 순간 조금 놀라는 듯했으나 곧 온몸으로 환희를 나타내며 정성껏 그녀의 입술을 열었다. 깊고 힘찬 입맞춤이 그로부터 퍼부어져 왔다. 그녀는 다소곳이 그가 하는 대로 입술을 맡겨 두고 있었다.

오랜 입맞춤이 끝났을 때 그가 말했다.

"됐어, 됐어. 아주 훌륭해."

그녀가 가만히 말했다.

"……불 켜시고 싶음 켜세요."

"그럴까? 하긴 지금 이화 얼굴이 보고 싶다."

"……켜세요, 그럼."

그가 일어나서 형광등을 켰다. 그리고 갑자기 방 안 가득 찬 빛 때문에 눈부셔하는 그녀를 바라보며 그는 말했다.

"누구야? 여지껏 못 보던 사람인데?"

그녀는 부신 눈을 깜박이며 그를 향해 가만히 미소 지어 보였다.

"정말야. 이렇게 예쁜 얼굴을 그전엔 난 본 적이 없어. 바로 한 시간 전까지만 해도 말야. 이화 아주 딴사람이 된 것 같은데?"

그러며 그는 그녀로부터 빛 때문만은 아닌 부신 듯한 눈길을 좀처럼 거두려 하지 않았다.

그녀는 그를 마주 보며 가만히 물었다.

"그전엔 나 몹시 미웠나요?"

"아니 예뻤지. 하지만 지금 얼굴은 아주 달라. 보통 예쁘다고 하는 표현만 가지고는 설명할 수 없는 얼굴이군. 아무튼 여태껏 내가 한 번도 본 적이 없는 얼굴이야."

"……이상하네요. 울었으니까 보기 흉할 텐데."

"그렇지 않아. 오히려 울고 났기 때문에 더 그렇게 예뻐 보이는지도 모르겠어. 시냇물에 씻긴 작은 돌처럼. 말랐을 때는 자기가 가진 오묘한 빛깔을 감추고 있다가 시냇물에 씻길 때에 비로소 영롱한 빛깔을 드러내는 작은 조약돌처럼."

"……그렇게 예뻐 보여요?"

"글쎄, 그렇다니까. 별안간 엄숙한 기분이 다 드는데."

"너무 그렇게 놀리지 말고 이제 앉으세요."

"아냐, 절대로 놀리는 게 아냐. 밤새도록이라도 이렇게 지켜 서서 보고 싶을 지경이야. 이화가 허락만 해 준다면."

"그건 허락할 수 없어요. 나도 고개 아픈걸요."

"그렇다면 할 수 없지만."

그러며 그는 여전히 이화의 얼굴로부터 눈길을 떼지 않으며 천천히 방바닥에 앉았다. 그녀는 말했다.

"우리 이렇게 앉아서 그냥 밤 새우기로 해요."

"그래도 난 상관없지만 이화 앓고 났다면서 괜찮겠어?"

"괜찮아요. 사실은 여기 온 거, 나 건강해졌다는 증거를 보이기 위해서였잖아요?"

"그러긴 했지만 정말 괜찮을까?"

"괜찮아요. 그 대신 무슨 재미나는 얘기 해 주세요."

"그럼 이렇게라도 하지."

그리고 그는 방 한구석에 개어져 있는 이불 한 채를 옮겨다가 그녀

의 등 뒤에 놓아 주며

"자, 기대 봐."

라고 말하였다. 그리고 남아 있는 요를 옮겨다가 그녀 맞은편에 놓고는 자기도 거기 비스듬히 기대었다. 이화는 그가 시키는 대로 하고 나서 그를 마주 보며 말했다.

"재미나는 얘기 해 주세요."

"재미나는 얘기라, 이화 무슨 얘기 좋아하지?"

"무슨 얘기든지요."

"우화 같은 거 좋아해? 이를테면 임금님의 신체상의 결함을 알고 그걸 말하지 못해서 병난 사람의 얘기라든지."

"임금님 귀는 당나귀 귀, 라는 얘기 말이군요."

"아는군. 그런데 그게 무슨 의미를 가진 우화인지도 알아?"

"사람은 진실을 말하지 못하면 병이 난다는 뜻 아녜요?"

"맞았어. 그리고 그게 바로 오늘날에 와서는 기자들의 소임이 된 셈이지. 말하자면 난 학교 안의 임금님 귀를 당나귀 귀라고 써야 하는 학생기자라고나 할까. 그런데 학교 안에도 당나귀 귀가 너무 많아."

"그래 그 당나귀 귀들에 대해서 전부 쓰셨어요?"

"쓰기도 하고 못 쓰기도 했어. 아니 쓰긴 전부 썼지만 신문에 실리기도 하고 못 실리기도 했지."

"그건 왜요?"

"당나귀 귀들이 방해를 해서야. 당나귀 귀들은 저희들이 당나귀 귀라고 쓰여지는 걸 몹시 싫어하니까."

"그런데 왜 병이 안 나셨죠?"

"병이 난 셈이지. 내 머리의 붕대를 봐. 이건 꼭 학교 안의 당나귀 귀 때문만은 아니지만."

"학생기자가 학교 밖의 당나귀 귀 때문에도 다치나요?"

"학생기자라고 해서 어디 학교 안에서만 살 수가 있어야 말이지. 이화는 학생이라고 해서 학교 안에서만 사나?"

"알겠어요. 그래서들 그러는군요."

"뭐가?"

"학생들 말예요."

"데모하는 거 본 적 있어?"

"두어 번 본 것 같아요."

"물론 구경만 했겠지? 구경하는 기분이 어땠어?"

"그냥 좀 무서운 것 같았어요. 어떤 땐 무슨 운동시합을 하는 것 같기도 했구요."

"운동시합? 거 참 재미있는 표현인데? 정말 그렇게 보일 수도 있었을 거야. 방관자한텐."

"방관자가 나쁜 건가요?"

"뭐 꼭 나쁘다고만 할 순 없지만 좀 얄밉지. 마치 자기하곤 아무 상관도 없다는 듯한 태도가 말야. 그건 그렇고 아무튼 우리 이제 조금씩 눈을 붙이는 게 좋겠어. 내일 보여 줄 곳도 있고 말야. 꼬빡 새우고 나면 내일 움직이는 데 지장이 있을 거야."

"내일 보여 줄 곳이라는 데가 어떤 덴데요?"

"그건 내일 가 보면 알아. 자, 이대로 조금씩 눈을 붙일까?"

"그럼 좋도록 하세요. 아주 누워서 자도 좋아요."

"이부자리가 한 채뿐인걸."

"바닥이 따뜻하니까 덮기만 하고 자도 되잖아요."

"그러지 말고 우리 아주 정식으로 이부자리 펴고 한데서 자면 어때?"

"그렇게 하는 게 좋을 것 같으세요?"

"두말할 여지 없지."

"그럼 그렇게 해도 좋아요."

"정말이야?"

"네, 그래도 괜찮을 것 같아요. 어떨라구요."

그러자 그는 신바람이 난다는 듯 일어나서 자기가 기대고 있던 요를 방 한가운데 깔았다. 그녀도 일어났다. 그리고 그가 이불을 가져다 요 위에 펴는 것을 도왔다.

그가 말했다.

"겉옷만 벗고 자기로 하지, 구기면 내일 곤란할 테니까."

그녀는 반대하지 않았다.

"그래요, 그럼."

그가 곧 전등을 껐다. 그리고 잠시 후 두 사람은 겉옷만 벗은 채 이부자리 속에 나란히 누웠다. 그 불결해 보이던 이부자리가 그녀에게는 조금도 불결하게 느껴지지가 않았다.

그가 가만히 손을 가져와 그녀의 손을 잡았다. 그녀는 그 손을 잠자코 마주 잡아 주었다.

얼마 후 그의 고른 숨소리가 들려오기 시작했다. 평화롭고 달콤한 잠에 빠져든 소리였다.

그녀도 곧 편안하게 잠들었다.

주위가 환해진 것 같은 느낌 때문에 잠에서 깨었을 때 이화는 커튼이 반쯤 가려진 창으로부터 밝은 아침빛이 스며들고 있는 것을 보았다. 그리고 아침빛이란 어느 곳에서고 투명하게 맑다는 사실을 그녀는 새삼스럽게 깨달았다.

옆을 돌아보니 석기도 마악 잠에서 깬 모양으로 약간 어리둥절한 표정을 짓고 있었다. 이화를 발견하자 그는 비로소 완전히 잠에서 깬 표정이 되며 그녀를 향해 싱긋 웃어 보였다.

"아, 여기가 대전이지."

"잘 주무셨어요?"

"응, 아주 잘 잤어. 이화도 잘 잤어?"

"네, 잘 잤어요."

"혹시 내 잠버릇 나쁘지 않았어? 평소엔 난 잠버릇이 좀 나쁜 편인데."

"아뇨, 아주 얌전히 잘 주무시던데요."

"다행이로군. 흥잡힐 꼴을 뵈지 않았으니. 속이 아주 편안했던 모양인데."

"평소엔 그럼 속이 늘 불편하셨나 보죠?"

"바깥이 늘 불편하니 속도 편치 않을 게 당연하지."

"바깥이 불편하다뇨?"

"내 외부에서 일어나는 일들 말야. 학교, 사회, 그리고 심지어는 내 외부를 둘러싸고 있는 공기까지 포함해서 말야."

"공기까지도요?"

"공기는 자연현상이지만 요즘은 그런 자연현상까지도 사람들에 의해서 더럽혀지고 있잖아? 결국 공기까지도 자연현상으로만 남아 있진 못하게 된 셈이지. 그러니까 공기도 이제 사회현상의 하나로 봐야지. 말하자면 제도나 운영에 의해서 좋아질 수도 있고 나빠질 수도 있는. 결국 모든 게 사람에 달린 노릇이지."

"석기 씬 매사를 그런 식으로 보시나 봐요."

"보는 방식을 갖는다는 건 중요해. 보는 방식이 바로 그 사람의 태도를 결정하는 거니까. 말하자면 내가 이화를 보는 방식이 이화는 인간이다, 라는 입장이면 이화를 대하는 내 태도는 인간을 대하는 태도가 되는 것이고 만일에 이화는 물체다, 라는 입장이면 그땐 물체를 대하는 태도가 되는 거지. 결국 보는 방식을 갖는 게 중요할 뿐 아니라 옳게 보는 방식을 갖는 게 더 중요한 거지. 난 이화를 예쁘고 착한 그리고 아주 총명한 여학생으로 보고 있어. 한 가지만 가르쳐 주면 금방 열 개씩 아는."

그러며 그는 누운 채로 그녀를 가만히 당겨 안았다. 이화는 피하지 않았다. 그의 행동이 조금도 부자연스럽거나 언짢게 여겨지지가 않왔기 때문이다.

그는 곧 그녀의 입술을 더듬어 왔다. 자고 난 사람 특유의 입내가 조금 나는 것 같았으나 역시 불쾌하게 느껴지진 않았다.

한순간 그녀는 자신의 몸에 닿아 있는 그의 몸 가운데 어떤 부분이 뜨겁고 강하게 접촉되어 오는 것을 느꼈다. 그의 눈빛이 방금 전과는 좀 다르게 빛났다.

"용서해 줄래?"

그가 조금 높은 숨소리를 내며 말했다. 그녀는 대답하지 않았다. 그러나 그가 속옷에 손을 대 왔을 때 그녀는 제지하지 않았다.

곧 지난밤에 겪은 것 비슷한 일이 되풀이되었다.

역시 고통스럽긴 마찬가지였으나 지난밤처럼 그렇게 격심한 고통은 아니었다. 그리고 의식도 또렷했다.

그가 몹시 힘들어한다는 느낌이었다. 그녀는 도울 수 있는 방법이 있다면 그를 돕고 싶다고 생각했다. 그러나 어떻게 하는 것이 그를 덜 힘들게 하는 것인지는 알 수가 없었다.

그는 계속해서 어떤 힘든 일에 집중하고 있는 표정이었다. 그녀는 가만히 팔을 뻗어 그의 어깨를 안아 주었다. 그는 순간 기쁜 듯한 표정이 되었다.

그리고 마침내 그는 가장 힘들어하는 사람의 얼굴이 되었다. 거의 동시에 그녀의 몸 안에 서는 어떤 고통의 부피가 한껏 부푸는 것 같은 느낌이 들었다.

"아."

그녀는 짤막하게 신음했다. 그의 얼굴은 서서히, 힘든 일로부터 풀려난 사람의 평온한 표정이 되어 갔다. 그리고 그는 마침내 그녀의 몸 위에 어린아이처럼 엎드렸다.

귓가에 그의 입김이 느껴졌다. 따뜻하고 부드러운 입김이었다. 그가 그녀의 귓밥에 입 맞추고 있었다.

그녀가 물었다.

"아직 다 안 된 거예요?"

귓밥 근처에서 그의 소리가 났다.

"다 됐어."

"그런데……."

그러자 그는 조금 웃는 듯했다. 그리고 곧 그는 그녀의 몸 위에서 비켜났다. 동시에 그녀의 몸 안에 있던 어떤 부피감도 사라졌다.

그가 말했다.

"역시 내가 이화를 취재원으로 선택한 건 잘한 일이었어."

"……."

"새삼스럽게 자꾸 하늘로부터 무슨 특혜를 받은 기분인걸. 아무리 생각해도 내가 정당하게 받을 복을 받고 있는 것 같지가 않아. 내가 선택하긴 했지만 하늘이 내 편을 아주 많이 들어 준 것 같아."

"……하늘을 다 인정하세요?"

"왜?"

"모든 걸 사람 위주로 보면서."

"사람 편인 하늘은 인정하지. 때때로 사람을 배반하긴 하지만 말야.

아무튼 이화를 나한테 보내 준 건 역시 하늘인 것 같아. 그리고 하늘 치곤 기특한 일이야."

"어마, 하늘을 무슨 자기 동생처럼."

"평소엔 난 하늘을 대단찮게 여겼거든. 별로 해 주는 것도 없고 말야. 그런데 이번엔 좀 제구실을 한 것 같아. 자 봐, 맑은 햇빛도 보내 주고 말야."

그러며 그는 창 쪽을 눈으로 가리켰다. 창에는 이제 엷은 아침 햇빛이 맑게 들이비치고 있었다.

"햇빛이 오늘 아침에만 있나요?"

"아냐, 오늘 아침은 달라. 특별한 햇빛이야. 보통날하고는 다르게 투명하고 맑잖아? 이화한텐 그렇게 안 보여?"

"날씨가 아주 좋은가 봐요."

"그렇게 보이지? 자, 우리 어디 가서 아침 사 먹고 저 햇빛 속을 걸어 보자구. 아주 영양 만점의 햇빛일 거야."

그리고 그는 그녀의 입술에 슬쩍 입 맞추어 주고는 이부자리에서 빠져나가 옷을 입기 시작했다. 그러면서 덧붙였다.

"보여 줄 데가 있다고 한 약속도 지킬 겸 말야."

여관에서 나와 어느 음식점으로 가서 아침밥을 사 먹은 다음 이화는 석기를 따라 그가 3학년까지 그곳에 다녔다는 한 초등학교의 운동장으로 들어섰다.

2층의 긴 목조건물로 된 교사를 가진, 운동장이 그다지 넓어 뵈지 않는 초등학교였다.

운동장의 왼편으로는 그네, 미끄럼틀 같은 놀이기구에서 마침 쉬는 시간인지 어린 학생들이 떠들며 놀고 있는 모습이 보였고 교사 앞쪽에 가꾸어진 화단에는 여러 가지 꽃들이 다투어 피어 있는 위에 초여름 늦은 아침의 투명하고 맑은 햇빛이 가득 내리비치고 있었다.

석기가 말하고 있었다.

"운동장이 몹시 좁아진 느낌인데. 나 다닐 때만 해도 굉장히 넓은 곳이라는 느낌을 갖고 있었는데. 내가 컸기 때문인가?"

"그럴 거예요. 나도 비슷한 경험을 한 적이 있어요. 중학교 3학년 때 동생 졸업식에 참석하느라고 다녔던 초등학교에 간 적이 있었는데 운동장이며 교사가 전보다 훨씬 작아진 것 같은 느낌을 받고 이상스레 여긴 기억이 있어요. 석기 씬 훨씬 더 크셨으니까 더 그런 느낌이 들 거예요."

"거 참, 이상한 기분이 드는데. 마치 어디 가서 거인이 되어 돌아온 느낌이군. 저 미끄럼대도 굉장히 높아 보였는데."

"어렸을 때가 좋은 것 같아요. 모든 게 널따랗고 커 보이니까."

그러자 그는 잠시 아무 대꾸도 하지 않았다. 무언가 반대하려는 듯한 표정이 그의 얼굴엔 떠올라 있었다.

"그렇게 생각 안 하세요?"

"……반드시 그렇다곤 할 수 없을 거야. 적어도 내 경운 그렇지 못했어. 좋은 어린 시절이었다곤 할 수가 없었던 것 같아."

이화는 그가 그렇게 어두운 표정을 짓는 것은 처음 본다고 생각했다.

"내가 잘못 말했나 보죠?"

"아냐, 어차피 이화한테 얘길 해 주려던 참이었어. 여길 오자고 한 것도 그래서였고."

"……여기서 무슨 일이 있었나요?"

"천천히 얘기할게. 얘기 듣고 언짢아하지 마. 지나간 얘기니까."

"……무슨 언짢은 일이 있었나 봐요."

"어린 나이엔 좀 감당해 내기 어려운 일이었지. 저기 보이는 교사의 아래층 왼쪽에서 세 번째 교실이 내가 3학년 때 다니던 반이었어. 저기 지금 꼬마가 창밖에다 대고 지우개를 털고 있는 교실 말야."

그의 시선을 따라 교사 쪽을 바라보자 거기 머리를 박박 깎은 꼬마 하나가 마침 창밖에다 대고 흑판 지우개를 털고 있는 모습이 보였다. 꼬마는 백묵 가루가 날아오는 것을 피해서 고개를 한쪽으로 힘껏 비튼 채 두 개의 흑판 지우개를 탁탁 맞부딪치고 있었다. 그녀에게도 경험이 있는 일이었다.

그의 시선은 그곳에 못 박힌 듯 움직일 줄을 몰랐다. 그의 입술이 다시 떨어졌다.

"……저 꼬마가 몇 학년인지 모르지만 꼭 저만한 때였어. 몸집도 아마 저만했을 거야. 머리도 저 꼬마처럼 박박 깎았었고. 더러 머리를 기른 애도 있었지만 그땐 대개 저렇게 박박 깎았었지. 아무튼 여기선 그랬어. 그런데 그 꼬마한테 무슨 일이 일어났는지 알아?"

그리고 그는 잠시 입을 다물고 이화 쪽으로 어두운 시선을 던져왔다. 어린 시절의 어떤 불행한 기억이 그를 빈틈없이 사로잡고 있는 것 같았다.

이화는 자기의 마음도 갑자기 어두워짐을 느끼며 말없이 그를 마주 보았다. 그러자 그는 잠시 망설이는 표정이 되더니 곧 결심한 듯 말을 이었다. 괜한 동작으로 하늘을 한번 힐끗 쳐다보고 나서 다시 교사 쪽으로 시선을 옮기며,

"……지금 생각해도 그건 초등학교 3학년짜리 꼬마가 감당하기에는 좀 지나친 시련이었어. 난 장난이 좀 심한 편이었지. 공부 시간 중에도 예외가 아닐 정도로. 그날도 사회생활 시간인가였는데 난 옆의 아이와 누구 연필심이 더 강한가를 시험하기 위해 서로 연필심을 맞대고 담임선생 몰래 연필심 씨름에 열중하고 있었어. 어떻게나 열중하고 있었던지 담임선생이 유독 내 이름만 커다란 목소리로 불렀을 때에야 난 우리가 들켜 버렸다는 걸 알았어. 난 하던 짓을 멈추고 당황스레 담임선생을 쳐다보았지, 담임선생은 잡아먹을 듯이 날 노려보고 있었어. 장난은 둘이서 했는데도 말야. 내 옆의 아이는 숨도 못 쉬고 저까지 부르지나 않나 해서 조마조마한 표정으로 담임선생의 눈치만 살피고 있는 것 같았어. 하지만 담임선생은 끝내 그 애의 이름은 부르지 않았어. 나보고만 다시 벽력같은 소리를 지르며 일어나라고 했어. 난 벌벌 떨면서 일어섰지. 매깨나 얻어맞게 생겼다고 속으로 각오를 하면서 말야. 그런데 선생이 나한테 준 벌은 매가 아니었어. 매라면 몇 대 얻어터지는 것쯤 물론 겁은 나지만 참을 순 있는 것이었지. 그런데 매가 아니었어. 뭐였는지 알아?"

"……."

"벌벌 떨면서, 선생이 때리기 위해서 나한테로 달려오거나 선생 앞

으로 나오라고 명령하기 만 고개 숙인 채 기다리고 있는 내 박박 깎은 머리통 위에 선생의 침방울과 함께 튀어와 떨어진 말은 빨갱이 새끼라는 한마디였어. 난 대번에 그것이 그냥 하는 욕이 아니라는 걸 알았어. 감옥에 가 있던 아버지를 빗대어 놓고 하는 욕이라는 걸 알 수 있었지. 난 순간 얼핏 고개를 쳐들어 선생을 쳐다보려고 했지만 선생의 커다란 입밖에는 아무것도 보이지 않았어. 선생은 재차 빨갱이 새끼라는 소리를 또 했어. 그 엄청나게 커다래 보이는 입으로 말야. 애들이 모두 날 무슨 더러운 물건이라도 쳐다보듯 일제히 바라보고 있다는 걸 느낄 수 있었어. 나하고 같이 장난치다 들킨 내 옆의 애까지 말야. 난 그만 아무런 항의도 못 하고 울음을 터뜨리고 말았어. 어떤 경우에도 우는 것처럼 바보 같은 짓은 없다고 평소엔 생각하던 제법 영악스럽고 똑똑하던 꼬마였는데 말야. 그 길로 난 울면서 집으로 와 버렸지. 선생은 말리지도 않았어. 지금 생각해 보면 자질이 형편없던 선생이었던 것 같아. 괜찮은 선생이었더라면 설사 내가 정말 빨갱이의 자식이었다고 하더라도 그런 식으로 다루진 않았을 거야. 더구나 아버진 정말 공산주의자도 아니었어. 나중에 커서야 알게 된 사실이지만 아버진 공무원이었었는데 당시의 자유당 정권이 꾸민 부정 선거에 협조하지 않았다가 누군가의 모함으로 억울한 혐의를 입었던 거야.”

얘기를 마치고 나서 그는

“괜히 얘기했나 본데. 이화까지 우울하게 만들고. 지나간 일이니까 아주 가벼운 기분으로 얘기할 수 있을 것 같았는데 결국 이렇게 되고 마는군. 아무튼 잊기 어려운 기억이야. 일찌감치 정치적인 시련을 받기 시작했다고나 할까."

하고 이화를 바라보며 짐짓 익살스런 표정을 지어 보였다. 이화는 걱정스럽게 물었다.

"아버님은 금방 혐의가 풀리셨나요?"

"얼마 안 가서 풀렸지. 얼마 안 가서 또 4·19가 나기도 했지만. 그런데 결국 아버진 감옥에서 생긴 병으로 집에 나와서도 기동을 하지 못하고 누워서 앓다가 몇 달 만에 돌아가시고 말았어. 지금 생각해 보면 아버진 아버지 나름으로 올바르게 사시려다가 돌아가신 것 같아. 당시엔 조금만 비위에 거슬려도 빨갱이라는 혐의를 뒤집어씌워서 잡아 가두곤 했던 모양인데 그걸 뻔히 알면서도 더욱이 공무원의 신분이면서도 선거에 협조를 하지 않으셨던 모양이니까."

"자유당 정권이라는 게 그렇게 나쁜 거였나요?"

"이화는 다 좋은데 단 한 가지 정치적인 무지가 여간 아니군. 자유당 정권이 어떤 정권인고 하면 바로 우리나라의 민주주의의 기초를 망가뜨려 놓은 정권이라고."

"미안해요. 앞으론 정치에 대해서도 관심을 갖기로 하겠어요."

"이승만이란 사람 알아?"

"옛날에 대통령 했던 분 말이죠?"

"대통령 하다가 쫓겨난 사람이라고 하는 게 더 정확해. 그 사람이 왜 쫓겨났는지 알아? 주위에 좋지 않은 사람들을 데리고 있었기 때문이기도 하지만 근본적으로는 국민을 얕잡아 보고 업신여겼기 때문이야. 뭐니 뭐니 해도 민주주의자가 아니었다는 얘기지. 사람들은 그의 외교 능력, 배일 사상 등을 높이 평가하지만 또 그건 평가받아서 마땅한 일면도 있지만 그가 우리나라에 민주주의를 확고하게 뿌리내리게 할 수 있는 위치에 있었으면서도 그걸 하지 않았다는 건 용서할 수 없는 과오였어. 지금도 감상적으로 그에 관한 여러 가지 회고담들을 들추어내곤 하지만 그건 심지어 일제시대에 대한 향수 어린 수작까지를 서슴없이 내뱉는 얼빠진 어른들이나 하는 짓이지. 나도 이승만 개인에 관한 여러 가지 매력 있는 일화들은 많이 들었어. 하지만 그건 어디까지나 개인의 매력이지 공인(公人)으로서의 그와는 아무런 상관도 없는 일이야. 또 그걸로 공인으로서의 그의 과오가 상쇄되는 것도 아니고. 그는 너무나도 중요한 위치에 있었던 공인이면서 결국 공인으로서의 소임을 다하지 못했을 뿐만 아니라 돌이킬 수 없는 과오까지를 저질렀지. 생각할수록 분한 일이야. 그가 올바로 행동했다면 우린 지금 자유당 정권을 들먹일 필요도 없을 텐데 말야."

"그분이 그렇게 중요한 분이었나요?"

"중요했고말고. 우리나라 같은 정치적 후진국에선 중요한 공직에 있는 한 자연인의 역할이 너무도 크니까. 더구나 그게 대통령직인 경우엔 거의 절대적이라고 할 수 있지. 이건 물론 자연인의 능력차를 두고 하는 얘기가 아니라 도덕적 기준에서 하는 얘기지만 말야."

"알겠어요. 정치라는 것도 아주 중요한 것이군요."

"중요하고말고. 크든 작든 정치의 영향을 받지 않곤 우린 하루도 살 수가 없으니까. 자, 정치 얘긴 이제 그만하지."

그러며 그는 새삼스레 주위를 한번 둘러보았다. 쉬는 시간이 끝났는지 아이들은 모두 교실로 들어가 버리고 운동장은 텅 비어 있었다.

그가 말했다.

"그네가 비었군. 이화 그네 태워 줄까?"

"아이, 내가 뭐 어린앤가요? 그리고 남의 학교에 들어와서 서성거리는 것도 뭣한데 아이들 그네까지 타요?"

"이화가 좀 탄다고 해서 뭐 망가질려구? 말하자면 난 그리고 여길 졸업은 안 했지만 이 학교엘 다닌 연고자라고 할 수 있는데."

"그럼 석기 씨가 타세요. 난 구경만 할게요."

"나야 어디 커다란 어른이……."

"난 그럼 어린애구요?"

"그렇진 않지만 이환 아무래도 나보단 몸도 가볍고 또 여자니까. 싫으면 그만두고."

"그럼 아이들한테 미안한 걸 무릅쓰고 조금만 타 볼까요?"

"그래, 잠깐만 어린애가 돼 봐."

두 사람은 그네가 매어 있는 쪽으로 걸어갔다. 이화에게는 처음 와 보는 고장의 초등학교에 와서 그네를 타 본다는 것이 그렇게 싫지는 않았다. 더욱이 그가 우울해하고 있는 것 같아 자기가 그네를 타는 것이 그를 조금이라도 기쁘게 하는 데 도움이 되는지도 모른다는 생각이 들었다.

그녀가 그네 위에 올라앉아 양편의 쇠줄을 잡자 그는 그녀를 힘껏 뒤로 잡아당겼다 놓아 주었다. 그녀가 엉덩이를 대고 앉은 발판이 그녀의 무게를 싣고 저항 없이 앞으로 밀려 나갔다. 그리고 일단 시작된 진자 운동에 따라 다시 뒤로, 또 앞으로 움직였다. 맞은편의, 초여름 오전의 햇빛을 가득 받고 있는 목조의 교사가 가까이 다가왔다 떨어졌다 하고 있었다. 모든 것이 잠시 평화로이 쉬고 있는 것 같은 느낌이 들었다.

석기가 말하고 있었다.

"이화 그러고 앉아 있는 걸 보니 비로소 고향에 온 것 같은 느낌이 드는군. 세상이 늘 이렇게 평화로울 수 있다면 얼마나 좋을까."

그네에 흔들리고 있는 채로 이화도 말했다.

"난 비로소 낯선 고장에 온 것 같은 느낌이 드는걸요. 늘 떠들썩하고 분주한 서울이 아닌, 평화롭고 아늑한 곳에 온 것 같은."

"그렇게 되나? 하지만 입장만 다르다 뿐이지 결국 같은 느낌이군. 반가운 일인데. 난 또 괜히 여기 데려와서 이활 우울하게만 만든 게 아닌가 하고 걱정했지."

"석기 씬 우울해지지 않구요?"

"나야 뭐. 아무튼 지금 이화 그러고 있는 모습 참 예쁘다. 초등학교 때 내가 좋아하던 계집애 같은데."

"어마 초등학교 때 벌써 좋아하던 여자애가 다 있었어요?"

"있었고말구. 이화처럼 아주 예쁘게 생긴 계집애였지. 부잣집 애였어. 옷도 늘 예쁘게 차리고 다니던."

"그 여자애도 석기 씰 좋아했나요?"

"웬걸, 나 혼자서만 속으로 좋아했지. 말도 한번 못 해 보구."

"어마, 불쌍해라."

"하하. 하지만 지금 이화가 있잖아? 고분고분 말도 잘 들어 주는."

"나도 그럼 이제부턴 쌀쌀맞게 굴까 부다."

"제발, 제발, 그건 안 돼. 그럼 난 정말 불쌍해진다구."

그 초등학교에서 나온 그들은 곧장 고속버스 터미널로 향했다. 석기가 이제 그만 돌아가자고 말했던 것이다. 아무래도 이화가 걱정되었던 모양이었다.

하긴 이화도 집에서 식구들이 잠 한잠 자지 못하고 커다란 걱정에 휩싸여 있을 것이 몹시 마음에 걸렸다. 그녀가 집 밖에서 잠을 잔다는 것은 식구들로선 상상도 하지 못할 일일 뿐만 아니라 더욱이 그녀는 앓고 난 뒤가 아닌가. 이만저만 걱정에 휩싸여 있지 않을 것이 분명하였다.

그러나 그녀는 석기가 그곳에 더 머무르기를 바란다면 그럴 작정이었다. 어차피 조금 일찍 돌아가고 늦게 돌아가고의 차이는 있을망정 그녀가 집 밖에서 잠을 잤다는 사실 자체는 결국 아무런 변화도 없을 것이기 때문이었다. 그리고 그것은 그녀가 그곳에 오기로 동의했던 때부터 각오했던 일이다.

그런데 석기는 돌아가자고 하였다. 그녀로서는 굳이 반대할 이유가 없었다. 오히려 그가 일찍 돌아가자고 말해 준 데 대해 고마워해야 할 입장이었다.

버스에 탔을 때 그리고 버스가 서울을 향해 달리기 시작했을 때 석기는 그녀더러 자기에게 기대서 조금 자 보라고 말했다.

그러나 그녀는 조금도 피곤하다거나 졸립다는 느낌은 들지 않았다. 반대로 의식이 더욱 투명해지기만 하였다. 자기 옆에 앉은 석기의 존재, 그가 들려준 이야기, 자기가 타고 있는 버스, 버스가 달리는 속도, 차창으로 스쳐 지나가는 풍경 같은 것들이 각각 또렷이 그리고 손에 잡힐 듯이 의식 속에 분명히 지각돼 올 뿐이었다.

그리고 그 모든 것들은 자기를 둘러싸고 있는 아주 생생한 현실이라는 생각이 들었다. 그녀가 자기 외부의 사물들에 대한 그러한 생생한 느낌을 갖는 건 그리고 그것이 처음인 것 같은 생각이었다. 무어랄까, 자기를 둘러싸고 있을 뿐만 아니라 자기와 아주 긴밀히 맺어져 있는 듯한 또렷한 느낌이라고나 할까.

석기가 그녀의 표정을 살피며 가만히 물었다.

"지금 무슨 생각을 하고 있어?"

이화는 맑게 웃어 보이며 대답했다.

"석기 씨랑 버스랑 버스의 속도랑 저 창밖의 풍경이랑 그런 생각이요."

"그게 무슨 생각이지?"

"모든 것이 아주 생생하고 중요하다는 생각이요."

"언젠 그런 모든 것이 생생하지도 않고 중요하지도 않았단 말야?"

"그저 으레 있는 거려니 하는 생각뿐이었어요. 이렇게 또렷이 느껴 보긴 처음이에요."

"그래, 그럼 말하자면 세상을 새로 느끼기 시작한 거로군그래."

"모르겠어요. 아무튼 이런 느낌은 처음이에요."

"아, 그거 아주 중요한 느낌이라구. 닫혔던 자기를 열고 바라보면 그렇게 보이기 시작하지. 그게 바로 사람이 거듭난다는 거야. 이거 크게 축하해 줘야겠는데."

"이런 느낌 좋은 거예요?"

"아, 물론이지. 사람들 중에는 평생 그런 느낌을 한 번도 가져 보지 못하고 죽는 사람도 많을걸."

"석기 씬 그럼 물론 이런 느낌을 경험해 보셨겠네요."

"꼭 같을진 모르지만 비슷한 경험은 나도 했을 거야. 아무튼 우선 축하해."

그러며 그는 환한 표정으로 이화의 두 눈을 똑바로 마주 보았다.

고속버스가 서울에 도착한 것은 오후로 접어든 뒤였다. 그들은 간단히 점심을 먹고 '에로이카'로 갔다. 출발한 지점으로 거의 하루 만에 다시 함께 되돌아온 셈이었다. 일단 거기에 들렀다가 헤어지기로 한 것이었다.

그런데 '에로이카'에는 석기를 기다리고 있는 사람이 있었다.

두 사람이 입구에 들어섰을 때 석기를 향해 기다렸다는 듯 한 손을 번쩍 쳐들어 보이는 여학생 한 사람이 있었던 것이다. 이화보다는 조금 나이 들어 보이는, 얼굴이 둥근 편에 속하는 여학생이었다. 석기는 그녀 쪽을 향해 웬일이지, 하는 듯한 표정을 지어 보이고는 곧 그쪽으로 걸어가려다가 이화가 망설이고 있는 기색을 알았음인지 돌아보며 따라오라는 시늉을 했다. 이화는 잠자코 그의 지시에 따랐다.

다가가는 두 사람을 향해 그녀는 호의 어린 미소를 지어 보였다.

석기가 그녀를 향해 말했다.

"웬일이야? 양희가 여길 다 오고."

그녀가 앉은 채로 석기를 올려다보며,

"석기가 보고 싶어서 왔지, 뭐."

하고는 이화 쪽의 눈치를 슬쩍 살피며 장난기 있게 웃었다.

"오라, 이 오라버니가 보고 싶어서 왔다 그 말이지?"

석기는 그렇게 받으며 이화에게 앉으라고 권하고는 자기도 의자에 앉았다.

"자, 우선 인사하지. 이쪽은 양희라고 이화 언니뻘이 될 거야. 상급생이니까. 그리고 이쪽은 이화, 사학과 1학년이야."

이화는 그녀 쪽을 향해 가만히 목례해 보였다. 그녀도 석기 쪽을 보고 무엇인가 항의하려다 말고 얼른 이화를 향해 호의 어린 미소를 보내왔다.

석기가 이화를 보고 말했다.

"좋은 언니 노릇을 해 줄 거야. 앞으로 잘 사귀어 보도록. 아마 이화 다니는 학교에선 제일 좋은 상급생일걸."

그녀가 석기의 말을 가로챘다.

"이거 왜 이러지? 스멀스멀하게. 그건 그렇고 오라버니는 다 뭐야? 나보다 어린 주제에."

"뭐라고 내가 양희보다 어려? 내 생일이 언젠 줄이나 알아?"

"보나마나 섣달 그믐날이겠지 뭐."

"이거 왜 이래? 이래 봬도 엄연히 정월생이라구."

"정월 며칟날이야?"

"정월 초닷새다. 왜 그래?"

"음력? 양력?"

"물론 음력이지."

"그러니까 나보다 어리지."

"어째서?"

"난 양력 1월생이거든. 양력이 빨라? 음력이 빨라?"

"가만, 그렇던가? 음력이 빠른 게 아니던가?"

"이런 세상에. 그런 간단한 수학도 모르면서. 앞으로 나보고 누나라고 불러."

"그건 죽어도 못 하겠다."

"오기는 있어서. 그럼 최소한 오라버니 어쩌고 한 소리만이라도 취소해."

"좋아, 그건 취소하지. 양희 같은 누이동생이 있어 봤자 별 볼 일 없을 테니까. 그건 그렇고 정말 웬일이지? 무슨 일 있는 거 아냐?"

그러자 그녀는 잠시 입을 다물고 석기를 자세히 쳐다보았다. 그리고 나서 말했다.

"나 오늘부로 해임됐어."

석기는 깜짝 놀라는 표정이 되었다.

"뭐라구? 그게 정말야?"

"무슨 좋은 일이라고 거짓말을 하겠어. 나 참 어처구니가 없어서."

그러며 그녀는 좀 전과는 달리 무엇엔가 성이 난 듯한 표정을 지었다.

"역시 그것 때문이겠지?"

"그렇지 뭐."

이화는 그들 사이에 어떤 중요한 이야기가 있다는 걸 알 수 있었다. 그리고 그렇다면 자기가 함께 있는 것이 그들에게 방해가 될지도 모른다는 생각이 들었다. 이화는 팔목을 들어 시간을 보는 시늉을 했다. 그리고 자기는 먼저 가 봐야 하겠다고 말했다.

그러자 석기는 그녀가 집 걱정 때문에 그러는 것이라고 생각한 모양이었다. 버스 정류장까지 바래다주겠다고 말했다. 이화는 사양했다.

"아직 대낮인데요, 뭐."

그리고 의자에서 일어났다. 양희가 자기 때문에 두 사람에게 방해가 되었다고 생각했음인지 이화를 쳐다보며 몹시 미안해하는 표정을 지었다.

석기가 말했다.

"그럼 내일 여기서 다시 만나. 5시에 올 수 있겠어?"

이화는 그러겠다고 고개를 끄덕였다. 그리고 양희와 목례를 주고받은 다음 그들로부터 돌아서 걸어 나왔다. 석기의 못내 염려스러워하는 시선을 등 뒤에 느낄 수 있었다.

바깥에는 아직 햇빛이 많았다. 이화는 햇빛 속을 걸어 버스 정류장으로 향했다. 행인들의 모습이 어제 보던 모습과는 몹시 달라져 보이는 것 같았다. 햇빛과 아주 친화(親和)하고 있는 것처럼 보였다고나 할까, 햇빛 속에 기쁘게 섞여 들어 오고 있는 것 같았다.

그리고 그것은 버스 속에서도 마찬가지 느낌이었다. 승객들이 모두 버스에 타고 있다는 사실에 만족감을 느끼고 있는 것처럼 보였으며 그녀 자신과 동떨어져 있는 사람들처럼 바라보이지가 않았다. 그들 중의 어느 한 사람이 자기에게 불쑥 손을 내밀어 와도 조금도 언짢을 것 같지 않은 느낌이었다고 할까.

그러나 집에 도착하자 어머니는 가슴부터 쓸어내렸다.

"아이구, 이 자식아. 도대체 어떻게 된 일이냐? 응? 앓고 일어나서 나간 애가 말도 없이 어디서 자고 이제야 와? 온 식구가 한잠도 못 자고 꼬빡 뜬눈으로 새운 줄도 모르고."

"미안해요, 엄마."

"미안이고 뭐고 도대체 어떻게 된 일이냐? 무슨 일이나 없었니?"

"나쁜 일은 없었어요, 엄마."

"후유, 이 몹쓸 것아, 식구들 걱정할 일도 좀 생각해야지. 꼭 밖에서 자야 할 일이 있으면 잠깐이라도 집엘 들렀다 가든지."

"그럴 수가 없었어요."

"또 정 밖에서 자야 할 일이 있었으면 아침에라도 좀 일찍 들어오든지."

"미안해요, 엄마. 아침에도 일찍 올 수가 없었어요."

"온, 무슨 일인지 알 수가 없구나, 생전 이런 일이라곤 없던 애가."

"엄만 이활 믿지?"

"그야 믿지. 하지만."

"그럼 됐어, 엄마. 나 나쁜 짓 안 하고 다녀요. 이따 아버지 오심 그렇게 말해 줘요."

"아무튼 무사히 돌아왔으니 우선 마음은 놓인다만……. 하지만 넌 아직 어린애야."

이화는 그 말엔 반대하고 싶었으나 곧 고쳐 생각하고,

"나중에 얘기할게, 엄마. 나 우선 좀 씻고요."

하고는 쾌활한 표정으로 집 안에 있는 욕실로 갔다. 어머니는 무언가 미진해하는 태도였으나 딸이 무사히 돌아왔다는 사실만으로 우선 큰 근심은 놓았다는 표정이었다.

이화는 씻기를 마친 다음 자기 방으로 갔다. 하루 남짓 만에 돌아와 보는 방 안은 실제로 달라진 것이라곤 아무것도 없었으며, 또 그럴 리도 없었으나 왠지 여태껏의 자기 방과는 어딘가 달라져 있는 것만 같았다. 아주 낯익은 것 가운데에서 어떤 낯선 일면, 또는 새로운 일면을 발견할 때면 그 낯익은 것이 낯설어 보일 때도 있다. 그리고 그 경우에 그것은 처음부터 낯선 것보다 더욱 낯설어 보일 수도 있다.

이화는 그러한 느낌, 아주 낯설고 새로운 느낌으로 자기 방을 둘러보았다. 방 안을 꾸미고 있는 모든 것들, 이를테면 창을 가리고 있는 오랑캐꽃 무늬의 커튼이라든지, 책상 걸상 따위, 약간의 책이 꽂혀 있는 책꽂이, 갓이 씌워져 있는 전기스탠드, 벽에 걸린 로트렉의 그림이 들어 있는 달력 따위는 모두 제자리에, 그리고 조금도 달라진 구석이라곤 없이 얌전한 제 모습 그대로 놓여 있었으나 방 안 전체가 그녀에게 안겨 주는 느낌은 마치 아주 오래전에 한번 와 본 기억밖에 없는 곳에 불현듯 다시 들어와 보는 것 같은 느낌이었다. 그리하여 까마득히 잊었던 것들을 다시 하나하나 새로이 확인해 보는 것 같은 기분이었다고 할까. 그것도 전과는 아주 판이하게 달라진 눈으로.

그러자 그녀는 그동안 자기가 얼마나 그것들과 무심한 관계를 맺어 왔는가를 깨닫고 그것들에게 미안한 느낌이 들었다. 늘 함께 지내 오면서도 그녀는 그것들의 존재에 대해서 별다른 주의를 기울여 본 적은 한 번도 없었던 것이다. 으레 그것들은 그렇게 제자리에 놓여 있도록 되어 있는 것으로만 무심히 보아 왔던 것이다.

그녀는 무엇이든 마음을 기울여서 바라보면 모든 것이 새롭게 보인다는 사실을 처음으로 깨닫는 듯했다. 그때까지도 그녀는 자기의 마음이 너그럽게 열려진 상태이기 때문에 모든 사물이 새롭게 바라보인다는 사실을 미처 알아차리지 못하고 있었던 것이다.

그녀는 아무리 들여다보아도 자기하고는 조금도 닮아 뵈지 않는 아주 어린 시절의 자기 사진이 틀림없는 자기의 사진이라는 걸 확인하고 그 사진의 모습과 지금의 자기 모습 사이에 생긴 신비한 변화를 몸 안 가득히 퍼지는 이상한 전율과도 같은 감명 속에 받아들이는 느낌으로 가만히 책상 앞에 앉았다.

알 수 없는 크나큰 슬픔 같은 감정이 다시 그녀의 몸 안을 가득 채웠다. 살갗 속이 모두 환 하게 열리는 것 같은 슬픔이었다. 몸의 일부가 닿아 있는 걸상이나 책상이 모두 조그맣게 용해되어 그녀의 살갗 속으로 스며들고 있는 것만 같은 그리고 햇빛처럼 환하고 강렬한 슬픔이었다. 그녀는 오랫동안 조용히 앉아 있었다.

저녁에 이화는 아버지의 서재로 불려 갔다. 저녁식사 뒤였다.

마주 앉았을 때 아버지는 딸의 표정부터 살폈다. 그리고 나서 짐짓 기쁜 듯한 표정으로 말했다.

"아주 건강해 보이는구나. 몸은 이제 다 나았니?"

이화는 명랑하게 대답했다.

"네, 아버지."

"다행한 일이다. 모든 게 다 하나님의 은혜인 줄 안다. 그렇게 생각하지 않니?"

"그렇다고 생각해요, 아버지."

그러자 아버지는 잠시 입을 다물었다가 다시 말했다.

"난 네 앞에서까지 굳이 목사 노릇을 하고 싶진 않다. 하지만 아버지 노릇을 해야 할 의무는 느끼게 된다. 지난밤엔 온 식구가 몹시 염려를 했지. 언짢게는 생각하지 마라. 식구 중의 한 사람이 나가서 들어오지 않으면 염려하게 되는 건 당연한 일이니까. 따라서 식구들에게 염려를 끼치는 건 물론 부득이한 경우도 있겠지만 잘하는 일이라곤 할 수가 없다."

"죄송해요, 아버지."

"사과를 들으려는 게 아니다. 노파심에서 하는 말일 뿐이다. 그리고 식구들이 널 얼마나 사랑하고 있는지를 알게 해 주고 싶을 뿐이지. 넌 그런데 어머니한테도 어디서 잤다는 얘기는 하지 않은 모양이더구나. 물론 친구 집에서 잤다면 그만이긴 하지만."

"……"

"나도 물론 네가 친구 집에서 잤으리라고 생각하고 있다."

"……친구 집에선 자지 않았어요."

"응? 그건 생각 밖이로구나. 친구 집에서 자지 않았다면?"

"그렇다고 사람이 자면 안 되는 곳에서 잔 건 아녜요."

"물론 그랬을 테지. 하지만 친구 집 말고 네가 잘 만한 곳이 있을 리가 없겠는데."

"아버진 절 잘못 가르치셨다고 생각하세요?"

"그렇게 생각해 본 적은 없다."

"그러심 절 아직 분별력도 없는 어린애로 보세요? 나쁜 일과 나쁘지 않은 일을 판단할 줄도 모르는……."

"그야……."

"절 그렇게 보시지 않죠?"

"그럼."

"그러심 됐죠, 뭐. 사실은 저 지난 하루 사이에 아주 많은 걸 배웠어요. 아버지가 기뻐하심 했지 걱정하실 일 한 건 하나도 없어요. 식구들 염려하시게 해 드린 거 빼놓고는요."

"글쎄, 뭐, 널 추궁하려는 건 아니다. 단지 바깥에서는 네가 원하지 않는 일도 얼마든지 일어날 수 있으니까 그걸 염려하는 것뿐이고 만일에 네가 원하지 않는 일이 네 신상에 생겼다고 한다면 식구들에게 그걸 숨길 필요는 없다는 것뿐이지. 또 숨겨서도 안 될 테고."

"아버진 제가 뭘 숨기고 있다고 생각하세요?"

"뭐 꼭 그렇다는 건 아니다만."

"제가 원하지 않은 일 일어난 건 아무 것도 없어요, 아버지."

"그렇다면 다행이다. 나도 그런 일이 꼭 일어났으리라고 생각한 건 물론 아니고. 아무튼 그럼 더 염려하지 않아도 되겠니?"

"네, 아버지. 저 이제 몸도 마음도 다 큰걸요."

"하지만 자신을 과신하기에는 아직 이르다. 마흔 살이 넘어도 이르지. 아무튼 그럼 가 봐라."

다음 날 아침 학교에 간 이화는 강의 한 시간이 끝났을 때, 과(科)대의원이 모두들 강당으로 모여 달라고 전달하는 소리를 들었다. 임시 학생총회가 있다는 것이었다.

다른 대부분의 학생들과 함께 이화는 대강당으로 갔다. 대강당은 계속해서 모여든 학생들로 곧 가득 찼다.

연단 위로 상급생인 듯싶은 학생 한 사람이 뛰어오르는 모습이 보였다. 머리를 짧게 자른, 키가 자그마한 학생이었다. 눈여겨보니 신입생 환영회 때 재미난 농담을 해서 신입생들을 웃기던 학생회장이라던 사람이었다.

그녀는 곧 마이크 앞에 서서 신입생 환영회 때와는 달리 몹시 긴장한 목소리로 말하기 시작했다.

"벌써 알고 있는 분도 계시겠지만 여러분에게 직접 알려 드려야 할 일이 생겨서 여러분을 모이시라고 했습니다. 다름이 아니라 어제 날짜로 우리 학보사 박양희 편집장을 비롯한 학생기자 전원이 학교 당국으로부터 부당한 해임 조치를 당하였습니다. 해임 이유는 직무에 충실치 못했다는 것인데 즉 해임된 기자들이 정당한 이유 없이 학보 제작을 거부해 왔다는 겁니다. 그러나 우리의 판단으로는 학보사 기자들이 정당한 이유 없이 학보 제작을 거부해 왔다고는 결코 생각하지 않습니다. 오히려 우리 학보사 기자들은 너무나 정당하고 당연한 이유 때문에, 올바른 학보를 제작할 수 없다는 이유 때문에 학보 제작을 거부했던 겁니다. 그리고 그건 학교 당국의 부당한 간섭 때문에 그렇게 된 걸로 알고 있습니다. 아는 분이 계실는지 모르지만 입학기에 있었던 학교 재단의 부정 사실을 사실대로 보도하려고 하자 학교 당국이 지도교수를 통해서 압력을 넣었던 겁니다. 다시 말해서 학보사 기자들은 보다 정당한 학보를 제작하기 위해서, 그리고 그걸 학교 당국에 요구하기 위해서 학보 제작을 거부했던 것뿐입니다. 따라서 학보가 나오지 못하게 된 책임은 어디까지나 학교 당국에 있는 것이지 학보사 기자들에게 있는 게 아닙니다. 그런데도 불구하고 학교 당국은 마치 학보가 못 나오게 된 책임이 학보사 기자들에게 있다는 듯이 편집장을 비롯한 기자 전원을 해임하는 온당치 못한 처사를 감히 저지르고 있습니다. 이러한 사태를 보고 도저히 그냥 묵과할 수는 없다고 생각합니다. 그래서 우리 학생회에서는 다음 세 가지 결의 사항을 학교 당국에 알리려고 합니다. 정당하다고 생각하시면 박수로 찬성의 뜻을 표시해 주세요. 첫째, 부당하게 해임된 학보사 기자 전원을 복직시킬 것, 둘째, 학교 당국은 학생 언론에 대한 부당한 간섭을 즉각 중지하고 학교 재단의 부정을 공개, 그 책임자를 엄중 문책할 것, 셋째, 위의 요구사항이 무시될 경우 우리는 이를 관철하기 위한 여하한 행동도 불사한다."

대부분의 학생들이 강당이 떠나갈 듯한 박수로 호응하였다. 이화는 어제 오후에 있었던 일을 비로소 이해할 수 있었다.

석기와 양희라고 하던 상급생이 만나서 주고받던 얘기는 그러니까 이화 자신과도 전혀 무관하다고는 할 수 없는 얘기였던 것이다.

임시 학생총회는 그것으로 일단 끝났다. 학교 측의 태도에 따라서는 다시 모여야 하게 될지도 모르지만 그럴 필요가 없게 되기를 바란다고 학생회장은 말하였다.

그녀는 요란하게 박수를 치며 일어서는 학생들 사이에 끼여 서서 자기도 어떤 중요한 일에 참가하였다는 기분을 맛보았다. 그리고 학생들이 바라는 대로 일이 잘 해결되었으면 좋겠다고 생각했다.

대강당에서 나와 강의실 쪽으로 향하는 길에 같은 과의, 이름을 옥희라고 하는 애가 말을 걸어왔다.

"넌 이런 일 좋아하니? 난 아주 딱 질색이야."

이화는 잠자코, 곁에서 걷고 있는 그녀를 돌아보았다. 옥희는 계속해서 말했다.

"이런 일은 남학생 애들이나 하는 짓이지 뭐니? 괜히 영웅심에 들떠 가지고. 그렇지 않니?"

이화는 그녀가 방금 대강당에서는 전혀 아무런 반대 의사도 나타내지 않았다는 걸 상기했다.

"그럼 왜 반대하지 그랬니?"

"반대? 너 같으면 거기서 반댈 할 수 있었겠니? 하지만 난 박수는 치지 않았어."

"난 내가 반대하고 싶은 생각이었으면 반대한다고 얘길 했을 거야."

"어마, 그러니? 너 보기하곤 아주 다르구나, 애. 다들 우 하고 박수를 치는데 어떻게 거기서 반대를 하니? 난 민주주의라는 게 나쁜 점도 많다고 생각해. 무조건 숫자만 많으면 그게 옳은 걸로 되지 않니? 그게 아무리 바보 같은 짓이라도 말야."

"그럴 리야 있겠니? 민주주의라고 해서 무조건 숫자만 많으면 되는 건 아니잖아? 수가 적은 경우에도 그게 바른 의견이면 주장을 해서 알아듣게 설명을 할 수가 있잖아?"

"그래도 어디 그러니? 수가 많은 쪽한테 지게 마련이지."

"그건 뭐가 잘못된 경우일 거야. 사람이 어떻게 옳은 의견을 끝까지 무시할 수 있겠니? 또 옳지 않은 의견을 가진 사람이 옳은 의견을 가진 사람보다 더 많은 경우는 적을 거야. 그리고 난 지금 그 일 나쁘다고 생각하지 않아. 학교 측에서 잘못했다고 생각해."

"어마, 알고 보니 너 아주 그동안 말은 없으면서도 굉장한 애였구나. 이런 일은 싫어하는 앤 줄 알았더니 미안하다, 애. 몰라봐서. 나중에 학생회장 출마하면 되겠다, 애."

"……"

"하지만 난 여자가 할 일은 따로 있다고 생각해. 더구나 학생은 말야. 그럼 잘해 봐라."

그러며 옥희는 무척 실망했다는 표정으로 비웃듯 이화를 힐끗 쳐다보고는 걸음을 빨리해서 앞서가 버렸다. 이화는 당황하여 잠시 동안 망연히 그녀의 뒷모습을 바라다보았다. 그리고 곧 잠자코 강의실로 향했다. 무언가 배신을 당한 느낌이었다.

그러나 그녀는 강의가 모두 끝나서 '에로이카'로 석기를 만나러 갈 무렵에는 그 일은 말끔히 잊어버리고 있었다.

이화가 '에로이카'에 도착한 것은 5시가 조금 못 돼서였다. 석기는 나와 있지 않았다.

그녀는 빈자리를 찾아 앉았다. 오늘은 장수길의 모습도 보이지 않았다.

재생실에 들어가 있거나 어디 잠깐 외출한 모양이었다.

이화는 날라져 온 차를 마시면서 칠이 벗겨진 테이블 위의 낙서들을 바라보았다. 볼펜이나 만년필 같은 것으로 씌어진 것들도 있었고 칠이 덜 벗겨진 곳에 예리한 칼끝 같은 것으로 칠을 벗겨 내면서 쓴 것들도 있었다.

'부끄러운 나날'

'도둑들의 무도회'

'우울한 날의 독백'

'영! 너는 나의 종교'

'불사신'

같은 전후의 의미를 알 수 없는 문장 또는 낱말들이 거의 테이블 가득 쓰여져 있었다. 전에는 그저 무심히 보아 왔던 것들이었다. 그렇다고 지금 그녀가 유달리 관심을 가지고 그것들을 보고 있는 것은 물론 아니었다. 차를 마시면서 역시 무심히 눈길이 갔고 눈에 띄는 글자들을 읽었을 따름이었다. 그런데 그것들을 읽다 보니까 문득 그것들을 거기에 쓴 사람들은 어떤 사람들일까 하는 생각이 들었다. 그리고 참 많기도 한 사람들이 자기가 지금 앉아 있는 자리에 앉아서 음악을 듣거나 테이블 위에 낙서를 하면서 시간을 보냈구나 하는 생각도 들었다.

그런 생각을 하고 있는데 앞에 누가 다가온 기척이 느껴졌다. 이화는 눈길을 쳐들었다. 석기가 아니라 석기의 친구인 수환이 거기 서 있었다.

수환이 미소를 띠며 말했다.

"안녕하십니까? 기다리던 사람이 아니라서 실망하셨겠습니다."

이화는 얼른,

"아, 안녕하세요."

라고 말했다.

"앉아도 되겠습니까?"

하고 그가 여전히 미소 띤 얼굴로 이화의 맞은편 의자를 가리켜 보이며 말했다.

"네, 앉으세요. 석기 씨도 곧 오실 거예요."

그러자 그는 조금 망설이듯 하고는 의자에 앉으면서 뜻밖의 소리를 했다.

"석기는 오지 않을 겁니다."

"네?"

"실은 석기가 저를 보내서 제가 대신 나온 셈입니다."

이화는 순간 그의 말뜻을 잘 알아차릴 수가 없었다. 그러나 곧 석기한테 무슨 일이 생겼는지도 모른다는 생각이 들었다.

"……석기 씨한테 무슨 일이 생겼나요?"

"뭐 대단한 일은 아니지만 아무튼 여긴 나올 수가 없게 됐습니다. 말하자면 제가 사과 사절(使節)로 온 셈이죠. 서운하십니까?"

"무슨 일인진 말해 주실 수 없나요?"

"그리 대단한 일은 아니니까 너무 염려하지는 마십시오. 우리나라에선 흔히 있을 수 있는 일이니까요. 저도 한두 번 겪은 일이고. 가벼운 관재수 정도로 생각하시면 될 겁니다."

"관재수라뇨?"

"토정비결 같은 거 안 보시는 모양이군요. 왜 그런 거 있잖습니까? 장발 단속 같은 데 걸려서 경찰서 신세를 진다든지. ……그보다도 우리 어디 가서 영화 구경이나 하나 하죠. 어차피 대역 노릇을 해 드려야 할 테니."

이화는 그의 경찰서라는 말이 이상스런 힘으로 마음속에 와 박히는 것을 느꼈다.

"석기 씨가 지금 그럼 경찰서에 있나요?"

"그렇다면 면회라도 가시겠습니까? 면회 가셔도 아마 못 만나실 겁니다. 제 제의대로 영화 구경이나 같이 가시죠. 그게 아마 마음 편할 겁니다."

"장발 단속에 걸렸나요?"

그녀는 더러 머리가 긴 남학생들이 파출소 앞에서 순경에게 붙잡혀 들어가는 모습을 본 적이 있었던 것이다. 그리고 석기의 머리도 확실히 긴 편이었던 것이다.

"그런 정도로 생각해 두십시오. 결국 비슷비슷한 일이니까요. 크게 염려할 만한 일은 못 됩니다. 장발 단속에 걸려 봤자 기껏 하루쯤 경찰서에서 자고 머리 깎고 나오면 그만이듯 그저 그런 정도의 일이니까요."

"그럼 장발 단속에 걸린 게 아닌가요?"

"글쎄, 비슷비슷한 일이라니까요. 자, 염려 마시고 나가시죠. 오늘은 저하고 영화 구경이나 같이 하시고 석기는 내일 만나세요. 내일 오후엔 틀림없이 이리 나타날 겁니다."

"……."

이화는 무어가 무언지 사태를 잘 분별할 수가 없었다. 확실한 건 무슨 일로건 석기가 지금 경찰서에 있다는 사실이었다. 그리고 그것이 석기에게 좋은 일일 리는 없다는 점이었다. 그것은 수환의 태도로 미루어봐도 확실했다. 그가 애써 가벼운 태도로 말하려 하고 있는 것만 보아도 알 수 있는 일이었다.

그러나 그녀는 자기가 지금 어떤 태도를 취해야 할는지는 알 수가 없었다. 마음이 갑갑하기만 할 뿐 그리고 좋지 않은 예감만 설렐 뿐 막상 이런 경우에 어떻게 하는 것이 좋은 건지를 알 수가 없었다.

수환은 얼른 일어서려 하지 않는 그녀를 보자 짐짓 화를 내는 시늉을 하였다.

"제 제의를 거절하시는 겁니까? 대역을 상대하기는 역시 싫으신 모양이군요. 그렇다면 전 그만 가 봐야겠습니다."

그리고 그는 의자에서 일어났다. 이화는 당황하여 따라나서며 말했다.

"아녜요, 같이 가세요. 저 잠깐 딴생각을 했을 뿐예요."

그가 친구를 위해서 베풀고 있는 배려를 어떤 식으로든 거절하는 건 일종의 배신행위나 다름이 없다는 생각이 들었던 것이다.

이화는 그를 따라 외국 영화를 상영하고 있는 한 영화관으로 갔다. 그러나 그녀는 화면을 향해 눈을 주고 있었을 뿐 영화의 내용은 하나도 머리에 들어오지 않았다. 다만 색채가 몹시 아름답다는 막연한 느낌뿐이었다. 영화가 끝나서 밖으로 나왔을 때 수환이 물었다.

"재미있었습니까?"

이화는 거짓말을 했다.

"네, 아주 재미있었어요."

그러자 그가 부드러운 목소리로 말했다.

"너무 염려 마시고 돌아가셔서 푹 주무세요. 석기가 틀림없이 내일은 그리 나갈 겁니다."

"네, 영화 구경 고마웠어요."

그러나 석기는 그 이튿날도 만날 수가 없었다.

여름 속의 겨울

이화가 석기를 다시 만난 것은 그로부터 일주일이 지난 뒤였다.

일주일 동안 그녀는 매일 학교가 끝나는 대로 '에로이카'로 가서 그곳이 문을 닫는 시간까지 기다리곤 했다. 그리고 일요일에는 식구들과 교회에 다녀오는 즉시 그곳으로 가서 역시 문을 닫는 시간까지 기다렸다. 그러나 석기는 일주일 내내 그곳에 모습을 나타내지 않았다.

장수길 같은 사람은 무언가 사정을 아는 듯한 눈치였으나 내색을 하지 않는 것 같았고 수환이 매일 한 번씩 들러서는 역시 대수로운 일은 아니라는 표정으로 곧 만날 수 있을 거라고만 말해 줄 뿐이었다. 두 사람의 태도 모두 그녀에게는 그들이 자기를 걱정시키지 않기 위해서 무언가를 숨기고 있는 것으로 보였다. 그리고 그들이 애써 숨기려 하고 있는 것으로 보아 석기에게 일어난 일은 수환의 말대로 그렇게 대수롭지 않은 일이 아니라는 걸 알 수 있었다.

그러나 일주일 뒤에 막상 모습을 나타낸 석기의 태도는 그녀의 걱정과는 달리 전혀 무슨 대수로운 일을 겪은 사람답지가 않았다.

그날 역시 학교가 끝나자마자 '에로이카'로 가서 기다리고 앉았는데 기다린 지 한 시간이 채 못 되어 평상시와 조금도 다름없는 모습으로 나타난 그는 의자에 앉자마자 첫마디부터 일주일 동안이나 경찰서 신세를 진 사람의 그것이라고는 생각되지 않는 천연스런 농담을 시작했던 것이다.

"미안해, 미안해. 이거 이번엔 내가 약속을 150시간 이상 어겼군. 마치 이화가 그랬던 걸 앙갚음이라도 하듯이 말야. 영 소갈머리 좁은 사내자식 꼴이 됐는데. 하지만 본의는 아니었으니까 탄핵은 하지 말라고."

이화는 그가 우선 무사하다는 사실만으로 마음이 놓였다. 그러나 그동안 그에게 일어났던 일에 대한 근심과 궁금증이 그걸로 사라지는 건 아니었다.

"어떻게 되신 거예요? 경찰서에 잡혀가셨었다면서요?"

그러며 그녀는 그의 모습부터 다시 살폈다. 머리에 감았던 붕대가 없어진 것 말고는 달라진 모습이라고는 조금도 발견할 수가 없었다.

"수환이가 그래? 자식, 말해 버렸군. 하긴 뭐 쉬쉬할 일도 아니지만 말야. 조금 설치다가 그렇게 됐어. 대수로울 거 없는 일야."

"그런데 일주일씩이나 경찰서에 잡혀 계셨어요? 그리고 수환 씨랑은 그렇게 똑바른 얘길 안 해 주고요?"

"일주일쯤 경찰서 신세를 지는 게 뭐가 대수로운 일야? 그리고 수환이 자식 아마 이화 걱정할까 봐 그랬겠지. 별일도 아닌 걸 가지고 괜히 걱정할까 봐. 나도 되도록이면 얘길 안 하는 게 좋겠다고 당부를 해 두었고. 이화가 알아도 그뿐이지만 또 어떤 의미로는 알아야 할 필요가 있을지도 모르지만 알게 되면 괜히 대수롭지 않은 일을 가지고 속만 상할 테고 해서 내가 나중에 말해 줘도 늦지 않는다고 생각했지. 정말 별일 아니니까 신경 쓰지 마. 어쨌든 이렇게 아무 탈 없는 모습으로 다시 이화 만나게 됐으니까 그만 아냐?"

"그렇지만 전 알고 싶은걸요."

"정 그렇게 알고 싶으면 말해 주지. 꼭 덮어 줘야 할 일도 아니니까 말야. 학교에서 뭐가 좀 있었는데 내가 나서서 좀 설쳐 댔을 뿐이야. 그런 정도로만 알아 두면 될 거야."

그리고 그는 보기 좋게 싱긋 웃고 나서,

"이건 뭐 경찰이 있고 학생이 있는 나라에선 어디서나 일어날 수 있는 일에 속하니까 그렇게 특별한 사람 쳐다보듯 할 것 없다고. 그보다도 나 지금 배가 좀 고픈데. 이화 나 밥 좀 안 사 줄래?"

하고 정말 허기진 사람 같은 표정을 장난스레 지어 보였다.

이화가 물었다.

"그럼 지금 바로 이리 오시는 길이세요?"

"아냐, 학교에 들렀다가 오는 길야. 어떡할 테야? 사 줄 테야? 안 사 줄 테야?"

"나 돈 조금밖에 없는걸요."

"얼마나 있는데?"

"500원밖에 없어요."

"그거면 충분하지 뭘 그래. 오히려 남겠는데. 난 된장찌개백반 한 그릇이면 되니까. 둘이 먹고도 남겠다."

"난 안 먹어도 돼요."

"배 안 고파?"

"네."

"그럼 뭐 많이 남겠는데. 아무튼 그럼 사 주는 거지?"

"네, 가세요, 그럼."

"고마워. 그럼 빨리 좀 가자고. 실은 나, 좀 고픈 게 아니라 많이 고픈 편이거든."

이화와 석기는 의자에서 일어났다.

그때 재생실 안에서 음악을 틀고 있었던 모양으로 장수길이 홀 쪽으로 나오다가 그들을 발견하고는 반색을 하며 다가왔다.

"어? 석기 너 언제 왔니?"

"아, 형님. 조금 전에요."

"괜찮았니?"

"그럼요. 멀쩡하잖아요."

"그런데 왜, 벌써 가려구?"

"지금 밥 얻어먹으러 가는 길예요."

"밥 얻어먹으러? 이화 씨한테? 일주일씩이나 속 태우며 기다리게 한 녀석이 사는 게 아니라 도리어 얻어먹어?"

"돈이 없는 걸 어떡해요? 그럼 형님이 좀 꿔 주실래요?"

"어렵지 않지."

"그럼 좀 꿔 주세요. 번번이 염치는 좀 없지만."

"한 2000원이면 되겠니?"

"어유, 그거면 뒤집어쓰고도 남죠."

장수길이 호주머니에서 돈을 꺼내 주며 말했다.

"갚는 거다, 이거."

"물론이죠, 그야."

석기는 돈을 받아 호주머니에 넣고는 그럼 가 보겠다는 시늉으로 고개를 꾸벅해 보였다. 이화도 장수길을 향해 가겠다는 목례를 보냈다. 그는 얼른 답례해 왔다.

밖으로 나온 석기는 이화에게 말했다.

"이젠 된장찌개백반 먹을 생각은 없어졌는데. 어디 가서 불고기백반을 먹어야겠는걸."

"좋으신 대로 하세요."

"사람이란 건 참 우스운 동물이군. 조금 전까지만 해도 된장찌개백반으로 만족할 수 있을 것 같더니 돈이 좀 생기고 나니까 금방 달라지는데. 이화도 뭐 좀 먹겠어? 자금은 이제 넉넉하니까 말야."

"석기 씨나 많이 잡수세요."

"좋아, 그럼 구경이나 하라고."

음식점에 들어가서 마주 앉았을 때 그는 정말 불고기를, 그것도 혼자서 2인분이나 주문했고 고기가 채 익기도 전에 성급히 먹어 대기 시작했다.

그가 군대에 가게 되었다는 사실을 그녀에게 알린 것은 그로부터 다시 두 주일쯤 뒤의 일이었다.

그것도 만나서 딴 이야기만 잔뜩 늘어놓다가 밤 10시가 지나 그녀를 배웅해 주기 위해서 버스 정류장까지 함께 따라왔을 때에야 비로소 그 말을 꺼냈다.

그는 무엇을 잠시 망설이는 표정이더니 느닷없이 물어 왔다.

"……이화 오늘 집에 안 가면 안 돼?"

"네?"

"돼? 안 돼?"

"……왜요?"

이화는 그가 갑자기 이상스레 굳어진 표정이 되어 그렇게 묻는 이유를 알 수가 없었다. 대전에 다녀온 이후로 그는 한 번도 그녀로 하여금 집에 들어가지 못하게 하거나 그러길 바라는 태도를 보인 적이 없었던 것이다.

그는 입을 다물고 잠시 그녀의 두 눈을 찬찬히 들여다보았다. 무언가 말할 것이 잔뜩 들어 있는 눈빛이었다. 그의 그러한 표정을 보는 것은 처음이라는 생각이 들었다.

"왜 그러세요? 얘기하세요. 나 오늘 집에 안 들어갔음 좋겠어요?"

"……그랬으면 좋겠어."

"왜, 갑자기……."

"갑자기가 아냐. 막상 여기서 헤어질 생각을 하니 더 참을 수가 없었을 뿐이지. 아무래도 이대로 헤어져선 안 되겠어."

"아주 헤어지는 건가요? 뭐."

"당분간 그래."

"네? ……그럼 어디 가시는 건가요?"

"사실은 나 내일 군에 입대해."

"네?"

"놀랄 건 없어. 대한민국 청년이면 누구나 다 져야 할 의무니까. 병자를 제외하곤 말야."

"하지만 아직 학교도 졸업하지 않았잖아요?"

"졸업하고 나서 가려고 했는데 좀 앞당겨 가게 됐어. 언제 가나 결국은 마찬가지지만 말야. 한 가지 서운한 건 당분간 이화를 볼 수 없게 된다는 사실뿐야."

"그걸 왜 인제 얘기해 주세요?"

"하기 싫은 얘기니까 미루다가 그렇게 됐어. 사실은 이화 버스 타기 직전에 얘기해 주면 된다고 생각했지. 그런데 막상 이대로 헤어진다고 생각하니까 도저히 견딜 수가 없군. 사람들이 그래. 군대 가면 먹고 싶은 것이 많아진다고. 가기 전에 실컷 먹어 두라고. 또 잠도 실컷 자 두라고. 난 뭐니 뭐니 해도 첫째 이화가 보고 싶어 못 견딜 거야. 오늘 밤만이라도 실컷 봐 두고 싶어. 괜찮겠어? 집에 안 들어가도."

"……."

"그렇다고 나 때문에 염려할 건 없고."

"가요. 어디든 가서 함께 있어요."

그러며 그녀는 두 눈을 들어 그의 얼굴을 감싸안을 듯이 쳐다보았다. 그는 똑바로 그녀의 시선을 마주 받았다. 그곳이 거리만 아니라면 달려들어 그녀를 힘껏 껴안기라도 할 듯한 표정이었다.

그녀가 손을 뻗어 그의 손을 잡았다. 그의 손은 몹시도 축축했다.

두 사람은 버스 정류장을 벗어나서 말없이 걷기 시작했다. 마치 잊고 온 물건이라도 되찾으러 가는 것처럼. 그들 앞에 여관 간판 하나가 나타난 것은 얼마 안 가서였다.

대전에서 들어갔던 데보다는 훨씬 깨끗한 여관이었다.

방에는 탁자 위에 전화기까지 놓여 있었고 바닥이며 벽이 새로 도배한 것처럼 말쑥해 보였으며 방 한구석에 단정히 개어져 있는 이부자리도 새로 꾸민 것처럼 청결해 보였다.

청년 한 사람이 방을 안내해 주고 가 버리자 석기는 선 채로 다짜고짜 그녀를 껴안았다. 그리고 그녀의 입술을 더듬어 왔다. 그의 입술은 몹시 뜨거웠다.

이화는 잠자코 입술을 맡기고 있다가 곧 가만히 두 팔을 들어 그의 목에 매달렸다. 그가 몹시 목말라한다는 느낌이 들었다. 그의 뜨겁고 마른 입술을 자기의 입술로라도 축여 주어야 한다고 생각되었다.

그는 더욱 힘껏 그녀를 껴안아 왔다. 그리고 더욱 깊숙이 입 맞추어 왔다. 마르고 뜨거운 불덩이 같은 것이 그녀의 목구멍 안으로 넘어오는 것 같은 느낌이었다.

그럴수록 그녀는 자기가 그를 목 축여 주지 않으면 안 된다고 생각하였다. 더욱 힘껏 그의 목에 매달렸다.

그는 곧 그녀의 얼굴 전체에 입술을 비벼 대기 시작했다. 뺨, 이마, 눈, 코, 그리고 목까지. 그리고 곧 그녀는 방바닥에 뉘어졌다. 그의 손이 등 뒤로 옮겨 왔다. 더듬어 지퍼를 찾았고 그것을 아래로 내렸다.

순간 그녀는 그가 무엇을 하려는지를 알아차렸다.

"……잠깐만요."

하고 그녀는 말했다.

"불 끄세요."

그가 일어나서 전등을 껐다. 그리고 다시 어둠 속을 더듬어 그녀의 옷을 벗기려 하였다. 그녀는 저항하지 않았다. 저항하지 않았을 뿐 아니라 그의 동작을 도왔다.

마침내 그녀는 맨몸이 되었다. 그가 어둠 속에서 성급히 옷을 벗는 동작이 알려져 왔다.

잠시 후 그의 맨몸이 그녀의 맨몸 위에 겹쳐 왔다. 그의 맨몸은 불덩이처럼 뜨거웠다. 그녀는 누운 채로 팔을 뻗어 그의 어깨를 안았다. 마치 그의 몸을 제 몸으로 식혀 주기라도 하려는 듯이.

한순간 그의 불덩이 같은 몸의 일부가 그녀의 몸 안으로 침입했다. 그녀는 입술을 깨물며 그의 어깨를 안은 팔에 힘을 주었다. 대전에서 보다는 덜 고통스러웠으나 역시 타는 듯한 고통이 느껴졌기 때문이었다. 그러나 그 고통은 곧 가라앉았다. 그리고 어떤 막연한 슬픔 같은 감정이, 환한 햇빛 속에서 느낄 수 있는 것 같은 그런 감정이 그녀의 몸 안을 채워 왔다.

그는 무엇과 싸우듯이 격렬히 움직이기 시작했다. 마치 자기 자신하고라도 싸우듯이. 또는 눈에 보이지 않는 어떤 커다란 적과 싸우듯이.

마침내 그의 몸에서는 땀이 흐르기 시작했다. 그리고 그의 몸에서 흘러나온 땀이 다시 그녀의 살갗을 적셨다.

순간 이화는 왠지 그것이 그의 눈물일지도 모른다는 느낌이 들었다. 무심결에 그녀는 그의 어깨를 안고 있던 한 손을 풀어 그의 얼굴을 만져 보았다. 땀인지 눈물인지 모를 액체가 그의 얼굴에서도 만져졌다.

그때 그녀는 자기의 몸 안으로 들어와 있던 어떤 부피감이 최대한으로 신장하는 것을 느꼈다. 동시에 그의 몸은 움직임을 멈췄다.

잠시 후 그는 그녀의 몸 위에서 비켜났다. 그리고 그녀 옆에 나란히 누웠다.

"나 투정 좀 부려도 돼?"

"네, 부려 보세요."

"그럼 내 옷에서 담배하고 성냥 좀 찾아다 줄래?"

"어마, 그게 투정이에요?"

"애들이 투정할 때 왜 이거 해 달라 저거 해 달라 그러잖아?"

"석기 씬 그럼 왜 투정이 났어요?"

"괜히 이화 심부름 좀 시켜 보고 싶어서. 군대 가고 나면 당분간은 못 볼 테니까. 말하자면 일종의 심술이라고 할까. 놔두고 갈 수밖에 없는 데 대한."

"그야말로 투정이네요. 그래요. 찾아다 드릴게요."

그러며 그녀는 몸을 일으키려 했다. 그러자 그가 만류했다.

"아냐, 내가 찾을게. 이환 가만 누워 있어."

그리고 그는 자기 쪽에서 몸을 일으켜 더듬더듬 옷을 찾더니 담배와 성냥을 꺼냈는지 다시 이화 옆에 누웠다. 곧 성냥 켜지는 소리와 함께 담배를 문 그의 얼굴이 불빛 속에 드러났다. 그의 얼굴을 중심으로 한 조그만 공간을 비춰 주고 있는 성냥불이 그의 입술에 물린 담배 끝으로 다가갔다. 그의 얼굴은 성냥 불빛 아래서, 마치 힘껏 달리고 난 사람처럼 빨갛게 보였다. 그리고 곧 성냥불은 꺼지고 까만 공간 속에 한 점 빨간 불빛만이 남았다.

그 빨간 불빛은 아주 선명한 빛깔을 띠었다간 조금씩 흐려지곤 했다.

이화에게는 그 빨간 불빛이 몹시 아름답게 느껴졌다. 특히 그 선명하게 빨개졌다가 조금씩 흐려지곤 하는 점이 더욱 아름답게 느껴졌다.

"담배 피우는 거 그렇게 아름다운 건 줄 몰랐어요. 꼭 무슨 살아 있는 불빛 같네요."

"그래? 그럼 이화도 한 대 피워 볼 테야?"

"아뇨. 난 그냥 보는 게 좋아요."

"자기가 피우면서도 볼 수 있지."

"그렇지만 난 이대로가 좋아요. 석기 씨 피우고 있는 걸 보고 있는 게."

"그럼 나 군대 가고 없으면?"

"……."

"혼자서 피우겠어?"

"누가 여자 혼자서 담배를 피운대요? 석기 씨 돌아오심 다시 보여 달래죠."

"만일 내가 못 돌아오면?"

"왜 못 돌아오시겠어요? 지금이 전시도 아닌데요."

"그러니까 만일이라고 했잖아? 만일 못 돌아오면?"

"그런 일은 없을 거예요."

그러자 그는 아무 말도 하지 않았다. 다시 까만 공간 속에 한 점 빨간 불빛만이 선명한 빛깔을 띠었다가 조금씩 흐려지곤 했다.

한참 만에야 그는

"다 농담이야. 행여 새겨듣진 마."

라고 말했다.

순간 그녀는 알 수 없게도 정말 그가 돌아오지 못하게 되는지도 모른다는 생각이 들었다. 그리고 일단 그런 생각이 들자 그녀의 마음은 걷잡을 수 없이 불안해졌다. 돌아오지 못한다는 건 어떤 형태로든 그가 죽는다는 걸 뜻했기 때문이었다.

그녀는 마음속으로 곧 힘 있게 도리질 쳤다.

그런 일이 생겨서는 안 될 뿐만 아니라 자기가 그런 생각을 하고 있다는 것 자체가 그에게 조금이라도 나쁜 결과를 가져오게 할 씨앗이 될는지도 모른다는 생각이 스쳤기 때문이었다.

그녀는 쾌활한 목소리를 지어내어 말했다.

"나 면회 갈게요. 면회 갈 수 있죠?"

"올 순 있겠지. 하지만 어디로 배속될질 알아야지. 최전방으로 배속될지도 모르고."

"최전방이면 어때요? 아무리 최전방이라고 사람이 갈 수 없을라고요."

"고생이 되겠지. ……면회 올 생각 하지 마. 내, 편지 자주 할게. 그리고 휴가 때 만나면 되잖아."

"고생은 군대 가 있는 사람이 더 하지 아무리 면회 가는 사람이 더 할라고요. 나 꼭 면회 갈래요. 물론 편지도 쓰고요."

"아무튼 그건 그럼 그때 가 봐서 형편에 따르기로 하고 그만 불 켜지. 나 이화 얼굴 많이 봐 두고 싶은데."

"네, 나 그럼 옷 좀 입고요."

"그냥 켜면 안 돼?"

"어마! 안 돼요."

"그럼 빨리 입어. 다 입기 전에 켤지도 모르니까."

"안 돼요. 내가 켜라고 할 때 켜셔야 해요."

"좋아, 그럼 내가 참아 주지."

이화는 얼른 몸을 일으켜서 옷을 찾아 입기 시작했다. 그도 옷을 찾아 입는 모양이었다.

"이렇게 할까? 옷을 먼저 다 입는 사람이 불을 켜기로. 이화가 먼저 입으면 이화가 켜고."

"아이, 싫어요."

"나 아주 느림보라고. 이화보다 늦을 거야."

"안 돼요. 안 돼."

"정말 겁쟁이로군. 난 굼벵이와 다름없는데."

"그래도 안 돼요."

그러나 입으론 그렇게 말하고 있으면서도 그녀는 이미 거의 다 입고 난 뒤였다. 그리고 이젠 불을 켜도 안심이라고 생각됐을 때 그녀는 말했다.

"다 입으셨음 이제 켜도 좋아요."

그가 전등을 켰다. 그도 다 입고 난 뒤였다. 그녀는 갑자기 환해진 불빛 때문에 눈이 부셔서도 그랬지만 왠지 그를 똑바로 쳐다볼 수가 없었다. 벗은 몸을 그에게 다 보인 것만 같은 느낌이 들었기 때문이었다. 대전에서만 해도 들지 않던 느낌이었다.

그녀는 얼굴이 갑자기 화끈거려 오는 것을 느낄 수 있었다. 그가 다가와 화끈거리는 뺨에 가만히 입 맞추어 주었다. 그의 입술이 오히려 서늘하게 느껴질 정도였다.

그가 말했다.

"자, 이화가 마련해 준 나머지 출정 환송의 밤을 어떻게 보낼까? 난 그저 이화 얼굴만 바라다보고 있어도 되지만. 그러면 이화가 심심해할 테고."

"⋯⋯그냥 앉아서 밤새우기로 해요. 나 심심해하지 않아요."

"그럴까, 그럼?"

그리고 그는 대전에서 그랬던 것처럼 이불을 들어다 그녀의 등 뒤에 기대게 해 주고 자기도 요를 옮겨다 그녀 맞은편에 기대앉았다.

그런데 새벽녘에 그녀는 깜빡 잠이 들었던 모양이었다. 눈을 떠 보니 그의 모습이 보이지 않았다.

전등빛에 의해서가 아니라 창으로 새어 드는 아침빛에 의해서 주위가 환해져 있었고 그녀의 몸 위엔 그가 기대고 있던 요가 가슴까지 덮여 있었다.

그리고 놀라 일어나 두리번거리는 그녀의 눈길에 뜨인 것은 탁자 위에 놓인 종이 한 장뿐이었다. 수첩 같은 데서 찢어 낸 것 같은 조그만 종이였다. 그녀는 급히 탁자 앞으로 다가가 떨리는 손으로 종이를 집었다. 서둘러 쓴 것 같은 몇 줄의 문장이 눈에 띄었다.

> 나 지금 도망치는 거야. 잠이 든 걸 보고 결심을 했지. 사실은 어떻게 헤어지나 하고 걱정을 했었거든. 집에도 들렀다 가야 해. 몸 조심해. 나 돌아올 때까지. 가는 대로 편지 쓸게. 이화 때문에 어쩌면 다시 도망쳐 올지도 모르는 석기.

이화는 순간 자기가 깜빡 잠이 든 기회에 부랴부랴 몇 줄의 편지를 써 놓고 방을 빠져나가 는 석기의 모습이 눈앞에 보이는 듯했다.

잠시 동안 그녀는 정신을 차릴 수가 없었다. 무엇으로부터 호되게 얻어맞은 듯한 느낌이었고 무슨 꿈을 꾸고 있는 것 같은 기분이었다.

그러나 석기가 방 안에 없다는 사실은 방 안이 지금 아침빛에 의해서 환해져 있다는 사실 만큼이나 분명한 일이었다.

그녀는 다시 한번 방 안을 둘러보았다. 그가 혹시 방 안 어디엔가 숨어 있다가 쾌활한 웃음소리와 함께 불쑥 모습을 나타낼지도 모른다는 생각이 들었기 때문이다.

"하하, 어떡하나 보려고 그랬지. 나 여기 숨어 있었어."

하고. 그러나 방 안 어느 구석에도 그가 숨을 만한 장소는 없었다. 그리고 그 방 안은 이미 그와 함께 있던 그 공간이 아니었다. 그와 함께 있던 공간은 전등빛에 의해서만 환하던 공간이었는데 지금 그 방 안은 인공의 빛 아닌 자연의 아침빛에 의해서 환해진 전혀 다른 공간이었다.

그녀는 무작정 거리로 뛰쳐나왔다.

그리고 거리의 아래위를 살폈다. 그러나 아직 행인도 몇 안 되는 거리의 아래위 어디에도 그의 모습은 보이지 않았다.

보일 리가 없는 일이었다. 그가 가 버린 시간은 적어도 그녀가 깨어나기 전임에 분명하니까.

그녀는 자기가 딛고 있는 지면이 단단한 것인지 어떤 것인지조차 잘 분간할 수 없었다. 그리고 뒤미처 자기 자신에 대한 강한 미움이 솟아올랐다. 어떻게 잠이 들 수가 있었단 말인가. 그가 깨어 있는데 어떻게 혼자서 잠이 들 수가 있었단 말인가. 그는 필경 내가 잠든 모습을 바라보고 있다가 추워할까 봐 자기가 기대고 있던 요를 옮겨다 덮어 주고 망설임 끝에 잠든 채로 놔두고 떠나는 것이 좋겠다고 판단했음에 틀림없다. 자기가 떠나는 모습을 보이고 싶지가 않았는지도 모른다. 겉으로는 아무리 태연한 모습을 가장했어도 역시 가고 싶은 곳에 가는 심정은 아니었을 테니까. 그런데 그런 줄도 모르고 나는 잠이 들어 있었다. 외로운 사람을 혼자 놔두고 잠이 들어 있었다.

그녀는 뺨 위로 흐르는 눈물을 닦을 생각도 하지 못하고 무턱대고 큰길 쪽으로 걸었다. 큰길 어디에서 혹시 그를 만날지도 모른다는 막연한 생각으로.

그러나 자동차들만이 분주히 오가기 시작했을 뿐 아직 행인들의 왕래는 그다지 활발하지 않은 큰길에서도 그녀는 그의 모습을 발견하지 못했다. 큰길에서 혹시 그를 만날지도 모른다는 기대 자체가 워낙 막연한 것이었으므로 그로 해서 그녀가 특별히 더 실망에 빠졌다고는 할 수 없었으나 그녀는 별안간 이 세상 어디에도 그는 왠지 존재하지 않는 것 같은 느낌이 들었다. 그녀의 눈에 띄지 않을 뿐만 아니라 모든 사람의 눈에 띄지 않는 곳으로 그는 사라져 버린 것만 같았다.

그러나 그녀는 마음속으로 곧 힘 있게 도리질했다. 그는 잠시 어디로 갔을 뿐이다. 다만 내가 슬퍼할까 봐 몰래 갔을 뿐이다. 나를 아직도 어린애로 여기고 내가 상심할까 봐 몰래 떠났을 뿐이다. 그가 간 곳은 그리고 지구 바깥이나 어느 외국도 아니다. 우리나라 청년이면 누구나 다 한 번씩 갔다 오는 곳이다. 예정보다 그는 좀 일찍 가게 되었을 뿐이다.

그렇게 생각하자 슬픔은 조금 가라앉는 듯했으나 마음속은 여전히 무엇인가가 떨어져 나간 듯 허전하고 잘 바로잡히지가 않았다. 무엇인가 사람들 개개인을 꼼짝하지 못하게 하는 어떤 거대한 힘이 세상에는 있어서 그것이 착한 개인들을 마구 윽박지르기도 하고 어디로 멀리 보내기도 한다는 느낌이 이상하게도 또렷이, 허전한 마음 속에 비집고 들어앉을 뿐이었다. 그 힘의 정체가 무엇인지는 그녀는 미처 확실히 이해하지 못하였다. 그러나 그러한 힘이 세상에 존재한 다는 사실은 아주 또렷이 느낄 수가 있었다. 그리고 그것이 나쁘다 는 것도.

한참 만에야 그녀는 자기가 '에로이카'를 향해서 걷고 있다는 걸 깨달았다. '에로이카'의 건물이 저만큼 보이기 시작했을 때에야. 그 러나 '에로이카'로 들어가는 건물의 입구는 아직 굳게 닫혀 있었다.

비로소 그녀는 자기가 그곳에다가도 막연한 기대를 품고 있었다는 걸 깨달았다. 그리고 그곳마저 문이 닫혀 있는 데에 그녀는 마지막 실망을 느꼈다.

어쩔까 망설이다가 그녀는 문이 열릴 때까지 그곳에서 기다리기로 했다. 왠지 그곳엘 들어가 보아야 할 것만 같았기 때문이다.

셔터가 내려진 건물의 입구가 열리고 그녀가 3층에 있는 '에로이 카'로 올라갈 수 있는 것은 그로부터 한 시간쯤 뒤였다.

장수길이 청소하는 것을 돌보고 있다가 들어서는 그녀를 발견하고 깜짝 놀랐다.

"아니, 웬일이세요? 이렇게 일찍."

그녀는 대꾸하는 대신 목례만 가만히 보내고 얼른 홀 안을 둘러보 았다. 물론 석기는 없었다. 그가 재차 물어 왔다.

"무슨 일이 있나요? 혹시 석기를 만나기로라도……."

그녀는 힘없이 대답했다.

"아녜요. 그냥 한번 와 봤어요. 저…… 석기 씨 오늘 군대 가는 거 혹시 아세요?"

"네? 석기가 오늘 군대를 갑니까?"

"오늘 간다고 그랬어요."

"그럴 리가. 그렇다면 나한테 얘길 안 했을 리가 없는데. 정말 오늘 간다고 그랬습니까?"

"네, 그랬어요."

"잠깐 기다려 보세요. 녀석이 워낙 장난질을 좋아하니까 장난을 친 건지도 모르죠. 수환이 아시죠. 수환이네 집에 전화를 걸어 보겠습니다. 청소 중이지만 의자에 잠깐 앉으세요."

그러며 그는 카운터 위의 송수화기를 집어 들고 다이얼을 돌리기 시작하였다. 이화는 그럴 리 없다고 생각하면서도 혹시나 싶어 그가 권하는 대로 잠시 의자에 앉았다.

그가 송화기에 대고 말하고 있었다.

"여보세요. 수환이네 집이죠? 수환이 있으면 좀 바꿔 주십시오. 네, 기다리겠습니다."

그리고 그는 이화 쪽을 돌아다보며 말했다.

"아마 십중팔구 장난일 겁니다. 두고 보세요."

그때 저쪽에 수환이 나온 모양이었다.

"수환이냐? 응, 나다, 수길이야. 다른 게 아니고 너 혹시 석기 군대 간다는 소리 들었니? 오늘 말야. 못 들었다고? 석기 만난 지 며칠 됐는데? 그저께 만났다고? 알았다, 알았어. 무슨 소리냐고? 나도 잘 모르는 소리다. 석기 녀석 아마 장난을 좀 한 모양이야. 나중에 얘기하자, 그래, 끊는다. 놀러 나와라."

송수화기를 내려놓고 그는 다시 이화 쪽을 바라보며 말했다.

"들으셨죠? 수환이도 모르고 있습니다. 녀석이 정말 군대엘 가게 됐으면 나나 수환이한테 얘길 안 할 리가 없죠. 틀림없이 장난일 겁니다. 이따 오후쯤에 아마 어슬렁어슬렁 나타날 테죠. 천연덕스런 표정으로 말이에요. 학교 가시는 길이면 염려 말고 다녀오세요. 참, 차 한잔 드시겠어요?"

"아녜요, 가 보겠어요. 그보다도 정말 장난일까요?"

"십중팔구 틀림없을 겁니다. 보통 장난질을 좋아하는 친구가 아니니까요. 낙천적인 성격 탓이겠지만."

"사람을 속이는 장난도 할까요?"

"그야 능히 할 수 있죠. 또 본래 장난의 대부분이 속이기 아닙니까? 만우절 같은 날은 그 친구한테 한 번씩 속지 않은 사람이 없을 정도랍니다."

"하지만……."

"네, 물론 만우절은 지났죠. 하지만 그 친구 능히 그런 장난도 할 수 있는 친굽니다. 그리고 우선 제가 알기로는 그 친구 군대는 졸업 후에 가도록 되어 있습니다. 지금 갈 리가 없죠."

"그건 예정이 좀 앞당겨졌다고 그랬어요."

"그래요? 알 수 없는데요. 그럴 리가 있나. 모르면 몰라도 역시 장난이기가 쉽습니다. 그 친구 일단 장난을 시작하면 또 아주 완벽하게 꾸미길 좋아하는 성미니까요."

"……."

"제 말이 맞을 겁니다. 너무 걱정 마시고 다녀오세요. 혹시 오늘 중요한 강의 없으면 여기 서 그냥 좀 더 기다려 보시든지요."

"아녜요, 이따 다시 오겠어요. 안녕히 계세요."

"네, 그럼 오후에 다시 들르세요."

밖으로 나온 이화는 정말 그의 말대로라면 오죽이나 좋을까 하고 생각했다. 그리고 그러한 기대를 품은 채 학교로 향했다. 그러나 그 것은 한낱 이쪽의 기대에 지나지 않았다. 석기는 오후에도 그곳에 나 타나지 않았던 것이다.

그 대신 석기로부터는 일주일 뒤에 편지 한 통이 배달되었다. 봉투에 우표 대신 '군사우편'이라는 고무도장이 찍힌, 그녀로서는 처음 보는 모양의 편지였다.

편지는 학교로 배달되어 왔는데 석기가 그녀의 집 주소를 모르고 있기 때문일 터이었다. 같은 과의 급우 하나가 교무실 앞의 편지함에 서 그것을 가져다주었다. 그 급우는 편지를 전해 주면서 말했다.

"얘, 군인 아저씨한테선가 보다."

이화는 고맙다고 치하하고 얼른 편지를 받아 쥐고 강의실 밖 백양나무 그늘로 갔다. 등을 백양나무 둥치에 기대면 밖으로부터는 안이 잘 안 보이는 곳이었다.

그녀는 속에 든 것이 다치지 않도록 조심조심 봉투를 찢었다. 그러나 알맹이를 꺼내는 그녀의 손길은 자신도 모르게 조금씩 떨리고 있었다. 그리고 그것을 펼 때에도.

그녀의 두 눈은 곧 종이 위에 쓰인 글자들의 의미에 집중되었다.

지금쯤은 화가 좀 가라앉았을 이화에게. 정말 좀 가라앉았을까? 아니면 아직도 잔뜩 화가 나 있을까? 여기선 잘 알 수가 없지만 이화는 성품이 본래 너그러우니까 어지간히 가라앉았을 거라고 믿어. 그렇게 도망친 거 용서해. 처음부터 그럴 생각은 아니었어. 사실은 정식으로 작별 인사를 나누고 그리고 나서 떠나오려고 했지. 가능하다면 그리고 전송까지 받고 싶었어. 하지만 왠지 자신이 없었어. 이화한테 자칫 우스꽝스러운 꼴을 보일 것만 같았어. 사람이란 한번 약해지기 시작하면 끝이 없는 거니까. 자기가 약해진다는 걸 느꼈을 땐 지체 없이 다잡아야지. 머뭇거리다간 이미 늦고 말아. 한 발 한 발 자꾸 약한 쪽으로 미끄러지고 말지. 하지만 잠든 이화를 놓아두고, 그것도 낯선 여관방에다 그대로 놓아두고 도망쳐 나오기란 쉬운 일이 아니었어. 이화가 깨어났을 때 놀랄 일을 생각하면 도저히 한 발짝도 움직일 수가 없었지. 하지만 그렇게 하는 게 최선이라고 생각했어. 글로 쓰려니까 왠지 당시의 기분을 잘 전할 수가 없군. 아무튼 용서해. 이화를 골탕 먹이려고 그런 게 아니라는 점만 분명히 이해해 주고.

난 지금 민간인도 군인도 아닌 장정이라는 이름으로 불리고 있어. 이곳에선 민간인을 사람이라고 부르는데, 그러니까 난 사람도 아니고 군인도 아닌 셈이지. 하지만 며칠 후면 곧 군인이 될 거야. 여기선 더러 다시 사람이 되어 돌아가는 친구들도 있지만 그 친구들은 군인

노릇 할 자격이 없는 친구들이지. 말하자면 육체적으로 비군인적(非軍人的) 조건을 가진 친구들이지. 튼튼하니까 3년쯤 후에야 이곳에서 분류하는 식으로 하면 사람이 될 거야. 이곳에 온 지 오늘로써 사흘쨌데 이곳 식사는 생각보단 아주 훌륭해. 양도 넉넉하고. 더러 식성이 까다로운 친구들은 집에서 먹던 음식과 다르다고 은근히 불평도 하고 거의 단식하다시피 하기도 하는 모양이지만 난 여기 온 첫날부터 내 몫은 밥알 하나도 남기지 않고 다 먹고 있어. 이러다간 살이 뒤룩뒤룩 찐 돼지가 되지 않을까 걱정일 지경이야. 벌써 이화 보고 싶어 죽겠다. 앞으로 점점 더할 테니 그게 가장 큰 고민이야. 제일신(第一信) 끝 석기.

"무슨 편진데 그렇게 열심히 읽어요?"

옆에서 나는 소리에 얼핏 고개를 쳐들어 보니 언젠가 석기와 함께 만난 일이 있는 양희라는 상급생이 미소를 짓고 서 있었다.

이화는 자기도 모르게 얼굴을 붉히며 얼른

"아아, 안녕하세요?"

하고 인사했다.

그녀는 아직 학보사로 돌아가지 못하고 있는 상태였다. 학생들의 강력한 주장에도 불구하고 학교 측에서 조금도 자기들의 결정을 후퇴시키려고 하지 않기 때문이었다.

그녀가 말했다.

"강의실로 갔더니 누가 이쪽으로 가는 걸 봤다고 그러데요. 그런데 무슨 편지길래 그렇게 몰래 읽어요?"

이화는 얼굴을 붉힌 채 조금 망설이다가 대답했다.

"몰래 읽은 거 아녜요. 저…… 석기 씨한테서 온 거예요."

"어마, 석기가 편지를 다 써요? 해가 서쪽에서 뜨겠네. 석기가 그럼 어디 갔어요?"

"……모르세요?"

"모르다니, 무엇을요?"

"……석기 씨 군대 간 거 모르세요?"

"아니, 석기가 군대를 갔어요? 언제요?"

"벌써 일주일이나 된걸요."

그러자 양희는 표정이 잠시 굳어졌다.

"그랬군요. 어쩐지 통 볼 수가 없더니. 난 이화 씨하고 연애하느라고 바빠서 그런 줄만 알았지. ……갈 때 뭐라고 안 그러고 갔어요?"

"네, 별말은 없었어요."

"말하자면 무슨 불평 같은 거라든지."

"네, 없었어요."

그녀는 무뚝뚝하게 고개를 끄덕였다. 그리고 힐끗 머리 위의 나뭇가지들을 쳐다보는 시늉을 했다. 이화도 무심결에 그녀의 동작을 따라 머리 위를 쳐다보았다. 파란 하늘을 이고 백양 나뭇가지들이 이리저리 뻗어 있는 모습만이 보일 뿐이었다.

그녀는 무엇에 대해서 화를 내고 있는 것같이 보였다. 그러나 그것이 석기를 향한 것이 아니라는 것만은 이화도 느낄 수가 있었다. 그리고 물론 이화 자기를 향한 것도 아니라는 것을.

한참 만에야 양희는 다시 입을 떼었다.

"……나쁜 놈들."

누구를 지칭해서 하는 말인지 알 수 없는 혼잣소리 같은 것이었다. 그러나 그녀는 곧 굳어진 표정을 조금 펴며 이화를 바라보고 다시 말했다.

"그래 있긴 잘 있대요?"

"네, 식사도 잘하고 그런대요."

"……그럴 거예요. 석기 뻔뻔스런 일면이 그런 때 도움이 될 거예요. 그게 그 애 장점이기도 하지만. 잘해 나갈 거예요. ……그리고 참 나 이화 씨한테 할 얘기가 좀 있어서 왔는데."

"무슨 얘긴데요?"

"이렇게 만나 보고 나니까 얘기할 필요도 없어진 것 같지만……."

"……."

"얘기해도 돼요?"

"네, 하세요."

"석기 좋은 애예요. 지금 만나 보고 구태여 내가 얘기 안 해도 된다는 걸 알았지만 잘 좀 사랑해 주세요."

석기한테서 두 번째 편지가 온 것은 그로부터 다시 일주일쯤 뒤였다.

이번에는 군번과 군복 그리고 무기를 지급받은 정식 군인(아직 계급장은 받지 못했으나)이 되었다는 이야기와 그에 따른 훈련이 시작되었다는 이야기가 쓰여 있었고 훈련은 주로 육체의 기능을 최대한 발휘할 수 있게 하여 인간을 하나의 힘의 단위로서 충분히 기능하게 하는 데 그 목적이 있는 것 같다는 것, 그리고 인간의 육체란 놀랄 만큼 강인한 힘을 발휘할 수 있는 존재라는 걸 새삼 발견했다는 이야기 등이 쓰여 있었는데 그 이야기 끝에 이런 내용이 덧붙여져 있었다.

그런데 말야. 그 힘을 어떻게 사용하는가에 따라서 인간 또는 그 인간의 힘을 조직화한 집단의 도덕적 정당성 여부가 판가름나는 것이란 생각이 들어. 아무리 강한 힘이라도 그것이 잘못 쓰이면, 즉 올바른 목적을 위해서 쓰이는 것이 아니면 그것을 우리는 폭력이라고 부르지. 이를테면 깡패 또는 폭력배라고 불리는 사람들이 휘두르는 힘이 그런 거지. 힘이 올바로 쓰이는 경우는 두 가지뿐일 거야. 한 가지는 창조적 목적을 위해서 쓰이는 경우(이걸 우리는 노동이라고 부르지)이고 또 한 가지는 나쁜 힘, 즉 폭력을 제압하기 위해서 쓰이는 경우라고 생각해. 두 가지 다 인간적 가치를 위한, 즉 가치 있는 것을 만들거나 가치 있는 것을 보호하기 위한 힘이라고 할 수 있는데 이를테면 군대라든지 또는 경찰이라든지 하는 것은 후자의 대표적인 예라고 할 수가 있지. 군대나 경찰은 원래 예상할 수 있는 어떤 부도덕한 힘으로부터 시민을 보호하기 위해서 창안된 힘의 조직이니까. 따라서 엄격하게 말한다면 군대는 전쟁을 위해서 있는 것이 아니라 평화를 위해서 있는 것이라고 해야 옳아. 무엇을 빼앗기 위해서 있는 것이 아니라 지키기 위해서 있는 것이라는 말이 될 거야. 그리고 그 지키기 위해서 존재한다는 군대 본래의 목적에 충실할 때에만 그 군대는 도덕적 의미에서 정당한 군대라고 할 수가 있게 되지. 그런데 세상에는 가끔(아니 어쩌면 너무 자주) 군대 자체가 부도덕한 힘으로 화하는 경우가 있어. 다시 말해서 지키기 위한 힘으로서의 군대가 아니라 빼앗기 위한 힘으로서의 군대로 화하는 경우지. 이화는 역사를 배우고 있으니까 이미 알고 있거나 앞으로 알게 되겠지만 역사엔 그런 경우가 적지 않게 나타나고 있어. 가까운 예로 군국주의 시대의 일본 군대나 비슷한 시기의 독일 군대가 바로 그런 경우라고 할 수 있어. 몇 년 전이던가, 자유화의 물결이 높아 가던 체코에 침공한 소련 군대도 마찬가지고. 그리고 현재에도 세계 각처엔 그러한 군대를 가진 나라가 적지 않게 산재해 있어. 아직 인류가 어른이 되지 못했다는 증거인지도 몰라. 힘으로 남을 누르고 기뻐하는 건 어린애들의 심리 아냐? 역설적으로 말해서 인류는 아직 동심을 버리지 못하고 있다고나 할까. 난 아직 훈련병에 불과하지만 우리 군대는 성인의 군대이길 바라. 그런 생각으로 훈련을 받고 있어. 열심히, 한눈팔지 않고 이화 보고 싶다는 생각도 접어 둔 채. 원기 왕성한 석기.

그리고 편지의 여백에는 군복 입고 총을 멘 자기의 자화상이 서투른 솜씨로 그려져 있었는데 햇빛에 그을어 건강해진 모습을 강조하기 위해선지 얼굴엔 온통 검은 칠을 해 놓고 있었다. 마치 검둥이 군인처럼. 그리고 그 밑에는 '내가 최초로 그려 본 자화상'이라는 설명이 붙어 있었다.

편지는 이번에도 학교로 배달되었기 때문에 이화는 집으로 돌아오자마자 첫 번째 편지까지 꺼내서 두 개의 편지를 차례로 다시 한번 읽고 그의 그 서투른 자화상도 다시 한번 미소로운 심경으로 오래오래 들여다본 다음 곧 답장을 쓰기 시작했다.

첫 번째 편지가 왔을 때는 그녀는 답장을 쓰지 못했는데 그것은 그가 그곳(첫 번째 편지를 보낸 곳)에서 곧 다른 곳으로 옮겨 갈 것처럼 되어 있었기 때문이었다.

그녀는 우선 두 번의 편지를 모두 잘 받았다고 쓰고 편지만 가지고는 그곳이 어떤 곳인지 짐작도 할 수 없지만 아무튼 건강한 모습으로 지내고 있다는 건 느낄 수가 있어서 안심이라고 썼다. 그리고 자기는 조금도 변하지 않았으며 학교에도 잘 다니고 있다고 쓴 다음 그가 입대하던 날 새벽에 그만 깜빡 잠이 들었던 사실에 대해 사과했다.

……어쩌다가 그렇게 됐는지 정말 모르겠어요. 지금 생각해 보면 석기 씨가 저한테 무슨 최면술 같은 걸 쓴 거나 아닐까 하는 생각이 들 정도예요. 석기 씨가 무어라고 계속 조용조용 얘기하던 소리가 몹시 한가롭고 아늑하게 느껴지던 생각이 지금도 나니까요. 아무튼 늦게나마 사과드려요. 깨어 보고 나서 석기 씨가 없어진 사실을 알고 또 남겨 놓고 가신 쪽지를 보고 전 얼마나 저 자신을 미워했는지 몰라요. 하지만 그런 식으로 가 버리신 건 너무하다는 생각도 들어요.

남의 실수를 흥보는 방법치곤 너무하셨다는 생각 들지 않으세요? 물론 흥보려고 그런 게 아니라고 하실 테죠. 편지에서도 설명을 하셨지만. 그렇지만 전 꼭 그런 식으로 흥을 보신 것만 같은 생각이 드는 걸 어떡해요? 아무튼 전 너무너무 놀랐어요. 그리고 슬펐어요. 갑자기 석기 씨가 세상에서 아주 없어져 버린 것만 같은 생각이 들었으니까요.

그렇지만 지금은 괜찮아요. 석기 씨한테서 두 번씩이나 편지도 받았고 또 아주 건강하시다는 것도 알게 됐으니까요. 그리고 지금 하고 계신 모습도 그려 보내 주신 자화상을 보고 알 수 있고요. 그림, 너무너무 아름답고 재미나요. 정말 얼굴이 그렇게 까맣게 타셨어요? 전화가 중에선 로트렉을 제일 좋아했지만 앞으론 석기 씨 그림을 더 좋아해야 할까 봐요.

이제 곧 방학이 돼요. 방학 중엔 꼭 석기 씨 면회 갈 작정이에요. 면회 가서 석기 씨 까맣게 탄 얼굴 실컷 홍볼 거예요. 안녕. 이화 올림.

편지 겉봉에는 그가 이제 학교로 편지를 보내지 않아도 되도록 집 주소를 적었다. 그리고 우표를 붙여서 가까운 우체통에 가져다 넣었다.

석기로부터는 그 후로도 거의 일주일에 한 번씩 편지가 왔다. 그녀도 그때마다 꼭꼭 답장을 썼다. 그리하여 나중에는 어느 쪽이 먼저 편지를 쓰고 어느 쪽이 답장을 하는 게 되는지가 서로 모호하게 되어 버리고 말았다.

그리고 이화가 석기를 면회하러 간 것은 여름방학이 거의 끝나 갈 무렵이었다. 그러니까 석기가 입대한 지 두 달이 지나서였고 그가 훈련을 마치고 휴전선 가까운 어느 전방부대에 배속이 되고 난 뒤였다.

석기는 면회 오지 말라고 편지에 쓰고 있었지만 그녀가 고집을 부려 결행한 것이었다.

서울을 떠난 것이 오전 1시쯤이었는데 그곳에 도착하여 부대를 찾은 것은 오후 4시가 넘어서였다. 부대 근처에 있는 작은 동네를 지나서 부대 정문에 도착하여 총을 메고 서 있는 군인에게 편지 겉봉에 쓰여 있던 대로 우석기 이병을 면회 왔다고 말했더니 그 군인은 잠깐 이화의 아래위를 살피고 나서 몇 중대 소속이냐고 물었다. 이화는 외어 두었던 대로 얼른 3중대 소속이라고 대답했다. 그러자 그는 잠깐 기다려 보라고 말하고는 곧 고개를 돌이켜 뒤쪽에 있는 그물을 씌운 조그만 건물에다 대고 말했다.

"어이, 김 상병. 3중대 전화 걸어서 우석기 이병 면회 왔다고 그래."

그러더니 그는

"참, 누구라고 그럴까요? 누이동생 되십니까?"

하고 다시 이화를 쳐다보았다.

"아녜요, 저…… 친구라고 그래 주세요."

"친구요? 아, 애인이란 말씀이시군. 어이, 애인이 왔다고 말야."

그러자 그물을 씌운 그 조그만 건물의 열린 창으로 또 한 사람의 군인이 얼굴을 내밀면서 그녀를 힐끗 내다보는 모습이 보였다. 이화는 순간 볼이 따가워지는 것을 느끼면서 얼른 땅바닥을 내려다보았다.

"조금 기다려 보십시오. 면회가 될는지 어떨는지 모르지만."

총을 멘 군인이 말했다. 이화는 불안한 표정으로 고개를 쳐들었다.

"……면회가 안 될 수도 있나요?"

"그건 소속 중대장님의 재량에 달렸습니다. 아무튼 조금 기다려 보십시오. 곧 무슨 연락이 있거나 본인이 직접 나타날 겁니다."

"……네."

이화는 여기까지 왔다가 석기를 만나지도 못하고 돌아가게 되면 어떡하나 하는 불안한 심정이 되었다. 면회를 하지 못하게 되는 경우도 있으리라고는 미처 생각도 못 했던 것이다.

그 군인이 물어 왔다.

"……서울서 오셨습니까?"

"……네."

"오시는 동안 고생 많으셨겠습니다. 워낙 멀어서. ……나도 서울 출신입니다. 대학 재학 중에 나왔죠."

이화는 미소를 지으며 아, 그러세요, 하는 표정으로 그를 자세히 바라보았다. 그의 얼굴은 검게 그을어 있었고 그녀를 바라보는 두 눈엔 순간적인 어떤 그리움이 스쳐 지나가는 것 같았다.

그녀는 순간 자기의 흰 얼굴이 왠지 부끄러운 느낌이 들었다. 무어랄까, 자기만 아무것도 모르고 여럿이 하고 있는 일에서 염치없이 빠져 있었던 것 같은 느낌이라고 할까.

"서울 무슨 동(洞)에 사십니까?"

"네, ㅂ동에 살아요."

"그럼 저희 동네하고 얼마 안 떨어진 곳이군요. 저희 집은 ㅎ동이니까요."

그렇게 한 10분쯤 기다렸을까. 부대 안쪽으로 보이는, 양옆에 흰 페인트칠을 한 돌멩이들이 늘어놓인 길 가운데로 동작이 낯익은 군인 한 사람이 뛰어나오는 모습이 보였다.

군복을 입었고 얼굴이 까맣게 그을었으나 틀림없는 석기의 모습이었다.

이화는 자신도 모르게 발돋움을 하는 자세가 되어 얼른 한 손을 쳐들어 보였다.

그러나 그는 벌써부터 이화를 발견하고 있는 모양으로 곧장 달려나오고만 있었다.

"아, 면회 허락이 난 모양이군요."

하고 서울 출신이라는 그 군인이 말했다.

석기는 정문 앞에 다다르자 이화 쪽을 한번 슬쩍 쳐다보고는 그 군인에게 손을 올려 경례를 붙였다.

"이병 우석기 외출 허락을 받고 나왔습니다."

"외출이냐? 외박이냐?"

"네, 외박입니다."

"자식, 꿈 잘 꿨구나. 쫑 좀 보자."

"네, 여기 있습니다."

그러며 석기는 군복 윗도리 주머니에서 반으로 접힌 종이 한 장을 꺼내 내밀었다.

그 군인은 종이를 받아 쥐고 접힌 부분을 펴서 슬쩍 들여다보더니

"좋아, 재미있게 놀다 와라."

하고 그 종이를 다시 석기에게 돌려주었다. 석기는 종이를 받아 쥐고 다시 똑바로 서서 경례했다. 그 군인도 손을 올려 경례를 마주 받았

다. 그리고 이화를 돌아다보며 말했다.

"이 친구 맛있는 거 너무 많이 사 먹이지 마십시오. 배탈 납니다."

이화는 고맙다는 표시로 말없이 미소 지어 보이며 인사했다.

석기가 곧 그녀 쪽으로 다가왔다.

검게 탄 얼굴이 상기되어 농부의 얼굴 같아 보였다.

"오지 말랬는데……. 많이 기다렸어?"

"아뇨, 조금밖에 안 기다렸어요."

"고생스럽게 뭣 하러 여기까지 와?"

그러며 그는 걱정스러운 표정으로 그녀를 처다보며 아까 그녀가 걸어온 길 쪽으로 걸음을 떼어 놓기 시작했다. 그녀도 따라 걸으며 말했다.

"나 온 거 싫으세요?"

"싫긴, 그 반대지만 서울서 여기가 어딘데. 여자 혼자서 무섭지도 않아?"

"무섭긴요, 내가 뭐 어린앤가요?"

"그럼 이화가 어른이야?"

"어른은 아니지만 어린애도 아니잖아요. 그리고 뭐 여기가 전쟁턴 가요?"

"전쟁턴 아니지만 여긴 전방이야. 이화같이 아무것도 모르는 순진한 아가씨가 마음 놓고 올 곳은 못 돼. 무슨 일이 있을 줄 알고 그래. 오늘은 다행히 날 만나게 됐으니까 그렇지 만일 나도 못 만나고 서울로 돌아갈 시간도 늦어지고 하면 어쩌려고 그랬어?"

"못 만날 거란 생각은 안 했어요."

"그러니까 엉터리라는 거지. 오늘은 면회 허가가 났으니 망정이지 아무 때나 오기만 하면 다 군인을 그렇게 마음대로 만나게 되는 줄 알아? 부대 사정에 따라선 아무리 멀리서 왔어도 그냥 되돌아가야 하는 경우도 있는 거야."

"그런 줄 몰랐어요. 하지만 어쨌든 이렇게 만났으니까 됐잖아요."

"재수가 좋았던 거지 이화가 잘해서 그렇게 된 건 아냐."

"어마, 그럼 나 잘못했어요?"

"……."

"나 보고 싶지 않으셨어요?"

"바보……. 왜 보고 싶지 않았겠어."

"그럼 됐지 뭐예요."

그들은 아까 그녀가 지나온 동네로 들어서고 있었다.

아까 지나올 때는 눈여겨보지 않아서 잘 몰랐으나 다시 들어서며 보니 동네는 제법 자그마한 상가 비슷한 모습을 갖추고 있었다. 음식점, 다방, 이발소, 대폿집 같은 간판들이 눈에 띄었다. 물론 그 간판들은 모두 간판으로서의 화려한 외관들은 갖추지 못한 궁상스럽고 시골티 나는 것들이었다. 그리고 그러한 간판들을 내어 단 건물들 역시 마찬가지였다. 영구히 그곳에 붙박여 살기 위해서 지어진 건물들이라기보다는 어딘지 임시적인 용도에 의해서 지어진 가건물 비슷한 인상을 주는 것들이었다. 그러나 사람들이 모여서 자기들의 나날의 삶을 영위하기 위해 애써 꾸며 놓은 자취만은 그녀가 본 서울의 어느 거리보다도 역력했다.

석기가 말하고 있었다.

"……하긴 이화가 면회를 와 주지 않았으면 여길 언제 와 보게 됐을는지 모르지. 사실은 나, 누가 면회를 왔다고 그러길래 대뜸 이화가 온 걸 알고 기뻐서 가슴이 터지는 줄 알았어."

"그럼 여기 처음 나와 보시는 거예요?"

"그럼. 훈련소에서 온 지 얼마 되지도 않은 졸병한테 외출 차례가 어디 그렇게 쉽사리 돌아오는 줄 알아?"

"어마, 그럼 나한테 톡톡히 치사를 하셔야겠네요."

"그러지. 어떻게 치사를 할까?"

"우선 나 여기 온 거 잘못하지 않았다고 그러세요."

"그럼 다음에 또 오게?"

"물론이죠."

"그건 안 되겠는데."

"왜요?"

"조금 전에 말한 이유 그대로야. 그 대신 이번 한 번만이라고 약속하면 요구대로 해 주지."

"좋아요. 다음엔 그럼 석기 씨가 오라고 하기 전엔 절대로 안 올게요. 됐죠?"

"됐어. 그럼 이제 내가 말할 차롄가? 이화가 오늘 면회 와 주어서 이병 우석기는 몹시 기쁘다. 됐어?"

"네, 됐어요."

"……덥지?"

"네, 목도 마르고요."

"그럼 저기 다방으로 가 볼까? 시원한 게 있을는지 모르지만."

"있겠죠 뭐. 가 봐요."

석기가 앞장을 서고 이화가 뒤따라 두 사람은 가까이에 보이는 다방 간판이 붙어 있는 집으로 들어갔다. 서울에 있는 대부분의 다방들과는 달리 단층으로 된 야트막한 집이었다. 그리고 실내도 탁자 몇 개와 그에 딸린 의자 몇몇 개 이외에는 이렇다 할 장식도 없는 조그마한 다방이었다.

바깥보다 어둠침침했고 선풍기 한 대가 카운터 위에서 돌아가고 있었으나 찌는 듯 무더웠다. 대부분 비어 있는 탁자들 가운데 하나를 차지하고 두 사람이 마주 앉자 차 나르는 여자인 듯싶은 간신히 엉덩이와 동체만 가린 젊은 여자 한 사람이 다가와서 무엇으로 주문하겠느냐고 물었다. 석기가 찬 것이 되느냐고 되묻고 된다는 대답을 듣자 이화를 건너다보았다.

"참 돈 있지? 난 거의 한 푼도 없어."

"염려 마세요. 나한테 있어요."

"그럼 우리 사이다나 마실까?"

"그게 좋겠네요."

그때 어느 구석에선가 음악소리가 들려왔다.

어딘가 음악을 내보내 주는 장치가 따로 되어 있나 싶어 둘러보았으나 그런 것은 보이지 않았고 저쪽 카운터 위에 트랜지스터라디오한 대가 놓여 있는 모습이 보였다. 카운터 뒤에 앉은 여자가 라디오에서 막 손을 떼고 있었다. 음악은 라디오에서 흘러나오고 있는 것이었다. 남자 가수가 여자 목소리처럼 흐느끼는 듯한 가느다란 목소리로 부르는 대중가요였다.

아마 카운터의 여자가 이화들을 위한 배려로 라디오를 켠 모양이었다.

"그럼 사이다로 하시겠어요?"

주문을 받으러 온 여자가 물었다.

"네, 두 병 주세요."

하고 이화가 대답했다.

여자가 돌아가고 나자 석기는 한동안 말없이 이화를 건너다보았다. 이화도 잠자코 그를 마주 쳐다보았다. 그의 두 눈은 한없는 그리움으로 그녀의 얼굴을 더듬고 있었다. 마치 무슨 잃어버린 물건이라도 그녀의 얼굴 위에서 찾아내려는 사람처럼.

이화는 순간 그의 검게 탄 얼굴이 몹시 야위었다는 사실을 발견했다. 조금 전까지만 해도 미처 깨닫지 못하고 있던 사실이었다. 아마 살갗의 변화(검게 탔다는 사실)에만 눈이 미쳤기 때문인가 보았다.

광대뼈가 유난히 두드러져 보였고 목도 가느다래 보였다. 그러고 보니 군복에 싸인 몸집도 무척 야위어 있는 것만 같았다.

그녀는 눈자위가 더워 오는 것을 느꼈다.

"왜 그래? 갑자기."

석기가 그녀의 눈동자를 똑바로 쳐다보며 의아하게 물었다.

"아녜요, 저…… 몹시 야위셨어요."

하며 이화는 눈물을 수습하느라고 잠깐 이마를 숙였다. 그러자 맺혔던 눈물방울이 무릎 위로 굴러떨어졌다.

"이런 바보, 야위긴……. 훈련을 받아서 쓸데없는 살이 모두 빠져 버렸을 뿐야. 난 또 뭘 가지고 그런다고."

"……미안해요."

"군인은 뒤룩뒤룩 살이 쪄선 못 쓰는 거야. 지금 나 정도가 아주 이상적인 거라고. 자, 알았으면 웃어 봐."

이화는 웃어 보이려고 했다. 그러나 웃음은 되지 않고 다시 눈물만 괴어올랐다. 왠지 그가 거짓말을 하고 있는 것 같았기 때문이었다.

"이런 순, 그 사이에 울보가 되어 버렸군. 자, 그럼 웃지 않아도 좋으니까 눈물이나 닦아."

"……네."

이화는 손수건을 꺼내 눈물을 찍었다. 그때 사이다가 날라져 왔다. 두 개의 빈 컵에는 얼음이 들어 있었다.

석기가 마개가 열린 병을 집어 두 개의 컵에 사이다를 따랐다. 투명한 거품이 피어오르면서 두 개의 컵에는 말간 액체가 가득 찼다.

"자, 마셔. 목마르댔지?"

"……네."

이화는 제 앞에 놓인 컵을 집었다.

"자, 이걸로 건배를 할까. 이화가 면회 와 준 감사의 뜻으로."

그러며 석기는 자기 쪽의 컵을 들어 그녀의 컵에 슬쩍 마주 댔다. 카운터 위의 라디오에서는 계속해서 대중가요가 흘러나오고 있었다.

두 사람이 그 다방을 나와 근처의 음식점으로 가서 저녁식사를 한 후 여인숙이라는 조그만 간판이 붙어 있는 집으로 찾아 들어간 것은 완전히 어두워진 뒤였다.

그들이 들어간 방은 전등불 대신 유리 호롱을 씌운 석유등잔에 의해서 희미하게 밝혀진 조그만 방이었다. 아무런 장식도 없고 그리고 창도 없는 방이었다. 한구석에 얄따란 이부자리 한 채와 때 묻은 베개 두 개만이 아무렇게나 포개져 놓여 있을 뿐이었다.

"이런 방에서 자 보는 것도 좋은 경험이 될 거야."

하고 석기는 말하면서 윗도리와 모자를 벗었다. 그가 모자를 벗는 순간 이화는 잠시 그가 석기 아닌 딴 사람인 것 같은 착각이 들었다. 그의 머리, 길게 길러서 윤기 있고 풍성하게 뒤덮이던 그의 머리가 거의 두개골의 형태만 남기고 바싹 깎여 있었던 것이다. 마치 중학생의 머리통처럼 그렇게 바싹 깎은 그의 머리는 그의 얼굴 전체를 아주 낯선 사람처럼 보이게 하고 있었다.

"머리 때문에 그래? 군인 머리 처음 보는 모양이군."

하고 석기는 빙그레 웃었다.

"어때? 내 머리통 이만하면 잘생긴 편이지?"

"……꼭 중학생 머리 같아요."

"이래야 군인 정신이 투철해지는 거라고. 자, 이리 와 봐. 군인이 사람 좀 안아 보게."

그리고 그는 다가와 그녀를 안았다.

그녀는 말없이 그의 품에 안기면서 또다시 알 수 없는 슬픔이 전류처럼 전신에 퍼지는 것을 느꼈다.

그는 곧 그녀를 방바닥에 뉘었다. 그리고 입술을 더듬어 왔다. 그의 여윈 광대뼈가 그녀의 뺨에 닿았다.

그녀는 팔을 뻗어 그의 목을 힘껏 껴안았다. 마치 커다란 슬픔의 무게를 끌어안듯이.

그의 입술이 뜨겁게 그녀의 입술을 열었다. 그리고 그의 야윈 혀(그렇게 느껴졌다)가 그녀의 혀를 찾았다. 그녀는 그의 야윈 혀를 축여 주었다. 그리고 가만히 쓰다듬어 주었다.

그가 그녀의 옷을 벗겼다. 그녀는 가만히 그의 손에 몸을 맡겼다.

그의 야윈 얼굴이 그녀의 벗겨진 젖가슴에 닿았다. 그리고 목마른 사람처럼, 우물을 찾는 사람처럼, 이리저리 헤매었다. 그의 입술이 그녀의 우물 꼭지에 닿았다. 아직 아무도 그곳에 와서 물을 마시고 간 사람이 없는 우물이었다.

그는 그곳에 엎드려 한참 동안이나 물을 마시는 시늉을 하였다. 그녀는 눈을 감았다. 그리고 그가 그곳에서 물을 마셨으면, 물을 마셨으면 하고 바랐다. 그러나 그는 곧 다른 우물을 찾는 성급한 몸짓이 되었다. 그의 입술은 다른 곳들을 헤매기 시작했다.

한순간 그의 헤매임이 그쳤다. 그리고 그의 다른 부분이 그녀의 몸에 닿았다.

슬픔의 커다란 파도가 그녀의 몸 안으로 밀려들어 왔다. 그녀는 자기가 바닷가에 누워 있는 것이라고 생각했다. 그는 그리고 거창한 슬품을 안은 파도라고 생각했다.

파도는 쉴 새 없이 그녀의 몸 위로, 그리고 그녀의 내부로 밀려들었다. 그러다가 한순간 그 파도는 해일처럼 커다랗게 부풀었다. 그녀의 몸은 그 파도에 떠밀려서 까마득히 치솟아 떠올랐다.

그리고 아주 천천히 다시 바닷가에 부려졌다.

그가 옆에 나란히 누워서 담배를 피워 물었다. 그리고 한동안 말없이 담배만 피우고 있다가 지나가는 말처럼 물었다.

"이화, 서울 돌아가면 나 휴가 나갈 때까지 뭐 할래?"

이화는 누운 채로 일부러 명랑한 목소리를 꾸며 내어 대답했다.

"금방 개학할 테니까 학교 다니고 석기 씨한테 편지 쓰고 석기 씨 언제 휴가 나오나 손꼽아 기다리고 그러죠 뭐."

"또?"

"그리고는 일요일이면 식구들하고 같이 교회에 나가고 밤에는 자고 아침이면 일어나고 배고프면 밥 먹고 이따금 '에로이카'에 가서 음악 듣고 그러죠 뭐."

"……."

"왜 그러세요?"

"아무것도 아냐. 그냥 이화가 뭐 하고 지낼 건가 궁금해서."

"참, 빼먹은 게 있어요. 나 그리고 사람들 아주 많이 많이 사귈 거예요."

"그건 왜?"

"여기 와 보고 그런 생각이 들었어요. 사람들은 내가 모르는 곳, 내가 못 가 본 곳에서도 아주 많이들 살고 있다는, 그리고 내가 모르는 사람들이 너무너무 많다는, 내가 모르는 생각, 내가 모르는 생활을 하고 있는 사람들이 세상엔 아주 많다는, 모두 나 비슷한 또는 우리 식구들 비슷한, 석기 씨 비슷한 생김새를 한 사람들인데 말예요. 사귈 수 있는 사람은 모두 모두 사귀어 보고 싶어요. 그래서 되도록 많은 사람들하고 같이 얘기도 하고 같이 슬퍼하기도 하고 같이 기뻐하기도 하고 그러고 싶어요."

"지금 그 말 정말이야?"

"석기 씨가 가르쳐 주신 거예요."

"정말 우리 이화, 훌륭한 여학생이군. 됐어. 선생 노릇 한 보람이 있는데. 이제야말로 이화를 서울에 혼자 떼어 놓아도 마음이 놓이겠군. 거기다 한 가지만 보충하면 난 이제 이화 선생 노릇 그만해도 좋아."

"한 가지가 뭔데요?"

"하긴 그건 내가 얘기 안 해도 이화가 사람들을 사귀는 동안 저절로 알게 될 거야."

"뭔데요?"

"우리나라가 불쌍하다는 거, 가엾다는 거."

"……."

"솔제니친이라는 사람의 『1914년 8월』이라는 소설을 보면 거기 나오는 젊은 남자 주인공 하나가 전쟁에 출정하면서 '러시아가 불쌍해서'라고 말하는 대목이 나와. 물론 러시아라는 나라의 그 당시 사정과 우리나라 사정은 다른 점이 많지. 또 그 소설 주인공의 심정과 내

심정이 똑같은 것도 아니고. 하지만 그 말만은 최근의 내 심정을 그대로 집어낸 것 같아. 우리나라가 불쌍해. 우리나라 사람들도 불쌍하고. 이화는 되도록이면 많은 우리나라 사람들을 사랑해 줘. 그 사람들의 연인이 돼 줘."

"……."

이화는 그의 곁에 드러나지 않는 크나큰 슬픔의 응어리가 어디에 감추어져 있었던 것인지를 알 것만 같았다. 말없이 그의 가슴에 얼굴을 묻었다. 그리고 가만히 그곳에서 나는 소리를 들었다. 그곳에서는 그의 슬픈 심장이 내는 소리가 들려왔다.

그리고 가엾게도 그는 잠시 후 몹시 고단한 표정으로 잠들었다.

석기가 죽었다는 소식이 이화에게 전해진 것은 그녀가 그를 면회하고 돌아온 지 꼭 3주일 후였다.

개학해서 학교엘 나가기 시작한 뒤였고 그사이 서로 편지도 한 번씩 주고받은 뒤였다.

학교에서 돌아와 마악 씻기를 마치고 제 방으로 들어갔을 때였다. 초인종 소리가 두어 번 났다. 곧 어머니가 대문께로 나가는 소리가 들리고 누군가와 몇 마디 얘기를 주고받는 소리가 들린 다음 어머니가 되돌아 들어오는 소리가 들렸다. 그리고 곧, 어머니의 목소리가 방문 밖에서 났다.

"애, 이화야. 밖에 손님이 찾아오셨는데 들어오시래두 안 들어오시는구나. 네가 나가 보렴."

"네, 엄마."

대답은 하면서도 이화는 찾아온 사람이 누군지는 짐작도 가지 않았다. 그녀를 집으로 찾아올 만한 사람은 아무도 없었기 때문이었다.

그녀는 물기를 닦던 일을 서둘러 마치고 밖으로 나갔다. 열려진 대문 밖에 서 있는 사람은 뜻밖에도 수환이었다. 이화는 순간 알 수 없는 불길한 예감에 휩싸였다. 왠지 그가 석기의 신상에 관한 무슨 좋지 않은 소식을 전하러 온 것만 같았기 때문이다.

수환은 그녀를 발견하자 얼른 목례를 보내고는 곧 시선을 피하듯 했다. 이화는 그에게로 다가가며 물었다.

"······안녕하세요? 그런데 왜 들어오시지 않고."

"아, 저, 다음에 들어가죠. 잠깐 나오시지 않겠습니까?"

"무슨 하실 얘기가 있으세요?"

"네, 할 얘기도 좀 있고."

수환의 얼굴은 전에 없이 굳어져 보였다. 이화는 자신도 모르게 점점 더해만 가는 불길한 생각을 억누르며

"그럼 잠깐만 기다려 주세요."

하고 말했다. 수환은 다시 한번 그녀의 시선을 피하듯 하며

"네."

라고만 짧게 대답했다.

이화가 옷을 갈아입고 다시 나갔을 때 그는 돌아서서 골목 바닥을 굽어보고 있었다. 그리고 그녀가

"자, 가세요. 어디로 가실 거죠?"

하고 물었을 때에야 그는 깜짝 놀라듯 하며 그녀를 돌아보았다.

"네, 아무 데나 요 근처 어디 가서 얘기하죠."

이화는 걸으면서 물었다.

"그런데 저희 집 어떻게 아시고 찾아오셨어요?"

"……석기한테 보내신 편지를 보고 알았습니다."

"네? 그럼 석기 씨한테 보낸 편질 수환 씨도 보셨나요?"

"네. 하지만 겉봉들만 봤습니다. 석기한테 보내신 편지 지금 모두 석기네 집에 와 있습니다."

"네?"

"……석기 뼈하고 같이요."

이화는 순간 자기가 딛고 있는 땅바닥이 커다랗게 기우는 듯한 착각을 느꼈다.

"이렇게 그냥 걸으면서 얘기하죠. 석기 형님이 그저께 밤늦게 연락을 받고 어제 아침에 달려가서 거기서 아주 화장까지 마치고 뼈만 거두어 오셨답니다. 시체가 아주 못쓰게 망가져 있었기 때문이랍니다. 부대 쪽의 설명으로는 훈련 나갔다 돌아오는 길에 교통사고를 당해서 그 지경이 됐다고 하더랍니다."

석기의 뼈를, 잘게 부수어서 가루가 된 석기의 뼈를 강물에 띄우기 위해 수환과 함께 이화가 뚝섬으로 간 것은 그다음 날 오전이었다.

석기의 어머니는 충격으로 앓아누워 일어나지 못했고 석기의 형 준기는 두 사람이 그 일을 맡아 준다면 자기는 그 일에서 빠지고 싶다고 말했던 것이다. 확실한 이유는 알 수 없었지만 동생의 죽음을 최종적으로 확인하는 일을 피하고 싶어 하는 기색이었다.

아직 여름이 다 간 것은 아니었으나 수영을 하기에는 늦은 철이었으므로, 그리고 아직 이른 시간이었으므로 뚝섬은 폐장한 해수욕장처럼 조용했다.

흰 헝겊에 싸인 조그만 상자를 가슴에 안은 수환과 이화는 배 한 척을 세내었다. 그리고 스무 살이 채 못 되어 뵈는 소년이 저어 주는 배에 타고 강 한가운데로 나아갔다.

강물은 검푸른 빛깔을 띠고 있었고 어디선가 바람이 조금씩 불어오고 있었다.

수환이 말없이 안고 있던 상자를 배 밑바닥에 내려놓았다. 그리고 헝겊을 풀었다. 조그만 나무상자가 드러났다.

"어떡하시겠습니까? 직접 뿌리시겠어요?"

수환이 물었다. 그의 목소리는 목젖에 걸려 간신히 알아들을 정도였고 그의 눈빛은 물기로 흐려져 있었다. 이화는 입술을 깨물며 가만히 말했다.

"······해 보겠어요."

그리고 상자를 들어 무릎 위에 안았다. 뚜껑을 열자 흰빛의 가루가 소복이 들어 있는 모습이 보였다. 도저히 석기의 변한 모습이라고는 믿어지지 않는 적은 분량이었다.

"아무래도 무리인 것 같습니다. 제가 하죠."

수환이 말했다. 그리고 상자를 옮겨 받으려는 몸짓을 했다.

"······아녜요, 제가 하겠어요."

하고 이화는 조심스레 상자 속에 손을 넣었다. 그리고 떨리는 손으로 그 흰빛의 가루를 한 줌 쥐었다. 순간 그녀는 그것이 몹시 따뜻한 것 같은 착각을 받았다. 슬픔이 다시 전류처럼 전신에 퍼져 나갔다.

그녀는 잠시 동안 그렇게 그 보드랍고 힘없는 가루를 손에 쥔 채로 가만히 앉아 있었다. 그리고 천천히 상자 속에서 손을 들어 손에 쥔 것을 강물 위에 뿌렸다.

뽀얀 가루가 강물 위에 흩어져서 잠시 떠돌다가 흔적도 없이 사라졌다. 그녀는 다시 상자 속에 손을 넣었다. 그리고 다시 한 줌 쥐어 눈을 감은 채 강물 위에 뿌렸다. 그때 바람의 방향이 바뀌었다.

그리고 그녀의 손을 떠난 뼛가루가 다시 그녀에게로 되돌아왔다. 뼛가루는 그녀의 얼굴 위에 날아와 부딪쳤다. 그러나 그녀는 그것을 피하지 않았다. 그리고 재차 바람이 불어오는 쪽을 향해 뼛가루를 뿌렸다. 뼛가루는 다시 그녀의 얼굴 위로 날아왔다.

그녀는 멈추지 않고 계속했다. 상자 속에 아무것도 남지 않을 때까지. 그러면서 그녀는 소리 없이 울었다.

마침내 그녀의 무릎 위에는 빈 상자만 남았다. 마치 영혼이 떠난 빈 육체처럼. 그러나 그녀는 그때까지도 손의 움직임을 멈추지 않고 있었다.

수환이 말했다.

"……다 됐습니다. 이제 그만하십시오."

그리고 그는 그녀의 팔을 잡았다.

그때 그녀는 비로소 소리 내어 울기 시작하면서 무릎 위의 빈 상자를 가슴에 부둥켜안았다. 가엾은 석기의 넋을 그렇게 끌어안듯이.

그날 오후 이화는 수환과 함께, 석기를 처음 만나던 날 같이 갔던 그 생맥줏집에 마주 앉아 있었다. '마당'이라는 이름을 가진, 바로 수환을 그곳에서 처음 소개받은 집이기도 했다.

이화를 위로할 목적이었겠지만 수환이 그곳으로 가자고 청했던 것이다.

석기와 처음 왔을 때 그랬던 것처럼 시간이 이른 탓인지 넓은 홀 안은 그대로 거의 비어 있다시피 했다.

그리고 각기 생맥주 한 잔씩을 앞에 놓고 마주 앉은 두 사람 사이에는 잠시 아무 말도 없었다. 수환은 무슨 말이건 해야겠다고는 생각하는 표정이었으나 얼른 무슨 말부터 꺼내야 할는지를 망설이는 기색이었고 이화는 아직도 자꾸 솟아오르려는 눈물을 억제하기 위해 애써 앞에 놓인 생맥주잔에다 초점을 맞추고 있었다.

이윽고 수환이 입을 떼었다.

"여길 처음 와 보신 게 아마 석기 때문이죠?"

이화는 간신히 입을 열어 대답했다.

"……네."

"이제 그 자식 생각 잊어버리십시오. 물론 그렇게 맹랑하게 죽어버려선 안 될 자식이지만 세상에 어디 죽을 놈만 죽습니까? 오히려 죽어서 하나 아까울 것 없는 놈들이 더 많이 버젓이 살아서 행세하는 세상인걸요. 재수 없어서 죽은 거다, 그런 정도로만 생각하시고 잊어버리십시오. 죽고 사는 건 요새 세상엔 재수 소관에 불과하니까요.

죽은 자식은 어차피 죽은 자식이고 살아 있는 우리들이 더 중요하죠. 왜, 예수라는 사람도 그런 말을 한 적이 있지 않습니까. 죽은 자는 죽은 자들끼리 있게 하라, 던가요?"

"……."

"물론 살아 있는 우리로서 할 수 있는 애도의 뜻은 충분히 표해야 하겠죠. 하지만 거기 묶여 버려선 안 되지 않겠습니까? 죽은 사람보다는 살아 있는 사람이 더 소중하니까요. 우리가 사람이라고 할 때 그건 죽은 사람을 가리켜서 하는 소리가 아니라 살아 있는 사람을 가리켜 하는 소리 아닙니까? 사람은 소중한 거고 그렇다면 살아 있는 사람이 소중한 거죠. 이런 얘기 물론 이화 씨가 모르고 있을 거라고 생각해서 하는 얘긴 아닙니다. 다만 너무 슬픔에 깊이 잠기시거나 해서 몸을 상하셔선 안 되겠기에 하는 소립니다."

이화는 수환을 똑바로 쳐다보았다. 그리고 가만히 말했다.

"……네, 알아요. 저 그렇게 되진 않을 거예요. 석기 씨한테 배워서 잘 알아요. 하지만 석기 씨가 너무 불쌍해요. 그렇게 죽는 데가, 그렇게 죽는 데가……."

이화는 다시 눈물이 솟아오르려고 해서 말끝을 잇지 못했다.

"……물론 도저히 수긍하고 싶지 않은 죽음이죠. 석기가 잘못해서 당한 죽음도 아니니까요. 하지만 불가항력이었죠. 석기보다 더 커다란 것이 석기를 죽게 했으니까요. 남은 건 이제 남은 사람들의 문젭니다. 열심히 살아야죠."

"……네, 수환 씨 친절 잊지 않겠어요. 너무 걱정하지 말아 주세요.

저 금방 괜찮아질 거예요. 석기 씬 불쌍하게 죽었지만 절 바보로 만들어 놓고 죽진 않았어요. ……맥주 드세요."

그러며 이화는 수환을 향해 애써 미소 지어 보였다. 눈물을 머금은 채 그렇게 미소 지어 보이는 그녀의 얼굴이 수환의 눈에는 순간 몹시 성숙해 보였다.

수환은 이것이 이 애의 참 모습이구나, 하고 거의 경탄하는 시선으로 그녀를 마주 보며 말했다.

"네, 마시겠습니다. 이화 씨도 조금 마셔 보세요. 기분이 좀 나아질지도 모릅니다."

"네, 저도 조금 마셔 보겠어요."

하고 이화는 제 앞에 놓인 잔을 두 손으로 받치듯이 하여 들어 올려서는 약 잘 먹는 어린아이처럼 참을성 있게 두어 모금 마셨다. 수환도 자기 앞의 잔을 들어 몇 모금 마시고 내려놓았다.

"이화 씨가 이렇게 의연하신 걸 보니 전 이제 마음이 놓입니다. 죽은 자식한테지만 슬그머니 질투심이 느껴지는데요. 석기 자식 자랑하는 소릴 듣긴 했지만 이렇게 훌륭한 분인 줄은 미처 몰랐습니다."

"……놀리시는 거군요."

"천만에. 절대로 농담이 아닙니다. 전 이화 씨가 그저 대학 1학년짜리 예쁘장한 아가씨거니만 여겼거든요. 지금 보니 전혀 그렇지가 않군요. 제가 이화 씨보다 오히려 어린 게 아닌가 하는 느낌이 들 정도로군요. 제 우려가 주제넘은 노파심에 지나지 않았다는 걸 깨닫고 나니 기쁘기도 하고 한편 부끄럽기도 합니다."

"……괜한 말씀이세요. 걱정해 주신 거 고맙게 생각하고 있어요."

"아무튼 이제 그럼 이화 씨에 관한 주제넘은 걱정은 하지 않기로 하겠습니다. 다만 한 가지 부탁드리고 싶은 건 석기가 없더라도 '에로이카'에 가끔 나오셔서, 저나 '장코' 형으로 하여금 이화 씰 다시는 영영 못 보게 되는 불운한 일은 없도록 해 주십시오. 석기를 잃은 것만도 억울한데 이화 씨마저 볼 수 없게 된다면 저나 '장코' 형한텐 그 이상 서운한 일이 없으니까요."

"네, 가끔 나가겠어요. 저도 석기 씨 때문에 수환 씨랑 장 선배님이랑 알게 된 거 기쁘게 생각하고 있어요."

"고맙습니다. 자, 그럼 오늘은 피곤하실 텐데 그만 돌아가 쉬시죠. 전 아무래도 이대로 들어갈 순 없을 것 같고 어디 가서 좀 더 마셔야겠습니다."

"절 걱정해서 그러시는 거면 전 괜찮아요. 함께 있어 드릴 수 있어요."

"정말입니까? 그렇다면 물론 전 이화 씨하고 조금이라도 더 함께 있고 싶습니다. 하지만 괜찮으시겠어요? 몹시 피곤하실 텐데. 그리고 아무래도 마시다 보면 제가 좀 취할는지도 모르는데."

"전 괜찮아요. 그리고 취하심 제가 붙잡아 드릴게요."

수환은 순간 경이(驚異)를 지나 어떤 불가사의한 느낌을 맛보았다. 이 자그마한 여자애의 어디에 이와 같은 거의 당돌하다 하리만한 성숙성이 깃들어 있었는가. 석기의 뼛가루를 뿌리던 때의, 그리고 그것이 바람에 날려 자기 얼굴에 날아와 앉는 것에 구애되지 않던 때의 어떤 신비로운 당돌성과도 또 다른 성숙성이 아닌가. 그녀가 강에서 보인 태도는 충격이 지나쳤을 때의, 또는 슬픔이 지나쳤을 때의 어떤 자기무화(自己無化)의 태도로 혹 이해할 수 있겠으나 지금의 태도는 어떻게 이해해야 한단 말인가. 자기의 슬픔만으로도 힘겨워해야 할 저 자그마한 여자애가 타인을 위한 짐마저 지려 드는 저 무모하리만 한 너그러움은 도대체 어디에 근원하는 것인가.

수환은 그녀가 석기의 죽음 때문에 한꺼번에 껑충 성숙한 여인이 되었다는 사실은 까마득히 모르고 있었던 것이다.

허무를 체득하지 못한 너그러움은 참다운 너그러움일 수 없다. 또한 마찬가지로 허무를 체득하지 못한 사랑도 참다운 사랑일 수 없다. 즉 죽음의 의미를 체득하지 못한 너그러움이나 사랑도 이는 한낱 지어 보이는 태도나 애욕에 불과할 뿐이다.

이화는 석기의 죽음을 통해서 바로 이러한 것을 자신도 모르게 체득한 여인이 되어 있었던 것이다. 즉 언젠가는 죽을 것들에 대한 사랑이 이때 이미 그녀의 마음속에 자리 잡기 시작했던 것이다. 그것은 커다란 슬픔과 동행하는 사랑이었다.

수환은 어느새 그녀 앞에서 어린아이가 된 것 같은 마음 편한 기분이 되어 버린 자신을 발견하였다. 그리고 자유롭게 마셔 대기 시작했다. 거의 제힘만으로는 온전히 걸을 수도 없게 될 지경으로.

이화도 그를 따라서 이따금씩 그 커다란 술잔을 두 손으로 들어 조금씩 입에 대곤 하였다.

그리고 그녀가 걸음이 온전치 못한 그를 부축하여 밖으로 나온 것은 완전히 어두워진 뒤였다. 그는 그녀의 부축을 받고도 자주 헛디디면서 마음대로 떠들어 대고 있었다.

"개새끼! 야! 석기 너 이 새끼야! 그따위로 죽는 바보 새끼가 어디 있니? 고작 그따위로 죽어 자빠지는 게 니 새끼 정치적 이상이야? 벼엉신 꼴값하는 새끼! 야, 이 새끼야! 지옥에나 가라!"

또는

"이화 씨. 아니 이화 양. 아니 아니 이화. 아니 아니 아니 이화 씨. 석기랑 나랑은 말이죠, 걸핏하면 말이죠, 우리가 사오십 대가 됐을 땐, 그래서 지도 세력이 됐을 땐 한번 본때 있게 멋지게 해 보자 하고 지랄 같은 소릴 지껄이곤 했거든요. 그런데 이 개새끼 좀 보십시오. 사오십 대는커녕 삼십 대도 못 돼서 덜컥 저 먼저 죽어 버렸지 뭡니까? 순 의리도 없는 새끼 아녜요? 개새낍니다. 순 개새끼예요."

그러나 이화는 시종 그가 헛딛는 것에만 주의를 기울이며 잠자코 그를 부축해 주었다. 그리고 사람들이 줄을 서 있는 택시 타는 곳으로 갔다.

차례가 되어 택시에 탔을 때 이화는 말했다.

"댁이 어딘지 말씀하세요. 바래다드리고 갈게요."

그러자 수환은 혀도 자유롭지 못한 소리로, 고개를 좌우로 흔들면서 말했다.

"아, 아, 그건 안 될 소립니다. 제가 이화 씰 바래다 드려야지 무슨 소립니까? 어이, 운전사 아저씨. ……어디더라? 옳지, ㅂ동으로 갑시다."

"아녜요. 전 괜찮아요. 수환 씬 취하셨잖아요? 어서 말씀하세요. 전 이 차로 수환 씨 바래다드리고 곧장 집으로 가면 되니까요."

"아니, 아니 안 됩니다. 정신 말짱합니다. 취하지 않았어요. 내가 이화 씰 먼저 바래다드리겠어요."

한참을 더 타이르듯 설득하고 나서야 그는 겨우, 혀가 자유롭지 못한 소리로 자기 집 동네 이름을 댔다.

그리고 그녀의 부축을 받아 택시에서 내릴 때 수환은 다짐하듯 어눌한 목소리로 말했다.

"석기 새끼, 그 망할 새끼 싹 잊으십시오."

집으로 돌아오는 택시 속에서 이화는 비로소 소리 없이 울기 시작했다.

어른의 세계

　허민(許旼)은 심한 갈증을 느끼고 잠에서 어렴풋이 깨었으나 일어날 수가 없었다. 의식도 채 분명치가 않을 뿐 아니라 팔다리가 마비되기라도 한 듯 움직일 수가 없었던 것이다.

　일어나는 것을 포기하고 그러나 물을 마시고 싶다는 욕구만은 떨쳐 버리지 못한 채 그는 잠시 더 그렇게 반수(半睡) 상태에 빠져 있었다. 그러다가 그는 문득 자기가 누워 있는 장소에 대한 의심을 품고 완전히 잠에서 깨었다. 집에 돌아온 기억이 전혀 없는 것 같았기 때문이다. 그러나 몸의 느낌은 낯설지가 않다. 분명한 자기 침대 위인 것이다.

　머리가 지끈거리고 팔다리는 어디서 심한 매라도 맞은 것처럼 무겁다. 그리고 창으로 희미한 빛이 새어 들어오고 있는 것으로 보아 새벽녘인 모양이다.

그제야 간밤에 좀 과음했었다는 사실이 생각난다. 3차까지 마셨다는 생각이 나고 누구누구와 마셨다는 생각도 난다.

대학 동기들인, ㅅ대학의 교수직을 갖고 있는 최 아무개, 김 아무개, ㄱ대학의 송 아무개, 일간신문의 논설위원인 이 아무개 등과 어울려 낯익은 자들끼리만 지껄일 수 있는 실없는 소리들을 지껄여 대며 마셨었다. 낯익은 자들끼리만 갖는 실없는 공감 때문에 마셨고 그 실없는 공감이 가져다주는 실없는 분위기와 그 뒤에 따르는 허탈감 때문에 또 마셨다. 그렇게 낯익은 자들끼리 모여 앉았다는 사실이 스스로 불쌍해서 마셨고 또 부끄러워서 마셨다. 대학 동기 중 정부의 고위직에 끼어 있는 누군가에 대해서 욕지거리도 퍼부었고 그렇게 뒷전에 앉아서 욕지거리를 퍼붓는 외엔 그 친구에게 올바른 충고 하나 바로 할 수 없다는 무력감 때문에 또 마셨다.

그들과 어디서 어떻게 헤어졌는지는 통 기억이 나지 않는다. 다만 눈앞이 몹시 캄캄하게 여겨져 두 팔로 그 캄캄한 것을 헤친답시고 헤엄치듯 허우적거리며 혼자서 걷던, 그러나 그 캄캄한 것은 도무지 눈앞에서 사라지지 않던, 악몽 속 같은 절망감만이 생각난다. 그리고 그 캄캄한 것에 떠받혀 어디론가 나뒹굴던 생각도 난다. 그리고는 그만이다. 더 이상 아무 기억도 나지 않는다.

그런데 어떻게 이렇게 집에까지 와서 침대 위에 누워 있을까. 알 수 없는 일이다. 다시 애써 기억을 모아 본다. 난다. 어렴풋이 기억난다. 캄캄한 가운데서 조그만 불빛이 반짝하듯, 잡힐 듯 말 듯한 기억이 떠오른다. 누군가가 자기를 부축해 주던 기억이다. 분명히 자기를 부축해 일으켜 주고 자기가 걷는 것을 도와주던 사람이 있었다는 기억이다.

몹시 부드럽고 따뜻한 손이었다고 기억된다. 그러나 그 밖엔 더 이상 아무런 기억도 나지 않는다. 어떻게 해서 집까지 왔으며 침대 위에 누워 잠들었는지는 도무지 생각나지 않는다.

누굴까. 나를 집까지 데려다주고 침대 위에 눕게까지 해 준 사람은.

그때 그는 다시 심한 갈증을 느끼고 우선 물부터 찾아 마셔야겠다는 생각으로 간신히 침대 위에서 몸을 일으켰다. 물을 마시려면 부엌까지 가야 한다. 그는 침대 위에서 내려섰다. 그리고 침실 문을 열고 거실 쪽으로 나섰다.

순간 허민은 거기 희미한 빛 속에 잠겨 있는 응접실 소파 위에 누군가가 조그맣게 웅크리고 누워 있는 모습을 발견했다. 첫눈에도 그것은 여자의 모습임이 분명했다.

그는 순간 갈증도 잊은 채 얼른 전등 스위치부터 올렸다. 환하게 불이 들어오자 소파 위에 누운 사람의 모습은 보다 확실히 바라보였다. 분명한 여자였고 입은 채로 옆으로 조그맣게 누워 잠들어 있었다. 그러나 그가 선 위치에선 얼굴을 잘 볼 수가 없었다.

그는 소파 쪽으로 다가갔다. 그때 주위가 갑자기 환해진 걸 느꼈음인지 또는 그의 발짝 소리를 들었음인지 소파 위의 여자가 반짝 눈을 떴다. 그리고 그를 발견하자 얼른 몸을 일으켜 앉았다.

"어마, 선생님 벌써 일어나셨어요?"

"아니, 너는?"

허민은 자기 눈을 의심했다. 그녀는 분명히 자기가 나가고 있는 여자 대학의 졸업반 학생 중의 하나였던 것이다. 그리고 그중에서도 눈에 띄던 학생이었다.

"넌 이화 아니냐? 네가 어떻게?"

"생각 전혀 안 나세요? 선생님."

"난 뭐가 뭔지 잘 모르겠는데. 혹시 그럼 네가 날?"

"네, 제가 선생님을 모시고 왔어요. 모셔다드리곤 금방 돌아가려고 했는데 댁까지 모셔 오고 나니까 통행금지 시간이 다 됐지 뭐예요. 어디서 그렇게 약주를 많이 잡수셨어요?"

허민은 모든 사정을 짐작할 수 있었다. 제자에게 추한 꼴을 보였음에 틀림없는 일이다. 그는 그녀의 맞은편 소파에 앉았다. 자기가 물을 마시려고 일어나 나온 사실 따위는 까마득히 잊어버린 채.

"이거 미안해서 어떡허지? 내가 혹 무슨 추태라도 부리지 않았어?"

"아녜요. 아주 얌전하셨어요. 제가 여쭤어보는 대로 이 아파트 동호수(棟號數)도 아주 정확히 말씀해 주셨고요, 열쇠도 아주 고분고분 꺼내 주셨어요. 제가 해 드린 건 구두 벗겨 드린 일밖엔 없어요."

"구두를? 이거 참 이화 앞에서 내가 고개를 들지 못하게 됐군. 그런데 날 어떻게 봤지? 어디서?"

"저 가끔 가서 음악 듣는 집에서 나오다가 뵀어요. 어디서 많이 된 듯한 분이 길바닥 옆에 쓰러져 계시길래 자세히 다가가 보니 선생님 아니겠어요? 무슨 일로 그렇게 약주를 많이 잡수셨어요?"

그러며 그녀는 반쯤 미소를 머금은 채 근심스런 시선으로 허민을 바라보았다. 순간 허민은 그녀의 눈빛에서 어떤 아늑한 것, 자기가 그 속에 문득 감싸이고 싶은 부드러움 같은 것을 발견하였다. 그것은 그의 짧지 않은 독신생활 가운데서 여태껏 어떤 여자의 눈빛에서도 발견할 수 없던 것이었다. 이상한 일이 아닐 수 없었다. 제자의, 그것도 나이가 자기의 반이 채 넘을까 말까 한 제자의 눈빛에서 그러한 느낌을 받다니 아무리 몹시 취했다 깬 뒤라곤 해도 도저히 정당화시킬 수 없는 일이었다.

그는 죄를 지은 듯한 기분으로 그녀의 시선을 슬쩍 피하며 대꾸했다.

"무슨 특별한 일이 있었던 건 아니구 어쩌다 보니 그렇게 좀 과음을 한 모양이야. 아무튼 이화한테 못 할 짓을 시켰으니 어떻게 용서를 받지?"

"못 할 짓은요. 그럼 선생님이 쓰러져 계신 걸 보고서도 그냥 못 본 체 지나가 버리란 말씀이세요?"

"그랬던 게 오히려 좋았는지도 모르지."

"어마, 그런 말이 어딨어요?"

"아, 미안해. 아무튼 고마워. 이화 아니었으면 난 하긴 지금쯤 파출소 나무의자 신세를 지고 있을 뻔했군. 그건 그렇고 이화 부모님들한테 걱정 끼쳐 드려서 어떡하지? 몹시 염려들 하고 계실 텐데."

"나중에 사실대로 말씀드리면 돼요. 제 염려 마시고 좀 더 주무세요. 아직 약주 다 깨신 거 아니잖아요?"

"아니, 괜찮아. 다 깼어. 나보다도 이화가 피곤하겠군. 소파에서 오

그리고 자느라고."

"아녜요, 전 괜찮아요."

"그럼 뭐 마실 거라도 좀 만들어 줄까? 커피 마시겠어?"

"참 선생님 목마르시겠네요."

"실은 그래서 깼지. 잠깐만 기다려. 내 커피 끓여 가지고 올 테니까."

"제가 끓일게요, 선생님."

그러며 그녀는 소파에서 일어났다.

"그건 안 돼. 홀아비 부엌을 처녀한테 보일 수가 있나. 잠깐만 앉아 있어. 내 금방 끓여 가지고 올 테니까."

그리고 허민은 그녀를 다시 소파에 눌러앉게 한 다음 부엌으로 갔다. 가스레인지를 켜고 물을 끓이고 잔들을 꺼내는 그의 손은 전에 없이 침착하지 못했다. 왠지 처음 들어와 보는 부엌에서 처음 해 보는 일을 하고 있는 느낌이었다. 그는 그러한 자신에 화를 내면서 그러나 지금 하고 있는 일 자체에 대해서는 알 수 없는 가벼운 흥분마저 느끼면서 물이 끓기를 기다렸다.

그리고 두 잔의 커피를 만들어 가지고 그가 다시 거실로 나왔을 때 그녀는 얼른 마주 일어서서 그가 가지고 나온 것들을 탁자 위에 내려 놓는 일을 도왔다. 그때 그는 무심결에 그의 손이 자신의 손에 닿는 것을 느꼈는데 순간 그는 다시 한번 자기가 무슨 죄를 짓고 있는 듯한 기분에 사로잡혔다. 우연히 잠깐 스쳐 닿은 것뿐이었지만 그녀의 손의 감촉은 그의 가슴 깊숙한 곳까지 와 닿는 느낌이었기 때문이다.

그녀가 커피잔에 설탕을 넣어 저으면서 말했다.

"선생님이 혼자 사신다는 거 오늘 처음 알았어요."

그는 건성 대꾸하고 있었다.

"아, 그랬어?"

"처음엔 아무리 벨을 눌러도 나오는 사람이 아무도 없어서 이상하게 생각했어요. 나중에 선생님이 열쇠를 꺼내 주셨을 때에야 어렴풋이 짐작을 했죠. 그리고 조금 전에 하신 말씀을 듣고 나서야 완전히 알았고요. 왜 결혼 안 하셨어요?"

"안 했나? 하긴 했지만 실패했지."

"실패하시다뇨? 그럼 이혼하셨던 말씀이세요?"

"왜, 이혼하면 못 쓰나?"

"죄송해요, 선생님. 전 잘 모르고."

"죄송할 것까지야 있나. 물어볼 수도 있는 문제지. 하지만 그 얘긴 그만두지. 그보다도 이환 신랑감 구해 놨나?"

"선생님도. 제가 벌써 무슨……."

"벌써가 뭐야? 졸업이 몇 달 안 남았는데. 아직 못 구했으면 어서어서 서둘러야지. 하긴 이환 예쁘게 생겼으니까 이쪽에서 서두를 필욘 없을지 모르겠군."

"전 시집 안 갈 거예요."

"아니, 그건 또 왜?"

커튼 사이로 스며드는 빛은 이제 완연한 아침빛이었다.

그녀는 잠시 허민을 맑은 표정으로 쳐다보고 나서 말했다.

"꼭 무슨 확실한 이유가 있어서는 아녜요. 하지만 결혼을 하고 나면 왠지 사람이 이기주의자가 될 것 같아서요."

허민은 괄목(刮目)하고 그녀를 쳐다보았다.

"그건 또 어째서지?"

"잘은 모르겠어요. 그냥 그런 느낌이 들어요. 최소한 남의 가족보다는 자기 가족을 더 사랑하게 될 거라는."

"그야 당연한 일 아니겠어?"

"네, 당연하긴 하지만, 어쩐지 그렇게 되는 게 좋은 것 같진 않아요."

"당연하지만 좋은 것 같진 않다, 잘 모르겠는데?"

"저도 잘 몰라요. 어쩐지 그런 막연한 느낌이 들 뿐예요. 어쨌든 모든 걸 가족 위주로만 생각하게 되는 건 좋은 것 같지 않아요. 결혼을 하게 되면 어쩔 수 없이 또 그렇게 되고 말 것 같고요."

"이를테면 가족 이기주의가 싫다, 이건가?"

"아이, 잘 모르겠어요, 선생님. 아무튼 전 결혼은 안 할 거예요."

"가만, 그 얘기 좀 더 해 보자고. 아주 중요한 얘긴 것 같은데. 이화는 그럼 남의 가족보다 자기 가족을 더 사랑하는 게 옳지 않다고 본단 말이지?"

"사람들이 그러는 걸 옳지 않다곤 할 수 없을 것 같아요. 하지만 전 왠지 그러고 싶지 않아요."

"왜 그럴까?"

"그럴 권리가 있다고 해서 누구나 다 그래야 하는 건 아니잖아요?

전 만일에 남들이 고통을 당하거나 불행에 빠져 있는 걸 알면서도 자기 가족만 안락하고 행복하다고 해서 그걸 모른 체하거나 일시적인 동정만 보내고 말게 된다면 그 이상 황폐해지는 일은 없을 것 같아요. 그리고 그게 자기나 자기 가족의 현실적 이익을 위한 권리라고 하더라도 전 그런 권리 갖고 싶지 않고요."

"역시 가족 이기주의에 대한 저항감인 것 같군. 하지만 자기 가족을 남의 가족보다 더 사랑한다고 해서 반드시 자기 가족만의 이익을 위하게 된다고는 할 수 없지 않을까? 더구나 이화처럼 그런 자각을 갖고 있는 사람이라면 말이야. 그리고 개인의 경우나 마찬가지로 말야."

"개인하고는 좀 다를 것 같아요. 자기 남편, 자기 자식을 남의 남편, 남의 자식보다 더 사랑하게 되면, 또 그럴 수밖엔 없겠지만요, 궁극적으로는 결국 선생님이 말씀하신 그 가족 이기주의가 될 수밖에 없을 것 같아요."

"이화 하는 얘기 뜻은 알겠군. 하지만 좀 위험한걸. 혁명적인 생각일수록 위험이 따르게 마련이지만 말야. 이화 생각은 기존의 가족제도에 정면 도전하는 아주 혁명적인 생각이니까 말이지. 안일한 생각일는지 모르지만 이미 만들어져 있는 제도나 풍속을 따르는 게 대개의 사람의 경우엔 행복을 가져다준다고 할 수 있을 텐데, 이환 그런 평범한 행복은 바라지 않는 모양이군."

"아이, 선생님. 무슨 그런 대단한 생각이 아녜요. 그저 제가 갖고 있는 느낌을 말한 것뿐이죠."

"아니, 아니야. 아무튼 내 오늘 여러 가지로 큰 발견을 하는군. 가만 내 아침이나 지어야겠군. 내겐 모처럼이고 또 고마운 손님이니까 말야."

허민은 소파에서 일어났다. 그러자 그녀가 얼른 따라 일어서며 말했다.

"아녜요, 선생님. 제가 지어 드리고 갈게요. 저 밥 잘 지을 줄 알아요."

"아니, 오늘은 선생이 지어 주는 밥을 한번 먹어 봐. 이화보단 아마 내가 더 잘 지을 거야. 이환 손님답게 얌전히 앉아 있으라구."

"그런 데가 어딨어요? 선생님. 제가 안 왔으면 모르지만 제가 온 이상 어떻게 선생님이 식사를 짓도록 가만히 앉아 있을 수가 있어요? 말도 안 돼요."

"그럼 또 손님이 남의 집에 와서 밥을 짓는 법은 어디 있나? 손님이 밥을 짓도록 하고 주인은 가만히 앉아 있는 법은 어디 있고."

"제가 무슨 손님이에요? 선생님 제자죠."

"제자는 손님 아닌가? 마찬가지지. 또 여자만 밥을 지으라는 법은 어디 있어? 그 점에 관해선 지극히 보수적이군그래."

"아이 선생님, 저 그럼 갈래요."

"아니 가만, 그럼 이렇게 해. 정 밥을 짓고 싶으면 언제 다음 기회에 한번 와서 지어 줘. 그러면 그땐 내 아주 고맙게 받아먹지. 오늘은 손님 대접하고 싶은 나한테 양보해 주고."

"싫어요, 선생님. 그건 양보가 아니라 도리에 어긋나는 일예요. 전

못 하겠어요."

"아주 고집쟁이군 그래. 그럼 이렇게 하지. 같이 짓도록 해. 어차피 부엌이 낯설어서 이화 혼자서는 안 될 테니까. 그러면 되겠어? 그것도 안 되겠다면 나도 더 이상 양보를 할 수가 없는걸."

"그럼 그렇게 하세요. 그 대신 선생님은 절 거들어 주시는 거예요."

"아무려나 좋아."

그러자 그녀는 손 씻을 곳을 물어 욕실 겸 세면실로 들어가 손을 씻고 나왔다. 그리고 두 사람은 곧 아침 짓기에 들어갔다.

함께 짓는다고는 했지만 그는 쌀이 있는 곳과 반찬이 될 만한 것들이 들어 있는 곳, 그 밖에 솥이나 냄비 따위가 있는 장소를 가르쳐 주거나 가스레인지를 켜서 불을 마련해 주는 정도에 그쳤고 나머지는 그녀 혼자서 도맡다시피 했다. 그녀가 그 이상을 허용치 않았던 것이다. 꼭 한 가지 더 허용한 것이 있다면 그로 하여금 파 몇 뿌리를 다듬게 해 준 것뿐이었다. 그것도 만류하다 못해서, 그것이 최대의 양보라는 태도로.

식사 준비가 다 되어 두 사람이 식탁 앞에 마주 앉은 것은 투명한 아침 햇빛이 열어젖힌 커튼 사이로 흘러들어와 식탁 위의 그릇들에 맑은 반사광을 일으킬 무렵이었다.

허민은 참으로 오랜만에 식탁다운 식탁 앞에 앉은 기분이었다. 누구와 더불어 아침식사를 같이한다는 사실부터가 실로 몇 년 만의 일인가. 윤희와 헤어진 지가 7년째 지나가고 있으니까 거의 만 7년 만의 일이 아닌가.

이화가 말하고 있었다.

"오늘 말고는 그럼 항상 혼자서 식사를 하셨겠네요."

"응? 아, 그랬지. 헌데 오늘은 이화하고 같이, 그것도 이화가 지어 준 밥을 먹게 되니 갑작스런 무슨 축복이라도 받은 느낌이군. 왠지 겁이 나는데. 다른 사람한테 갈 축복이 잘못 내게로 온 게 아닌가, 해서 말야."

농담의 억양을 지어서 한 소리였으나 그것은 그의 심중을 거의 그대로 나타낸 말이기도 했다. 실로 그는 그 아침의 일이 도저히 믿어지지 않는 무슨 잘못된 은총의 순간처럼만 여겨졌던 것이다.

이화는 그 말을 그냥 농담으로만 새겼는지 가만히 장난스레 웃어 보이며 말했다.

"그것 보세요. 역시 제가 밥을 짓길 잘했죠."

"하하, 역시 그랬나."

하고 허민도 더 부연하지는 않았다.

식사가 끝나고 설거지를 마치고 났을 때 그녀가 말했다.

"저 이제 그만 가 봐야겠어요, 선생님."

허민은 만류할 입장이 못 된다는 것을 알고 있었으나 어쩐지 선뜻 그러라고 하고 싶은 마음이 아니었다.

"학교 갈 시간도 다 됐는데 집에 들러서 가려고? 웬만하면 나하고 같이 가지."

그러자 그녀는 순간 눈동자를 동그랗게 만들어 보이며 놀라는 시늉을 하였다.

"어마, 선생님. 오늘 일요일인 거 모르세요?"

그제야 그는 어제가 토요일이었다는 사실을 깨달았다.

"아, 참 그렇던가? 그럼 그렇게 서두를 필요는 없겠군. 조금만 더 있다 가지. 차라도 한잔 끓여 마시고."

"아녜요, 선생님. 집에 가서 식구들하고 같이 교회에 가야 해요."

"아, 교회엘 나가는군. 그리고 참 부모님들께서 걱정을 하시겠군. 그럼 더 잡진 못하겠는데."

"안녕히 계세요. 선생님."

그러며 그녀는 고개를 숙여 인사한 다음 문 쪽으로 향했다.

"가만, 내 요 앞까지만 바래다주지."

"아녜요, 선생님. 피곤하실 텐데 그냥 쉬세요."

그리고 그녀는 그가 채 따라나설 겨를도 주지 않고 재빨리 문을 나서서는 밖으로부터 도어를 꼭 닫았다. 그리고는 곧 층계를 내려딛는 가벼운 발짝 소리가 들려왔다. 그는 뒤따라 나가려고 도어 앞까지 다가갔다가 되돌아섰다. 어쩐지 그건 용기가 필요한 행동인 것같이 여겨졌기 때문이다. 또는 체신을 잃을 각오를 해야 할 것같이 여겨졌다고나 할까.

그는 되돌아서서 창 쪽으로 다가갔다. 거기 서면 그녀가 아파트 현관을 빠져나가는 모습을 볼 수가 있는 곳이었다.

잠시 후 그녀의 모습이 시야 아래 나타났다. 내려다보이는 그녀의 모습은 아주 조그마해 보였다.

그 조그만 모습의 그녀가 한순간 걸음을 멈추듯 하며 그가 서 있는 창 쪽을 올려다보았다. 그리고 창 앞에 선 그를 발견한 듯 조그만 손을 들어 흔들어 보였다. 그도 그녀를 향해 말없이 한 손을 들어 보였다.

그녀는 그를 향해 가지런한 흰 이를 보이며 활짝 웃어 보이고는 돌아서서 다시 걷기 시작했다. 그리고 곧 그녀의 모습은 다른 아파트 건물에 가려 더 이상 볼 수 없게 되었다.

그는 창 앞을 떠나 까닭 모를 허전한 느낌으로 소파에 앉았다. 갑자기 몸 주위가 허전하게 넓어진 느낌이었다. 그리고 그러한 결핍감은 그가 수년 이래 맛보지 못해 오던 것이었다.

때아니게 윤희와의 결혼생활이 떠올랐다. 윤희와 헤어진 뒤로 한 번도 없었던 일이다. 그만큼 그는 윤희와의 그 짧았던 결혼생활에 대해서 아무런 애착도 가지지 못했던 것이다.

그런데 무슨 까닭일까, 지금 느닷없이 윤희와의 결혼생활이 떠오르는 것은. 어쨌든 여자아이와 몇 시간 동안을 같이 지낸 까닭일까.

윤희와의 결혼생활은 한마디로 말해서 일시적인 야합이었다고밖에 할 수 없었다. 서로 사랑하는 대신 서로 필요해서 서로가 필요로 하는 것을 갖고 있는 동안만 함께 살았던 것이니까. 또 그것이 바로 결혼생활의 전부라고 그는 생각했었다.

윤희는 그가 바라는 만큼의 학력과 용모를 가지고 있었고 건강했으며 학력에 어울리는 만큼의 교양을 지니고 있었다. 그리고 그는 윤희가 바라는 만큼의 학력·건강·교양 그리고 직업과 재산을 갖고 있었다. 서로 그만하면 만족할 수 있다고 생각하여 결혼하였다. 양쪽 집안과 친지들의 축복과 선망을 한꺼번에 받으면서. 그리고 스스로 들도 자랑으로 여기면서.

결혼한 후 몇 달 동안은 그리고 그들은 실제로 만족한 생활을 할 수 있었다. 윤희는 행복감을 느끼고 있는 것 같아 보였고 그 자신도 흡족한 기분이었다. 외국의 저명한 연주자가 왔을 때는 빼놓지 않고 음악회에도 참석하였고 나란히 전람회 구경도 다녔으며 주말이면 여행도 떠났다.

그러나 그가 그 생활이 한낱 허위에 지나지 않는다는 것을 깨달은 것은 불과 몇 달 지나지 않아서였다. 아니, 어쩌면 그것을 먼저 깨달은 것은 윤희 쪽이었는지도 몰랐다. 차차 노골적인 실망의 표정을 먼저 짓기 시작한 것이 윤희 쪽이었으니까.

지금 생각해 보면 그것은 오히려 당연한 일이었다. 그들은 서로, 서로의 거죽을 둘러싸고 있는 조건들에 의해서만 만족하고 또 그것들에 의해서만 맺어졌던 것이니까. 그리고 서로가 필요로 하는 것을 상대방이 충분히 갖추고 있지는 못하다는 사실이 드러나는 데는 그다지 오랜 시간이 걸리는 것은 아니었으니까.

요컨대 그들은 서로에게서 어떤 결핍을 발견하고 그것이 애정이라는 사실을 깨닫고 놀랐다. 그리고 그것이 그렇게 두 사람 사이에 커다란 결핍으로 존재할 수 있다는 사실에 놀랐고 그러한 커다란 결핍을 서로 눈치채지 못한 채 몇 달 동안을 함께 살아왔다는 사실에 놀랐다. 다른 결핍들은 이제 부수적인 문제에 지나지 않았다.

이혼을 먼저 제기한 것은 윤희 쪽이었다.

"서로 사랑하지 않는다는 사실을 안 이상 하루라도 더 함께 살 이유는 없잖아요? 처음부터 잘못 출발했던 것 같아요. 왜 우리는 가장 중요한 것을 확인하는 데 소홀했을까요? 더욱이 당신은 결혼하기 전에 생각하던 것하고는 전혀 다른 사람이라는 것도 알았고요."

그것이 윤희가 말한 이유였다. 그리고 그것은 그가 윤희에게 되돌려주고 싶은 말이기도 했다.

그들은 쉽사리 이혼에 합의했다. 그리고 그것이 그들이 그때까지 취해 온 행동 가운데서 유일하게 정직한 것이었다. 다행스러운 것은 그들 사이에 어린아이가 없었다는 점이다. 그리고 그들이 너무 늦기 전에 그들 사이에 개재한 허위를 깨달았다는 점이다.

그 이후로 허민은, 다시는 결혼 같은 것을 해 볼 생각조차 가져 본 적이 없었다. 그 짧은 결혼생활의 경험이 그로 하여금 결혼 문제에 관한 한 거의 극단적인 폐쇄주의로 기울게 했던 것이다.

즉 결혼이란 물건 고르기와는 달라서 이러저러한 조건을 따지기에 앞서 양자간의 사랑을 전제로 해서만 올바로 성립되는 것이란 너무나도 당연한 사실에의 뒤늦은 깨달음에 이어 과연 그러한 사랑이 세상에 존재할 것인가에 관한 깊은 불신이 그를 사로잡아 버렸던 것이다. 그리고 자신의 그러한 불신을 떨쳐 버릴 만한 일은 그는 한 번도 경험하지 못했다.

따라서 세상의 대부분의 결혼이란 엄밀한 의미에서 속임수에 의해서 유지되는 것이라는 게 그의 생각이었다. 그가 다시는 결혼 따위를 마음먹지 않고 오로지 자기 개인 하나의 정직성과 자기 공부의 향상에만 전념해 온 이유라 하겠다.

그런데 오늘 아침 그는 한 제자에 의해서 마음이 이상하게 흔들리는 경험을 하였다. 물론 일시적인 환각 같은 것에 불과할는지 모르지만. 신기루 같은, 사막의 여행자에게 이따금 있는 현상이라는 그런 신기루 같은 현상에 지나지 않을는지 모르지만.

그는 소파에서 일어났다. 그리고 천천히 다시 침실로 향했다. 아직 몸이 무겁게 느껴지기 때문이기도 했으나 전에 없던 마음의 동요가 아무래도 간밤의 숙취와 그것에서 충분히 풀려나지 못한 몸의 상태에 원인이 있는 것만 같아 모자란 잠을 좀 보충하고 나면 괜찮아지겠지, 하는 그 나름의 판단을 하고서였다.

그러나 막상 다시 침대 위에 누웠어도 쉽사리 잠은 오지 않았다. 몸은 무거웠으나 머릿속은 점점 말짱해지기만 하고 마음은 알 수 없는 결핍감으로 허전하기만 했다.

처음부터 아무도 없었던 공간과 누군가가 잠시 자리를 메웠다가 빠져나간 공간과의 차이를 그는 비로소 확연히 실감하는 기분이었다.

잠자는 것을 포기하고 그는 다시 침대에서 일어났다. 먹다가 남겨 둔 소주가 반병쯤 있다는 생각을 해 냈던 것이다.

부엌으로 들어서자 깨끗이 치워진 부엌 내부가 한눈에 들어왔다. 설거지를 하면서 이화가 그렇게 치워 놓은 것임에 틀림없다. 그는 다시금 알 수 없는 결핍감에 사로잡히면서 짐짓 그러한 사실로부터 외면하듯 서둘러 먹다 남긴 소주병이 들어 있는 곳을 찾았다.

소주는 반병이 채 못 되게 남아 있었다. 그것을 꺼내 들고 그는 다시 침실로 왔다.

침대 위에 걸터앉아 병째로 조금씩 마시기 시작했다.

그때 벨 소리가 났다. 순간 그는 자신도 모르게 걸터앉았던 침대에서 벌떡 일어선 자신을 발견하였다. 그리고 그는 곧 그러한 자신을 꾸짖었다. 이화가 다시 와 주었을 리는 만무한 일이기 때문이었다.

그러나 침실로부터 현관 도어 쪽으로 향하는 그의 발걸음은 결코 침착하다고는 할 수 없었다. 그리고 도어의 손잡이를 돌리는 그의 손 역시 조금은 서두르고 있음을 감추지 못하였다.

도어 밖에 서 있는 사람은 그러나 아파트 관리인이었다. 관리인은 무슨 세금 고지서 같은 종이 한 장을 전해 주고 가 버렸다.

그는 공연히 관리인에 대한 미움이 치미는 것을 느끼면서 그리고 그러한 공연한 감정에 일순이나마 사로잡힌 자기 자신에 대해 화를 내면서, 관리인이 전하고 간 세금 고지서를 응접실 탁자 위에 아무렇게나 던져 두었다. 그리고 다시 침실 쪽으로 돌아서서 마악 한 발짝 떼어 놓으려는 참이었다.

탁자 위의 전화통이 금속성의 발신음을 울렸다. 마치 그의 발뒤꿈치라도 잡아당기듯이.

그는 성가시다는 생각을 하면서 천천히 다시 돌아섰다. 그리고 송수화기를 집어 들었다.

"여보세요. 허민입니다."

"아, 선생님이세요? 저 이화예요."

순간 그는 방금 자신이 성가시다고 생각한 걸 후회하였다. 그리고 자신도 모르게 약간 떨리는 목소리로 말했다.

"아, 이화."

"제가 외운 전화번호가 틀리지 않았네요. 저 지금 마악 교회에서 돌아오는 길예요. 좀 주무셨나요?"

"응, 그래, 좀 잤어. 지금 어디 있지?"

"저희 집 근처 공중전화예요. 선생님 주무시는 걸 깨울까 봐 안 걸려다 걸었어요. 저 때문에 깨신 거 아니세요?"

"아니, 아냐. 이미 깨어 있었어. 부모님들한테 걱정 듣지 않았나?"

"걱정하셨지만 금방 이해하셨어요. 그보다도 지금 저희 동네 햇빛이 너무너무 아름다워요. 사실은 그래서 전화드린 거예요. 선생님이 혹시 바깥이 이렇게 아름다운 줄도 모르시고 방에만 계실까 봐서요. 푹 주무셨으면 방에만 계시지 말고 바깥으로 나오셔서 동네라도 좀 산책하시고 그러세요. 그 동네 햇빛도 여기 못잖게 아름다울 거예요. 전 9월의 햇빛이 이렇게 아름다운 건 줄 오늘 처음 알았어요."

"그래? 아무튼 고맙군. 그런데 이환 그럼 그 아름다운 햇빛을 놔두고 집으로 들어갈 참이야?"

"네, 집에 돌아가던 길이니까요. 식구들 먼저 들어가고 전 선생님 생각이 나서 전화드린 거예요. 하지만 선생님이 좋으시담 저 지금 선생님 동네로 가서 함께 산책해 드려도 좋아요. 선생님 혼자 나오시기가 심심하시면요."

"그래? 정말 그래 주겠어? 그럼 내 점심은 아주 맛있는 것으로 사주지. 이화가 아주 좋아하는 것으로 말야. 신세 진 것도 갚을 겸 말이지. 와 주겠어?"

"네, 그럼 금방 갈게요. 하지만 점심은 안 사 주셔도 돼요. 저 선생님이 신세 갚으실 만한 일 해 드린 거 하나도 없어요."

"아무려나, 그럼 와 주긴 하는 거지? 그럼 내 기다릴 테니까."

"네, 30분 안으로 갈게요."

"그래, 기다릴게. 그럼."

송수화기를 내려놓은 후 그는 잠시 그 자리에서 움직일 줄을 몰랐다. 전화통은 다시 침묵하는 작은 기계로 바뀌었고 그것을 통해서 그가 방금 그녀의 생생한 목소리를 들었다는 사실이 도저히 믿어지지 않았다. 그 역시 신기루 같은 환각 작용에 지나지 않았던 게 아닌가 하는 의심이 들 지경이었다.

그는 무심코 다시 송수화기를 들어 귀에 대 보았다. 징— 하는 조그만 발신음 이외에는 아무 소리도 들려오지 않았다. 정말 무슨 착각을 일으킨 것이 아니었나 하는 의심이 다시 들었다.

그러나 그녀는 30분이 채 못 되어 어김없이 그곳에 나타났다. 그녀가 아파트 구내로 걸어 들어오는 모습을 창을 통해 발견한 그는 그녀가 올라오기를 기다리는 대신 서둘러 도어를 잠그고 층계를 내려갔다. 그리고 그녀가 마악 아파트 현관을 들어서는 모습과 만났다.

"어머, 저 오는 거 보고 계셨군요."

하고 그녀는 깜짝 놀라는 표정을 짓고 나서 밝게 웃었다.

"창으로 내다보고 있었지 자, 그냥 나가지."

하고 그는 현관으로 들어서려는 그녀를 되돌려 세웠다. 그녀는 현관 밖으로 되돌아 나서며 말했다.

"보세요, 햇빛이 얼마나 아름다운가. 저 하늘하고요."

허민은 그녀 옆으로 따라나서며 하늘을 올려다보았다. 9월치고도 드물게 구름 한 점 없이 맑게 갠 하늘이었다. 그리고 정오 무렵의 막힌 데 없이 투명한 햇빛이 그 하늘의 빛깔을 더욱 눈부신 푸른빛으로 보이게 했고 또 아파트 구내의 잔디밭 위에 환하게 내려앉아 있었다.

"이화 아니었으면 정말 방구석에 틀어박혀 이런 좋은 걸 보지도 못할 뻔했군. 이 신세를 무엇으로 갚지?"

"또 신세예요? 선생님."

"그럼, 신세고말고. 이 이상의 신세가 또 어디 있어?"

"아이, 그러심 싫어요. 저 그럼 갈래요."

"아니, 아니, 그건 그럼 아무래도 좋아. 이화가 싫다면 다신 신세 운운하지 않도록 하지. 자, 어느 쪽으로 가 볼까?"

"선생님 좋으신 쪽으로 가세요. 아무 데나 발길 내키시는 대로."

"그럴까? 그럼 이쪽으로 가 보지."

그는 그네며 미끄럼대 등이 만들어져 있는 어린이 놀이터가 있는 방향을 지목했다. 그리고 두 사람은 곧 나란히 걷기 시작했다.

자전거를 탄 젊은 남녀 한 쌍이 그들 곁을 스쳐 지나갔다. 옷차림이나 자전거를 타는 모습이 시원스레 개방적이었다.

"햇빛에 잘 어울리는 한 쌍이군."

하고 허민이 말했다.

"무척 아름다워 보이죠?"

하고 그녀도 말했다.

"햇빛이 이렇게 모든 사물을 아름다워 보이게 한다는 걸 알게 된 건 역시 순전히 이화 덕분이야."

"아무리, 그럼 그전에는 눈을 감고 다니셨단 말씀이세요?"

"그런 거나 마찬가지. 눈을 뜨고 다니면서도 볼 줄은 몰랐으니까. 말하자면 이화는 내 눈을 뜨게 해 준 안과의사나 다름없어."

"어마, 저 놀리시는 거군요, 선생님."

"놀리다니. 사실이야. 왜 겉으로만 보기에는 전혀 장님 같지 않은 사람인데 실제론 앞을 못 보는 사람이 있잖아. 그런 사람을 청맹과니라고 부르지. 말하자면 난 청맹과니였던 셈이고 이화는 그 청맹과니의 눈을 고쳐 준 훌륭한 안과의사인 셈이지. 알겠어?"

"모르겠어요, 선생님."

"그럼 졸업 학점은 F 이상을 결코 줄 수가 없겠는데. 아주 간단한 사실조차 이해를 못 하는 열등생인 셈이니까 말이야."

"좋아요, 선생님."

그들은 서로 마주 보고 웃었다.

어린이 놀이터가 가까워졌다. 취학하기 전으로 보이는 조그만 아이들과 초등학교 저학년생들로 보이는 역시 그만그만해 보이는 아이들이 그네에 매달리거나 미끄럼대 위를 쉴 새 없이 오르내리며 저희들만의 세상인 양 놀고 있었다.

그리고 한편에서는 그보다 조금 커 보이는 사내아이들과 계집아이들이 시소를 타고 있었다. 더러 아이들과 함께 온 부모로 여겨지는 어른들이 놀이터의 외곽에서 자기 아이들의 놀고 있는 광경을 지켜

보고 있는 모습도 보였다.

햇빛이 가장 필요한 곳에 내리비치고 있다는 느낌이었다.

이화가 물었다.

"선생님은 아이들 좋아하세요?"

"응, 좋아해. 이따금 이 앞을 지날 때마다 아이들만이 생명을 누릴 자격이 있다는 생각을 문득 하곤 하지. 왜, 이화는 아이들을 좋아하지 않나?"

"저도 좋아해요. 하지만 전 이따금 아이들도 어른들과 마찬가지로 불쌍하다는 생각이 들곤 해요."

"어른들과 마찬가지로라니. 그럼 이환 어른들을 모두 불쌍하다고 생각하나?"

"불쌍하다는 표현이 잘못됐는진 모르지만 어쨌든 모두 행복해 보이진 않아요. 힘에 부친 짐을 너무 많이들 지고 있는 것 같다고 할까요."

"음, 그럼 아이들은 왜 불쌍하지?"

"잘 모르겠어요. 어쩐지 아이들도 그런 짐을 지고 있는 것 같은 느낌도 들고 적어도 장차에는 그런 짐을 지지 않을 수 없다는 느낌도 들고요. 그것만이 전부는 아닌지 모르지만."

"아무튼 그렇다면 나도 그 불쌍한 어른의 범주에 들어 있겠군."

"선생님을 따로 지목해서 하는 얘기가 아니잖아요. 그냥 일반적인 어른들에 대한 느낌을 말한 것뿐이죠."

"그렇다고 하더라도 내가 그 일반적인 어른의 범주에서 제외되는 건 아니잖나?"

"아이, 그렇게 따지심 죄송해요. 제가 건방진 소릴 했나 봐요."

"건방진 소리 될 거 없어, 이화. 자기 느낌을 솔직하게 말하는 게 건방진 행동이 될 수는 없으니까. 하지만 어쨌든 나도 이화 눈에 불쌍하게 비친 것만은 사실인 모양이로군. 이거 낭팬걸. 제자 눈에 불쌍하게 비치고 말다니."

"죄송해요, 선생님."

"아니, 아니. 오히려 내가 미안하지. 오죽이나 허약해 보였으면 제자 눈에 다 불쌍하게 보였을라고. 정신 차려야겠는걸."

"……정말은 선생님도 지신 짐이 너무 많은 것 같아요. 선생님 얼굴을 뵙고 있으면 알 수 있어요."

"그래? 이거 참 다 들키고 말았군. 큰일인걸. 이화 반에 들어가서 이제부터 강의를 제대로 할 수 있을는지 모르겠는데."

"아이, 자꾸 그러심 저 여태껏 한 말 전부 취소할래요. 그리고 다신 아무 말도 않고요."

"그건 그럼 그쯤 해 두지. 자, 그리고 우리도 자전거나 한번 타 볼까? 어디 자전거 세놓는 집이 있을 거야. 탈 줄 알아?"

"탈 줄 몰라요, 선생님. 언제 가르쳐 주세요. 그땐 바지 입고 올게요."

"참, 옷차림이 적당치 않군. 그렇잖으면 배우는 건 아주 간단한데."

"다음에 가르쳐 주세요."

"그러지. 자전거는 다음으로 미루기로 하지. 그럼 수영이나 할까?

근처 어디에 실내 풀장이 있다는 소릴 들은 것 같은데. 수영은 설마 할 줄 알겠지?"

"미안해요, 선생님. 수영도 할 줄 몰라요. 그리고 갑자기 수영복도 없잖아요?"

"요즘 대학생 중에 수영 못 하는 사람이 다 있었나? 그렇다면 더욱 배워야겠군. 내 가르쳐 주지. 그리고 수영복은 임시로 하나 사면 되지. 좋은 걸 살 순 없을 테지만 풀장에 가면 마련된 게 있을 거야. 비싸지 않을 테니까 내 하나 사 주지. 어차피 나도 하나 사야 할 테고."

"그럼 가르쳐 주세요. 수영복값은 제가 나중에 갚아 드릴게요."

"어젯밤에 어쩌면 객사했을지도 모르는 날 구해 준 보답으로라도 내가 그냥 하나 사 주고 싶은데. 하지만 정 갚겠으면 나중에 갚아 줘도 좋고. 그것 때문에 또 실랑이를 하게 돼선 안 될 테니까."

"그래요, 선생님."

두 사람이 실내 풀이 있는 곳을 찾아낸 것은 얼마 안 가서였다. 그리고 그곳에서 두 사람은 각각 수영복 한 벌씩을 구해 입을 수 있었다.

수영복으로 바꾸어 입은 이화의 모습은 바라보는 쪽이 죄를 짓는 듯한 느낌이 들 정도로 아름다웠다. 아직 햇빛에 한 번도 드러내 본 적이 없는 것 같은 희고 투명한 피부와 알맞게 야윈 쪽 곧은 몸매와 지체는 아름답다는 느낌을 넘어 어떤 고결한 것을 바라보는 느낌마저 갖게 하였다.

그러나 그녀는 자신의 아름다움을 자랑삼는 기색 같은 건 조금도 없었다. 차라리 까맣게 모르고 있는 것 같았다고나 할까.

허민이 자기 시선이 큰 죄를 짓고 있는 것 같은 느낌을 감당하기 어려워 먼저 물속으로 뛰어들며 따라 들어오라고 손짓했을 때 그녀는 오히려 부끄럼을 타듯 또는 물의 차가움을 경계하듯 조심조심 옹송그리듯 하며 물속으로 내려왔던 것이다.

일단 그녀의 몸이 절반 이상 물속에 잠겨 또렷한 윤곽을 볼 수 없게 되어서야 그는 비로소 시선의 자유로움을 되찾았다. 그리고 얼마간의 마음의 평정도.

그는 물속에 들어서기만 한 채 조금 겁이 나는 듯 꼼짝 않고 서 있는 그녀에게 말했다.

"정말 전혀 못 하나? 어렸을 때 물장구쳐 본 경험도 없어?"

그녀는 고개를 살래살래 흔들었다.

"중학교 때나 고등학교 때 친구들하고 수영 가 본 적도 없고?"

"지금이 처음예요."

"그럼 물속에서 걸어 다니는 연습부터 해야겠군. 우선 물하고 친해 둘 필요가 있을 테니까. 그쪽 깊지 않은 쪽에서 그럼 우선 조금씩 걸어 봐. 겁내지 말고."

"저 겁 안 내요. 제 걱정 마시고 선생님 어서 수영하세요."

"난 천천히 해도 되니까 어서 조금씩 걸어 봐. 그냥 평지에서처럼 걸으면 되는 거니까. 자, 이렇게."

허민은 보아란 듯이 물속을 걸어 보였다. 그녀도 조금씩 걷는 시늉을 해 보였다. 풀 밖에 서 쉬고 있던 다른 사람들이 그들의 거동을 눈여겨보는 듯했다.

그가 그녀의 두 손을 잡아서 그녀로 하여금 직접 물의 부력을 시험해 보도록 도와준 것은 시간이 좀 더 지나서였다.

물속에서 풀 바닥을 딛고 걷는 연습부터 시작하여 물의 성질이랄까 힘 같은 것을 그녀 스스로 체득하게 하고 난 뒤였다. 그리고 다른 수영객들도 이제 그들에게 더 이상 관심 어린 시선을 보내지 않게 된 뒤였다.

그는 그녀의 두 손을 잡은 채 그녀의 몸을 편안하게 엎드리도록 한 다음 뒷걸음질을 쳐서 그녀를 끌어 주었다. 그녀의 몸은 가볍게 물에 떠서 끌려왔다.

"이제 내 손을 잡지 않고도 뜰 수만 있게 되면 다 배운 거나 마찬가지야. 물은 자기보다 비중이 작은 물체는 무엇이나 다 띄우는 성질을 갖고 있다는 사실만 알고 그 사실에 순종만 하면 돼. 편안하게 물의 부력에다 몸을 맡기는 거야. 물을 의심하지 말고. 내 손보다는 물이 더 힘도 세고 의지할 만하다는 생각만 갖게 되면 돼, 자, 내 손을 놓고 혼자서 한번 떠 봐. 그냥 떠 있기만 해 봐."

그녀는 믿기 어려울 만큼 발전이 빨랐다. 두어 번의 실패 후에 그녀는 곧 혼자서 뜰 수 있게 되었던 것이다. 다만 떠 있다는 것(그것도 아주 잠깐씩)뿐이었으나 처음 시작한 솜씨로서는 눈부신 발전이 아닐 수 없었다. 아마도 그녀의 의심할 줄 모르는 그리고 자신의 몸에 대해 갖는 대범한 태도 덕분일 것이었다.

그는 곧 팔과 다리를 사용하여 조금씩 전진하는 법도 가르쳐 주었다. 물론 아직 머리를 쳐들고 헤엄치는 데까지는 미치지 못했으나 그녀는 곧 머리를 물속에 잠근 채로나마 조금씩 앞으로 나아갈 줄도 알게 되었다. 그리고 그렇게 조금 전진하고 나서는, 그녀는 물에 젖은 얼굴을 쳐들며 기쁜 표정을 지었다.

"선생님, 저 얼마큼 갔어요?"

"3미터는 충분하겠는데. 아주 훌륭해. 그만하면 이제 다 배운 거나 다름없어."

"정말이에요? 선생님."

"그럼. 모든 사람이 이화처럼만 빨리 배운다면 난 차라리 수영선생으로 직업을 전환하고 싶을 지경인걸."

"설마? 선생님."

"아니, 정말이라고."

"어마, 좋아."

그리고 그녀는 곧 또 물속에 얼굴을 묻고 제 키의 두 배쯤 헤엄치곤 했다.

그녀를 가르치는 데만 정신이 팔려 그리고 그녀의 발전이 눈부신 데만 마음을 빼앗겨 그는 변변히 수영도 하지 못하였다.

그 점이 마음에 걸리는지 그녀는 이따금 헤엄치기를 중단하고 정색한 표정으로 그에게 말하곤 했다.

"저 때문에 그렇게 서 계시지만 말고 선생님도 수영하세요. 전 이제 혼자서도 할 수 있을 것 같아요."

"아니, 난 괜찮아. 이화가 빨리 느는 걸 보고 있는 게 더 유쾌해. 자, 어서 계속하라구. 그래야 어서 머리를 쳐들고 수영할 수 있게 되지."

"아이, 그렇지만 선생님도 하셔야죠, 뭐."

그러면 그는 마지못해 조금 헤엄쳐 보이는 시늉을 하곤 했다.

최근 몇 년간 이 같은 구김 없는 즐거움을 맛보는 건 오늘이 처음이었다.

그들이 그 실내 풀에서 나온 것은 오후 3시가 다 되어서였다.

다시 평상복으로 바꾸어 입은 그녀의 모습은 수영복을 입었을 때와 또 다르게 아름다워 보였다. 촉촉이 물기를 머금은 아침 나팔꽃 같았다고나 할까.

그녀가 말했다.

"선생님 덕분에 오늘 수영 아주 많이 배웠어요. 고맙습니다, 선생님."

"웬걸, 이화 혼자 터득하다시피 하던걸. 내가 이화 때문에 즐거웠지. 이화 아니었으면 난 아직까지도 아파트 방구석에 그냥 처박혀 있었을 텐데. 바깥이 이렇게 좋은 줄도 모르고. 참, 그보다 배고프지?"

"네, 배고파요. 선생님."

"나도 시장한걸. 어디 가서 우리 점심이나 먹지."

"네, 점심은 제가 사 드릴게요."

"이화가 무슨 돈으로?"

"점심 사 드릴 만한 돈은 저한테도 있어요."

"잔소리 말고, 내가 살 테니 이화는 좋아하는 거나 말해. 학생이 무슨 돈이 있어."

"어마, 학생은 뭐 점심값 정도 있으면 안 되는 법 있나요?"

"있으면 두었다 책 사 보고 오늘은 글쎄 나한테 맡겨. 그리고 어서 좋아하는 음식이나 말해 봐."

"좋아요, 그럼. 저 라면 사 주세요."

"라면?"

"네, 지금 라면 먹고 싶어요."

"아니, 고작 라면이 먹고 싶어?"

"네, 라면이 먹고 싶어요."

"그럼 이화가 사겠다는 것도 라면이었어?"

"아뇨, 제가 사는 경우엔 물론 선생님이 원하시는 걸로 사 드리죠."

"내가 비싼 걸 원한다면? 그래도 사겠어? 이를테면 비프스테이크라든지 또는 정식 코스의 양식이라든지."

"비프스테이크까진 사 드릴 수 있어요."

"그럼 내가 비프스테이크를 먹겠다면 이화도 비프스테이크를 먹나?"

"그럴 테죠."

"그럼 자기가 살 때는 비프스테이크 같은 걸 사고 선생이 사는 경우엔 라면이나 사게 하겠다 그 말인가? 좀 너무한데?"

"음식값이 무슨 상관이에요? 상대방이 원하는 걸 산다는 점이 중요한 거죠."

"아차. 이거 또 내가 한 대 얻어맞는군. 하지만 아무리 그렇더라도 선생이 제자한테 라면이야 사 줄 수 있나? 좀 그럴듯한 걸로 말해 봐."

"그럼 선생님이 그릴 듯한 걸로 말씀해 보세요. 제가 사 드릴게요."

"끝까지 양보를 못 하겠다, 이거로군? 그럼 좋아. 나도 그럼 라면을 먹겠어. 이화가 굳이 사겠다면."

"아이, 차암. 그럼 선생님 좋으신 대로 하세요."

"진작 그럴 일이지. 무얼 좋아하지? 냉면 같은 거 좋아해?"

"선생님이 잡숫고 싶다면요."

"아니, 이화가 정말 라면을 먹고 싶다면 라면으로 해도 좋고."

"아녜요, 선생님 냉면 잡숫고 싶은가 본데 냉면으로 하세요."

"끝까지 양보는 안 하려 드는군, 그래."

"선생님이 그러시네요, 뭐."

그들은 결국 실랑이 끝에 라면 끓여 파는 집을 찾기로 했다. 그녀가 양보를 했던 것이다. 양보를 했다는 것은 물론 자기가 원하는 것을 상대방으로 하여금 사게 했다는 뜻이다.

마침 분식점 한 군데를 발견할 수 있어서 그들은 들어가 마주 앉았다. 아주 조그만 집이었고 유리문 위에 여러 가지 분식의 종류를 써 붙인 종이쪽지 중의 하나에 '라면'이라고 쓰인 것도 끼어 있었던 것이다.

두 사람은 각각 라면 한 그릇씩을 주문했다. 허민은 다른 것을 주문할 수도 있었겠지만 그리고 그녀도 그러길 권했지만 기왕이면 그녀가 먹는 것과 같은 것을 먹기로 했던 것이다.

끓여진 라면 한 그릇씩과 노란 일본식 단무지 한 접시가 날라져 왔을 때 그녀가 말했다.

"제가 아무래도 양보하지 말 걸 그랬나 봐요. 선생님은 혼자 계시니까 라면 많이 끓여 잡수셨을 텐데요."

"아니. 그 점에 관해서라면 염려하지 않아도 돼. 난 이래 봬도 게으른 편은 아니어서 라면 같은 걸 끓여 먹어 본 적은 별로 없으니까."

"어마, 그러세요? 선생님. 그럼 한번 잡숴 보세요. 의외로 맛있다는 걸 알게 되실 테니까요."

"그러지. 자, 어서 이화도 들어."

"네."

두 사람은 각기 자기 앞에 놓인 그릇 속의 라면 가락을 젓가락으로 집어 올리기 시작했다. 입김을 불어 뜨거운 것을 식혀 가면서.

워낙 시장했던 탓인지, 생각보다는 그리고 전에 한두 번 먹어 봤을 때보다는 맛있는 음식이라는 느낌이 들었다.

"맛이 괜찮은데. 이환 이걸 자주 먹나 보지."

"네, 학교 앞에서 점심때마다 대개 이걸 먹어요. 값도 싸고 또 모양도 재밌잖아요? 꼬불꼬불 무슨 용수철 풀어진 것 같은 게."

"음? 하하, 그렇군, 그래."

"맛도 이만하면 괜찮고요. 하지만 선생님은 자주 잡숫지 마세요."

"그건 또 왜?"

"영양가도 별로 없을 뿐 아니라 이걸로 자주 식사를 때우시다 보면 게을러지실 테니까요."

"왜, 게을러지면 못 쓰나? 오히려 사람은 좀 게으른 편이 낫잖아?"

"나쁜 일 하는 사람들은 게으른 게 차라리 낫지만 그렇지 않은 분이 게을러서야 되나요?"

"가만, 나쁜 일 하는 사람들은 게으른 게 차라리 낫다, 그거 참 재밌는 말인데. 그러니까 나쁜 짓은 굳이 하려면 게으르게 하는 게 낫다, 그런 얘기가 되나?"

"……서투르게 하거나요."

"서투르게 하거나……. 그렇지, 나쁜 짓을 하려거든 게으르게 하거나 서투르게 하라, 그 참 기막힌 명언이야. 하긴 요즘 나쁜 짓 하는 친구들이 너무 부지런하고 너무 방법이 세련돼 있으니까 말야. 라면 먹으러 오길 썩 잘했군. 라면 덕분에 명언 한마딜 듣게 된 셈이니까 말이지."

"너무 그렇게 추켜세우심 저 그 말 취소할래요."

"아니, 결코 추켜세우는 게 아니야. 정말 머릿속이 한꺼번에 확 뚫리는 것 같군."

허민의 그 말은 진담이었다. 나이가 자기의 반이 좀 넘을까 말까 한 제자 아이의, 그것도 여리디여린 여자아이의 입에서 나온 그 한마디가 최근의 그의 어둡게 안개 낀 듯한 머릿속을 한 줄기 청량한 바람처럼 꿰뚫고 지나갔던 것이다. 물론 그것은 단순한 한마디의 재담에 불과할 수도 있는 것이었으나 적어도 그에겐 근래에 어느 누구한테서도 들어 보지 못하던 시류의 정곡을 찌른 재담이었다. 시류의 정곡을 찌르려면 시류를 잘 알고 있지 않으면 안 된다. 그렇다면 이 아이는 시류의 모든 것을 벌써 알고 있단 말인가. 아니 벌써라고 하는 것부터가 오랜 선생 노릇에서 길들여진, 학생을 무조건 어리게만 보는 옳지 못한 습성인지도 모른다. 더구나 여자 학교에서 길들여진.

"이화는 그러고 보니 세상을 보는 눈이 나보다도 더 어른스러운 것 같군. 앞으론 내가 오히려 이화한테 배워야 할까 본데."

"아이, 선생님. 저 소화 안 되겠어요."

"그냥 하는 소리가 아니래두. 진심에서 하는 소리라니까."

"그럼 더 그렇지 뭐예요."

"이런, 그야말로 못 당하겠군. 좌우간 앞으론 이화 앞에선 선생 행세는 하지 않을 테니까 그런 줄 알고 이화도 이젠 내 앞에선 학생이라는 기분 버리고 그냥 친구 정도로 생각해 줘도 돼."

"그런 데가 어딨어요?"

"왜, 내가 친구로선 자격이 부족한가?"

"아이, 선생님하고 제가 어떻게 감히 친구가 될 수 있어요?"

"왜 될 수 없어? 이화가 날 친구로서 자격이 부족하다고 생각한다면 모르지만."

"……."

"난 이화하고 친구가 되고 싶은걸."

그러자 그녀는 눈길을 똑바로 해서 그의 얼굴을 바라보았다. 마치 상대방의 상처라도 어루만지듯 한 너그럽고 맑은 눈빛으로.

"……정말 저랑 친구 하시고 싶으세요?"

그녀의 목소리는 낮고 부드러웠다.

"돼 줄 테야?"

그는 자신의 목소리가 떨려 나온다는 사실을 깨닫고 얼굴을 붉혔다.

그녀가 그것을 민감하게 알아차렸음인지 시선을 잠시 숙였다가 다시 쳐들며 조심스런 표정으로 가만히 고개를 끄덕였다.

"제가 선생님 친구가 돼 드릴 수 있다면요."

"아, 그야 물론 친구가 되고도 남지."

부러 쾌활한 목소리를 지어낸다는 것이 자신이 듣기에도 지나치게 커다란 소리가 되어 나와 그는 다시 한번 얼굴을 붉혔다. 다른 탁자에 앉아 있던 손님 몇 명이 무슨 일인가 하고 이쪽을 바라보았다.

순간 그녀는 그를 향해 조금 웃어 보이는 듯했다. 마치 친구의 실수를 문책하지 않겠다는 명확한 의사표시라도 하듯. 그리고 실수한 친구를 격려라도 하듯.

그는 멋쩍은 표정으로 그녀를 향해 씨익 마주 웃어 보였다. 그리고 말했다.

"이거 내가 왜 이렇게 허둥대지. 이화하고 친구 된 게 너무 기뻐서 그런가."

그러자 그녀는 그를 향해 거리낌 없이 맑게 웃어 보였다.

"부러 그러시고서요, 뭐."

"응? 그랬던가? 하하."

그러나 그는 순간 그녀의 눈동자에 잠시 비쳤다가 사라진 눈물은 발견하지 못하였다. 그것은 아주 잠깐, 눈 깜박할 사이에 지나가 버린 일이었기 때문이다.

그리고 그녀가 계속 밝게 웃는 표정을 잃지 않았을 뿐만 아니라 그는 그 자신이 허둥대고 있다는 사실에만 마음이 쓰여 미처 그녀의 눈동자에 순간적으로 일어났던 변화를 발견할 겨를이 없었기 때문이다.

그러나 그는 얼마 안 있어 그녀의 눈동자에 두 번째로 떠오른 눈물은 똑똑히 발견할 수 있었다. 분식점에서 나와 잠시 망설인 끝에 그가 이렇게 말했을 때였다.

"자, 이화 바쁠 테지? 나 때문에 공연히 일요일을 온통 다 빼앗기고. 친구들이랑 만나고 그래야 할 텐데 너무 내 욕심만 부린 것 같군. 자, 이젠 날 혼자 놔둬도 괜찮으니까 이환 그만 가 보지. 지금까지 이화하고 같이 지낸 것만으로도 몇 년 치 행복을 한꺼번에 누린 기분이니까."

순간 그를 똑바로 마주 쳐다봐 오는 그녀의 눈동자에 반짝하고 햇빛이 매달리는 듯한 착각을 그는 받았다. 그리고 그것이 햇빛이 아니라 햇빛을 반사하는 물체, 곧 눈물이라는 사실을 깨달은 것은 바로 그러한 착각을 받은 것과 거의 동시라고 할 수 있었다.

"……."

순간 그는 자신이 몹시 어리석어진 듯한 느낌을 받았다.

"……왜 그래? 이화."

그러나 그녀는 곧 가만히 미소 지어 보이며 말했다.

"저 오늘 아무 데도 딴 데 갈 데 없어요. 선생님하고 함께 있는 거 조금도 불편하지 않아요. 오히려 너무너무 즐거운걸요."

"……."

"선생님 아파트에 함께 갔음 좋겠어요. 저녁 지어 드릴게요. 네? 선생님."

그러며 그녀는 그의 한 팔을 가만히 잡듯이 했다. 허민은 순간 자기가 그녀의 선생이라는 사실은 까마득히 잊어버렸다. 오히려 자기는 길 잃은 초등학생쯤 되고 그녀는 자기를 발견하고 달려와 손을 잡아 준 예쁘고 낯익은 여선생 같은 착각이 들었다.

하마터면 그는 그녀의 품속으로 뛰어들 뻔하였다. 아니, 적어도 그는 마음속으로는 이미 그녀의 부드러운 품속에 뛰어들고 있었다.

"······이화."

그는 그렇게 나직이 그녀의 이름을 부를 수 있을 뿐이었다.

"그래요, 네? 선생님."

하고 그녀는 슬픈 듯 커다랗게 뜬 눈으로 그러나 다시 맑게 미소 지어 보이며 말했다.

"저 선생님이랑 함께 있고 싶어요."

그는 더듬더듬 간신히 대꾸했다.

"······물론 나도····· 이화, 하지만······."

"그다음 말은 하지 마세요. 친구끼리는 하지만이라는 말은 안 하는 거래요. 가세요. 네? 선생님."

"하지만······."

"아이, 선생님. 또 하지만······."

"정말 딴 데 갈 약속 없어?"

"네, 없어요. 선생님."

"······나하고 같이 있는 거 정말 불편하지 않아?"

"방금 말씀드렸잖아요. 저 거짓말쟁이 아녜요."

"좋아, 그럼 이렇게 하지."

"어떻게요? 선생님."

그는 잠시 그녀를 마주 쳐다본 다음 말했다.

"……정말 나하고 같이 있는 게 불편하지 않으면 같이 시내로 나가지. 영화 구경이나 하나 할까? 저녁도 시내에 나가서 먹기로 하고."

"왜 선생님, 제가 저녁 지어 드리는 거 싫으세요?"

"싫기야……. 이화 같은 예쁜 처녀가 우중충한 홀아비 부엌에 들어가서 지어 주는 저녁을 얻어먹기가 송구해서 그러지. 그리고 사다 놓은 찬거리도 아마 없을 테고."

"찬거리 사 가지고 들어가면 되죠, 뭐. 아까 보니까 저기 슈퍼마켓 보이던데요."

"글쎄, 그보다도 이화에게 내가 뭘 좀 맛있는 걸 사 주고 싶어서 그래."

"맛있는 건 방금 사 주셨잖아요?"

"그래도 어디 라면을 사 주고서 맛있는 걸 사 줬다고 할 수야 있나. 그리고 오랜만에 영화 구경도 한번 하고 싶고. 이화하고 같이 말이야."

그러자 그녀는 더 이상 고집하지 않고 선선히 양보해 왔다.

"좋아요, 그럼. 영화 구경 가세요. 맛있는 것도 사 주시고요."

"그래. 이환 역시 마음씨가 곱군. 선생의 마음을 금방 알아주니."

"친구의 마음이 아니고요?"

"참, 내가 망발했군. 우리 서로 친구였지? 자, 그런데 어디로 간다?

이환 어디서 무슨 좋은 영화 하는 데 있는지 혹시 아나?"

"잘 모르겠어요, 선생님."

"그럼 우선 택시를 타고 보지. 택시를 타고 우선 가장 가까운 거리에 있는 영화관부터 차례로 순방을 하면서 간판을 보기로 하지. 마음에 드는 간판이 보일 때 내리기로 하고. 어차피 영화관들이 서로 그렇게 멀리 떨어져 있지는 않을 테니까."

"그래요, 선생님."

그들은 곧 택시를 한 대 잡았다. 그리고 운전사에게 그곳에서 가장 가까운 영화관으로 가 달라고 일렀다. 운전사는 잠시 의아한 시선으로 그들을 돌아보고 나서 곧 의심이 풀린 표정으로 택시를 출발시켰다.

그들이 택시에서 내린 것은 운전사의 표정에 다시 의혹의 빛이 떠올랐다가 차차 흥미로운 그것으로 바뀌기 시작한 네 번째 영화관 앞에서였다. 그곳에 걸려 있는 간판이 그중 그들의 저항감을 덜 불러일으키는 것이었기 때문이었다.

영화는 그다지 군색스런 장면도 없고 그렇다고 특별히 감동을 주는 대목도 없는 평범한 미국 영화였으나 그들은 나란히 앉은 채 끝까지 화면을 바라보았다. 미국 배우들의 연기가 전보다 좀 솔직해진 듯하다는 점을 제외하고는 그리고 촬영기술이 좀 세련되었다는 점을 제외하고는 이렇다 할 볼 만한 점이라곤 별반 없는 영화였다.

그러나 허민은 단지 그녀와 나란히 앉아서 보고 있다는 사실만으로도 충분히 영화관에 들어온 목적은 성취한 기분이었다. 도대체 누구와 같이 영화관에 들어와 본다는 사실 자체가 몇 년 만의 일인가. 더욱이 나는 지금 이 아이를 단순한 동행자로서만 느끼고 있는 것도 아니잖은가.

영화가 끝나서 복도로 나왔을 때 그는 말했다.

"이화 덕분에 정말 오래간만에 영화 하날 구경했군."

그때 그의 어깨를 치는 사람이 있었다.

그는 거의 무의식중에 고개를 돌이켰다.

"모른 척할 걸 그랬나?"

하고 한 눈을 질끈 감아 보이고 있는 사내는 ㄱ대학의 송이었다. 동행 없이 혼자인 것 같았다.

"아, 자네였군. 난 또 누구라고……."

그러며 허민은 약간 붉어진 얼굴로 겸연쩍게 그를 마주 보았다.

"어렵쇼? 정말 모른 척할 걸 그랬나 보군. 점점 구는 식이 수상쩍은 걸 보니."

하고 송은 슬쩍 이화 쪽을 곁눈질해 보았다. 이화는 송의 시선을 느낀 듯이 약간 발그레해진 뺨을 하고 잠자코 허민의 곁에 서 있었다.

그는 황망히 부인했다.

"수상쩍긴, 이 못된 사람아. 내 제자야. 뭘 모른 척할 걸 그랬다는 거야? 선생이 제자하고 영화 구경 같이 온 게 그렇게 수상쩍은 일인가?"

그러자 송은 잘 알겠다는 듯이 고개를 커다랗게 끄덕이며 그러나 무언가 웃음을 억지로 참는다는 표정을 숨기려 하지 않으며 이화더러도 들으라는 듯이 커다란 목소리로 말했다.

"아, 아냐, 아냐. 미안해. 그건 그렇고 인사 좀 시켜 주지, 그래. 자네 제자라면 나도 좀 알고 지내도 괜찮지 않나?"

"그야 어렵잖지. 이화, 인사하지. ㄱ대학 영문과 교수인 송 선생이야. 나하곤 대학 동기고. 그리고 이쪽은 우리 학교 졸업반 학생이고."

이화는 송을 향해 다소곳이 고개 숙여 인사했다. 송도 얼른 마주 받아 고개를 약간 숙여 보이듯 하며 말했다.

"아, 이거 무례를 용서하시오. 그리고 나도 나쁜 사람은 아니니까 길에서 우연히 만나게 되더라도 서로 인사나 하고 지냅시다."

허민이 말했다.

"아따, 그 친구 어지간히 정중한 체하는군. 한데 웬일이야? 혼자서 영화관엘 다 오고?"

"자네, 나 영화광인 걸 모르는 모양이군. 그리고 요즘 일요일에 뭐 할 일 있나? 테니스나 골프를 할 형편도 못 되고. 느지막이 어슬렁어슬렁 나와서 영화나 한 편 보고 대폿집에 가서 소주나 한잔 걸치고 들어가는 게 요즘의 일요일을 보내는 내 요령이지. 그렇잖아도 나가서 한잔 걸치고 들어가려던 참인데 마침 잘됐군. 한잔 안 하겠나? 자네 제자도 같이 가면 더욱 좋고."

"글쎄……."

"웬만하면 같이 한잔하지. 둘이 따로 어디 작정한 데라도 있다면 모르지만."

그때 이화가 허민을 쳐다보며 말했다.

"선생님, 송 선생님 말씀대로 하세요. 저 술 조금은 마실 줄 알아요."

송이 반색을 했다.

"아, 그래요? 그럼 더욱 잘됐군. 역시 선생보다 제자가 나은데."

"그럼, 그럴까?"

하고 허민은 얼른 흔연한 표정을 지어 보였다.

밖은 이제 서서히 어둠이 내리기 시작하고 있었다.

"어디 가서 소금구이해서 소주나 한잔하지. 학생, 소금구이 괜찮아요?"

송이 말했다.

"네, 전 아무거나 괜찮아요."

하고 이화는 상냥스레 대답했다.

그러나 허민은 선뜻 찬성할 수가 없었다. 이화에게 소주는 좀 과하리란 생각 때문이었다.

"소주보단 맥주가 낫지 않을까?"

"아 참, 그렇겠군. 여학생도 있으니 맥주가 낫겠군."

송도 그제야 생각이 미쳤다는 듯한 표정을 지었다. 그러자 이화가 자기 염려는 말라는 듯이 말했다.

"선생님들 좋으신 걸로 하세요. 저 소주도 조금은 마실 줄 알아요."

"아, 그래요? 그럼 소주로 하지. 맥줏집은 어쩐지 좀 맹숭맹숭해서."

하고 송이 얼른 단안을 내리듯 했다.

결국 그들이 들어간 집은 상에 구멍을 뚫고 그 구멍에다 숯불이 담긴 풍로를 앉혀 석쇠에다 고기를 구워 가면서 먹을 수 있게 되어 있는 소금구이집이었다.

주문한 고기가 날라져 와 석쇠 위에서 구워지기 시작하고 세 사람의 잔에 각기 소주 한 잔씩이 따라지고 났을 때 송이 말했다.

"자, 들지. 우리 세 사람의 오늘의 인연을 위해서. 그리고 자네와 이화 양의 사제지정을 위해서."

"그리고 자네의 일요일을 위해서."

"응? 하하. 자, 그럼."

세 사람은 각기 자기 앞에 놓인 잔을 입으로 가져갔다. 이화도 사양하지 않고 잔을 입에 대었다.

송이 3분의 1쯤 비운 잔을 상 위에 내려놓으며 말했다.

"자네와 나는 이렇게 만나서 한잔하게까지 되었으니 서로 무사하다는 게 확실해졌지만 딴 친구들은 어떻게 됐는지 몰라. 모두들 무사하게 돌아갔는지. 어젠 너무들 마셨으니까."

"뭐, 별일들 있을라구."

"하긴 좀 과음했다고 해서 무슨 일을 당할 나이는 우리가 아직 아니지?"

허민은 이화가 아니었으면 자기가 어젯밤 어떻게 되었을까를 잠시 생각했다. 설마 죽지는 않았겠지만 그냥 무사하지만은 않았을지도 모른다.

"아무튼 과음은 좀 삼갈 나이는 됐지."

"그런가. 그렇다면 이거 야단 아닌가. 술조차 마음 놓고 못 마시면 뭘 하지? 요즘은 통 책도 읽어지지가 않고."

"글쎄, 뭘 할까?"

"자네같이 독신이기나 하다면 연애나 해 본다고 하겠지만 이건 처자식이 주렁주렁 달렸으니 그것도 못 하겠고. 자네가 부럽군 그래."

허민은 순간 이 친구가 남의 속을 빤히 들여다보고 있는 것 같기도 하고 또 그런 눈치가 얼핏 야비하게 느껴지기도 했으나 악의를 가지고 그러는 게 아님은 분명했으므로 짐짓 능쳐서 말했다.

"별게 다 부럽군. 내 이 안경은 부럽지 않나?"

"안경? 하하, 그러고 보니 그것도 부럽군그래. 내가 못 가진 걸 가졌으니."

"에이, 이 사람. 어서 술이나 들게. 실없는 소리 그만하고."

그리고 허민은 자기 술잔을 비워 그에게 건네었다.

그런데 술잔이 몇 번 더 그렇게 오가고 났을 때 송은 이화를 향해 엉뚱한 소리를 지껄였다. 이화도 제 앞의 한 잔을 거의 다 비워 얼굴이 발그레해졌을 무렵이었다.

"이화 양은 우리 이 허 교수를 어떻게 생각하나? 독신주의의 이 매력적인 중년의 미남 교수를 말이야."

허민은 하마터면 그에게 술잔을 집어 던질 뻔하였다. 그러나 다행스럽게도 이화가 먼저, 그가 미처 그런 실수를 저지르기 전에 침착하고 상냥스럽게 대답했다.

"……좋으신 선생님이라고 생각해요. 물론 송 선생님도 마찬가지시고요."

순간 허민은 위기를 넘긴 안도의 한숨을 몰래 내쉬었다. 자칫했으면 그녀 앞에서 어른답지 못하게 자제를 잃는 꼴을 보일 뻔했던 것이다. 그랬더라면 제자 앞에서 그 얼마나 부끄러운 꼴이었겠는가.

송은 일순 정신이 번쩍 차려지는 듯 멈칫 얼굴색이 달라지며 말했다.

"아, 용서해요. 내가 좀 지나친 농담을 한 모양이군."

그러나 이화는 제 쪽에서 오히려 얼른 후회하는 표정이 되며 계속해서 상냥스런 목소리로 말했다.

"아녜요, 선생님. 재미나게 물어보려고 그러신 걸 제가 너무 재미없게 대답했나 봐요. 고지식하게요. 그 대신 벌주 한 잔 주시면 달게 마시겠어요."

송은 거의 경이의 시선으로 그녀를 바라보는 듯했다. 그리고 잠시 아무 말도 하지 못했다. 허민이 말했다.

"그 보게, 사람이 고약한 생각을 품고 있으면 못 쓰는 법이야. 그래 우리 이화한테 호되게 한 대 얻어맞은 기분이 어떤가?"

그러자 이화가 그를 돌아보며 나무라는 듯한 시선을 보내왔다.

"어마, 선생님. 제가 언제 송 선생님더러 잘못하셨다고 그랬어요?"

그제야 송은 겸연쩍게 웃으며

"정말 실없는 농담 한번 했다가 큰코다쳤는걸. 이제야 자네가 영화관에서 날 봤을 때 수상쩍게 굴던 이유를 알 것 같군."

하고 다시 한번 그녀를 눈 비비고 바라보는 시늉을 했다.

"허어, 그 친구 아직도 못된 생각을 버리지 못하는군, 그래. 수상쩍게 굴던 이유를 알 것 같다니."

"뒤늦게나마 이화 양이 보통 여학생이 아니라는 걸 알았다, 그 말이야."

"하긴 자넨 학생 때부터 무어든 좀 늦는 편이었지."

"제대로 해야 할 건 늦고 그러지 말아야 할 건 빨랐지."

"처음으로 바른 소릴 한마디 하는군. 역시 자넨 매를 맞아야 사람이 되는가 보군."

"글쎄, 그런 모양인데. 하지만 자네 매 따위로는 어림도 없지."

"그야 그렇지. 나야 어디 자넬 때릴 만한 변변한 매 한 자루 있나."

"아는군, 그래. 아무튼 오늘은 정신이 번쩍 나게 한 대 얻어맞고 보니 세상이 다시 보이는 것 같군. 그런 의미에서 내 이화 양한테 벌주가 아니라 감사주(感謝酒)를 한 잔 권해야겠군."

그러며 송은 이화에게 자기의 잔을 비워 내밀었다.

"자, 한 잔 받아요. 벌주를 달라고 했지만 그 반대의 의미로."

이화는 다소곳이 그 잔을 받았다. 그리고 그가 그 잔에 술을 따를 때 말했다.

"전 벌로 주시는 거라고 생각하겠어요. 선생님."

"벌받을 사람은 따로 있으니까 이화 양은 내가 주는 감사주로 생각하고 마셔요. 벌주는 이 송 아무개하고 허 아무개가 마실 테니까."

"아니, 이 친구야. 송 아무개가 벌주를 마시는 건 당연하지만 거기 어째서 허 아무개까지 끌고 들어가는 거야? 물귀신처럼."

"잔소리 말라고. 우리 나이의 친구들은 너 나 할 것 없이 모두 죄들을 지었으니까 무슨 형태의 벌이건 주면 달게 받는 거야. 그게 교수형이건 벌주건 간에. 알겠어?"

그러며 송은 짐짓 근엄한 표정마저 지어 보였다.

"이거 왜 이래? 죄형법정주의(罪刑法定主義)의 원칙이 있다는 것도 몰라? 교수형을 받을 죄목이 따로 있고 벌주를 마실 죄목이 따로 있는 거지. 그런 죄목도 있다면 말이야. 아무거로나 두루뭉수리로 뒤집 어씌우면 되는 줄 알아? 난 벌주를 마실 만한 죄를 진 게 없다고."

"이 친구가 자연법(自然法) 이론은 도통 모르는 모양이군. 뻔한 죄는 뻔한 벌을 받아야 하는 법이야. 아무 죄도 짓지 않았다고 떳떳하게 말할 수 없으면 아무 벌이나 주는 대로 달게 받는 게 양심 있는 사람이 취할 태돈 거야. 무슨 잔소리가 그렇게 많아? 벌주 정도면 가벼운 걸로 알고 고맙게 마실 일이지."

"허, 이 친구 물귀신치고도 아주 능청스런 물귀신이로군, 그래. 어쨌든 좋아. 그럼 마시자구. 내 관대하게 같이 마셔 주지. 어차피 사약(賜藥)도 아닌 바에야."

"진작에 그렇게 나올 일이지. 자, 그럼 마시자구, 이화 양은 우리의 감사주를, 그리고 우리는 벌주를."

그들이 그 소금구이 집에서 나왔을 때는 10시가 가까워져 있었다.

소주 두 잔꼴은 좋이 마신 이화의 얼굴은 눈에 띄게 홍조를 띠고 있었고 허민이나 송은 다 같이 알맞을 만큼 취해 있었다.

송이 말했다.

"자, 어디 가서 한잔 더 했으면 좋겠지만 내일 또 알맹이 없는 강의

나 지껄여야 할 테니 이만 헤어지지. 이화 양한테는 오늘 초면에 실
례가 많았소."

"아녜요, 선생님. 아주 재미있었어요."

하고 이화가 상냥스런 어조로 받았다.

"그렇게 생각해 준다면 더 이상 다행은 없겠고……. 자, 그럼 조심
들 해 가요."

"잘 가게."

"안녕히 가세요."

송은 곧 그들로부터 떨어져 혼자서 어둠 속으로 멀어져 갔다. 멀어
져 가는 그의 뒷모습이 문득 외로워 보였다.

두 사람만이 남게 되자 이화가 말했다.

"송 선생님한테 제가 잘 못해 드리지 않았는지 모르겠어요. 좋은
분임에 틀림없는데."

"이따금 실없는 소릴 좀 하지만 괜찮은 친구지. 악의도 없는 친구
고. 이화가 잘못한 거야 하나도 없지. 오히려 옆에서 보기가 부러울
정도로 이환 잘해 줬어. 그런데 그보다도 난 지금 내가 인사불성으로
취하지 않은 게 불만이군."

"그건 왜요? 선생님."

"내가 인사불성으로 취해 있으면 이환 어젯밤처럼 날 또 집까지 데
려다줄 게 아닌가."

"오늘도 모셔다드리고 갈게요, 그럼."

"정말?"

"네, 오늘은 어젯밤처럼 힘이 들지도 않을 텐데요, 뭐."

"어젯밤에 힘이 들었다는 걸 이제야 실토를 하는군. 하지만 오늘이야 정신이 멀쩡해 가지고 어떻게 이화한테 데려다 달라겠어. 내가 이화를 바래다주지는 못할망정. 자, 내가 택시나 한 대 잡아 주지."

"아녜요, 선생님. 저 버스 타고 가면 돼요. 그리고 선생님 댁까지 모셔다드리고 가도 늦지 않아요."

"글쎄, 그건 농담이고 오늘은 내가 택시 잡아 줄 테니까 타고 가라구. 버스는 내일 타고."

"그럼 선생님 먼저 타고 가세요. 전 그다음에 택시 탈게요."

"허, 또 고집을 부리는군. 선생이 하라는 대로 하는 게 아니라."

"죄송해요, 선생님. 그럼 저 먼저 타고 갈게요."

"그래야 착한 학생이지."

허민은 택시 한 대를 세웠다. 그리고 그녀가 택시에 오르자 운전사에게 500원권 두 장을 쥐여 줬다. 그러자 그녀가 그를 내다보며 항의의 표정을 지었다.

"어마 선생님. 저한테도 택시값 있어요."

허민은 운전사에게 출발하라는 눈짓을 보내고 나서 그녀에게 말했다.

"잘 가. 그리고 내일 학교에서 보자구."

그리고 택시는 미처 그녀가 무어라고 말할 사이도 없이 곧 출발해 버렸다. 그녀는 황망히 이미 출발한 택시의 차창으로 안타까이 그를 내다보았다. 그는 조금 미소 짓듯 하며 한 손을 약간 쳐들어 보였다.

그녀가 탄 택시가 시야에서 아주 보이지 않게 될 때까지 허민은 잠시 그 자리에 우두커니 서 있었다. 그리고 탈 것을 잡을 생각도 않고 천천히 걷기 시작했다. 왠지 아무도 없는 아파트로 서둘러 돌아가야 할 이유가 없는 것 같은 느낌이 들었기 때문이다. 전에는 거의 경험해 보지 못한 느낌이었다.

다시 마음 한구석에 심한 결핍감이 공동(空洞)처럼 자리 잡기 시작했다. 그리고 주위에는 많은 행인들이 그가 걷고 있는 보도 위를 메우고 있었으나 그는 허전한 공간 속을 걷고 있는 듯한 착각에 빠졌다.

나이 어린 청년이 곁에 따라붙듯이 하며 귓속말로,

"선생님, 아주 조용한 데로 안내해 드리죠. 팁 없이 나체로 서비스해 드립니다."

하고 은밀한 사이에게처럼 속삭여 왔을 때도 그는 거의 아무런 호기심도 일으키지 못하고 흡사 외국어라도 듣듯 멀뚱히 청년의 얼굴을 한번 쳐다보고 그냥 지나쳤다. 술집들이 늘어서 있는 거리를 지날 때면 이따금 듣는 소리였으나 그리고 때로는 이쪽의 호기심을 북돋기도 하던 소리였으나 오늘은 왠지 외국어처럼 낯설게만 여겨졌다.

모든 것이 자기와는 전혀 무관한 사물들처럼만 여겨졌다.

그렇게 얼마쯤 더 걸었을 때였다. 문득 그는 자기 옆에 웬 낯선 동행이 있다는 사실을 깨달았다. 고개를 돌이켜 확인해 보니 화장을 짙게 한 젊은 여자 하나가 그와 나란히 걷고 있다가 생긋 웃어 보였다.

그는 당황하였다.

"누구시오?"

그 불의의 동행은 계속해서 웃음을 머금은 표정으로 말했다.

"납치범이에요. 선생님을 좀 납치하려고요."

"뭐라구요?"

"선생님을 납치하려고 그런다니까요. 우리나라 말 모르세요?"

"……"

"일본 분이세요?"

"아니오."

"그런데 납치라는 말도 잘 모르세요? 전 선생님을 납치해다가 기쁘게 해 드리려고 그래요. 물론 공짜론 안 되지만. 돈 있으시지요?"

"당신은 그럼?"

"직업적인 납치범이에요. 쓸쓸해 보이거나 외로워 보이는 남자분들을 납치해다가 위로해 드리는. 물론 점잖고 돈 있어 보이는 남자분에 한해서지만."

"내가 점잖고 돈 있어 보였소? 그리고 쓸쓸해 보였소?"

"대체로요. 술 취하신 것 같은데도 얌전하게 걸으시는 걸 봐선 점잖은 분에 틀림없고 옷차림으로 봐선 용돈쯤 넉넉하게 가지고 다니실 분인 것 같고 그리고 쓸쓸한 분이라는 건 얼굴에 써 있어요. 맞죠?"

"그렇게 잘 맞힌 것 같진 않소. 첫째 걸음걸이가 얌전해 보였다면 그건 술이 덜 취한 탓이겠고 둘째 난 그렇게 용돈을 넉넉하게 가지고 다니는 사람은 못 되며 셋째 쓸쓸하지도 않소."

"선생님은 혹시 선생님 아니세요? 말씀하시는 투가 꼭 선생님 같네요."

"그것도 맞지 않았소. 난 선생이 아니라 형사요. 도망치지 않겠소?"

"어마, 농담도 썩 잘하시네요. 아무튼 전 오늘 선생님을 꼭 납치하고야 말겠어요."

"내 의사에 상관없이 말이요?"

"네. 납치범이 어디 상대방의 의사 같은 걸 물어보고 납치하나요?"

"내게 돈이 없어도?"

"정말 돈 없으세요?"

"집에 돌아갈 택시값밖에 없소."

"좋아요. 선생님이 마음에 들었어요. 외상으로 해 드리겠어요. 그 대신 선생님 직장 전화번호가 적힌 명함 한 장만 주심 돼요."

"미안하오. 난 명함도 없는 사람이오."

"저 마음에 안 드셔서 그러세요?"

"아, 아니오. 정말 난 명함 같은 게 없는 사람이오."

"좋아요. 그럼 선생님을 믿기로 하겠어요. 이건 특별대우니까 그런 줄이나 아세요. 이래 보긴 처음이니까요. 자, 가세요."

"무얼 가지고 날 믿겠다는 거요?"

"선생님 인격을 믿겠어요. 오늘은 외상으로 하시고 언제든 좋으실 때 갚으세요."

"이거 어쩐지 내가 실없이 군 것 같소. 용서하오. 난 아무래도 집으로 가 봐야 하겠소. 친절은 잊지 않으리다."

"참 이상한 분이시군요. 여자를 싫어하는 분이신가 봐요. 그렇잖으면 지독한 공처가시거나. 하지만 전 일단 납치하려고 작정했던 분을 그냥 보내 드린 적은 없어요. 선생님이라고 해서 물론 예외일 수도 없고요. 자, 오늘은 저희 집에 가서 주무셔야 해요."

"글쎄, 난……."

"좋아요. 공짜로 해 드리겠어요."

그러며 그녀는 큰 결심이라도 하듯 미간을 약간 좁히고 나더니 그의 팔짱을 끼었다. 다소 이쪽을 경멸하듯 한 몸짓이었다.

허민은 당황했다.

"아, 난 뭐 돈을 아끼려고 그러는 게 아니오. 뭔지 내가 잘못한 것 같소. 그리고 아가씨도 날 잘못 택한 것 같소. 난 오늘 집으로 꼭 돌아가야 할 일이 있는 사람이오."

그녀는 마침내 짜증이 난다는 표정을 노골적으로 얼굴에 떠올렸다.

"무슨 사람이 이래? 생각이 없으면 처음부터 딱 잘라 말할 일이지 우물우물하다가 이제 와서. 정말 사람 자존심 상하게시리. 그래 공짜로 해 준대도 싫단 말예요?"

"미안하게 됐소. 본의 아니게 아가씨한테 실없이 군 셈이 됐나 보오. 아가씨 얘기 솜씨에 끌려들어 대꾸를 하다 보니 그만 그리된 모양인데 용서하시오. 그 대신 내 아가씨 택시값이나 드리고 가리다."

그러며 그는 주머니에서 지폐 두어 장을 꺼내 그녀의 손에 쥐어 주었다. 지폐를 받아 든 그녀는 신기한 일 다 겪어 본다는 표정으로 그를 쳐다보았다.

"그것으로 용서가 되겠소?"

"참 별난 분이시군요. 금방은 집에 갈 택시값밖에 없다더니. 보아 하니 보통 공처가가 아니신 모양이군요?"

"그건 아무렇게 생각해도 좋소. 이만 용서만 해 준다면."

"잠깐만요, 선생님 혹시 성불구자 아니세요?"

"아 참, 그럴지도 모르겠소. 아니, 그렇다고 해 둡시다."

"네?"

"솔직히 말해서 난 사실은 불능자요."

"나중엔 별 방법을 다 쓰시는군요. 아무튼 딱하시네요."

"아니요. 이건 정말이오."

"정 그리시기에요? 그럼 저랑 한번 시험해 보세요. 진짠가 아닌가. 해 보실래요? 완전한 불구자만 아니면 제가 고쳐 드릴 수도 있어요."

"……."

"거 보세요. 왜 대답을 못 하시죠? 역시 핑계죠? 아무튼 할 수 없죠, 뭐. 싫으신 걸 억지로 어떡하겠어요. 택시값이라도 주셨으니 고맙죠, 뭐. 그럼 가 보세요. 무서운 사모님한테로요."

"미안하오."

"미안하실 것 없어요. 이렇게 택시값까지 주셨으니까요. 안녕히 가세요. 그리고 참 다음에라도 혹 저 찾으실 일 생기면 이리로 전화하심 돼요."

그러며 그녀는 핸드백에서 조그만 명함 한 장을 꺼내 그에게 내밀었다.

"제 이름은 영미라고 해요."

그는 말없이 그녀가 내미는 그 조그만 명함을 받아 들고 불빛에 비춰 보는 시늉을 했다. 전화번호 하나와 방금 영미라고 말한 그녀의 이름이 적혀 있는 것 같았다.

"저 사실은 이렇게 거리로 나와 보긴 오늘이 처음이에요. 심심풀이 겸 나와 봤는데 결국 허탕이네요. 하지만 선생님 만나서 재밌었어요. 그럼 안녕히 가세요."

"미안하오. 잘 가시오."

그녀와 헤어져 무슨 큰 잘못을 저지른 것 같은 기분으로 아파트에 돌아왔을 때 그는 아파트 현관 어귀에 서 있는 이화를 발견하였다.

택시에서 내리는 그를 발견하자 이화는 반기듯 서너 발짝 그를 향해 마주 다가왔다.

"웬일이야? 이화."

"30분 가까이나 기다렸어요. 어디 들러서 오는 길이세요?"

"어딜 들르긴. 그냥 좀 걷다가 늦었지. 한데 이환 왜 집으로 가지 않고? 지금 11시가 다 됐는데."

"곧장 집으로 가려다가 시간이 많이 늦지 않았길래 선생님 무사히 돌아오시는 거 보고 가려고 먼저 와서 기다렸죠, 뭐. 놀래켜 드리기도 할 겸요. 그런데 아무리 기다려도 어디 나타나셔야 말이죠. 무슨 사고나 나신 게 아닌가 해서 얼마나 마음을 졸였게요."

"아, 미안해. 그런 줄 알았으면 늑장을 부리지 않는 건데."

"놀래켜 드리려고 하다가 저만 공연히 마음 졸였네요."

"그렇게 됐군. 그렇게 됐어. 그런데 어떡하지? 시간이 늦어서. 집에 갈 수 있나?"

"아직 갈 수 있어요. 한 10분쯤은 더 여유가 있을 거예요."

"그래? 그럼 다행이군. 더 늦기 전에 어서 가 보지. 나 때문에 오늘 공연히 여러 가지로 고생만 하는군."

"어머, 선생님. 또 그러시기예요?"

"응? 아 참, 아냐, 아냐. 내가 또 이화 싫어하는 소릴 했군. 자, 어서 가 봐. 내가 택시 잡는 데까지 바래다줄 테니까."

"선생님 내일 아침에 또 손수 진지 지어 잡수셔야죠?"

"그럼. 늘 하는 일인걸. 그건 왜?"

"제가 쌀 씻어 놔 드리고 갈까요?"

"무슨 소리. 지금 시간이 몇 신데."

"쌀 씻어 놔 드리고 가도 늦진 않을 거예요. 금방 할 수 있어요."

"아, 아, 쓸데없는 소리 그만하고 어서 갈 생각이나 해. 자, 저쪽으로 나가지."

그러며 그는 택시를 잡을 수 있는 큰길 쪽으로 향해 먼저 걸음을 떼어 놓기 시작했다. 그제야 그녀도 더는 우기지 않고 얌전히 그를 따라 걸음을 옮겨 놓기 시작했다.

아파트 구내는 이제 수은등만 환하게 길을 밝혀 주고 있을 뿐 그리고 어쩌다 늦게 귀가하는 사람의 그림자만 한둘 시야에 들어올 뿐 조용하고 평화로이 잠들어 가고 있었다. 그리고 그러한 풍경은 그에게 몹시 낯익은 것이었으나 오늘따라 유난히 고즈넉하게 느껴졌다. 곁에 이화가 걷고 있는 탓일까. 아니, 잠시 후면 그녀가 곧 그의 곁에 없게 되리라는 생각 때문인지도 몰랐다. 그리고 어쩌면 그녀에게 죄를 짓고 싶은 마음의 충동 때문인지도 또 몰랐다. 자고 가라고 권한다면 그녀는 어쩌면 그녀 특유의 너그러움을 발휘하여 선선히 그러마고 해 올는지도 모른다. 그리고 그것은 그가 지금 최대한의 자제력을 발휘하여 억누르고 있는 강한 바람이기도 하다. 그러나 안 될 일이다. 뜻밖에 그녀를 다시 보게 된 것만으로 더없는 기쁨을 삼아야 한다.

저만큼 빈 택시 한 대가 머리에 불을 켜고 돌아 나오는 모습이 보였다. 그는 택시를 세웠다.

"자, 그럼 잘 가. 이화 덕분에 오늘 즐거웠어."

"저도요, 선생님. 안녕히 계세요."

그리고 그녀가 마악 택시에 오르려고 했을 때 운전사가 고개를 빼며 물었다.

"어디까지 가시죠?"

그녀는 오르려던 자세 그대로 약간 긴장한 표정으로 대답했다.

"ㅂ동까지 가는데요."

운전사는 고개를 갸웃했다.

"곤란한데요. 차고가 멀어 봐서요."

허민은 얼른 팔목을 들어 시간을 살펴보았다. 11시 10분이 다 되어 있었다.

"ㅂ동까지 가는 거야 어렵잖지만 차고까지 돌아갈 시간이 없어서요."

그리고 운전사는 그녀가 다시 내려서기를 기다려 급히 택시를 출발시켰다.

그녀는 약간 긴장한 표정으로 허민을 쳐다보았다.

"서둘러야겠군. 어서 저쪽 큰길로 나가 보자고."

하고 그는 그녀의 팔을 잡고 서둘러 걷기 시작했다. 그녀도 잠자코 그의 보조에 맞추었다.

큰길로 나서자 빠른 속도로 지나가는 택시들이 눈에 띄었다.

허민은 급히 팔을 흔들어 그중 한 대를 세웠다. 운전사가 고개를 빼어 이쪽을 내다보며 행선지를 물었다.

"ㅂ동 갑시다."

허민이 서둘러 대답했다. 운전사는 말없이 고개만 한 번 흔든 다음 그대로 출발해 버렸다.

그녀의 표정에 차차 불안한 기색이 섞이기 시작했다. 전혀 예상하지 못했던 사태인 것 같았다.

그는 다시 택시 한 대를 세웠다. 그리고 이번에는 그가 먼저 외쳤다.

"ㅂ동!"

역시 그냥 지나가 버리고 만다.

그렇게 몇 대를 더 세웠으나 공교롭게도 모두 차고가 그녀의 집과는 반대 방향들뿐인지 들은 체도 않고 지나쳐 버리고들 말았다.

그녀는 이제 완연히 불안한 표정을 감추지 못하였다. 그리고 시간은 11시 반이 가까워져 있었다.

"이거 야단이네. 나 때문에 공연히……. 내가 조금만 일찍 돌아왔어도 이런 일은 없었을 텐데."

허민은 모든 것이 자기 책임이라고 생각했다. 그리고 어떻게 해서든 그녀의 집으로 돌려보내지 않으면 안 된다고 생각했다.

다시 분주히 택시들을 향해 팔을 흔들었다. 그러나 그중 어느 것도 ㅂ동까지 가겠다는 택시는 없었다. 그리고 그나마 그가 팔을 흔들어 볼 수 있는 택시의 수효도 점점 적어져 갔다.

그러자 그녀는 오히려 불안한 표정에서 벗어나 차차 침착성을 되찾았다.

그리고 아주 단념했다는 듯 말했다.

"이젠 틀렸어요, 선생님. 제가 너무 쉽게 생각했었나 봐요. 저 오늘 하루만 더 선생님 댁에서 자고 가게 해 주세요."

그는 불과 몇십 분 전에 그녀가 자고 가겠다고 해 주기를 자기가 잠깐이나마 바랐던 일을 생각했다. 그리고 그 바람이 이런 식으로 이루어지는 데 대해 말할 수 없는 부끄러움을 느꼈다. 잠깐이나마 바라지 말아야 할 것을 바란 데 대한 은밀한 문책을 당하는 것 같은 느낌이었기 때문이다.

"글쎄, 자고 가는 거야 난 아무 상관없지만 번번이 나 때문에 이런 일을 겪게 돼서 체면이 정말 말이 아니군. 게다가 어젯밤엔 인사불성이 되도록 취하기나 해서 그렇게 됐다고 하지만……."

왠지 그녀를 똑바로 쳐다보며 말할 수가 없는 기분이어서 그는 그렇게 길 위쪽을 살피는 시늉으로 우물거리듯 했다. 마치 아직도 택시 잡는 일을 포기하거나 그녀가 자고 갈 수밖에 없다는 사실을 인정하기에는 이르기라도 하다는 듯이.

그리고 그것은 그가 지금도 마음 한구석 스스로 다스릴 수 없는 어느 부분에, 그녀가 결국 자고 가게 되기를 바라는 강한 바람이 죄스럽게 남아 있다는 사실에 대한 자괴(自愧) 때문이기도 했다.

　그러나 그녀는 이제 완전히 침착성을 되찾고 있었다.

　"오늘 이렇게 된 건 순전히 제 탓이에요, 선생님. 아까 곧장 집으로 돌아갔어야 하는 걸 그랬어요. 그리고 이제 여기 더 있어 봐야 소용없어요. 벌써 11시 40분이 넘었는걸요. 그리고 저 괜찮아요, 선생님. 어젯밤처럼 소파에서 재워 주심 돼요."

　"……글쎄, 이화나 난 또 괜찮다고 하지만 이화 부모님들한테 우선 체면이 말이 아니군. 이틀씩이나 연거푸 소위 선생이라는 자 때문에 따님 걱정을 시켜 드리다니."

　"자꾸 그러면 저 걸어서라도 집에 가겠어요. 가다가 순경 아저씨한테 붙잡히면 파출소에서 자고 가고요."

　"그렇게야 할 수 있나. 가만, 조금만 더 기다려 보고. 혹시 그쪽 방면으로 가는 택시가 아직 있을지도 모르지."

　"없어요, 이젠, 선생님. 보세요. 어디 나가는 택시가 한 대나 있나."

　그녀의 말대로 이제 차도에는 거의 자동차의 왕래조차 없다시피 했다. 드문드문 빠른 속도로 달려 지나가는 트럭이나 개인 승용차가 눈에 띨 따름이었다.

　"하는 수 없군. 그럼 불편한 대로나마 내 아파트에 가서 하룻저녁 또 지내고 가지."

　"죄송해요, 선생님."

"죄송하긴. 내가 미안하지."

"아이, 자꾸 그러심 저 정말 걸어서 갈래요."

"그럼 이화도 죄송하다는 말은 하지 말아야지."

"네, 안 할게요, 그럼."

"자, 그럼 들어가지."

"네, 선생님."

그들은 다시, 이제 거의 인적이 끊긴 아파트 길을 되짚어 걸었다. 그리고 그의 아파트로 올라와 그가 열쇠로 문을 여는 동안 곁에서 그 것을 바라보던 그녀가 말했다.

"어젯밤엔 제가 그 문을 열었는데 오늘 선생님이 열어 주시는 문으로 함께 들어가게 될 줄은 몰랐네요."

"응? 오 참, 어젯밤엔 이화가 열었겠군. 내가 열쇠를 얌전하게 꺼내 주더라면서?"

"네, 아주 얌전하게요."

문을 열고 안으로 들어서서 전등 스위치를 올리면서 그가 말했다.

"자, 들어와. 불편하겠지만 어떡해."

"불편하긴요. 선생님이 저 때문에 불편하시죠. 아무래도 혼자 주무시는 것보다 신경 쓰이실 텐데요."

"별걱정 다 하는군. 자 올라와서 우선 커피나 한 잔씩 하지."

그가 신발을 벗고 마루 위로 올라서며 말했다.

그녀도 곧 신을 벗고 마루 위로 올라섰다.

응접실 소파에 그녀와 마주 보며 앉았을 때 그는 이것이 바로 자기가 하루 내내 기다려 온 결과인 듯한 느낌이 들었다. 그리고 그 느낌 때문에 그는 그녀를 똑바로 쳐다볼 수가 없었다.

그는 커피를 끓이겠다는 핑계를 대고 소파에서 일어났다.

그러자 그녀가 얼른 따라 일어서며 말했다.

"제가 끓일게요. 선생님. 선생님은 가만 앉아 계세요. 세수를 하시든지요."

"아냐. 이화가 가만 앉아 있어, 손님답게. 참, 좀 씻든지."

"꼭 그렇게 격식을 차리시기예요?"

"선생님과 제자 두 사람 중 누가 커피를 끓여야 옳은가는 그다지 분명하다고는 할 수 없지만 손님과 주인 두 사람 가운데 누가 끓여야 하는가는 아주 분명하잖아? 그러니 이건 이화가 떼를 쓸 일이 아니지."

"그래도 전 떼쓸래요. 떼는 아랫사람이 웃어른한테 쓰는 거 아녜요?"

"그럼 난 야단치겠어. 야단은 윗사람이 아랫사람한테 치는 거니까."

"그럼 전 울죠, 뭐."

"난 그럼 화를 내지."

"아이, 선생님. 저 그럼 정말 울래요."

"난 그럼 정말 화를 내지."

"알고 보니 선생님도 순 고집쟁이세요."

"이화만큼은. 자, 이제 손들었지?"

"아직 손 안 들었어요. 선생님 말씀대로 하자면 주인이 손님을 손 들게 하는 법이 어디 있어요?"

"그럼 학생이 선생을 손 들게 하는 법은 있나?"

"웃어른은 아랫사람한테 져 주셔야죠."

"아랫사람이 윗사람한테 져야지."

"정말 너무하셔요, 선생님."

"이화야말로 너무하는군. 커피 한 잔 끓이는 일이 뭐가 대단한 일이라고 그래?"

"좋아요, 선생님. 그 대신 내일 아침 진지는 제가 지어 드리는 거예요. 딴말씀 않고요."

"그건 내일 아침에 가 봐서 결정할 문제지."

"아이, 안 돼요. 지금 약속을 하셔야 해요."

"좋아, 그건 그럼 그렇게 하기로 하지. 그런데 그럼 이건 내가 큰 수고를 피하기 위해서 작은 수고를 택한 꼴이 됐잖아?"

"억울하시면 두 가지 다 그럼 저한테 맡기세요."

"아, 안 되지. 우선 맡아 놓은 한 가지라도 하고 봐야지."

그가 부엌에 들어가서 커피를 끓여 가지고 나왔을 때 그녀는 세수를 하고 나와서 한층 티 없이 맑은 얼굴로 소파 위에 앉아 있었다.

그리고 그때 그는 다시 한번 마음속으로 죄를 지었다. 그녀의 얼굴이 너무도 눈부시게 아름다웠던 것이다.

그리고 그 마음의 죄는, 커피를 마시고 그도 욕실로 들어가 대강 씻기를 마친 후 각각 거실의 소파 위와 침대로 갈라져 잠자리에 든 뒤까지 그의 마음속에서 지워지지 않았다. 소파 위에 누워 조그맣게 옹송그리고 잠들었을 그녀의 모습이 자꾸 눈앞에 밟혀 왔던 것이다.

그는 밤새 거의 한잠도 이루지 못하였다.

거짓의 벽

허민의 아파트 응접실 소파에서 두 번째 자고 간 날 저녁 이화는 어머니와 아버지 그리고 이제 대학 1학년생이 된 동식이까지 참석한 가족회의의 토의 대상이 되었다.

아버지의 제의로 열린 가족회의였다. 먼저 아버지가 말했다.

"오늘은 어제 그제 연이틀에 걸쳐 집 바깥에서 자고 들어온 이화에 대해 우리가 좀 모여서 의논해 보는 게 좋을 것 같아 이렇게 모였다. 어머니는 날 보고 따로 불러서 조용히 타이르는 게 낫지 않겠느냐고, 이렇게 모이는 걸 찬성하지 않았지만 난 이런 일은 오히려 이렇게 식구가 다 모인 자리에서 한번 의논해 보는 게 더 떳떳하고 낫다고 생각했다. 뭐 그렇다고 이화가 바깥에서 무슨 큰 잘못이라도 저지른 것으로 전제를 하고 그걸 공개적으로 따져 보자는 건 아니다. 물론 전혀 아무런 문제도 안 된다면 이렇게 모일 필요도 애초에 없겠지만 말이다. 다만 중요한 건 식구끼리, 식구 가운데 한 사람의 신상에 어떤 문제가 있을 때 그에 대해 무관심할 수 없다는 점이다. 또 무관심하기를 바라서도 안 되는 것일 테고. 그리고 동식이도 이제 대학생이니까 이런 자리에 참석할 자격이 충분히 있다고 생각한다. 우리 한번 서로 솔직한 의견들을 나누어 보자. 이화가 우선 연 이틀씩이나 집 바깥에서 자고 오지 않으면 안 되었던 사정이랄까, 경위 같은 걸 좀 말해 주렴."

이화는 잠시 입을 다물고 잠자코 앉아 있다가 말했다.

"식구들한테 걱정을 끼쳐 드린 건 죄송하게 생각하고 있어요. 하지만 아무리 식구끼리라고 해도 개인에 속하는 문제도 있다고 생각해요. 식구끼리라고 해서 개인에 속하는 문제까지 일일이 다 알아야 하는 건 아니잖아요? 전 이 문젠 제 개인의 문제지 식구들이 모여서 같이 의논할 문제는 아닌 것 같아요."

"조금 오해가 있는 모양이구나. 우린 네 개인에 속하는 문제까지 알고 싶어 한다거나 그걸 가지고 의논을 하자는 게 아니야. 식구들이 나누어 가질 문제에 대해서 얘길 해 보자는 게지. 우선 네가 나가서 안 들어오면 식구들 모두가 걱정을 하지 않을 수 없다는 문제가 있지 않니? 만일에 네 신상에 무슨 좋지 않은 일이라도 생긴다면 그것이 어떻게 너 개인의 문제라고만 할 수 있겠니?"

"네 저도 되도록 식구들한테 걱정 끼쳐 드리고 싶진 않아요. 노파심을 가지시리라는 것도 알아요. 하지만 그건 절 아직 어린애로만 여기시기 때문에 그럴 거예요. 절 다 성장한 개인으로 여겨 주시지 않기 때문일 거예요."

그러자 동식이 가로막고 나섰다.

"하지만 누나는 아직 독립한 개인이 아니잖아? 어디까지나 누나는 아직 우리 가족의 한 구성원이라고. 시집가기 전까진 말야. 그리고 우리 가족도 한 공동체임에 틀림없다면 누나는 그 공동체의 구성원으로서 책임도 느껴야 한다고 생각해."

"동식이가 잘 말해 주었다. 바로 그 점이다. 우린 지금 각자 우리 가족이라는 공동체의 한 구성원으로서, 그중 한 구성원의 태도에 대해서 의논을 해 보자는 것뿐이다. 널 아직 어린애로 여겨서가 아니야."

이화는 다시 말했다.

"절 어린애로 여기지 않는다는 말씀을 그럼 믿겠어요. 그리고 제가 우리 가족이라는 한 공동체의 구성원이라는 사실도 물론 인정하겠어요. 하지만 어떤 공동체의 구성원이라고 해서 항상 그 공동체의 요구에만 따를 수는 없다고 전 생각해요. 말하자면 어떤 공동체가 요구하는 것과 그 공동체 바깥에서 요구하는 것이 서로 다를 때 그 구성원은 선택할 수도 있다고 생각해요. 물론 윤리적으로 더 옳은 쪽으로, 비중이 더 중요하거나 불가피한 쪽으로 선택을 해야겠지만요. 전 공동체 이기주의라는 것도 있다고 생각해요. 물론 그 공동체의 단위가 크고 작고는 있겠지만요. 아무튼 전 비교적 사소한 자기 공동체의 요구는 때론 무시하지 않을 수 없는 경우도 있다고 생각해요. 그 공동체의 단위가 작은 것일수록 더욱 그렇고요. 예를 들어, 자기가 오늘 집에 들어가지 않으면 식구들이 걱정을 한다는 걸 뻔히 알지만,

식구들의 요구가 집에 들어와서 자기를 바라고 있다는 것쯤 잘 알고는 있지만 길에 쓰러져 있는 사람의 모습을 보고도 단지 식구들 걱정할 것만 염려해서 그냥 지나칠 수는 없다고 생각해요. 더욱이 그 사람이 아는 사람이고 또 그냥 내버려뒀다가 어떻게 되는지 모르는 경우엔 더 그렇고요."

아버지가 말했다.

"그야 물론이지. 나도 그런 불가피한 경우를 뭐라는 건 아니야. 하지만 연이틀씩이나 똑같은 일이 되풀이되었다고야 생각할 수 있겠니?"

"똑같은 일이 있었다곤 하지 않겠어요. 하지만 어젯밤에도 불가피했었다고 할 수밖엔 없었어요."

그때 어머니가 조심스레 물었다.

"어젯밤에도 그럼 그 독신자라는 교수 댁에서 잤니?"

"네."

"아무리 교수라곤 하지만 독신 남자 혼자 사는 집에서 이틀씩이나 자고 오니? 그래."

"엄마도 참, 독신 남자 집이면 어때요? 불가피해서 그렇게 된걸요."

"그래도 다 큰 처녀애가 그러다가 소문이라도 나쁘게 나면 어쩌려고?"

"별걱정 다 하시네, 엄마는. 설사 소문이 나면 또 어때요? 난 시집도 안 갈 건데, 뭐."

"얘가 큰일 날 소리 하는구나. 시집을 안 가다니, 원."

"시집을 가면 나도 어린애를 낳게 될 거고 그 애가 커서 하루 이틀 집에 안 들어오고 그러면 나도 엄마나 아버지처럼 또 걱정이나 하고 그럴 거 아녜요?"

동식이 웃었다.

"계획은 아주 창창한데, 그래?"

"어마, 내가 언제 그런댔니? 그렇게 될까 봐 시집 안 간댔지."

"웃기지 마. 그럼 중이나 수녀가 될 거야?"

"그럴지도 모르지."

"아쭈?"

"까불지 말고 넌 네 걱정이나 해. 그리고 엄마 아버지한테도 부탁드리겠어요. 저 너무 염려하지 마세요. 엄마 아버지한테 정말 걱정 끼쳐 드릴 일은 조금도 하지 않아요. 그리고 저 제가 생각하는 방식대로 살 거예요. 거짓 없이 떳떳하게요."

"글쎄, 네가 생각하는 그 거짓 없이 떳떳하게 산다는 게 구체적으로 어떤 것인지 이 기회에 한번 들어 볼 수 없겠니?"

아버지가 이윽고 그녀를 쳐다보며 말했다.

"아이, 아버지도 그걸 어떻게 구체적으로 말할 수 있어요. 저한테 앞으로 어떤 일들이 생길지 미리 다 알 수 있다면 또 몰라도요. 그때그때 판단해서 거짓 없고 떳떳하게 산다는 얘기죠. 그렇지만 한 가지만은 확실하게 말씀드릴 수 있을 것 같아요. 언짢게 생각하지 마세요, 엄마, 아버지. 저 자기 가족만을 사랑하는 그런 앤 되지 않을 거예요."

"그야 내가 그런 사람이 되라고 가르친 적도 없지."

"네, 아버지. 잘 알아요. 결국 그러니까 저 아버지 가르치심대로 사는 거예요."

"그런데 넌 방금 네가 생각하는 방식대로 살겠다고 하지 않았니?"

"결국 마찬가지죠, 뭐. 아버지의 가르치심대로 산다는 게 아버지하고 똑같이 산다는 뜻은 아니잖아요? 구체적인 선택은 결국 제가 하면서 살겠다는 얘기죠, 뭐."

동식이 끼어들었다.

"그러니까 간섭은 말아 달라 이 얘기군?"

"그런 뜻이 아냐."

"그럼 뭐야? 간섭을 해 달란 얘기야?"

"너 정말?"

"좋아, 좋아. 말을 바꿔 주지. 그러니까 누난 결국 앞으론 누나에 대한 염려 같은 건 하지 않아도 된다, 그런 얘기 아냐?"

"……."

"거 보라고. 그게 그거지 뭐야?"

"글쎄, 달라."

"다르긴 뭐가 달라? 결국 그 얘기지."

아버지가 결론을 내렸다.

"됐다. 이 정도로 해 두자. 이만하면 우리가 오늘 모인 뜻은 충분히 있었다고 생각한다. 어쨌든 우리 이화가 바른 생각을 갖고 있고 또 그 바른 생각을 바탕으로 해서 행동도 해 주리라는 걸 다시 확인할 수 있었다는 것만으로도 충분하다. 다만 나로서 이화한테 한 가지 부탁하고 싶은 건 한쪽의 선한 의지만으로 모든 게 다 선한 방향으로 움직이지만은 않는다는 사실을 때때로 새겨 볼 필요가 있다는 점이다. 현실이랄까, 세상이랄까 하는 것이 그리 단순하지만은 않기 때문이지. 이런 말은 목사로서 할 얘긴 못 되는지 모르겠다만 애비로서 하는 얘기로 알고 들어 두렴. 당신 따로 무슨 할 얘기 없소?"

그리고 아버지는 어머니를 쳐다보았다.

"나도 늘 그 염려죠, 뭐. 저 착한 것만 믿다가 무슨 일이라도 당하면 어떡하나, 하는."

"동식인 무슨 할 말 없니?"

"나야 뭐 사실은 누나 편이죠. 너무 신경들 쓰지 마세요. 그리고 앞으론 저한테도 좀 너무 신경 쓰지 마시고요."

"녀석, 떡 본 김에 제사 지낸다더니. 그럼 이화는?"

"전 드리고 싶은 말씀 다 드렸어요. 저 때문에 걱정하시게 해서 죄송해요."

"음, 괜찮다. 자, 그럼 오늘 모임은 이것으로 끝내자."

그리고 아버지는 식구들을 둘러보며 밝게 웃었다.

그다음 날 하학길에 이화는 약속이나 한 것처럼 우연히 교문 어귀에서 다시 허민과 만났다. 허민은 수위실의 열린 창 안을 들여다보며 누군가와 얘기를 주고받고 있었다. 가까이 다가가며 보니 수위아저씨하고였다.

“그럼 다녀오십쇼.”

하고 수위아저씨가 말하고

“예, 고맙소.”

하며 그가 마악 교문 바깥으로 몸을 돌이키려 할 무렵에 이화는 바로 그의 등 뒤에까지 걸어와 있었다.

“선생님.”

하고 그녀가 부르자 그는 무심결인 듯 뒤돌아보고 나서 반색을 하였다.

“오, 이화.”

“지금 퇴근하시는 길이세요?”

“응, 이화도 지금 가는 길인가?”

그가 다시 걸음을 옮겨 놓기 시작하며 대답했다. 그녀도 그와 나란히 교문을 빠져나오며 말했다.

“네, 그런데 수위아저씨하곤 무슨 얘기 하신 거예요?”

“오, 야구 얘기. 오늘 대진표를 좀 물어봤지. 저 사람 대단한 야구팬이거든. 야구시합이 있을 때마다 라디오를 켜 놓고 중계방송을 열심히 듣더군.”

“야구시합 구경하시려고요?”

“음. ……참, 이환 야구 좋아하지 않나?”

“봄에 동생 따라서 한번 가 본 적은 있지만 아직 규칙은 잘 몰라요. 하지만 재밌는 것 같았어요.”

“동생이 규칙을 친절하게 가르쳐 주지 않은 모양이군. 하지만 어쨌든 재밌게 여겼다니 잘됐군. 웬만하면 같이 가 보지 않겠어? 규칙은 내가 가르쳐 줄 테니까."

"선생님 그럼 혼자 가시려던 참이었어요?"

"음, 난 가끔 혼자 가곤 하지. 어디, 가 보겠어?"

"저 함께 가도 선생님 방해 안 되시겠어요?"

"방해는. 동무가 생겨서 좋지."

"그럼 저 데리고 가 주세요."

"참, 이화야말로 딴 데 약속 없나?"

"없어요, 선생님. 집으로 곧장 가려던 참인걸요."

"참, 어제 집에 돌아가서 부모님한테 걱정은 안 듣고?"

"제가 뭐 걱정 들을 짓 했나요? 어쩔 수 없이 그렇게 된걸요."

"그래도 부모님들로서야 오죽 염려들 하셨을라구. 언제 내가 이화 아버님이라도 한번 만나 뵙고 사죄를 드려야겠군."

"반대로 말씀하시네요, 선생님. 저희 아버지가 선생님을 뵙고 감사의 말씀을 드려야죠. 절 재워 주신 데 대한."

"그게 또 무슨 소리. 이화가 집에 못 들어가게 된 게 결국 누구 때문인데."

"선생님."

"응?"

"야구장에 빨리 가 보고 싶지 않으세요?"

"이런 엉터리, 난 또 무슨 소리라구. 그래, 가 보지 그럼. 가만, 저기 빈 택시가 나오는군."

"우리, 버스 타고 가요. 선생님."

"방금 빨리 가 보고 싶지 않으냐더니?"

"그래요, 그럼 택시 타요."

그들이 야구장에 도착한 것은 4시가 좀 넘어서였다. 입장권을 사가지고 안으로 들어섰을 때 이화가 말했다.

"야구는 1루 쪽 스탠드에서 보는 게 좋다면서요? 선생님."

"어떻게 그걸 다 알지? 동생이 가르쳐 줬나?"

"네. 봄에 왔을 때도 1루 쪽에 앉아서 봤어요."

"그렇긴 한데 지금은 사람이 많아서 앉을 자리가 없을 거야. 1루 쪽에 앉으려면 더 일찍 와야 해. 그래 본부석 쪽을 샀지."

"가운데 말인가요?"

"응."

층계를 오르면서 그가 대꾸했다.

"그 대신 그쪽엔 의자도 있고 해서 앉기가 조금 편할 거야."

그러나 본부석 쪽에도 자리는 얼마 남아 있지 않았다. 더욱이 두 사람이 나란히 앉을 수 있는 자리는 쉽사리 눈에 띄지 않았다.

결국 그들은 스탠드의 맨 윗부분에 비어 있는 두 개의 의자를 발견하고 올라가 앉았다. 경기장이 퍽 아래로 굽어보이는 위치였다.

관중은 오른쪽 왼쪽 스탠드뿐만 아니라 외야 쪽 스탠드까지 거의 메우고 있었고 경기장에선 아직 게임 전인 듯 선수들이 연습을 하고 있는 모습이 보였다. 멀리 남산의 방송탑도 바라보였다.

이화가 물었다.

"선생님도 학교 다니실 때 야구해 보셨어요?"

"아주 조금 해 봤지. 그것도 중학교 때."

"선수셨어요?"

"어디. 그저 캐치볼 정도나 했지."

"공 던지고 받고 하는 거 말인가요?"

"그럼."

"그걸 가지고 야구해 보셨다고 그러셨어요?"

"그러니까 아주 조금 해 봤다고 그랬지. 동네끼리 하는 시합은 한두 번 해 보기도 했고."

"동네에선 그럼 선수셨겠네요?"

"그랬던 셈이지."

"위치가 뭐였어요? 투수?"

"라이트필더였어. 공이 제일 잘 안 오는."

"타자는 몇 번 타자였고요?"

"8번이던가 9번이었던가 아마 그랬지."

"그럼. 동네에서도 잘하는 선수는 못 되셨군요."

"그럼. 동네에서도 그저 숫자만 채운 셈이지. 그런데 야구 잘 모른다더니 그만하면 많이 아는데?"

"그런 정도는 동생한테 배웠죠, 뭐. 4번 타자가 제일 잘 치는 타자라든가, 투수가 야구에선 제일 중요하다든가 하는 정도요. 그리고 친 공이 담장 밖으로 넘어가면 홈런이라는 것하고요."

"그만하면 상당히 많이 아는 건데 뭘 그래?"

"하지만 그 이상은 아무것도 몰라요. 왜 투수가 야구에서 제일 중요한지, 제일 잘 치는 타자를 왜 네 번째에 치게 하는지도 모르고요."

"그것까지 알면 그야말로 내가 가르쳐 줄 건 아무것도 없게? 투수는 수비의 중심이 되는 선수기 때문에 제일 중요하다고 하는 거고 4번 타자는 공격의 중심이 되는 타자기 때문에 아홉 명 중에서 네 번째에 치게 하는 거야."

"아홉의 중간 숫자가 4는 아니잖아요?"

"4하고 5가 제일 가깝지. 그래서 5번 타자도 4번 타자 못지않게 잘 치는 선수로 내세우게 되는 거지. 하지만 5번이 아니고 왜 4번 타자를 더 공격의 중심으로 삼는지는 나도 잘 모르겠어. 아마 기술적인 건 잘 모르지만 공격은 앞서 나가야 하는 거니까 앞쪽에 더 비중을 두는 게 아닐까. 하긴 클린업 트리오라고 하는 3, 4, 5의 중간이 또 4번이기도 하지만 말야."

그때 연습을 하고 있던 선수들이 모두 스탠드 아래쪽으로 뛰어 들어가고 운동장은 잠시 텅 비었다. 곧 경기가 시작될 모양이었다.

감색 모자와 감색 상하의를 착용한 심판이 한쪽 어깨에, 속에는 솜이나 스펀지가 들었을 것 같은 호신용 방패(그녀는 나중에야 그것을 프로텍터라고 한다는 것을 알았다)를 걸쳐 멘 채 걸어 나왔다. 그리고 방패를 갖지 않은 다른 세 명의 심판이 뒤따라 걸어 나오고 스탠드 아래쪽으로 뛰어 들어갔던 두 팀의 선수들이 다시 뛰어나와 서로 마주 보고 정렬해 섰다.

곧 두 팀 선수 간에 경례가 교환되고 선수 대표끼리 무슨 기념품 같은 것을 주고받은 다음 선수들은 다시 일단 스탠드 아래쪽으로 뛰어 들어갔다. 그리고 먼저 수비를 맡을 팀이 수비에 필요한 도구들을 가지고 나와 각자 자기 위치로 뛰어가고 투수와 포수 사이에 몇 개의 연습공이 교환된 뒤 곧 공격팀의 1번 타자가 포수의 왼쪽 타석에 섰다. 포수 뒤에 가까이 섰던, 이제는 방패를 몸 앞쪽으로 돌린 주심이 투수를 향해 손으로 신호를 보내고 몸을 엉거주춤 낮추자 경기의 시작을 알리는 사이렌 소리와 함께 투수의 손을 떠난 공이 빠른 속도로 타자를 향해 날아들었다.

순간 타자의 방망이가 힘껏 휘둘러졌다. 따악, 하는 소리와 함께 공은 포물선을 그리며 공중으로 떠서 잔디밭 쪽으로 날아갔다. 관중석 일부에서

"와아!"

하는 함성이 일었다. 그러나 공은 미리 달려가서 잡을 채비를 하고 선 오른쪽 외야수의 글러브 속으로 그린 듯 떨어지고 말았다. 관중석에서는 다시

"에이!"

하는 탄성이 질러졌다.

이화는 공을 던진 사람과 공을 친 사람, 그리고 그 공을 받은 사람 사이가 순간적인 어떤 선 하나로 아름답게 이어진 듯한 느낌을 받았다. 그녀는 물었다.

"아웃이죠? 선생님."

"음, 초구를 노린 모양인데 실패하고 말았군."

"세 사람의 동작이 저렇게 공 하나로 맺어지는 거 참 아름다워요."

"그래? 그것 또 별난 구경 방식 다 있군. 실패가 아름답다니."

"실팬진 모르지만 저렇게 세 사람의 동작이 거의 한순간에 한 가지 일에 의해서 맺어지는 게 얼마나 아름다워요. 한쪽한텐 실팬지 모르지만 결국 양쪽 모두에겐 실패가 아닌 것 같아요."

"거 참 묘한 얘기로군. 하긴 저런 쉬운 공을 놓쳤다면 결국은 양쪽 다 실패를 저지른 꼴이 되긴 하겠지만. 가만, 그렇게 볼 수도 있겠군. 야구시합은 두 팀이 하는 거지만 시합 자체로는 하나니까 그렇다면 실패는 실패로서 처리가 되는 게 시합 자체를 망가뜨리지 않는 길일 테니까."

"뭐 꼭 그런 뜻으로 한 얘긴 아녜요, 선생님. 그저 세 사람의 동작이 약속이나 한 듯이, 약속은 하지 않았을 텐데 말예요, 조화를 이루는 게 아름다워 보였을 뿐예요. 그런데 지금 공격하는 팀이 어느 팀이죠?"

"장내 방송 못 들었어? 그럼 저기 스코어 보드를 봐. 횟수를 표시하는 숫자가 적힌 바로 아래에 빈칸이 주욱 있지? 그리고 그 빈칸 왼쪽 끝에 두 팀의 이름이 있잖아. 위에 적힌 이름이 선공, 먼저 공격하는 팀의 이름이야. 동생한테 스코어 보드 보는 법도 안 배웠어?"

"아 참, 동생이 가르쳐 준 기억이 나요. 그땐 건성으로 들었나 봐요."

이화는 저 건너 외야 쪽 스탠드 위에 커다랗게 우뚝 선 스코어 보드를 바라보았다. 그리고 방금 허민이 가르쳐 준 부분을 살펴보았다.

위에 적힌 이름은 호남지방에 있는 고등학교의 이름이었고 아래에 적힌 이름은 서울에 있는 고등학교의 이름이었다.

"그리고 지금은 타자의 앞가슴이 잘 안 보이지만 유니폼에도 적혀 있어. 수비 선수들 앞가슴에 적혀 있는 건 보이지?"

"네."

그때 다시 따악 하는 소리와 함께 공이 2루와 3루 사이의 두 수비 선수 중간으로 빠르게 빠져나가는 모습이 보였다. 공은 마치 땅을 기는 한 마리 흰 뱀처럼 빠르게 잔디밭 쪽으로 빠져 달아났다. 관중석 일부에선 다시

"와아!"

하는 함성이 일고, 선수 한 명이 1루 쪽으로 달려 나가는 모습이 보였다.

"지금은 어때? 아름답지 않아?"

허민이 짐짓 궁금하다는 표정으로 그녀를 돌아보며 물었다.

"아이, 선생님. 저 놀리시는 거죠?"

"놀리긴. 소감을 묻는 거지. 또 무슨 색다른 견해가 없을까 하고."

"거 보세요. 역시 놀리시는 거죠."

"아니라니까. 어떤 사물에 대한 일정한 습관에 길들여진 사람은 그 사물을 새롭게 바라보게 되기가 극히 어렵지만 그렇지 않은 사람한테서는 항상 새로운 눈을 기대할 수가 있는 법이거든. 난 이화한테 지금 그걸 기대하고 있는 거야."

"그럼 그냥 멋지다고 해 둘래요."

"다시 말해서 내 기대를 어긋나게 하겠다, 그 말이군?"

"그보다도 선생님의 조롱에 말려들지 않을래요. 그리고 정말 멋지기도 했고요."

"글쎄, 조롱이 아니라니까."

"아이, 몰라요."

"허허."

그때 1루에 있던 주자가 1루와 2루 사이에서 수비 선수들에게 쫓기고 있는 모습이 시야에 들어왔다. 1루 쪽에 있는 수비 선수와 2루 쪽에 있는 수비 선수가 공을 주거니 받거니 하면서 사이에 낀 주자를 쫓고 있었고 주자는 공이 1루 쪽으로 가면 2루 쪽으로, 2루 쪽으로 가면 다시 1루 쪽으로 조금씩 뛰며 쫓기고 있었다. 그리고 눈은 항상 공의 행방만을 초조하게 따르며 갈팡질팡하는 주자의 표정은 몹시도 절망적이었다.

"왜 저러죠? 선생님."

"응? 아, 도루를 하려다 협살을 당하는 모양이군."

"어마, 가엾어라."

결국 주자는 공을 서로 빠르게 주고받으면서 간격을 좁혀 든 수비 선수들 사이에 끼여 더 이상 도망치지 못하고 한 선수에게 공으로 잔등을 찍혀 아웃되었다. 순간 공을 피하려고 잔등을 잔뜩 안쪽으로 빼던 주자의 몸짓과 표정은 가엾으리만큼 절망적이었다.

이화는 그 후에도 두고두고 이때의 그 주자가 가운데 끼여서 협살 당하던 모습이 가엾게 뇌리에 떠오르곤 했다.

타자 한 사람이 더 아웃되자 곧 수비팀과 공격팀이 바뀌었다. 그리고 그렇게 횟수는 거듭되어 갔다.

시합은 어느 팀이 더 낫고 못한지를 분간할 수 없을 정도로 팽팽하게 진행되었고 좀처럼 점수도 나지 않았다.

허민이 혼잣소리하듯 말했다.

"아무래도 투수전이 될 모양이군."

"투수전이 뭐예요? 선생님."

"서로 상대방 투수의 공을 잘 치지 못하는 상태에서 양쪽 투수간의 대결로 압축되는 시합을 투수전이라고 하지. 결국 어느 쪽 투수가 더 잘 상대방의 공격을 막아 내느냐에 승패가 달린 시합을 말하는 거지. 반대로 양 팀 다 공격력이 우세해서 타자들이 잘 때리고 나가는 시합은 타격전이라고 하고."

시합은 8회가 끝날 때까지도 양 팀 모두 득점 없이 진행되었다. 그리고 9회 초 공격 역시 타자들의 평범한 공격으로 득점 없이 지나가고 말았다.

9회말, 처음에 수비를 맡았던 팀의 공격이었다. 타순은 2번 타자부터였다.

이화가 물었다.

"이번에 점수가 안 나면 어떻게 되나요?"

"이 시합은 한 시합 한 시합 이겨 올라가야 하는 토너먼트니까 연장전을 할 거야."

"점수가 날 때까지요?"

"그렇지. 하지만 다음 시합이 또 있으니까 그 시합에 지장을 주지 않을 시간까지만 하겠지."

"그때까지 안 나면요?"

"그럼 내일 다시 재경기를 갖게 되지."

그때 투수가 제1구를 던지는 모습이 보였다. 그런데 공이 이상하게 타자의 몸쪽으로 날아들고 있었다. 그리고 타자가 미처 피할 겨를 없이 공은 타자의 어깨 부근에 맞았다. 타자는 아픔을 참느라고 어깨를 움켜쥐고 제자리에서 빙글빙글 돌았다. 주심이 타자에게 1루 쪽을 가리켰다. 그러자 타자는 어깨를 만지면서 1루 쪽으로 뛰어나갔다.

"저걸 데드볼이라고 하지. 투수가 던진 공이 타자의 몸에 맞았을 때는 포볼 때와 마찬가지로 1루까지 거저 나가게 돼 있어."

"하지만 몹시 아프겠어요."

"정말 아플 때도 많겠지만 더러는 엄살을 부리는 경우도 있지."

"그건 왜요?"

"주심이 혹 보지 못했을 때 자기가 공에 맞았다는 걸 알리기 위해서겠지."

"하지만 지금은 정말 아팠겠어요."

"글쎄, 좀 아팠을 거야."

순간 3번 타자가 힘차게 방망이를 휘두르는 모습이 보였다. 동시에 따악 하는 경쾌한 음향과 함께 공은 멀리멀리 뻗어 나갔다. 관중들이 일제히 일어섰다.

"와아!"

공은 멀리멀리 떠서 외야 쪽 스탠드 위에 떨어졌다.

경기장을 나오면서 허민이 말했다.

"오늘 이화 덕분에 야구 구경 아주 재미있게 했는걸. 극적인 홈런 구경도 하고."

"저야말로 선생님 덕분에 오늘 야구에 대해서 많이 알았어요. 말로만 듣던 홈런도 봤고요. 그런데 왜 벌써 나오자고 하셨어요? 게임이 또 있는 것 같던데요."

"음, 한 게임 더 있지만 그것까지 보려다간 너무 늦을 것 같아서. 다음에 또 보기로 하지. 오늘은 어디 가서 저녁이나 먹고 헤어지기로 하고."

"저 때문에 그러셨군요? 또 늦을까 봐서요."

"나 때문에 번번이 늦어서야 쓰나? 또 이화한테 내 할 얘기도 좀 있고."

"……무슨 얘긴데요, 선생님?"

"저녁 먹으면서 천천히 얘기할게. 자, 어디로 가는 게 좋을까?"

운동장 바깥은 이제 석양 녘이었다.

"선생님 좋으신 데로 가세요. 아무 데나요."

"그럴까? 이화 그럼 중국음식 괜찮겠어? 괜찮다면 난 오향장육하고 배갈이나 한잔하고 싶은데."

"전 그럼 잡탕밥 사 주세요."

"좋지, 자, 그럼 가 볼까."

그리고 그는 택시 한 대를 세웠다.

그들을 태운 택시는 종로 쪽으로 빠져서 화신 근처에서 멎었다. 그리고 택시에서 내린 그는 그녀가 내리기를 기다려 부근의 한 골목으로 걸어 들어갔다. 그의 곁에 나란히 걸으며 그녀가 물었다.

"무슨 특별한 집인가 봐요? 선생님."

"아, 별 대단한 집은 아냐. 그저 이따금 오던 집이지. 오향장육 먹을 줄 알지?"

"네, 언젠가 한번 먹어 봤어요."

"그걸 좀 잘하는 집이라곤 하지만 그렇게 특별한 건 아니고. 이화가 직접 한번 먹어 봐."

"선생님 안주하실 것을요?"

"안주한다고 어디 나 혼자서 먹나? 아무튼 맛이라도 봐."

두 사람이 들어서자 중국집 주인인 듯한 남자가 2층으로 올라가는 층계를 가리키며 말했다.

"2층에 방 있습니다. 2층으로 올라가시죠."

그러나 아래층 홀에도 테이블이 있었다. 허민이 말했다.

"아니, 방은 필요 없어요. 여기도 괜찮소."

그리고 그는 비어 있는 테이블 쪽으로 걸어갔다. 두 사람이 마주 앉자 보리차가 담긴 컵 두 개가 날라져 오고 컵을 날라 온 청년이 물었다.

"뭘로 하시겠습니까?"

"잡탕밥 하나하고 배갈 하나, 그리고 오향장육 특별로 하나."

허민이 청년을 바라보며 대꾸했다. 청년이 주문을 받아 가지고 돌아갔을 때 이화가 물었다.

"특별이란 건 어떤 거예요? 선생님."

"비계가 적은 거지. 비계가 많으면 이화가 먹기 불편할 것 같아서. 양도 좀 많을 테고."

"오향장육은 비계도 그렇게 먹기 나쁘진 않던데요."

"그렇긴 하지만."

"그런데 아까 하실 말씀 있다고 하신 건 뭐예요? 지금 하심 안 되나요?"

"왜, 궁금해?"

"네, 궁금해요."

"별 애긴 아니야. 내 이화한테 무얼 좀 부탁해 볼까 해서."

"무슨 부탁인데요? 선생님."

그러자 그는 잠시 입을 다물고 말없이 그녀를 건너다보았다. 무언가 망설이고 있는 표정이었다.

"말씀해 보세요, 선생님. 무슨 부탁인지. 제가 들어드릴 수 있는 거면 들어드릴게요. 하지만 저한테 무슨 부탁하실 일이 있을라고요."

"부탁은 있어. 한데……."

"그럼 말씀해 보세요."

"아무래도 이화 공부에 지장을 줄 것 같아서."

"시간이 많이 드는 일인가요?"

"하루에 한두 시간씩은 빼앗기는 일이야, 나한테."

"얼마 동안이나요?"

"앞으로 한 달간."

"무슨 일인데요? 선생님."

그때 주문한 것들이 날라져 왔다. 오향장육은 비계 한 점 없이 살코기로만 된 것이었다.

"자 들지. 들면서 천천히 얘기하기로 하고."

그러며 그는 조그만 식초병처럼 생긴 배갈 술병을 들어 조금 무거워 보이는 투명한 액체를 잔에 따랐다.

"이화도 조금 하겠어?"

"전 밥 먹을게요, 선생님. 배갈은 무척 독하다면서요?"

"좀 독한 편이라고 할 수 있지. 그럼 이화는 밥을 먹지. 이것하고. 특별이라는 게 좀 다르긴 하군."

"네, 선생님."

허민은 잔을 들어 조금 마시고 나서 내려놓았다. 그리고 고기 한 점을 집었다. 이화도 수저를 사용하여 날라져 온 밥을 뜨기 시작했다.

"이것도 좀 집어 봐. 맛이 괜찮은 것 같군."

"네, 그리고 어서 말씀해 보세요. 무슨 일인지."

"글쎄…… 하학 후 한두 시간씩만 내 집에 와서 해 주면 되는 일인데 아무래도 무릴 것 같군. 내가 얘길 괜히 꺼낸 모양이야."

"제가 할 수 있는 일이기만 하면 저 시간은 괜찮아요. 말씀해 보세요."

"정말 시간은 그래도 괜찮겠어?"

"네, 시간은 괜찮아요. 제가 할 수 있는 일인가가 문제죠."

"일은 이화면 충분하고도 남지. 일에 대한 정당한 보수도 물론 지급할 생각이고."

"보수는 필요 없어요. 제가 할 수 있는 일이라면 그냥 기쁘게 해 드리겠어요."

"보수를 안 받아서야 쓰나? 그렇다면 나도 부탁을 할 수가 없게 되지."

"아무튼 그럼 말씀이나 해 보세요."

"그럼 말하지. 음…… 실은 이번에 내가 어느 출판사하고 책을 한 권 내기로 출판계약을 맺었는데 그동안 자료를 모아만 왔지 통 정리를 하지 못했거든. 시간은 상당히 촉박한 편이고. 그래서 이화한테 부탁해 볼 생각을 했던 거야. 어차피 도와줄 사람이 한 명은 있어야겠고 이왕이면 그걸 이화가 해 주었으면 해서. 또 이화라면 충분히 해내고도 남을 일이고."

"그러니까 제가 할 일은 자료 정리만 하면 되는 건가요?"

"그렇지. 그렇게 복잡한 것도 아냐."

"그럼 해 볼게요, 선생님."

허민은 잠시 후회하는 듯한 표정을 지었으나 이화가 반일방적으로 결정을 지어 버렸다. 그리고 식사를 마친 후 중국집에서 나와 허민과 헤어진 이화는 오랜만에 '에로이카'에 잠시 들러 보기로 하였다. 허민의 그 일은 내일부터 하기로 했던 것이다. '에로이카'에는 마침 장수길이 홀에 나와 앉아 있었다. 그녀가 들어서자 그는 벌떡 마주 일어서며 반겼다.

"아이구, 이거 오랜만이에요."

"안녕하셨어요?"

"네. 이리 앉으세요. 이게 얼마 만입니까?"

"한 두어 달 됐나요?"

그러며 그녀는 그가 권하는 의자에 앉았다. 그도 방금 일어섰던 의자에 다시 앉으며 말했다.

"두 달밖에 안 됐나요? 난 더 된 것 같은데."

"두 달쯤 됐을 거예요. 방학하고 나서 막 한 번 다녀가고 장 선배님 뵙는 건 오늘이 처음이니까요."

"그랬나요? 그래 그동안은 뭘 하시느라고 꿈쩍도 안 하시고?"

"방학 중엔 동생하고 설악산 한번 다녀온 외엔 쭉 집에 있었고 개학해선 학교 나갔죠, 뭐."

"그러시면서 그래 그렇게 꿈쩍도 안 하셨어요?"

"온다 온다 하면서 그렇게 됐네요. 참, 수환 씨한테선 편지 가끔 오나요?"

"아 네. 그 친구 열흘이 멀다 하고 편지하더니 요즘은 좀 뜸하군요. 이화 씨 안부도 꼭꼭 묻곤 하더니."

"잘 계신대요?"

"군대생활이 편하기야 하겠어요? 하지만 별 탈은 없이 지내는 모양이군요."

"수환 씨 군대 가신 지가 얼마나 됐죠? 1년 넘었나요?"

"그렇죠, 졸업하고 나서 얼마 안 있다 갔으니까 1년 반이 가까워 오는군요. 이화 씨한테 혹 편지 안 하던가요?"

"……석기 씨 생각하고 안 하는 것 같아요."

"하긴 그럴는지 모르겠군요. 녀석이 겉으론 좀 뻔뻔스러워 뵈도 속은 또 여간한 결벽이 아니니까요?"

"……."

"뭐 한 곡 들으시겠어요? 오랜만에 러시아 민요 한번 들으시겠습니까?"

"……네, 듣고 싶어요."

"내가 괜한 소릴 한 모양이군요. 석기 생각 안 하시기로 약속하면 틀어 드리죠."

"……틀어 주세요. 저 석기 씨 생각 이제 안 해요."

"그러셔야죠. 그럼 잠깐 앉아 기다리세요. 금방 들어갔다 나올 테니까요."

"……네."

그는 의자에서 일어났다. 그리고 재생실 쪽으로 향했다.

그녀는 똑바로 앞만 바라본 채 미동도 않고 앉아 있었다. 왠지 조금만 몸을 움직여도 눈물이 쏟아져 나올 것 같은 느낌이 들었다.

곧 음악이 바뀌었다. 그리고 3년쯤 전에 석기와 함께 이곳으로 처음 와서 듣던 그 음악이 흘러나오기 시작했다. 망명자들의 노래, 땅속 깊은 곳으로부터 울려 나오는 것 같은 슬픔의 노래, 기쁜 가락에 조차 슬픔이 깃든 노래가 흘러나오기 시작했다.

조그만 상자 속에 담겨 돌아왔던 석기의 모습이 얼핏 스쳐 갔다.

그때 장수길이 다시 그녀의 맞은편 의자로 걸어와 앉았다. 그녀는 얼른 밝은 표정을 꾸며 애써 미소 지어 보였다.

"오랜만에 들으시죠?"

"네, 아주 오랜만예요."

"……음악은 그냥 음악으로만 듣는 겁니다. 사람들은 곧잘 음악을 자기 신상의 어떤 일과 결부시켜서 들으려는 경향이 있는데 그건 일시적인 감상이나 위안의 수단이 되긴 하겠지만 음악이 표현하는 진정한 슬픔이나 기쁨을 받아들이는 태도는 되지 못하죠. 이화 씬 물론 그렇지 않을 줄로 믿지만."

"……장 선배님 말씀하시는 뜻 알겠어요. 하지만 사람이 어떻게 그런 순수한 슬픔이나 기쁨만을 받아들일 수 있겠어요? 음악 같은 예술 속에선 가능할지 모르지만."

"그러니까 적어도 음악을 들을 때에 한해선 그래야 한다는 얘기죠. 음악을 듣는 동안까지도 신상의 감정 찌꺼기를 그대로 남겨 가지고 있다면 그 음악을 제대로 들을 수 있겠습니까? 하긴 음악의 기능 중 하나가 그런 것들을 정화시켜 주는 데에도 있긴 합니다만."

그는 그녀가 석기를 생각하고 있다고 판단하고 그것을 염려하는 모양이었다.

그녀는 그것을 짐작할 수 있었다. 그러나 그가 적어도 일반론을 말하고 있는 한 그녀는 그의 말을 그대로 수긍할 수는 없었다.

"하지만 신상의 감정 찌꺼기가 반드시 나쁜 건 아니잖아요? 때로는 오히려 그런 감정 찌꺼기를 가진 채 듣는 편이 음악을 더 잘 듣게 되는 경우도 있을 거예요. 지금 제 경우를 가지고 말하는 건 아니지만요."

"노파심에서 얘기한 것뿐입니다. 아직 석기를 잊지 못하고 계신 게 아닌가 해서…… 전 이제 석기 생각 하지 않으시고도 이 곡을 들으실 수 있을 거라고도 생각했지만 이젠 이 곡을 들으시면서도 석기 생각은 떠올리지 마셔야 할 때가 됐다고 생각해서도 틀어 드린 거니까요. 다른 생각 마시고 그냥 음악 자체로만 들으시라는 얘깁니다."

"……."

"제가 오히려 공연한 소릴 했나 보군요. 그냥 잠자코 곡만 틀어 드리는 것으로 제 소임을 마치는 건데."

"……아녜요. 염려해 주시는 거 고맙게 생각하고 있어요. 하지만 저 이제…… 석기 씨 생각 정말 다 잊어 먹었어요."

"그러셔야죠. 자, 이거 그러신 줄도 모르고 제가 공연한 소릴 지껄였으니 사죄를 해야겠군요. 어떤 사죄를 바라십니까?"

"사죄는요. 저 염려해 주신 건데요, 뭐."

"쓸데없는 노파심은 욕이나 마찬가지죠. 역시 사죄를 해야 마땅하다고 생각합니다."

"굳이 그러심 음악 틀어 주신 걸로 사과받은 셈 치겠어요. 됐나요?"

"말하자면 그걸로 탕감을 해 주신단 말씀이군요. 좋습니다. 그럼 음악 듣고 계십시오. 전 주방에 잠깐 들어갔다 와야겠습니다."

"네, 그러세요."

그는 곧 일어서서 주방 쪽으로 향했다. 무얼 지시할 일이 있는 모양이었다.

이화는 가만히 몸을 등받이에 기댔다. 그리고 가슴 속으로 흘러드는 음악의 여울에 온몸을 맡겼다. 석기의 일이 먼 우뢰소리처럼 마음 속에 울려왔다.

그때, 곁에 누가 다가와 서는 듯한 느낌을 그녀는 받았다.

그녀는 고개를 쳐들었다. 빙그레 웃고 있는 얼굴이 그녀를 내려다보고 있었다.

"오랜만입니다, 이화 씨."

수환이었다.

"어마, 수환 씨, 그렇잖아도 금방 장 선배님하고 수환 씨 얘기를 했었는데."

"제가 호랑이가 된 셈이군요. 역시 휴가 나오는 길에 여기부터 들르길 잘했군요. 그동안 별일 없으셨겠죠?"

그리며 그는 그녀의 맞은편 의자에 앉았다.

"네, 아무 일 없었어요. 수환 씬 고생 많이 안 하셨어요?"

"고생은 무슨 고생입니까? 보시다시피 이렇게 건강하지 않습니까."

약간 야윈 듯한 그의 얼굴은 구릿빛으로 그을어 있었다.

"타시기만 하시면 건강하신 건가요? 하지만 아무튼 반가워요. 오늘 수환 씰 뵙게 될 줄은 정말 몰랐어요."

"반가우시다니 다행입니다. 저 역시 여기부터 들르긴 하면서도 이렇게 막상 이화 씰 만나게 되리라곤 기대하지 못했었죠. 좀 늦긴 했지만 제 이 첫 번째 휴가가 멋진 휴가가 될 것 같은 예감이 드는데요."

"그러시길 저도 빌겠어요. 그런데 저한텐 왜 편지 안 주셨어요?"

순간 그의 표정엔 얼핏 당황하는 듯한 빛이 스쳐 지나갔다. 그러나 그는 곧 쾌활한 표정을 되찾아 대답했다.

"하하, 사실은 이화 씨의 편지를 한 장쯤 먼저 받아 보고 싶었죠. 욕심을 부려 봤지만 결국은 저 혼자 욕심으로 끝나고 말더군요."

"어마, 그러셨어요? 전 또 그러신 줄도 모르고 제가 먼저 편지를 하면 바라시지도 않는 것을 하는 게 되지나 않을까 해서요."

"아, 또 이화 씬 그러셨군요. 바라질 않다니요. 불감청이언정 고소원이었죠. 하지만 어떻게 생각하진 마십시오. 어디까지나 제 일방적인 욕심에 지나지 않았으니까요, 하하."

"그러신 줄 알았으면 제가 장 선배님한테 주소를 물어서 먼저 편질 쓸 걸 그랬네요."

"아 뭐 괜찮습니다. 그건 그렇고 참 장코 형님은 어디 갔죠? 보이질 않으니."

"주방에 잠깐 들어갔다 나오신다고 그랬어요."

"아, 주방에 들어갔군요."

그러며 그는 주방 쪽을 힐끗 쳐다보았다. 그러다가 그는 음악소리에 귀가 미친 모양이었다.

"아, 이 곡은…… 이화 씨가 부탁하셨습니까?"

"장 선배님께서 자청해서 틀어 주셨어요. 저도 듣고 싶다고 했고요."

"원, 장코 형님도 주책은……."

"왜요?"

"아, 아닙니다. 혼잣소리한다는 게……."

"석기 씨가 좋아하던 곡이라고 그러시는 거죠? 그렇잖아도 장 선배님께서 음악은 음악 자체로만 듣는 거라고 일장 강의를 해 주셨어요."

"그런 소릴 해 가면서까지…… 나 참."

"그런 소릴 해 가면서까지가 아니라 그런 말씀을 해 주시기 위해서 일부러 틀어 주셨나 봐요. 그런데 참 저녁은 잡수셨어요?"

"네, 먹었습니다. 그런데 그런 소릴 해 주기 위해서 일부러 틀다니요?"

"이젠 아무런 생각 없이 이 곡을 들을 수 있어야 한다고요. 다시 말해서 이젠 이 곡을 들으면서도 석기 씨 생각은 떠올리지 말아야 할 때가 됐다고요. 저도 그렇다고 했어요. 이젠 석기 씨 생각은 다 잊어 먹었다고요."

"정말 다 잊으셨습니까?"

"네, 정말 다 잊어 먹었어요. 수환 씨도 이젠 마음 쓰지 마세요."

그는 잠시 말없이 그녀를 똑바로 바라보았다. 그러다가 그녀의 망설임 없는 맑은 시선에 부딪치자 외면하듯 슬며시 시선을 떨구었다.

그때 그녀의 등 뒤에서 장수길의 목소리가 들려왔다.

"어? 수환이 너 언제 왔니?"

"아, 형님."

수환이 몸을 반쯤 일으키듯 하며 얼굴을 폈다.

"휴가야?"

"네."

곧 두 사람은 서로 반가이 악수하고 수환이 장수길의 앉을 자리를 내주기 위해 안쪽 의자로 옮겨 앉았다. 장수길이 수환이 내준 의자에 앉으며 물었다.

"언제, 오늘 나오는 길이냐?"

"네. 서울 도착하자마자 이리로 직행했죠. 장사는 잘되세요?"

"장사? 너 언제부터 내 장사 걱정했니? 내 장사가 걱정스러워서 집에도 안 가고 바로 여기부터 들렀니?"

"꼭 그런 건 아니지만 한 1년 이상 떨어져 있었더니 형님 장사 걱정도 됩디다. 장사 너무 안 돼서 문이라도 닫을 지경이 되면 어쩌나 싶은."

"그런 소릴 다 하는 걸 보니 아무튼 군대는 갈 만도 하구나. 그래, 문이라도 닫지 않았나 확인해 보려고 여기부터 들렀단 말이냐?"

그때 이화가 말했다.

"잠깐만요. 수환 씨 조금 아까 저녁 잡수셨다고 하셨는데 서울 도착하시자마자 이리로 곧장 오셨으면 언제 잡수실 겨를이 있었나요? 안 잡수셨군요? 그렇죠?"

그러자 장수길도 그제야 생각이 미쳤다는 듯 말했다.

"참, 너 저녁 안 먹었겠구나. 배고프겠다. 어디 가서 우선 저녁이나 먹자."

수환은 머리를 긁는 시늉을 했다.

"이화 씨도 참, 어쩌다 거짓말 한번 한 걸 면전에서 그렇게 무안을 주는 법이 어디 있습니까?"

"거짓말을 하시려면 앞뒤가 맞게 하셔야죠."

"너 이화 씨한테 저녁 먹었다고 한 모양이로구나. 아무튼 나가자. 나가서 저녁 먹으면서 얘기하자."

그러며 장수길은 의자에서 일어섰다.

"이화 씨도 함께 가시죠."

"네, 전 저녁은 먹었지만 함께 가겠어요."

그러자 수환이 따라 일어서며 말했다.

"저녁은 집에 가서 먹어도 되니까 그럼 형님 술이나 한잔 사세요."

"글쎄, 저녁도 사고 술도 살 테니까 나가자니까."

그들이 음식점과 맥줏집 한 군데씩을 다녀 나온 것은 10시가 가까워서였다. 버스 정류장에서 헤어질 무렵에 수환이 말했다.

"휴가기간 동안 어쩌면 이화 씰 좀 성가시게 해 드릴지 모르겠습니다."

허민은 이화와 헤어져 아파트로 돌아오자 그녀를 일찍 돌려보낸 것이 후회스러워 오기 시작했다. 선생답게, 어른답게 행동하려고 힘껏 버티어 낸 결과였지만 그것은 결국 버티어 낸 것뿐이지 그가 바라던 것은 아니었던 것이다.

아파트는 텅 빈 공간으로서 그를 맞아 주었고 오늘따라 유난히 자기 외에는 아무도 그곳에 살지 않는다는 느낌을 강하게 안겨 주었다. 거실의 소파나 창을 가린 커튼조차도 그리고 스위치를 올렸을 때 실내를 환히 밝혀 준 전등조차도 그러한 느낌만을 더욱 강조해 줄 뿐이었다. 낯익은 것들이 안겨 주는 그러한 소외감은 그로서는 거의 처음 맛보다시피 하는 경험이었다.

그는 전등 스위치를 올린 채로 손을 스위치로부터 뗄 생각도 않고 한동안 그렇게 거실 어귀에 서 있었다. 그리고 제 주인을 향해 냉랭한 자태를 드러내고 있는 그 낯익은 물건들을 바라보았다. 소파와 탁자, 탁자 위에 놓인 전화기, 물병, 재떨이, 창밖의 어둠을 감춘 커튼, 그리고 방들로 통하는 문들과 광원(光源)이 반투명 유리에 갇힌 전등 따위들을. 그것들은 언제나와 다름없는 위치와 모습 그대로였으나 오늘따라 실내를 더욱 아무도 없는 텅 빈 공간으로만 보이게 하고 있었다.

그리고 그 모든 것은 그가 어른으로서 행동하기 위해 자신을 속인 결과였다. 자기가 바라고 있는 것을 외면하고 그것에 대하여 힘껏 버티어 낸 결과였다. 선생이라는 입장을 배반하지 않기 위해서, 그러나 허민이라는 한 개인의 바람은 배반한.

한참 만에야 그는 스위치를 올렸던 손을 떼고 천천히 거실 안으로 걸어 들어갔다. 그리고 옷을 바꿔 입을 생각도, 씻을 생각도 않고 소파 위에 앉았다. 마음속에 또 하나의 텅 빈 공간이 만져지듯 느껴졌다. 그리고 그 공간은 그가 그것을 느낀 순간부터 더욱 커다랗게 확대되어 갔다.

하마터면 그는 자신도 모르게 신음소리 비슷한 것을 흘려 내놓을 뻔하였다. 목구멍까지 넘어온 그 소리를 그는 간신히 삼켰다. 그리고 소파에서 일어났다. 무엇이든 하지 않으면 견딜 수 없을 것같이 여겨졌다. 무엇이든 하기 위해서 부산히 움직이지 않으면 몸 바깥과 몸 안에 있는 두 개의 커다란 빈 공간에 의해서 잡아먹혀 자기는 마침내 빈 껍질만 남게 될 것 같았다.

그때 엉뚱하게도 그에게 떠올라 준 생각은 자기가 한 여자의 전화번호가 적힌 명함을 가지고 있다는 생각이었다. 엊그제 밤거리에서 만난 여자, 그 여자의 전화번호가 적힌 명함을 받아서 주머니 어딘가에 넣어 둔 기억이 났던 것이다. 그는 주머니들을 뒤지기 시작했다. 명함은 상의 위 포켓에서 나왔다. 영미라고 하던 그녀의 이름과 전화번호가 조그만 활자로 인쇄되어 있었다.

그는 그 명함을 손에 쥔 채 잠시 망설이고 나서 다시 소파에 앉았다. 그리고 송수화기를 집었다. 다시 망설여졌다. 송수화기를 도로 내려놓았다. 그러나 그는 곧 다시 송수화기를 집어 들었다. 그리고 빠르게 다이얼을 돌리기 시작했다. 마치 망설임이 뒤쫓아 올 것을 앞질러 가로막기라도 하듯.

신호가 가는 소리가 나고 곧 귀가 열렸다.

"여보세요."

나이를 짐작할 수 없는 한 여자의 목소리가 수화기 속에서 그를 불렀다. 그는 한 호흡쯤 망설이고 나서 자기가 망설였다는 자각 때문에 황망히 말했다.

"저, 거기 영미 씨라고 계십니까?"

"영미요? 네, 잠깐만 기다리세요."

그리고 송수화기를 탁자 같은 데다 내려놓는 소리가 들려왔다. 그는 수화기를 귀에 댄 채로 잠시 기다렸다.

곧 마루 위를 딛는 발짝 소리 같은 것이 들려오고 송수화기가 탁자 위 같은 데서 다시 들어 올려지는 소리가 났다.

"여보세요. 영미 전화 바꿨습니다."

"아, 영미 씹니까?"

"네, 누구세요?"

"아, 난 영미 씨한테 명함을 받은 사람입니다."

"누구실까? 내가 명함 드린 분은 한 분만이 아닌데."

"아, 난 그저께 저녁에 받은 사람입니다."

"그저께? 아, 아, 길에서 내가 납치하려다 실패한 분? 나 택시값 주신 분이군요."

"그렇소. 납치를 모면하기 위해서 약간의 헌금을 했던 사람이오."

"헌금이라고요? 호호, 농담도 재미있으셔라. 말하자면 내 납치 사업의 기금을 위해서 내신 거란 말이죠?"

"글쎄, 액수가 너무 적었지만 그렇다고 할 수도 있겠소. 보다는 납치를 면제해 달라는 뇌물이었다고 해야 더 옳긴 하겠지만. 그건 그렇고……."

"그건 그렇고, 웬일이시죠, 오늘은? 설마 자진해서 납치를 당하시려는 건 아니겠죠?"

"……아니지…… 않소."

"어마! 정말이세요?"

"그렇소. 자진해서 납치를 당하려는 거요. 납치해 주겠소?"

"부인이 친정에라도 가셨나요?"

"난 아내가 있다고 말한 적은 없소."

"어마! 그럼 부인이 안 계세요?"

"물론 없다고 하지도 않았소. 나를 납치하는 데 있어서 그런 것이 문제가 되오?"

"아녜요. 물론 상관없어요. 난 그저 공처가시려니만 생각했기 때문에……. 그럼 어떡하시겠어요? 납치당할 장소를 선생님이 정하시겠어요?"

"납치당할 장소까지 납치당할 사람이 정해야 하오? 납치범이 정하는 것이 아니고."

"선생님은 자진해서 납치당하려는 분이시니까 그렇죠. 하지만 좋아요. 그야 누가 정하든. 그런데 참 지금 어디서 전화하시는 거죠?"

"여기 말이오? 여긴…… 광화문 우체국이오."

"그럼 그 앞에서 만나기로 해요. 20분 안에 나갈 테니까요. 그 근처 어디 다방에서 기다리시든지요."

"다방 이름 아는 게 없소. 그냥 이 앞에서 기다리리다."

"그럼 그렇게 하세요. 늦어도 20분 안으론 나갈게요. 그럼 끊겠어요. 조금 늦더라도 가 버리지 마세요."

그리고 전화는 딸깍 끊겼다. 그는 천천히 송수화기를 내려놓았다. 그녀보다 먼저 광화문 우체국 앞에 도착하려면 서두르지 않으면 안 된다. 그러나 그는 선뜻 일어서지지가 않았다. 무언가 큰 잘못을 저지르고 있는 것 같은 느낌이었기 때문이다.

그러나 그는 마침내 소파에서 일어나고 말았다.

내친김이라는 생각과 어쨌든 일단 약속을 한 이상 그녀로 하여금 허탕을 치게 할 수는 없다는 생각 때문이었다. 만일에 그가 약속한 장소에 나타나지 않는다면, 아니 그녀가 약속한 장소에 나타나서 그곳에 그가 없다는 사실을 발견한다면 그녀는 필경 자기가 희롱을 당했음에 틀림없다고 생각할 터이었다. 그리고 몹시 당황하고 노여워할 것이었다.

그는 서둘러 아파트를 빠져나왔다. 그리고 급히 택시를 잡아타고 광화문 우체국 앞에 도착했을 때 다행히도 그녀는 아직 나와 있지 않았다.

그는 우체국 정문 앞에 서서 기다렸다.

그녀는 그리고 5분쯤 후에야 나타났다. 그저께 저녁과 거의 같은 차림이었기 때문에 택시에서 내리는 모습을 보고 금방 알아볼 수 있었다.

택시에서 내려 그를 발견하자 그녀는 반색을 하며 빠른 걸음으로 다가왔다.

"어마, 선생님. 미안해요. 오래 기다리셨죠?"

"기다리라고 한 시간보다 조금 더 기다렸소."

그는 짐짓 팔목을 들어 시계를 보는 시늉을 하며 대답했다.

"하지만 미인에게 납치당하기를 바라는 사람으로서 그만 정도야 더 못 기다리겠소?"

"아이, 선생님. 미안해요. 오늘따라 택시가 그렇게 잘 안 잡히지 뭐예요. 그 대신 고이고이 납치해 드릴게요."

"난폭하게 납치해 줘도 괜찮소."

"아이, 선생님. 자, 가요. 호텔로 가시겠어요? 저희 집으로 가시겠어요?"

"아, 내가 납치되어 갈 장소가 그 두 군데 중의 한 군데란 말이오?"

"네, 그 선택권은 피납치자한테 드리는 원칙이에요."

"그 두 군데 이외의 장소는 선택하지 못하게 돼 있소?"

"이를테면?"

"이를테면 다방이라든가 또는 그 밖에……."

"그 밖에?"

"술집이라든가."

"경유해 갈 수는 있어요. 하지만 최종 도착지는 역시 그 두 군데 중의 한 군데라야 해요. 그래야만 납치 목적을 달성할 수가 있거든요. 한번 마음 정하셨으면 그대로 한번 실천해 보세요. 이제 와서 다시 슬그머니 꽁무니 빼려고 그러지 마시고요."

그는 폐부를 찔린 듯한 느낌이었다.

"아, 뭐 꼭 꽁무니를 빼려고 그런 건 아니오. 그저 한번 물어봤을 뿐이지. 자, 그럼…… 참, 내가 호칭은 뭐라고 하는 게 좋겠소?"

"그냥 영미라고 부르세요. 말씀도 그냥 해라 하시고요. 그랬소 저랬소 하시는 거 듣기 거북해요."

"그럴까. 자, 그럼 영미, 이왕이면 영미네 집으로 가는 게 좋겠군. 호텔은 아무래도 나 같은 사람한텐 어울리지가 않을 것 같고."

"호텔에 어울리는 사람이 뭐 따로 있나요? 아무튼 좋도록 하세요. 그 대신 저희 집 와 보시고 흉보진 마셔야 해요. 아무래도 호텔보단 불편한 게 많고 누추하니까요."

"흉보지 않으리라는 것 하나만은 장담할 수 있소."

그러나 그가 데려가진 집은 그녀의 말처럼 누추한 곳은 결코 아니었다. 택시에서 내려 주택가의 골목 안으로 이삼 분 걸어 들어가서 그녀가 걸음을 멈춘 곳은 한 조촐한 2층 양옥 앞이었다. 그녀는 대문 옆 콘크리트 기둥에 달린 버저를 누르면서 말했다.

"이다음엔 혼자서 찾아오실 수 있으시겠어요?"

"이다음엔 납치를 당해서 올 게 아니라 제 발로 아예 자수를 해 오란 말인가?"

"제 생각 나시면요. 그렇다고 강요를 하는 건 아녜요. 찾으실 순 있겠죠?"

"글쎄, 집 찾긴 어렵지 않을 것 같군."

"하지만 절 다시 찾아오시긴 어려울 것 같으세요?"

"글쎄, 그건 나중 일이고."

"참 그러네요."

그때 대문이 열리면서 그녀 또래의 젊은 여자 하나가 상반신을 내밀었다. 그녀처럼 짙게 화장한 여자였다.

"아줌마 어디 갔니? 니가 문을 열게."

"응, 어디 심부름 갔나 봐."

그러며 그 젊은 여자는 힐끗 허민 쪽을 바라보았다. 그녀가 그 시선을 가로막듯 대문 쪽으로 한 발 다가서며 말했다.

"들어오세요, 선생님."

그리고 그에게 길을 터 주듯 한쪽으로 비켜섰다. 대문을 열어 준 여자는 곧 신발소리를 남기며 안으로 사라졌다. 그는 그녀가 터 준 공간을 따라 대문 안으로 들어섰다. 그녀도 곧 안으로 따라 들어와서 대문을 잠갔다.

그녀의 방은 2층에 있었다. 그리고 그녀의 인도에 따라 층계를 올라가서 그녀의 방 안으로 들어섰을 때 그는 그녀가 누추하다고 말한 것은 단순한 인사치레에 불과하다는 것을 알았다. 방은 넓고 컸으며 호화롭게 치장돼 있었다.

값비싸 보이는 2인용 침대가 우선 눈에 띄었고 소파와 탁자까지 마련되어 있었으며 바깥으로 향한 창에는 꽃무늬를 수놓은 엷은 커튼이 드리워져 있었다. 그리고 창 옆의 벽 쪽에는 커다란 거울이 달린 화장대와 둥근 의자, 소파에 앉아서 바라볼 수 있는 위치에 붉은색의 포터블 TV 수상기가 하나, 그리고 천장에는 모양 좋은 장식등이 알맞은 높이로 매달려 있었다.

"더우시죠? 선생님. 목욕부터 하실래요?"

그녀가 선 채로 그의 표정을 살피며 물었다.

"그게 순서라면 순서대로 따라야 하겠지. 어차피 난 이제 납치되어 온 몸이니까."

"하기 싫으심 물론 안 하셔도 돼요. 그렇지만 덥지 않으세요?"

"덥지 않진 않은데."

"그럼 하세요. 제가 물 끼얹어 드릴게요. 우선 겉옷부터 벗으세요. 제가 잠옷 드릴 테니까요. 그리고 목욕은 아래층으로 내려가셔야 해요. 욕실이 아래층밖에 없어서요. 호텔 같으면 방마다 욕실이 있지만."

"……영미도 같이하나?"

"원하세요?"

"아니, 그것도 순서에 혹 있는 건가 해서."

"그런 순서가 있는 건 아니지만 원하신담 같이해 드려도 좋아요. 저도 그럼 함께할까요?"

"아니, 나 혼자 하겠어. 영미는 욕실까지 안내만 해 줘."

"왜, 부끄러우세요?"

"음, 부끄러워."

"선생님도. 그럼 그렇게 하세요. 우선 그럼 옷부터 갈아입으시고요."

그는 겉옷을 벗고 그녀가 내준 깨끗이 세탁된 잠옷으로 바꿔 입었다. 그리고 그녀의 안내를 받아 아래층으로 내려가 욕실로 들어갔다. 욕조와 샤워 시설이 모두 갖추어진, 비교적 청결한 느낌을 주는 욕실이었다.

욕실 속에서 혼자가 되었을 때 그는 문득 자기 자신이 객관화되어 바라보였다. 지금 자기가 하고 있는 이 터무니없는 행동이 그를 잘 아는 다른 사람들에게 환히 바라보이고 있는 듯한 느낌이었다. 이화의 모습도 잠시 떠올랐다. 지금 나는 무엇을 하려 하고 있는가. 정말 목욕을 하지 않으면 견디지 못할 만큼 심한 더위를 느끼고 있단 말인가.

그러나 그는 곧 자기 자신을 바라보는 자신의 눈을 거두어 버렸다. 역시 내친걸음이라는 생각 때문이었다. 무어라고 할까, 자기 자신을 팽개쳐 버리는 기분이었다고 할까.

옷을 벗어서 벽에 매달려 있는 자그마한 철사 바구니에 담았다. 흰 페인트가 입혀져 있는, 옷을 벗어 넣어 두는 장소 같았다.

그리고 그는 곧 샤워를 틀어 물줄기를 맞기 시작했다.

그때 밖에서 노크소리가 들려오고 곧이어 그녀의 목소리가 뒤따랐다.

"비누하고 수건 드리는 걸 잊었어요. 들어가도 되죠?"

그리고 그가 미처 무어라고 대꾸할 겨를도 없이 그녀는 도어를 열고 욕실 안으로 들어섰다. 거의 벗다시피 한 차림이었고 손에는 비누갑과 수건이 들려 있었다.

그는 순간 자신도 모르게 얼른 몸을 움츠리는 듯한 자세가 되었으나 곧 그것이 아무 소용도 없는 행동이라는 걸 깨닫고 다시 그대로 머리로부터 샤워를 맞으면서 말했다.

"무례하군, 그래."

"선생님 벗으신 몸 보인 게 억울하세요?"

"……."

"억울하심 저도 벗을게요."

"아……."

그가 미처 만류할 겨를도 없었다. 그녀는 잠깐 사이에 완전한 나체가 되어 그가 샤워를 맞고 있는 등 뒤로 달려와 숨었다.

그리고 낮은 목소리로 속삭였다.

"선생님 잔등 아주 커다래서 숨기 좋네요. 제가 등 밀어 드릴게요."

그러나 그의 잔등에 와 닿은 것은 그녀의 손이 아니라 가슴이었다. 가슴의 부드럽고 둥근 융기였다. 그리고 그녀의 손은 그의 겨드랑이 사이로 넣어져 그의 가슴을 안았다.

"이런 숨바꼭질 처음 해 보시죠?"

"이렇게 등 밀어 주는 것도 처음 보는군."

"어마, 선생님은 깍쟁이 술래셔."

"영미야말로 엉터리 때밀이로군."

"어마, 제가 어째서 때밀이에요?"

"나는 그럼 어째서 술랜가? 정하지도 않고."

"그럼 지금부터 정해요. 자, 가위바위보 해요."

그러며 그녀는 그를 뒤로부터 껴안은 채로 그의 턱 밑에 주먹을 쥐어 내밀었다.

그러나 그는 그 주먹을 무시하고 말했다.

"아니, 내가 그냥 술래를 하지. 이대로가 좋은걸."

"정말?"

"정말."

그러자 그녀는 그의 겨드랑이로부터 살며시 두 팔을 빼내며 말했다.

"저도 그럼 이제 정말 등 밀어 드릴게요."

"때밀이 아니라면서?"

"선생님이 술래 하시겠다고 양보를 하시니까 저도 양보하는 거죠, 뭐."

그러며 그녀는 어느 틈에 그의 잔등에다 비누칠을 하기 시작했다. 비누의 둥글고 미끄러운 느낌이 그녀의 손길과 함께 잔등의 여기저기로 옮겨 다녔다. 그러나 두 사람이 모두 샤워의 뿌려져 내리는 물줄기 아래 있었으므로 비누는 칠해지기가 바쁘게 금방금방 씻겨 흘러내리고 말았다.

그가 말했다.

"내 생각에는 헛수고하는 것 같군. 그렇게 해서 비누가 어디 묻을 겨를이나 있겠어?"

그러자 그녀는

"그래요. 안 되겠어요. 이쪽으로 좀 나오세요."

하고 그의 등을 조금 밀듯이 하여 그를 샤워 바깥으로 나서게 했다. 그때 그는 등이 밀리면서 거의 엉겁결에 그녀 쪽을 돌아보았는데 젖은 머리로부터 흘러내리는 물줄기 때문에 시야가 흐려져 그녀의 모습은 마치 물이 뿌려진 유리 너머로 바라보이듯 희미하게 일그러져 보였다. 그리고 순간 그녀의 일그러져 보이는 입술에서 나지막한 소리가 질러졌다.

"어마! 보시기 없어요. 반칙이에요."

그는 황급히 외면하며 말했다.

"아, 미안해. 난 또 날 어떻게 하는 줄 알고."

"어떻게 하긴 제가 선생님을 어떻게 해요? 좀 나서라고 민 거죠. 자, 이제 돌아보심 안 돼요. 얌전하게 앞만 보고 계세요."

다시 그녀의 손길과 비누가 잔등에 느껴졌다.

"제 몸 다 보셨죠?"

"아니, 잘 못 봤어. 눈으로 물이 흘러내려서."

"정말이세요?"

"정말이야."

"진짜 정말?"

"가짜 정말도 있나?"

"사람들이 정말이라고 하면서 얼마나 거짓말을 많이 해요?"

"나도 그런 사람처럼 보여?"

"아뇨. 선생님은 그렇지 않은 것 같아요."

"그건 다행이군."

"머리도 감겨 드릴까요?"

"그래 주겠어?"

"그럼 눈 감으세요."

"그러지."

"꼭 감으셔야 해요."

"그럴게."

그는 눈을 감았다. 그녀의 손길과 비누가 머리로 옮겨 왔다. 그리고 곧 얼굴에도 비누가 칠해졌다.

"이제 눈 떠 보실 테면 떠 보세요. 비누가 눈에 들어가서 좀 쓰라리실 테지만."

"아니, 난 눈이 쓰라린 건 싫어."

그는 눈을 감은 채 대답했다.

목욕을 끝내고 다시 그녀의 방으로 올라왔을 때 그녀는 그에게 소파에 앉기를 권하고,

"맥주 한잔하시겠어요?"

하고 물었다.

"사다 놓은 게 있나?"

"네, 이래 봬도 조그만 냉장고가 있는걸요."

그러며 그녀는 침대가 놓인 발치께로 걸어갔다. 그리고 그곳에는, 그가 아까는 미처 발견하지 못했던 침실용의 조그만 냉장고 하나가 보였다.

그녀는 곧 맥주 한 병과 치즈 몇 조각이 담긴 접시 하나, 그리고 컵 두 개를 가지고 다시 소파 쪽으로 돌아왔다. 그리고 그것들을 탁자 위에 내려놓고 나서 자기도 소파에 마주 앉으며 말했다.

"저 술꾼이에요, 선생님. 하지만 오늘은 꼭 한 잔만 마실게요."

"왜? 많이 마시면 내가 흉이라도 볼까 봐?"

"아뇨. 선생님한텐 어쩐지 술 안 마신 기분으로 대해 드리고 싶어서요. 맥주 한 잔쯤은 마시는 축에도 들지 않으니까요."

"그래? 어째서 그럴까? 내가 술맛 가시는 상대라는 뜻은 혹시 아니

겠지?"

"어마, 아녜요, 그런 뜻. 선생님한테 좋은 상대가 돼 드리고 싶다는 뜻예요."

"좋은 상대라니?"

"아이, 몰라요. 어서 맥주나 드세요."

그리고 그녀는 뺨을 붉히듯 눈길을 깔며 병마개를 땄다. 그제야 그는 그녀의 말뜻을 알아듣고 얼굴이 붉어짐을 느꼈다.

그녀가 곧 가만히 두 개의 컵에 맥주를 따랐다. 그리고 그에게 권했다.

"드세요, 선생님."

"응. 들지, 영미도."

"네."

두 사람은 각기 자기 앞의 잔을 들어 서로 가볍게 부딪친 후 입으로 가져갔다.

그리고 그들이 침대 속에 나란히 누운 것은 얼마 후였다. 방 안의 조명은 이제 그녀의 조작에 따라 촉수 낮은 붉은 색전등으로 바뀌었다.

그러나 그는 막상 이제부터 자신이 해야 할 일이 무엇이라는 게 분명해지자 아무런 욕망도 일어나지 않았다. 옆에 누운 그녀의 체온이 따뜻하고 확실하게 전달돼 오고 있었지만 그러나 그녀는 그가 바라는 사람이 아니었다. 그는 그가 여지껏 애써 정시(正視)하지 않으려고 해 온 것이 무엇이라는 걸 그제야 알았다.

그녀가 나직이 물었다.

"저 그냥 내버려두세요?"

"글쎄, 잘 모르겠군."

"잘 모르시다뇨? 뭘 말예요?"

"글쎄 어떡해야 할지……."

"설마 총각이시란 뜻은 아니겠죠?"

"그런 뜻은 아니고……."

"그럼?"

"부끄러운 말이지만 난 지금 영미를 가만둘 수밖에 없을 것 같아."

"어마, 그럼 저번에 하신 말 정말이세요? 성불능이라고 하신."

"글쎄, 그런 것 같군."

"설마? 그럼 가만 계셔 보세요. 제가 한번 시험해 볼게요."

그 뒤의 그녀의 노력은 그로서는 미처 생각지도 못했던, 그리고 실로 이쪽이 송구할 정도로 성의를 다한 것이었다. 그러나 그는 끝내 그녀로부터 아무런 욕망도 느끼지 못했다.

그 이튿날 아침 그는 그녀의 집에서 새벽같이 빠져나왔다. 그녀에게는 집에 들러서 직장엘 나가 봐야 한다고 말했다. 그녀는 대문께까지 배웅을 해 주면서 그를 격려하듯 말했다.

"너무 언짢게 생각하지 마세요, 선생님. 때에 따라서 그럴 때도 있대요. 결코 정말 불능이신 건 아닐 거예요. 언제 컨디션 좋으실 때 다시 한번 오세요."

그는 곧장, 이제 마악 잠을 깬 도시를 택시로 달려서, 아파트로 돌아와 입은 채로 침대 위에 몸을 던졌다. 걷잡을 수 없는 피로감과 함께 심한 수치감이 전신을 찍어 눌렀다. 무언가 가까운 누구에게 커다란 죄를 진 듯한 느낌이었다. 아니면 커다랗게 순결을 다치거나 돌이킬 수 없는 배신 행위라도 저지른 기분이었다.

이화의 모습이 눈앞에 떠올랐다. 그 애가 이 일을 안다면 나를 어떤 눈으로 쳐다봐 올까. 필경 백치 같은 표정을 짓기가 십상일 것이다. 이런 짓을 하고 다니는 선생이라고는 상상도 해 본 적이 없을 테니까. 그리고 아마 자기를 내가 단순한 제자로만 여기고 있지 않다는 사실도 까마득히 모르고 있을 것이다.

방 안은 커튼 사이로 스며드는 아침빛에 의해서, 그러나 아직 해가 뜨기에는 이른 시간이었으므로 물속 같은 밝음에 싸여 있었다. 그리고 그는 입은 채로 침대 위에 누운 채 단식하는 사람처럼 꼼짝 않고 있었다. 몸을 움직인다는 사실만으로도 수치는 더욱 깊어지기만 할 뿐이라는 듯이.

그는 그렇게 거의 두 시간 이상을 누워 있었다. 그리고 마침내 그는 학교에 출근하는 것을 포기해 버렸다. 도저히 그 상태로는 강의를 할 수가 없을 것 같았기 때문이었다.

학교에는 전화를 걸어서 칭병(稱病)을 해 두었다. 그리고 그는 이제 정말 앓기라도 시작할 사람처럼 옷을 벗고 다시 침대에 들어가 누웠다. 아침 같은 것을 끓일 생각은 조금도 나지 않았다. 그대로 누워 있다가 잠이라도 와 주면 다행이고 잠이 안 와 줘도 또 그만이라는 생각이었다.

잠은 와 주지 않았다. 그리고 의식은 갈수록 투명해져서 간밤에 저

지른 자신의 어처구니없는 행동만이 더욱 커다랗게 확대되어 뇌리를 가득 채울 뿐이었다.

그렇게 그는 오후 늦게까지 침대 속에 누워 있었다. 마치 그것이 칭병한 사람으로서의 도리이기나 하다는 듯이.

그리고 이화한테서 전화가 걸려 온 것은 오후 3시가 지나서였다. 전화벨이 울렸을 때 그는 대뜸 그것이 이화한테서 걸려 온 전화라고 직감했다. 어제저녁에 한 약속이 떠올랐기 때문이다. 송수화기를 집어 들고 그가

"여보세요."

하고 상대방을 불렀을 때 수화기 속에서는 대뜸 이화의 근심 어린 목소리가 들려왔다.

"선생님이세요? 저 이화예요. 왜 오늘 학교 안 나오셨어요? 어디 편찮으세요?"

"아, 그냥 조금 불편해서. 대단한 건 아니고 그냥 좀 쉬려는 거니까 걱정은 안 해도 돼. 그리고 오늘은 이화 안 와 줘도 돼. 내가 좀 피곤하니까."

"정말이세요? 정말 좀 피곤하신 것뿐이세요?"

"그렇대두. 대수롭지 않아."

"전 또 학교까지 안 나오셨길래 몹시 편찮으신 줄 알았어요. 혹시 거짓말하시는 건 아니죠?"

"거짓말은 왜. 심하게 아프면 이화더러 와서 간호 좀 해 달라고 부탁을 하지. 그냥 좀 피곤한 것뿐이니까 오늘 하루 쉬고 나면 괜찮을

거야. 그리 알고 이환 내일 학교에서 만나지. 내가 부탁한 일도 내일부터 하기로 하고."

"네, 그럼 편히 쉬세요. 내일 뵙겠어요."

"그래, 내일 봐."

그러나 그는 30분쯤 후에 누군가의 내방을 알리는 초인종 소리를 들었고 내방객은 바로 전화로는 내일 뵙자고 하던 이화 그녀였다.

그녀는 문을 열어 주는 그의 얼굴부터 살폈다.

"아니, 웬일이지?"

"아무래도 마음이 안 놓여서요. 조금 피곤하신 정도만 가지고 학교까지 안 나오실 리는 없을 것 같아서 제 눈으로 확인해 보려고 왔어요."

"날 아주 거짓말쟁이로 치부했군그래. 아무튼 이왕 왔으니 들어오지."

"정말 괜찮으세요? 얼굴이 몹시 안돼 보이시는 것 같은데요."

그녀는 문 안으로 들어섰다. 그는 문을 닫고, 그녀가 신발을 벗고 마루 위로 올라서는 모습을 바라보며 말했다.

"글쎄, 약간 피곤할 뿐이라니까."

"약간이 아니라 많이 피곤하신 것 같아요. 불편하신 덴 정말 없으세요?"

"아픈 덴 없어, 그리 대단하게 피곤한 것도 아니고."

그들은 소파에 마주 앉았다. 그러나 그는 그녀의 얼굴을 똑바로 마주 볼 수가 없었다. 그녀는 그것이 그가 피곤하기 때문이라고 생각한 모양이었다.

"밤잠 안 주무시고 무슨 일 하셨나 봐요. 저한테 마음 쓰지 마시고 들어가 쉬세요. 전 그럼 저녁식사나 지어 드리고 금방 갈게요."

"아, 괜찮아. 이왕 왔으니 좀 쉬었다 가도록 해. 이화도 종일 강의 듣느라고 피곤해졌을 테니. 저녁 같은 걸 염려할 필욘 없고."

"아녜요. 피곤하실 땐 옆에 누가 있으면 더 신경 써지실 거예요. 저녁만 지어 드리고 금방 갈게요."

"저녁은 염려할 필요 없다니까."

"아침에 저녁까지 아주 한꺼번에 다 지어 두신 모양이군요? 그렇죠?"

"잘 아는군, 그래."

"……찬밥 자꾸 잡수시면 몸에 나쁘다는데."

"아주머니 같은 소릴 다 하는군, 그래. 글쎄 염려 말라고. 습관이 돼서 괜찮아. 정 뭣하면 나가서 사 먹어도 되고."

"……그럼 푹 쉬세요. 저 갈게요."

"가겠어?"

"네. 저 심부름시키실 거 없으시면요."

"심부름시킬 건 아무것도 없어."

"그럼 내일 뵙겠어요. 안녕히 계세요."

"그래. 그럼 가 봐."

그는 문밖까지 그녀를 배웅하기 위해 따라나서려고 하였으나 그녀는 그를 제지하여 문밖으로 나오지 못하게 하였다. 그는 그녀가 닫고 간 문 앞에 잠시 우두커니 서 있었다.

이화는 허민의 아파트에서 나와 곧장 '에로이카'로 향했다. 그의 몹시 피곤해 보이던 얼굴이 마음에 남았으나 역시 빨리 나오길 잘했다는 생각이었다. 피곤할 땐 혼자 있는 것 이상의 휴식은 없다는 걸 그녀는 알고 있었기 때문이다.

오늘부터 허민을 돕기로 한 두 시간을 넉넉잡아 계산에 넣고 수환과는 7시에 만나기로 했으나 미리 가서 음악이나 들으려는 생각이었다.

그런데 수환은 그녀보다 먼저 '에로이카'에 나와 있었다.

"웬일이세요? 약속시간 아직 멀었는데."

하고 그녀가 다가가 마주 앉으며 묻자 수환은

"이화 씨야말로 웬일이십니까? 난 갈 데도 별로 없고 해서 오랜만에 음악이나 좀 들으면서 기다릴까 하고 미리 나왔지만."

하고 자기야말로 뜻밖이라는 듯 반문해 왔다. 군복을 벗고 전에 입던 사복 차림을 하고 있었다. 이화는 그 사복 차림이 그의 그을은 얼굴과 짧은 머리에는 어쩐지 어울리지 않는 것 같아 속으로 조금 우스꽝스럽게 여기면서 배시시 미소를 띠며 말했다.

"저랑 피장파장이시네요. 저도 사실은 도중에 시간이 비어서 당겨온 건데요. 음악이나 들으면서 시간 보내려고요."

"아, 그렇게 됐습니까? 그거 참 잘됐군요. 아무래도 내가 점쟁이 기질이 약간 있나 보죠?"

"그러신가 봐요."

"하하, 이거 횡재한 기분인데. 세 시간 가까이나 벌다니. 그런데, 누구 교순가 하는 분하고의 약속이 취소가 된 건가요?"

"네. 그 선생님이 갑자기 몸이 좀 편찮으신가 봐요."

"아, 그거 참……."

"네?"

"아, 아뇨. 잘됐다고 할 뻔했는데 그럼 안 되겠군요. 결국 시간을 벌게 해 준 장본인이 바로 그분인데."

"어마, 수환 씨도."

"하하, 하마터면 은인을 저주할 뻔한 셈이 됐나요? 에 또, 그건 그렇고……."

"어마, 수환 씨. 에또라는 말 일본말인 줄 아시고 쓰시는 거예요?"

"네? 아, 그게 일본말인가요?"

"어마, 모르셨어요? 에또, 마, 그런 거 모두 일본말이래요."

"아, 그 말 사이사이에 별뜻 없이 끼워 넣는 마, 마, 하는 소리 말이죠?"

"네."

"아, 이거 미안합니다. 면목 없는데요. 나 같은 민족주의자가 그런 줄도 모르고 걸핏하면 에 또, 어쩌고 그랬으니. 앞으론 주의하도록 하죠."

"아이, 너무 그러지 마세요. 너무 그러심 제가 또 미안하잖아요?"

"너무 그러는 게 아닙니다. 이건 단단히 해 둬야 할 문제니까 그러는 거죠. 아무튼 사양하지 않고 바로잡아 주셔서 고맙습니다. 그런데 참, 내가 무슨 말을 하려다가 그랬죠?"

"어마, 그걸 제가 어떻게 알아요?"

"아 참, 지금부터 이화 씰 성가시게 해 드릴 스케줄을 말하려다가 그랬지. 이런 정신."

"참, 저 성가시게 하신다는 게 뭐였어요?"

이화는 어제저녁 그가 헤어질 때 한 말을 상기했다. 그는 어제저녁 헤어질 때 앞으로 좀 성가시게 하겠노라는 운만 떼었을 뿐 그다음 얘기는 오늘 만나서 하겠노라고 더 이상의 꼬리를 달지 않았던 것이다.

수환은 장난기 어린 눈빛으로 그녀를 잠시 건너다보고 나서

"왜, 은근히 켕기십니까?"

하고 역시 장난기 어린 미소를 입가에 띠었다.

이화 역시 눈에는 눈으로라는 식으로 대답했다.

"네, 켕겨요."

"하하. 그럼 일단 대성공이군요."

"네? 뭐가요?"

"어제저녁 제가 슬쩍 서두만 꺼내 놓고 꼬리를 뺀 작전이 말입니다."

"어마, 그럼 그게 절 켕기게 하기 위한 작전이었어요?"

"켕기게 하기 위한 작전이 아니었는데 켕기게까지 해 드렸으니 그 이상의 성공이 어디 있겠습니까?"

"어마, 그런 말이 어딨어요?"

"왜 없습니까?"

"목적하신 게 들어맞았어야 성공하신 거죠."

"초과달성이라는 게 있지 않습니까. 그게 바로 이 경우를 가리키는 말이죠."

"그럼 어쨌든 제가 켕겨 하기를 바라시기도 하신 거군요?"

"아뇨, 절대로."

"그럼요?"

"바라지 않은 일까지 성취가 됐으니까 대성공이라는 거죠. 소기한 목표만 달성하는 걸 가지고 누가 초과달성이라고 하나요?"

"순 궤변이셔요. 어쨌든 성공이라고 하면 실제로는 바랐든 안 바랐든 어떤 일이 희망하는 방향으로 귀결이 지어진 걸 말하는 거 아녜요?"

"그렇죠."

"그럼 제가 켕겨 하는 게 수환 씨가 바라는 방향이라는 얘기 아녜요? 결국."

"네, 바라는 방향이죠. 하지만 바랐던 일은 아니죠. 전 궤변 조금도 안 했습니다."

"어마, 수환 씨 나쁘다. 말의 뜻을 무시하고 말의 거죽만 가지고 따지시고."

"언어는 그 거죽을 보고 뜻을 알게 되어 있는 겁니다."

"그건 문자로 쓰여진 언어의 경우죠. 두 사람이 마주 앉아서 하는 대화도 그래요?"

"물론이죠. 대화라고 해서 부정확하게 말해도 좋다는 법은 없습니다. 정확하면 더 좋은 거죠. 자 이번엔 제가 가르쳐 드린 셈이 되나요?"

"네, 그건 그렇다고 해요. 하지만 언어가 문자나 소리만으로 이루어지는 게 아니라는 건 모르세요? 요즘은 신체언어라고 해서 손짓이나 몸짓 또는 표정 같은 것도 언어에 포함시킨대요. 그것들도 의사를 전달하는 기능을 훌륭히 갖고 있기 때문이래요."

수환은 머리로 손을 가져갔다.

"하, 이거 결국은 또 내가 한 가지 더 배우고 마는 셈이군요. 좋습니다. 순순히 자백하기로 하죠. 사실은 별로 켕겨 하실 만한 일도 못 됩니다. 그야말로 성가셔하실 일은 될지 모르지만. 아니, 성가셔하실까 봐 사실은 제가 켕기지만."

수환과 함께 이화가 '에로이카'를 나선 것은 5시가 조금 지나서였다.

수환의 이른바 이화를 성가시게 하겠다는 얘기는 듣고 보니 그녀로서는 그렇게 성가시게 여길 만한 일도 못 되었다. 줄여 말해서, 휴가기간 중에 이화를 좀 자주 만나고 싶다는 얘기였다. 물론 그녀의 시간이 허용하는 범위 안에서, 마음이 내킬 때에 한해서라는 단서를 다는 걸 그는 잊지 않았다. 그녀는 물론 그런 일이라면 새삼스럽게 얘기할 필요도 없지 않으냐고 했다. 그러자 그는 기쁜 표정을 감추지 못하며 말했다.

"역시 이화 씬 너그러우시군요. 이 보잘것없는 육군 일병의 소청을 그처럼 선선히 허락해 주시니."

"어마. 그럼 수환 씬 제가 거절할 거라고 생각하셨어요?"

"그럴지도 모른다고 생각했죠. 다시 말해서 켕겼다고 할까요. 그동안에 혹시 애인이 생겼을지도 모르니까요."

"어마, 수환 씨도."

"만일 애인이 생겼다면 아무리 옛 친구라고 해도 자주 만나 주시기가 성가시고 또 거북하시지 않겠어요?"

"아, 알았다."

"뭘 말입니까?"

"그래서 저한테 편지도 안 주셨군요? 그렇죠?"

"아, 이거 다 들키고 말았는데요. 용서하십시오."

"그래서 어저께도 서두만 꺼내 놓고 얘기 안 하시고 오늘도 한참 뜸을 들인 다음에야 얘기하시고."

"모두가 다 그저 제가 명민하지 못한 탓입니다. 용서하십시오. 군대 가기 전엔 제법 명민했는데. 자, 그건 그렇고, 그럼 시작할까요?"

"뭘요?"

"이화 씨 성가실 일 말입니다. 우선 어디 가서 영화 구경이나 하나 했으면 좋겠는데요. 군대 가 있는 동안 문화 영화를 빼놓곤 영화 구경이라곤 못 했더니 눈이 바보가 된 것 같아서요. 책 읽을 겨를이 없을 땐 영화라도 봐야 눈이 좀 덜 바보가 되는 것 같거든요."

"군대에선 책 읽을 겨를이 없나요?"

"꼭 겨를이 없다곤 할 수 없지만 아무래도 쉽게 책 읽게 되지가 않죠. 억지로 틈을 내야 하니까요. 귀찮기도 하고. 자, 나가실까요?"

"네, 그럼 제가 영화 구경 시켜 드릴게요."

"아니죠. 성가신 일에 돈까지 쓰시라고야 할 수 있습니까? 이화 씬 동행만 해 주시면 됩니다."

"영화 구경이 왜 성가신 일이에요? 그리고 동행만 하라면 전 영화 관에 들어가 영화 구경 하지 말고 잠자란 말인가요?"

"하하, 조금 전에 말의 뜻을 무시하고 거죽만 따진다고 한 게 누굽니까?"

"대화라고 해서 부정확하게 말해도 좋다는 법은 없다고 하신 건 누구고요."

"하하. 자, 아무튼 나가시죠."

'에로이카'를 나선 그들은 신문 가판대에서 석간신문 한 장을 사들고 영화 광고들이 실려 있는 면을 찾았다. 그리고 지금부터 그들이 보러 갈 영화를 정했다.

그들이 영화 구경을 마치고 다시 밖으로 나온 것은 8시 반이 지나서였다. 그리고 수환의 제의로 음식점에 가서 저녁식사를 하고 다방에 들어가서 차 한 잔씩을 마시고 나왔을 때는 10시가 가까워 있었다.

이화를 버스 정류장까지 바래다주고 나서 수환은 말했다.

"오늘 아주 즐거웠습니다. 이화 씨 덕분에. 남은 휴가기간 중에도 계속 이런 식으로 좀 성가시게 해 드리고 싶은데 괜찮으시겠습니까?"

이화는 상냥한 미소와 함께 대답했다.

"이런 식이라면 얼마든지 사양 않겠어요."

그리고 그 말대로 그녀는 그의 휴가기간 중 거의 매일 수환과 만나서 그런 식으로 함께 시간을 보내었다. 물론 허민이 부탁한 일을 돕기 위해 하루 한두 시간씩 허민의 아파트에 들르는 일을 빠뜨리는 법은 없이. 허민은 몸이 피곤하다는 이유로 학교를 결근한 그다음 날부터는 다시 평상시와 다름없이 학교엘 나왔고 그녀에게 도움을 청한 일도 곧 착수했던 것이다. 따라서 수환과 만나는 시간은 대체로 저녁 시간이 되었다.

그리고 만나서 함께 하는 일도 앞에서 이미 '그런 식으로'라고 말했지만 대체로 함께 음악을 듣거나 영화 구경 또는 연극 구경을 가거나 차를 같이 마시거나 서로가 식사 전일 때는 함께 식사를 하거나 생맥줏집이나 대폿집 또는 포장마차 같은 델 함께 들어가서 술을 마시거나 하는 정도였다. 물론 술을 마시는 경우에는, 이화는 동행자로서의 예의를 갖추는 정도에 불과했지만. 예외가 있었다면 일요일을 택해 장수길도 포함한 세 사람이 함께 북한산으로 등산을 한번 다녀온 적이 있을 뿐이었다.

그런데 그런 식으로 수환과 만나는 동안에 이화는 차츰 그로부터 어떤 석연찮은 느낌을 받기 시작했다. 그의 표면상으로는 쾌활해 보이고 심상해 보이는 언동 뒤에 그가 무언가 거짓말을 감추고 있는 것 같은 느낌이었다. 이를테면 그는 어떤 중요한 사실을 숨기기 위해 또는 자기 자신에게마저 그것을 감추기 위해 짐짓 심상한 언동이나 쾌활한 태도를 취하고 있는 것 같았다. 그의 표면상 심상해 보이고 쾌활해 보이는 언동 사이에서 그녀는 이따금 그가 자신도 모르는 사이에 짓는 어떤 억누른 표정을 발견하곤 했던 것이다.

그리고 그녀가, 그가 숨기려고 하는 것의 정체가 무엇이라는 걸 알게 된 건 그의 휴가기간이 거의 다 끝나 갈 무렵이었다.

귀대를 이틀인가 앞둔 어느 날 헤어질 무렵 그는 느닷없이 석기의 이야기를 끄집어냈다.

"이화 씬 정말 이제 석기의 일은 완전히 극복하셨습니까?"

그러며 그는 전에 없이 뚫어지게 그녀의 두 눈을 마주 들여다보았는데 그 눈빛은 마치 날카로운 고통을 이겨 내려는 사람의 어떤 극한에 다다른 안간힘처럼 보였다. 이화는 순간 그가 여지껏 숨겨 온 것 또는 견디어 온 것의 정체를 깨닫고 깜짝 놀랐다.

"수환 씬 그럼……."

그러나 그녀는 그다음 말을 계속하지 못했다. 그것은 차마 그녀로서는 입 밖에 낼 수 있는 말이 못 되었기 때문이다.

그녀가 입 밖에 낼 수 없는 말을 입 밖에 낸 것은 수환이었다.

"네, 전 아직 석기 그 자식을 이겨 내지 못하고 있습니다. 특히 이화 씨와 함께 있을 때는요."

사정은 이제 확실해졌다. 이화는 마음을 다져 먹었다.

그리고 되도록 명랑하게 들리도록 말했다.

"전 석기 씨 미망인이 아녜요, 수환 씨. 제 앞에서 석기 씨 생각하실 필요 없으세요. 전 수환 씨와 함께 있으면서 석기 씨 생각 조금도 않는걸요. 말하자면 전 제가 석기 씨하고 몹시 가까웠다고 해서 또 수환 씨가 석기 씨의 가까운 친구분이었다고 해서 저하고 수환 씨 사이가 저하고 석기 씨 사이만큼 또는 그 이상 가까운 사이가 돼서는 안 된다든지 하는 생각은 해 본 적이 없어요. 그리고 전 수환 씨가 석기 씨 때문에 저에 관한 태도에 어떤 제한을 받는다거나 하리라곤 생각지 못했었어요. 그냥 석기 씨 살아 있을 때와 마찬가지신 걸로 생각했어요. 제가 그랬으니까요. 그런데 수환 씬 절 자꾸 석기 씨와 관련해서 생각하시나 봐요. 우정 때문에 그러시죠?"

그러자 수환은 잠시 고개를 숙여 발치를 내려다보다가 쳐들었다. 그리고 더듬더듬 말했다.

"용서하십시오. 솔직히 말씀드리면 전 이화 씨한테 새로운 애인이, 이런 말 사용하는 거 용서하십시오, ……생기지 않았다는 사실을 안 순간부터 이화 씨한테 죄를 짓기 시작했습니다. 막연히 바라 오던 사실의 확인과 더불어 전 제가 바라는 것이 무엇인가를 그때 확실히 알았죠. 부끄럽지만 구체적으로 말씀드리겠습니다. 전 그때까지의 이화 씨와의 관계, 이를테면 단순한 지인(知人) 또는 아주 가깝게 보아서 마음 놓고 얘기할 수 있는 친구 사이라는 관계 이상의 관계를 바랐던 겁니다. 그때부터 절 괴롭히기 시작한 것이 석기의 일이었습니다. 제가 그런 원망(願望)을 갖는다는 사실 자체가 석기에 대한 배신이라는 생각을 지울 수가 없었습니다. 그리고 또 아무 생각 없이 절 만나 주시는 이화 씨에 대한 배반이기도 하다는 생각에서도 벗어날 수가 없었고요. 이화 씨한테 새 애인이 아직 없다는 사실은 저로선 기쁘기 그지없는 일이었으면서도 한편 이화 씨가 아직 석기하고의 일을 다 잊지 못하고 있다는 또는 극복하지 못하고 있다는 사실의 증거처럼도 보였으니까요. 혼자서 어떻게든 삭여 보려고 했는데 결국 이렇게 되고 마는군요. 용서하십시오. 그리고 오늘 일은 없었던 걸로 해 주십시오. 어떻게든 제 자력으로 한번 해결해 보겠습니다."

이화는 그가 아직도 자기한테서 석기의 그림자를 지우지 못하고 있다는 걸 알았다. 그리고 그를 자유롭게 해 주어야겠다고 생각했다. 보다 확실한 방법으로 그렇게 해 주지 않으면 그는 휴가를 마치고 부대로 돌아가서도 휴가기간 중에 남기고 간 일 때문에 부심하여 다른 어떤 일에도 올바로 마음을 기울이지 못할 것 같았다. 석기의 죽음을 겪은 후로 그녀는 군대란 어떤 일이 저질러질는지 알 수 없는 아주 위험이 많은 곳이라는 생각으로부터 떠날 수가 없었으며 그곳에 가는 사람의 마음은 격려되고 안정되지 않으면 안 된다고 생각했던 것이다. 그녀는 나지막한 소리로 말했다.

"저 수환 씨한테 제가 석기 씨 일 다 극복했다는 거 직접 보여 드리고 싶어요. 그리고 수환 씨도 극복하게 해 드리고 싶어요. 혼자서 해결하실 일이 아녜요. 오늘 밤 집에 꼭 가셔야 해요?"

수환은 순간 말귀를 알아듣지 못하는 표정이 되었다.

이화는 재차 말했다.

"집에 꼭 가셔야 하는 거 아니심 오늘 밤 저랑 같이 있으세요. 괜찮으세요?"

그리고 그 말은 그녀로서도 용기가 필요한 말이었으므로 용기를 냈다는 기색을 보이지 않으려고 애써 수환의 두 눈을 똑바로 마주 보았다.

수환은 순간 무엇에 찔린 사람처럼 깜짝 놀랐다가 곧 황망히 얼굴을 붉히며 대답했다.

"아, 아닙니다. 그냥 가겠습니다. 오늘 일은 없었던 걸로 해 주십시오. 뭐가 뭔지 잘 모르겠습니다. 집에 가서 생각해 보겠습니다. 안녕히 가십시오."

그리고 그는 황급히 그녀로부터 몸을 돌려세웠다. 여러 대씩 한꺼번에 밀려들었다가 사람들을 태우곤 다시 밀려 나가듯 출발하곤 하는 버스들 쪽을 향해. 그중 어느 것이라도 우선 집어 타고 보려는 기세로.

이화는 한두 발짝 뛰듯이 하여 재빨리 그의 앞을 가로막았다. 그리고 성낸 듯한 목소리로 말했다.

"그러시는 법이 어딨어요? 매듭을 지으셔야죠. 그런 식으로 훌쩍 가 버리심 전 뭐가 돼요? 그리고 이 일은 수환 씨 혼자서 해결할 문제가 아니잖아요? 수환 씨가 일단 말을 꺼낸 이상."

앞을 가로막힌 수환은 잠시 곤혹한 표정으로 그녀를 쳐다보다가 차차 복잡한 표정으로 변해 갔다. 그리고 한순간 그의 얼굴에는 핏기가 가시는 듯했다.

이윽고 그가 결심한 듯 말했다.

"오늘 밤 정말 저하고 같이 있어도 괜찮다고 생각하십니까?"

이화는 단호한 어조로 대답했다.

"물론이에요. 제가 제의한 일이잖아요?"

"같이 있는 동안 제가 이화 씨한테 어떤 행동을 저지를지 모른다는 사실도 생각해 보셨습니까?"

"물론 어떤 행동을 하셔도 좋아요."

"……"

"사람이 사람한테 하는 행동이면요."

"좋습니다. 그럼 나도 모르겠습니다."

그는 각오가 선 듯한 표정이 되었다. 결국 그들은 한 여관을 찾아들었다. 석기가 입대하기 전날 함께 왔던 바로 그 여관이었다.

그리고 그곳에서 그녀는 자기가 이제 석기의 일로부터(오히려 석기로 말미암아) 완전히 벗어났다는 사실을 자신의 몸으로써 수환에게 증명해 보였다. 자신의 연민에 가득 찬 몸으로써 갈망을 가지고 있으나 그 갈망을 스스로 배덕이라고 여기는 사람에게. 그것이 결코 배덕이 아님을 깨닫지 못하고 있는 사람에게.

그러나 그는 끝내 그녀로부터 석기의 그림자를 완전히 지워 내지는 못하는 것 같았다. 갈망에 따라 움직이면서도 그는 끝내 괴로운 표정을 감추지 못하고 있었던 것이다.

그녀는 딱딱하게 굳어진 그의 어깨를 부드럽게 안으며 조용히 말해 주었다.

"전 누구한테도 속해 있지 않아요. 아무한테도요. 그리고 누구한테나 속해 있어요. 아무한테나요. 아시겠어요?"

"……모르겠습니다."

"특정한 어느 개인하고도 전 아무런 특별한 관계도 맺지 않는다는 뜻예요. 그리고 절 필요로 하는 누구하고도 자유롭게 사귄다는 뜻예요."

수환을 알아듣게 하는 데는 좀 더 시간이 들었다. 그러나 그는 결국 마음으로까지 납득하는 눈치는 아니었으나 그녀의 얘기를 일단 알아들은 표정이 되었다. 그녀가, 자기는 따라서 앞으로 결혼 같은,

어느 한 개인과만 맺는 특별한 관계는 맺지 않을 작정이며 그것은 그러한 관계를 맺음으로써 예상되는 가족 이기주의에 빠져들 필연성을 바라지 않기 때문일 뿐만 아니라 그러한 관계가 당연히 요구하는 제약, 자기를 필요로 하는 또 다른 사람과 충분하고도 자유로운 관계를 가질 수 없게 된다는 점 때문이라는 것 등을 차근차근 설명하고 나서 얻은 결과였다.

그 뒤 수환은 귀대하는 날까지 '에로이카'에 모습을 나타내지 않았다. 그리고 귀대하는 날 잠깐 들러서 장수길에게 편지 한 통을 맡겨 놓고 떠났다는 사실을 이화는 저녁때 그곳에 들렀다가 알았다.

편지는 봉투 속에 넣어져서 봉해져 있었으나 그다지 긴 편은 아니었다.

이렇게 하는 것이 옳은 건지 모르겠습니다. 하지만 이렇게 하기로 합니다. 지금은 이렇게 할 수밖에 없는 기분입니다.

이화 씨의 태도도 납득할 수는 있으나 아직 이해했다고는 하지 못하겠습니다. 두고두고 생각해 보겠습니다. 분명히 어떤 새로운 사상에 접한 느낌이긴 하지만 새로운 만큼 낯설게 느껴지기도 합니다. 어쩌면 위대한 사상이 될지도 모를 그 사상을 실감으로 이해하기엔 제가 너무 관습에 젖어 있는 인간이기 때문인지도 모르겠습니다.

다만 이화 씨의 그러한 태도가 현실과 어떻게 상응할 것인가가 제게 남는 의문입니다. 그리고 또한 충심으로서의 염려이기도 합니다. 세상엔 악의를 가진 사람들도 적다곤 할 수가 없기 때문입니다.

어쨌든 저는 더 이상 말할 자격은 없는 것 같습니다. 이화 씨의 그러한 태도에 어쨌든 저도 편승한 셈이 되고 말았으니까요. 이화 씨의 생각을 완전히 이해했다고 생각됐을 때 다시 편지 쓰겠습니다. 안녕히 계십시오.

그러나 그가 귀대한 지 한 달이 넘도록 수환으로부터는 다시 아무런 소식도 없었다. 그가 아직 자의식에서 벗어나지 못하고 있는 증거인 것 같았다.

그리고 그녀는 그사이 스스로 거짓의 벽에 매달려 그것을 뛰어넘지 못하는 또 한 사람을 발견했다. 허민이 그 사람이었다.

하루 한두 시간씩 그의 아파트에 들러 그의 저서 출판에 필요한 자료 정리를 돕는 동안 그녀는 차츰 그로부터 어떤 갈망의 눈빛과 그 갈망을 억제하기 위한 고통스런 노력이 뒤섞인 전에 볼 수 없던 표정을 이따금 발견하곤 하게 되었던 것이다. 그리고 그녀는 그것이 어디에 기인하는 것인가를 곧 알게 되었다.

이를테면 수환이 그녀에게서 석기의 그림자라는 뛰어넘을 수 없는 벽을 스스로 만들고 바라보았다면 허민은 그녀에게서 그녀가 아직 학생이며 자기는 그 선생이라는, 스스로 뛰어넘을 수 없다고 판단한 벽을 만들고 바라보며 그것 때문에 갈망과 싸우고 있었던 것이다. 아니면 숨기려 하고 있었던 것이다. 그 역시 인간을 그 거죽을 싸고 있는 조건에 의해서 규정하고 그것에서 벗어나지 못하고 있었다.

(하권에 계속)

조해일 연보

1941 중국 하얼빈시 근처에서 아버지 조성칠과 어머니 김순희 사이에서 장남으로 출생. 본명 조해룡.

1945 가족들을 따라 귀국. 이후 서울에서 성장.

1950 6·25를 서울에서 겪음.

1951 1·4후퇴 시 부산으로 피난. 이때 바다를 처음 봄.

1954 서울로 돌아옴.

1961 보성고등학교 졸업. 경희대학교 국문과 입학.

1966 경희대학교 국문과 졸업. 육군 입대.

1969 육군 제대.

1970 단편 「매일 죽는 사람」이 『중앙일보』 신춘문예에 당선되어 등단. 단편 「멘드롱 따또」(『월간중앙』), 「야만사초」(『월간문학』), 「이상한 도시의 명명이」(『현대문학』) 발표.

1971 단편 「통일절 소묘」(『월간중앙』), 「방」(『월간문학』) 발표.

1972 단편 「대낮」(『현대문학』), 「뿔」(『문학과지성』), 「전문가」(『문학사상』), 「항공 우편」(『월간중앙』), 중편 「아메리카」(『세대』) 발표.

1973 경희대학교 대학원 졸업. 단편 「심리학자들」(『신동아』), 「임꺽정 1」(『현대문학』), 「내 친구 해적」(『월간중앙』), 「무쇠탈 1」(『문학과지성』), 「1998년」(『세대』) 발표. 숭의여전 강사로 출강.

1974 첫 소설집 『아메리카』(민음사) 출간. 단편 「애란」(『서울평론』), 「할머니의 사진」(『여성중앙』), 「임꺽정 2」(『한국문학』) 발표. 중편 「어느 하느님의 어린 시절」(『세대』) 발표. 중편 「왕십리」(『문학사상』) 연재.

1975 단편 「임꺽정3」(『문학과지성』), 「나의 사랑하는 생활」(『문학사상』) 발표. 중편 「연애론」(『서울신문』, '반연애론'으로 개제), 「우요일」(『소설문예』) 발표. '겨울여자'를 『중앙일보』에 연재. 소설집 『왕십리』(삼중당) 출간.

1976	단편 「순결한 전쟁」(『문학사상』) 발표. 장편 『겨울여자』(문학과지성사) 출간. '지붕 위의 남자'를 『서울신문』에 연재.
1977	단편 「무쇠탈 2」(『문학과지성』), 「임꺽정 4」(『문예중앙』) 발표. 단편집 『매일 죽는 사람』(서음출판사), 중편소설집 『우요일』(지식산업사), 장편 『지붕 위의 남자』(열화당) 출간.
1978	콩트·에세이 집 『키 작은 사람들』(삼조사) 간행, '갈 수 없는 나라'를 『중앙일보』에 연재.
1979	「자동차와 사람이 싸우면 누가 이기나」(『창작과비평』) 발표. 장편 『갈 수 없는 나라』(삼조사) 출간.
1980	단편 「도락」, 「비」, 「낮꿈」(『문학사상』), 「임꺽정 5」(『문예중앙』) 발표.
1981	'X'를 『동아일보』에 연재. 단편 「임꺽정 6」(『한국문학』) 발표. 경희대학교 국어국문학과 교수로 재직.
1982	『엑스』(현암사) 출간.
1986	「임꺽정 7」(『현대문학』) 발표. 『아메리카』(고려원), 『임꺽정에 관한 일곱 개의 이야기』(책세상) 출간.
1990	단편집 『무쇠탈』(솔), 중편집 『반연애론』(솔) 출간.
1991	장편 『겨울여자』(솔) 개정판 출간.
2006	경희대학교 국어국문학과 교수 퇴임. 경희대학교 명예교수 위촉.
2017	「통일절 소묘 2」 발표(손바닥 소설집 『이해없이 당분간』, 김금희 외 21명, 걷는 사람).
2020	6월 19일 경희의료원에서 지병 치료를 받던 중 이날 새벽 별세.

출전(저본) 정보

『겨울여자』(솔, 1992)

조해일문학전집 5권

겨울여자 상

1판 1쇄 인쇄 2024년 6월 7일
1판 1쇄 발행 2024년 6월 14일
—
지은이 | 조해일

기획 | 조해일문학전집 간행위원회
책임편집 | 강동준

발행처 | 죽심
발행인 | 고찬규

신고번호 | 제2024-000120호
신고일자 | 2024년 5월 23일

주소 | (04029) 서울특별시 마포구 양화로 7길 84 영화빌딩 4층
전화 | 02-325-5676
팩스 | 02-333-5980

ISBN 979-11-985861-7-9 (04810)
ISBN 979-11-985861-2-4 (세트)